KB150630

너를,
갖고
싶어

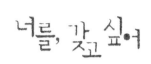

너를, 갖고 싶어

요안나 장편 소설

DAHYANG

ROMANCE

STORY

contents

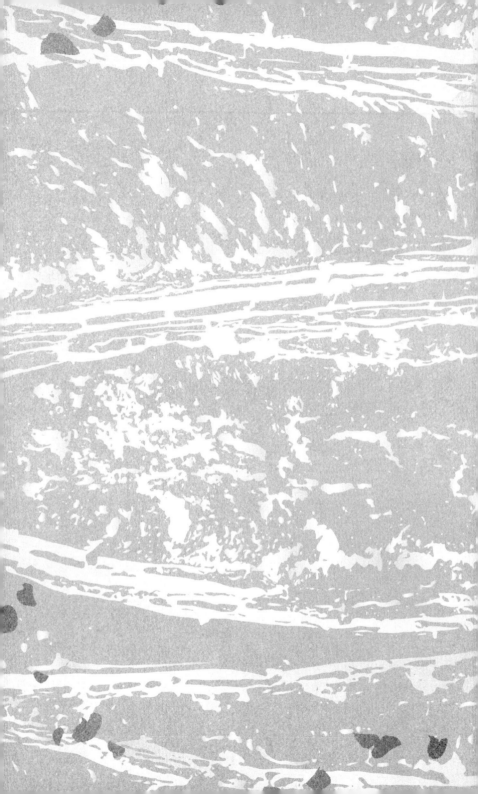

프롤로그

또래 남자애들은 다 유치하거나, 수준 미달이라고 생각하던 시절이었다. 그래서 그쪽으로는 눈길 한 번 주지 않았다. 물론 그 애들도 도연에게 관심이 없는 것은 마찬가지였다.

돈 많고, 집안 좋고, 거기에 공부까지 잘하는데, 만사에 무심하니 성격까지 안 좋아 보여서 주변 애들은 도연을 싸가지 없고 재수 없는 아이로 분류했다.

딱히 재수 없게 굴려고 한 것은 아니었다. 하지만 아이들의 오해를 풀어 줄 수 있을 만큼 인간관계에 밝은 편도 아니었고, 그럴 여유조차 없었기에 도연은 그저 시간이 빨리 흘러서 어른이 되면 좋겠다고 생각했다.

유치한 대거리도 상대가 맞아야 벌이는 거다. 불행인지, 다행인지 잘나도 너무 잘난 도연을 자신들이 상대할 수 없을 거라고 여겼는지 아이들은 도연을 고까운 눈으로 보기만 할 뿐 시비를 걸어오지는 않았다.

그래서 도연은 아이들과 일정 거리를 유지하며 아주 편안한 학교생활을 해 오고 있었다. 그날 그 일이 있기 전까지는 말이다.

쫘!

날카로운 마찰음이 계단을 휘휘 돌아 사방으로 울려 퍼졌다.

"너 지금 말 다 했니?"

어금니를 앙다문 도연의 모친, 이정윤 여사가 오스스 소름이 돋아날 만큼 섬뜩한 음성으로 물었다. 얼마 전 파리에서 받았다는 트위드 재킷 위로 모친의 가슴이 들썩거리는 게 보였다. 얼마나 부들부들 떨고 있는지 이 여사의 가녀린 손목에 걸린 캘리 백이 흔들거렸다.

"다시 한번 말해 봐. 뭐가 어쩌고, 어째?"

잔뜩 억누른 목소리가 파르르 떨렸다. 이 여사가 한숨을 내쉬곤 왼 손바닥으로 이마를 한 번 찍어 냈다. 네 번째 손가락에서 부쉐론 다이아몬드 링이 반짝 빛이 났다.

이 여사에게 도연은 지금 그녀가 걸치고 있는 샤넬 트위드 재킷이나 에르메스 핸드백, 또는 부쉐론 반지와 같은 존재여야만 했다.

자신에게 극강의 고양감을 안겨 줄 수 있는 액세서리라고나 할까?

액세서리는 차고 넘치는 돈을 주고 사서, 유행이 지나고 싫증이 나거든 버리면 그만이었다. 하지만 이 여사가 가진 수많은 액세서리 중에서, 끊임없이 돈을 들이는데도 불구하고 제 성에 차지 않고, 싫증이 나도 버릴 수 없는 게 딸인 도연일 터였다.

"이번에 실수를 좀 했어요."

도연은 작지만 비굴하지 않은 목소리로 대꾸했다. 말 그대로 실수였다. 하필 중간고사 마지막 날 배탈이 나 시험을 보기 좋게 망쳤다. 망쳤다고 해 봐야 세 과목에서 각각 한 문제씩을 틀려서, 중간고사를 통틀어 그 날 겨우 세 문제를 틀린 게 전부였다.

그런데 그 세 문제 때문에 전교 1등을 놓쳐 버렸다. 그 사실을 알 리 없는 이 여사가 학생들에게 등수와 점수가 공개되기 전, 먼저 점수를 확인하기 위해 의기양양하게 교무실을 찾아왔다가 딸 도연의 성적표를 받아들고 기분이 몹시 상해 버린 것이다.

그 결과 분을 못 이긴 이 여사의 손바닥이 도연의 뺨으로 날아들었다. 고개가 확 돌아가고, 몸이 휘청거릴 정도로 세게 맞았지만, 도연은 이내 아무렇지 않은 척 꼿꼿한 자세로 이 여사의 앞에 섰다.

"실수? 넌 지금, 실수라는 말이 가당키나 해?"

이 여사는 언제 손찌검을 했냐는 듯 재벌가 사모님 특유의 우아하고도 고압적인 미소를 머금으며 도연의 헝클어진 앞머리를 손가락으로 빗어 내렸다. 엄마들이 흔히 딸의 앞머리를 정리해 주며 사랑스럽게 속삭이는 것과는 차원이 다른 손짓이었다. 길고 가느다란 손가락으로 곧장 도연의 목을 졸라 버린다고 해도 어색하지 않을 만큼 섬뜩함이 느껴졌다.

"죄송합니다."

도연이 작게 읊조렸다. 여전히 목소리는 고저 없이, 건조하기만 했다. 이 여사에게 비굴하지 않은 톤으로 사과하는 법을 이미 어릴 때부터 깨우친 도연이었다.

"죄송하다……. 죄송?"

이 여사의 목소리는 고아했지만, 말끝에서 히스테리가 시작될 조짐이 느껴졌다. 타인의 시선을 피해 외진 장소에 있기는 하지만 이곳은 학교였다. 또 도연의 조부가 소유한 사학재단에 속한 학교에서 무소불위의 권력을 가지고 있는 이 여사였지만, 지금은 엄연히 수업 시간이었다.

아침을 거르고 간 딸이 걱정되어 잠시 얼굴이라도 봤으면 좋겠다는 이 여사의 말에 담임은 흔쾌히 도연을 2교시 수업에서 **빼** 주었다. 50분 내내 도연이 이 여사에게 시달리게 될 거라는 사실을 담임은 모르는 듯했다.

아니지, 다 아나? 알면서도 이 여사를 어찌할 수는 없으니 보내 준 걸까?

도연은 한숨조차 내쉬지 않았다. 감정을 숨기고, 생각을 정리하는 것은 쉬운 일이었다. 모친의 성난 목소리에 귀를 기울인 채로 도연은 머릿속으로 딴생각을 하기 시작했다.

'오늘 들어가서 수학 모의고사 기출문제 한 회 차 풀고, 오답 정리하고, 영어 단어 어제 외운 거 점검하고, 오늘 100개 더 외우고, 비문학 모의고사 기출문제 20문제만 더 풀고…….'

쫙!

온전한 척 살아가기 위해서는 이런 순간에 정신을 딴 데 팔아야 했다. 그런데 도연을 일깨우듯 모친의 손이 다시금 **뺨**을 휘갈겼다.

"흡."

이번에는 너무 아파서 저도 모르게 앓는 소리가 나올 정도였다.

"아까 엄마가 교무실에서 얼마나 당황했는지 아니? 내가 네 성적 보여 달라고 했을 때, 우리 집 돈으로 월급 받는 일개 교사인 그년 표정이 어땠는지, 네가 알기는 해?"

이 여사는 옅게 흥분한 목소리였다. 하지만 흥분했다고 한들 몸에 밴 재벌가 사모님 특유의 기품은 잃지 않은 모습이었다. 시장판에서 머리채 잡고 싸우는 아줌마들과는 성질이 달랐다.

이 여사는 왼손을 쫙 펼친 채로 손부채질을 해 가며 한숨을 몰아쉬었다. 그 모습이 마치 부채를 흔들며 감정을 조절하는 중세 귀족 여인의 모습처럼 고상하고 품격 있어 보였다. 하지만 그 우아함과 고아함으로 감춘 위선과 가식을 도연은 너무도 잘 알고 있었다.

한편으론 이 여사의 위선과 가식을 잘 아는 만큼 도연은 이 여사를 잘 이해했다.

자신은 모친을 쏙 빼닮았으니까.

수선화같이 청초한 외모뿐 아니라, 이 여사의 가식적인 태도도 빼닮았다고 생각했다.

다만 본질적으로 다른 게 있다면, 이 여사는 위선적인 사람이었고, 도연은 위악적인 사람이었다. 이 여사는 겉으로 선한 척하며 사람들의 부러움을 샀지만, 도연은 겉으로 악한 척하며 사람들과 거리를 두었다. 각자 익숙한 방법으로 세상을 편하게 살기 위해서 발악을 하고 있는 것인지도 몰랐다.

도연은 내내 바닥을 향해 있던 시선을 살짝 비껴 올리며 이 여사를 올려다보려고 했다. 이제 그만 수업에 들어가 봐야 한다는 말로 대화를 마무리 지어야겠다고 생각해서였다.

그런데 움직이던 시선이 누군가의 눈과 마주쳤다. 한 층 아래 계단참에 서서, 옥상으로 향하는 곳에서 고개를 푹 숙인 채로 서 있는 도연을 바라보고 있는 또래 남자애가 보였다.

내내 아무렇지 않았던 심장이 갑자기 쿵 하고 바닥으로 떨어지는 기분이었다. 이 여사의 위선과 도연의 위악은 그 누구에게도 들키지 않았을 때만 존속 가능한 가식이었다.

그러니 이런 모습을 누군가 봤다면 이야기는 달라진다.

갑자기 심장이 **빠르게** 뛰기 시작하며, 숨이 **가빠** 왔다. 저도 모르게 격한 숨을 내쉬느라 가슴과 어깨가 들썩거릴 정도였다. 그 미묘한 변화를 이 여사도 눈치챈 듯했다.

"너 뭐 하는 거야, 지금?"

이 여사가 신경질적인 낮은 목소리로 읊조리고는 도연의 시선을 따라 제 시선을 움직였다. 그러곤 계단 아래를 바라보기 위해 발을 뗌과 동시에 남자애가 한 발짝 뒤로 물러났다.

딱 한 발짝이었다. 마치 바람이 텁텁한 대기를 밀어 내듯 가벼운 동작이었다. 더 움직이면 발걸음 소리가 날 것이라고 여겼는지, 그 애는 딱 한 발짝만 뒤로 물러났다.

그 모습이 도연에게는 보였지만, 이 여사의 시야에는 잡히지 않는 위치였다. 그것까지 계산했다고 생각하니 제법이라는 생각이 들었다.

문득 저 아래 있는 남자애의 정체가 궁금해졌다. 2교시 수업이 시작한 지 벌써 10분이 지났는데, 인적이 드문 서쪽 계단을 통해 옥상으로 올라오던 남자애는 대체 뭘 하는 애인지 희미한 호기심이 일었다.

"죄송해요. 어머니께 너무 죄송해서……."

우는 건 비겁하다고 생각했다. 그래서 이 여사와의 대화를 끝내기 위해 일부러 울음을 터뜨렸던 적은 없었다. 자주 손찌검을 하기는 했지만, 이 여사는 의외로 딸의 눈물에 약했다. 눈물을 보이면 쉽게 그 순간을 모면할 수 있었다.

분을 이기지 못해 충동적으로 손찌검을 하는 순간에는 느끼지 못한 죄책감을 이 여사는 딸의 눈물을 통해 인식하는 듯했다. 본인이 때려 놓고 눈물에는 약한 모습을 보이는 것은 이 여사가 겪는 인격 장애의 한 종류이리라.

그래서 초등학교 때까지는 일부러 눈물을 보였던 적도 있었지만, 사춘기가 지난 뒤 고집스러운 자아가 생기고 나서부터는 이 여사 앞에서 눈물을 참기 위해 노력했었다.

그런데 지금, 겨우 운동화 앞코만 보일 뿐인 남자애에 대한 호기심이 고집스러운 자아를 넘어서고야 말았다.

눈물이 뺨을 타고 또르르 흘러내린 순간, 이 여사가 결이 다른 한숨을 몰아쉬었다.

"그래, 실수. 한 번은 실수로 넘어가. 그런데."

다음번에도 이런 일이 있으면 각오하라는 듯한 뉘앙스였다.

"다음에는 이런 일 없을 거예요."

고개를 조아린 채로 울먹이고 있었지만, 도연의 시선은 여전히 꿈쩍도 하지 않고 있는 남자애의 운동화 앞코에 닿아 있었다.

쟤는 저기서 무슨 생각을 하는 걸까?

어디서부터 봤을까?

어머니가 가시고 나면, 쟤부터 잡으러 뛰어야 할까?

내가 뛰면 쟤를 잡을 수 있을까?

잡고 나서는 뭘 해야 하지?

도연이 상념을 이어 가고 있는 사이, 이 여사가 먼저 걸음을 옮겼다.

"끝나고 곧장 집으로 와. 선생들 새로 구했다."

한 문제씩 틀린 과목의 과외 선생이 바뀌었다는 의미였다. 도연이 알겠다며 고개를 끄덕이는 사이, 이 여사가 계단을 내려가기 시작했다. 제

발 저쯤에서 방향을 틀어서 중앙 계단으로 갔으면 좋겠다는 염원까지 생겨났다. 이 여사가 남자애를 발견하면, 저 애는 도망갈 게 뻔했다. 이 순간 남자애의 존재감이 왜 이렇게 간절해지는지 모를 일이다.

역시 이 여사는 중앙 계단 쪽으로 걸음을 틀었다. 중앙 계단은 교직원만 이용할 수 있었는데, 그곳을 이용하는 유일한 외부인이자, 학부모가 바로 이 여사였다. 이 여사가 그런 특권을 내려놓을 리 없었다.

이 여사의 모습이 완전히 사라지고 나서야, 도연은 천천히 계단 아래로 걸음을 옮겼다. 운동화 앞코에서 무릎, 무릎에서 허벅지, 허벅지에서 허리, 허리에서 다부진 가슴, 그리고 한 층을 다 내려갔을 때쯤 굵은 목선과 이어지는 얼굴이 나타났다.

가슴께에 근육이 도드라진 팔뚝을 교차해서 팔짱을 낀 채로 벽에 비스듬히 몸을 기댄 남자애가 작은 창을 통해 들어오는 햇살을 받으며 그림처럼 서 있었다.

유승재?

세상에서 가장 애틋한 이름, 가슴을 두근거리게 만드는 오직 하나뿐인 존재였다.

왜 하필, 너야?

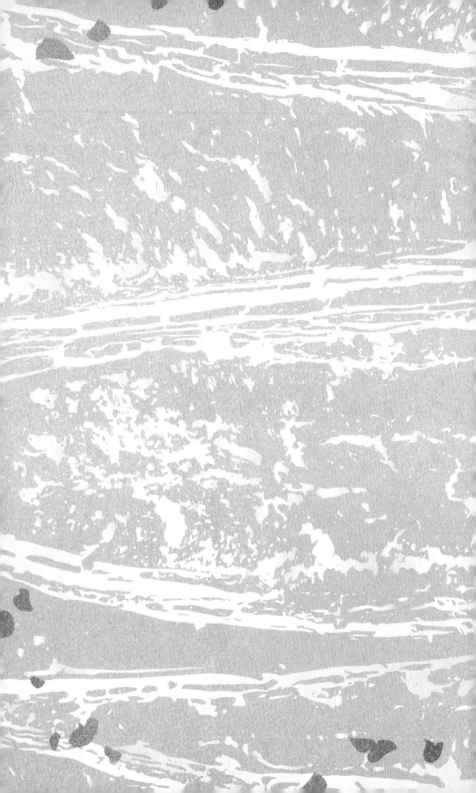

Round. 1

내가 너의 일탈이
되어 줄게

정정해야겠다. 모든 남자애가 유치하거나, 수준 미달이라고 생각하지는 않는다. 우주에서 딱 한 명만 빼고, 유치하거나, 수준 미달인 거다. 그 딱 한 명의 범주에 들어가는 사람이 바로 유승재였다.

여자애들이 쉬는 시간마다 창가에 매달려 구경하는 애, 전교생의 인기를 독차지하는 애, 재수 없다는 소리만 골라 듣는 자신과는 다른 세상에 사는 듯한 애, 유승재.

그런 아이에게 가장 숨기고 싶은 모습을 들키고 만 것이다.

승재의 존재를 처음 인식한 것은 초등학교 때였다. 아버지께서 영국 대학의 교환교수직을 맡으시면서 10대 중반을 영국에서 보냈기에 중학교 때는 만날 수 없었지만, 고등학교에 들어와서 다시 승재를 볼 수 있게 되었다.

승재는 초등학교 때도 단연코 눈에 띄는 아이였다. 머리가 좋아 공부를 잘했을 뿐만 아니라, 쉬는 시간이나 점심시간에 반짝반짝 빛나는 모습으로 운동장을 누비고 다녀서 아이들의 인기를 독차지했었다. 물론 고등학교에서도 마찬가지였다.

승재를 시기하는 아이도 더러 있는 듯했지만, 대부분의 아이들이 승재를 따르고 좋아했다. 위악적인 가식으로 둘러싸여, 재수 없다는 소리만 달고 사는 도연과는 차원이 다른 아이였다.

반대가 끌린다고 했던가?

그래서 그런지 도연도 언젠가부터 마음속에 남몰래 승재를 향한 풋풋한 연정을 품고 있었다. 또래 여자애들처럼 승재가 지나갈 때 '꺅' 하고 새된 비명을 지르지는 않았지만, 보지 않는 척 야단스럽지 않은 시선으로 승재의 모습을 좇았었다.

그런데 하필 그런 승재가 여기에 서 있었다. 누구에게도 보이고 싶지 않은, 그래서 승재에게는 더더욱 보이고 싶지 않은 추악한 모습을 보인 듯해서 화딱지가 나려고 했다. 그렇다고 무턱대고 화를 내며 언제부터 거기 서 있었느냐고, 왜 너는 수업에 들어가지 않은 채 이러고 있느냐며 따질 수도 없었다.

결국 평소처럼 무심하게 지나갈 수밖에 없을 거라고 생각했다.

그리고 속앓이를 하겠지.

한 발짝 앞까지 다가서자 시원한 향기가 코끝을 알싸하게 찔렀다. 단한 번도 이렇게 가까이에서 승재를 마주했던 적이 없었기에 심장이 쿵쿵 뛰는 것은 당연했다. 분명 계단을 내려오는 소리가 들렸을 텐데도 승재는 눈을 감은 채로 가만히 서 있었다.

서서 자는 건 아닐 테고?

도연은 오른손을 들어 승재의 눈앞에서 빠르게 흔들어 보았다. 혹시 실눈을 뜨고 있는 것은 아닐까 하는 유치한 생각도 들었지만, 그건 아니었는지 승재는 미동조차 하지 않았다.

몰라, 모른 척하지. 뭐.

태연히 지나치려는데 가슴 한구석이 아려 왔다. 다른 모든 이에게 위악적인 가면을 쓰려고 했지만, 승재에게만큼은 그래도 좋은 모습으로 기억되고 싶었나 보다.

어쩌면 공부를 잘하는 예쁜 아이로 기억되고 싶었는지도.

도연은 저도 모르게 피식 웃고 말았다.

스스로를 예쁘다고 여기는 낯간지러운 생각까지 하다니, 얘가 대체 뭐라고?

이내 돌아섰던 도연이 다시 고개를 돌려 승재를 마주했을 때, 도연은 하마터면 심장이 멎어 버릴 뻔했다. 햇살을 받아 갈색으로 빛나는 눈동자가 도연을 뚫어져라 응시하고 있었다.

"너도 꽤 골 때리는 성격이다."

붉은 입술이 유연하게 열리는가 싶더니, 낮게 가라앉은 음성이 조용히 울려 퍼졌다. 태어나서 처음으로 잘 보이고 싶은 또래 남자애였다. 그런 남자애의 입에서 자신을 정의하며 튀어나온 첫 문장이 '골 때리는 성격'이란다.

이번에는 어이가 없어서 헛웃음이 새어 나왔다.

그러자 가만히 도연을 응시하고 있던 승재가 팔짱을 반쯤 풀고는 오른손을 들어 제 왼뺨을 톡톡 두드렸다.

뭐? 거기에 뽀뽀하라는 뜻은 아닐 거 아냐?

어쩌면 승재의 말이 맞을지도 모르겠다. 자신은 정말 골 때리는 성격인가 보다.

매끈한 뺨을 보자 지금 이 순간 어처구니가 없게도 입을 맞추고 싶은 충동이 일었다. 시험 문제를 3개 틀려서 모친에게 뺨을 맞고, 그 장면을 짝사랑하는 남자애한테 들킨 마당에, 그 남자애한테 입을 맞추고 싶다니.

이래서 10대를 질풍노도의 시기라고 한다지, 아마?

하지만 마음속 생각과는 다르게 도연은 그저 승재를 빤히 올려다보기만 했다. '골 때리는 성격'과 뺨을 톡톡 두드린 행동에 대한 부연 설명을 해 보라는 의미였다. 도연은 아무것도 모른다는 듯이 무구한 표정을 짓기 위해 노력했지만, 눈치 없는 심장이 나대기 시작했다.

쿵쿵 심박수를 올려 가며, 평소보다 많은 피를 양껏 내뱉는가 싶더니 급기야 볼이 빨갛게 달아오르고, 귓불까지 얼얼해지는 듯했다. 이게 다 너무 가까운 곳에 자리하고 있는 유승재의 잘생긴 얼굴 탓이다.

게다가 친히 도연의 성격에 관심을 보이며 말까지 걸어 주니 가슴이 남아날 리가 없었다. 이제껏 남몰래 승재에게 좋은 감정을 품고 있기는 했지만, 가까이에서 얼굴을 마주했다는 이유만으로 이렇게 두근거릴 거라고는 생각지도 못했다. 예상했던 것보다 마음이 깊었던 건지도 모르겠다.

도연은 무슨 말이든 해 보라는 듯이 눈을 치떴다. 목소리가 나오지 않을 것 같아서 겨우 눈썹을 들어 올리는데, 하마터면 이마에 경련이 일 뻔했다. 집안 대대로 내려오는 뻔뻔한 가식이 짝사랑 앞에서는 맥을 못 추었다.

"너 볼 부었다."

염려도, 측은함도 묻어나지 않는 무미건조한 목소리였다. 그저 볼이 부어서 부었다고 말해 주는, 있는 사실 그대로를 전하는 말투였다. 그런데 심장이 또다시 날뛰기 시작했다. 무미건조한 목소리와 말투 때문이 아니라, 승재의 시선 때문이었다.

햇살에 눈이 부신 탓인지 승재는 눈을 가느스름하게 뜨고 있었는데 그 시선이 다소 뇌쇄적으로 보이기까지 했다. 그런 눈빛으로 뺨을 더듬듯 바라보고는, 다시 눈을 마주쳐 왔을 때, 도연은 두 다리에 힘을 바짝 주어야만 했다. 안 그러면 다리가 후들거려서 차가운 계단참에 주저앉을 것만 같았다.

"위에 올라가 있어."

승재가 옥상을 향해 눈짓을 한 번 하고는 벽에 비스듬히 기대 있던 몸을 바로 세웠다.

"위?"

도연은 순간 자신이 멍청하게 느껴졌다. 오른손 검지를 치켜들어 옥상을 가리키고는 맹한 목소리로 '위?' 하고 묻고 말았다.

"옥상에 올라가 있으라고."

"왜?"

아니다. 자신이 멍청한 게 아니라, 승재의 말이 지나치게 짧은 거였다. 승재가 고개를 비스듬히 기울이는가 싶더니 잘생긴 얼굴이 바짝 다가왔다.

애가, 큰일 나려고!

흔히들 그런 오해를 하곤 한다. 공부만 들입다 파는 애들은 가슴속 깊은 곳에 무언가 금지된 욕망을 품고 있을지도 모른다는 오해 말이다. 그리고 위선과 위악을 잘 떠는 인간일수록 그런 욕망이 극에 달해 있을지도 모른다고들 생각한다.

하지만 그게 전부 오해는 아니라며, 자신은 정확히 그 부류에 속한다며, 도연은 고개를 끄덕거릴 뻔했다.

도연이 처한 답답한 현실의 유일한 탈출구는 승재였다. 승재가 그라운드를 달리는 모습을 보고 있노라면 가슴이 뻥 뚫리는 듯했고, 승재가 찬 공이 골문을 가를 때면 정수리가 쭈뼛 설 정도의 쾌감까지 일었다.

갖고 싶지만, 가질 수 없는, 멀리서 지켜보기만 했던.

그런 아이가 얼굴을 바짝 들이밀고 있었다. 그것도 수업 시간에 아무도 없는 계단참에서 아슬아슬한 거리를 유지한 채 말이다.

"말이 많네. 너 그러고 수업 들어가려고?"

승재가 도연의 빨갛게 부어오른 볼을 빤히 들여다보며 물었다. 이전에도 뺨을 맞아 본 적은 있지만, 학교에서 맞은 건 이번이 처음이었다. 그래도 때와 장소를 봐 가며 손찌검을 하던 이 여사였는데, 학교에서 참지 못하고 뺨을 올려붙인 걸 보면 화가 많이 나기는 했나 보다.

아무 일도 없었다고 부정하기에는 이미 늦어 버린 듯했다. 그냥 순순히 인정하는 편이 덜 우스울 것 같았다. 그리고 이제까지 지켜본 승재의 성정을 고려해 봤을 때, 승재는 절대 이런 일을 떠벌리고 다닐 부류가 아니었다.

"티 많이 나?"

조심스러운 도연의 물음에 승재는 그저 고개만 끄덕일 뿐이었다. 그 모습을 물끄러미 바라보는데, 심장이 또다시 두근거렸다. 어쩌면 승재와 둘만의 비밀을 하나 만들 수도 있지 않을까 하는 기대감이 스멀스멀 피어

올랐다.

나 진짜 정신병자 아냐?

성적이 떨어졌다는 이유로 부모에게 **뺨** 맞는 모습을 들킨 마당에, 그걸 짝사랑과의 비밀 공유라 생각하며 가슴 떨려 하다니. 그것도 마치 해서는 안 되는 나쁜 일을 함께 공유한 사이가 된 것처럼 은밀하게 느껴져서 마른침이 넘어갈 정도였다.

"일단 옥상에 가 있어."

그리고 승재는 계단 아래쪽으로 몸을 돌렸다.

"너는 어디 가는데?"

다급한 나머지 도연은 저도 모르게 승재의 교복 재킷을 잡아당기고 말았다. 승재의 시선이 교복 재킷 아랫단을 잡고 있는 도연의 작은 손에 잠시 머물렀다가 곧 도연의 얼굴로 올라왔다. 교복 재킷을 잡힌 게 다소 당황스럽다는 듯한 표정이었지만, 도연을 안심시키는 게 우선이라고 여겼는지 이내 승재의 얼굴에 다감한 미소가 떠올랐다.

"얼음 팩 좀 만들어서 올라갈 테니까. 먼저 가 있어, 도연아."

승재는 커다란 손으로 도연의 어깨를 두어 번 다독이고는 계단 아래로 빠르게 내려갔다. 계단을 내딛는 승재의 급한 발걸음만큼이나 도연의 심박동도 빨라졌다. 승재의 손이 닿았던 어깨에 뭉근한 열기가 고였다.

원래부터 모두에게 공평하게 친절한 아이였다. 자신이 아니라 다른 그 누가 지금과 같은 상황에 놓였다 할지라도 승재는 똑같은 반응을 보였을 것이다. 다정했던 목소리와 다감했던 미소도 도연만을 위한 것은 아니었다. 승재는 언제나 근사한 미소를 짓는 사람이었으니까.

그런데 불현듯 의문이 생겨났다. 단 한 번도 같은 반이었던 적이 없었는데, 승재가 자신의 이름을 알고 있었다.

'먼저 가 있어, 도연아.'

승재는 다감한 미소를 지으며 다정한 목소리로 자신의 이름을 자상하게 불러 주었다. 심장이 콩닥콩닥 뛰었다. 도연은 왼손으로 가슴 한가운데를 꾹 누르며 옥상으로 향했다.

학생 출입 금지 구역이기에 당연히 잠겨 있을 거라고 생각했던 옥상문은 너무도 쉽게 열렸다. 어디에 서 있어야 하나 고민하고 있는데, 등 뒤에서 누군가 다급하게 올라오는 소리가 들려왔다. 혹시나 하는 마음에 도연은 얼른 모퉁이를 돌아 몸을 숨겼다. 얼음주머니를 만들어 온다고 했으니, 승재가 이렇게 빨리 뒤따라왔을 리는 없었다.

여기서 들키면 어떻게 되는 거지?

심장이 입 밖으로 튀어나올 것만 같았다. 도연은 이제껏 살면서 정상 궤도에서 벗어나는 행동을 단 한 번도 해 본 적이 없었다. 평소 같았다면 이 여사가 자리를 뜬 후, 교실로 돌아갔을 것이다. 그런데 수업을 땡땡이친 것도 모자라, 학생 출입 금지 구역인 옥상에까지 올라오고 말았다.

이제라도 돌아가야겠다는 생각이 들었다. 지금 옥상 안으로 발을 들인 사람이 누군지는 모르겠지만, 아까 언급했다시피 그동안 이렇다 할 사고 없이 모범생으로 살아온 도연이니까 이번 한 번쯤은 넘어가 줄 거라 여겼다.

문제는 이 여사의 귀에 들어가느냐, 안 들어가느냐였다. 제발 집에는 알리지 말아 달라고 빌까?

이 여사는 일종의 연극성 인격 장애였다. 젊은 시절 피아니스트였던 이 여사는 모두의 주목을 받는 것을 즐겼다. 하지만 그것이 이 여사를 측은하게 여기거나, 불쌍하게 여기는 거라면 용납하지 않았다.

언제나 자신은 모두의 부러움을 사는 주인공이어야만 했다. 세계적 석학이자, 경제학 교수인 남편과 촉망받는 피아니스트였지만 결혼을 한 뒤, 재벌가의 현모양처로 살아가고 있는 자신. 그리고 어디 하나 흠잡을 데 없이 완벽한 딸까지. 모두 이 여사가 연출한 연극의 등장인물이었다.

하지만 사회적으로 존경받는 위치에 있는 부친은 남몰래 외도 중이었고, 촉망받는 피아니스트라는 수식어는 돈을 처바른 언론플레이의 결과물일 뿐 모친은 음대를 겨우 졸업한 실력이었다.

연극 무대에 서 있는 세 사람 중에 가장 진실된 캐릭터는 도연뿐이었다. 흠잡을 데 없는 완벽한 딸, 그 역할을 도연은 훌륭하게 해내고 있었다. 하지만 옥상에 숨어 있는 모습이 발각되어 이 여사의 귀에 들어가는 순간, 끔찍한 극의 반전이 이루어질 터였다. 그러니 학교 순찰을 하는 경비 아저씨라면, 제발 자신을 발견하지 못하고 돌아가기를 바랄 뿐이었다.

도연은 잔뜩 몸을 웅크린 채로 출입구 방향을 등지고 섰다. 발걸음 소리가 점점 가까워지고 있었다. 바닥을 잔잔하게 울리는 신발 소리가 지척에 닿았다고 느낀 순간, 낮은 음성이 들려왔다.

"왜 그러고 있어?"

"앗! 깜짝이야!"

소스라치게 놀라며 읊조린 도연이 얼른 고개를 돌려 등 뒤에 서 있는 승재를 확인했다. 승재는 제 주먹만 한 파란색 얼음주머니를 허공에 던졌다가 다시 잡아채기를 반복하며 여유롭게 웃고 있었다.

날마다 그라운드를 누비고 다니는데도 불구하고 승재의 피부색은 하얀 편이었다. 뽀얀 피부는 잡티 하나 없이 맑았고, 하얀 피부와 대조되는 입술은 유난히도 붉은색을 띠고 있었다. 그 입술이 지나치게 매혹적인 미소를 품고 있어서 심장이 또다시 쿵쿵거렸다.

"놀랐잖아."

도연은 놀란 가슴을 진정시키려 한숨을 몰아쉬었지만 허사였다. 그게 해서는 안 될 짓을 하고 있어서 이렇게 떨리는 것인지, 아니면 눈앞에…….

도연은 얼음주머니를 물끄러미 바라보던 시선을 살짝 들어 올려 승재를 마주했다. 의미를 알 수 없는 미소가 승재의 얼굴에 떠올라 있었다.

"왜 웃어? 그리고 너 왜 이렇게 빨리 왔어?"

"나 원래 웃는 상이야. 그리고 내가 좀 빨라."

승재가 어깨를 으쓱하며 여상하게 내뱉은 대답에 말문이 콱 막혀 버렸다. 다른 뜻을 가지고 웃고 있는 거냐 물은 건 아니었지만, 의미가 그렇게 전해진 것 같아서 쥐구멍에라도 숨고 싶어졌다.

대부분의 아이들은 도연을 재수 없다고 여겼지만, 도연에게 고백을 해 오는 남학생들도 더러 있었다. 그래서 혹시나 승재도 그런 부류에 속하는 것은 아닐까 하고 기대했는지도 모른다. 좀 전까지만 해도 승재가 자신의 이름을 알고 있다는 사실에 가슴 뛰던 도연이었는데, 정신이 혼미해진 나머지 김칫국을 사발로 들이켜고 말았다.

"자, 이걸로 찜질 좀 해."

승재가 더 진한 미소를 머금으며 얼음주머니를 내밀었다. 도연은 쭉 내민 승재의 손을 한 번, 그리고 승재의 다감한 눈빛을 한 번 번갈아 보았다. 어떻게 손을 뻗어서 저 얼음주머니를 건네받아야 하는지 모르겠다.

엄격한 모친 아래서 자랐다고 해서 유교 사상이 팽배했던 조선시대 양갓집 규수와 같은 삶을 살아왔던 것은 아니다. 영국 유학 시절에는 커뮤니티에서 만난 남자애와 풋풋한 연애 비슷한 것을 한 적도 있었다. 그것도 이 여사가 모르게 한 것도 아니었다.

이 여사가 두 사람의 교제를 허락했던 이유는 단 한 가지였다. 상대 남자애가 이튼스쿨에 다니는 영국 왕가의 핏줄이었기 때문이었다. 영국 왕실로 도연을 시집보내는 일이 생길 수도 있다며 이 여사는 호들갑을 떨었었다. 아무래도 김칫국을 마시는 것이 집안 내력인가 보다.

"이거, 막 다리 찜질할 때 쓰는 거 아냐?"

포커페이스와 여상한 목소리를 내는 연기는 도연에게 주특기나 다름없었다. 감정을 갈무리하고 딴생각을 하며 화제를 돌리는 것은 너무도 쉬웠다. 그런데 승재 앞에서는 그게 되지 않았다. 특기고 뭐고 머릿속이 하얗게 비어 버렸다.

도연은 한껏 상기된 얼굴로 승재를 올려다보며 미간을 찌푸리고는 다소 격양된 어조로 내뱉었다.

"보통은 그러는데."

그에 승재는 또 너무도 성실하게 대답에 임했다. 굳이 이렇게까지 정색하고 진지하게 대답해 줄 필요가 있나 싶을 정도였다.

"새것 꺼내 온 거야. 더러운 거 아니니까, 안심하고 써."

얼른 받아 가라는 듯이 승재가 손을 한 번 흔들었다.

도연이 한숨을 몰아쉬며 손을 들어 올리려는 순간, 누군가 계단을 오르는 소리가 들려왔다. 놀라 동그래진 도연과 승재의 눈이 허공에서 마주쳤다. 도연이 어떻게 하냐고 물으려는 찰나 승재가 도연의 어깨를 감싸며 잽싸게 모퉁이를 돌아 옥상 벽과 계단 건물 사이에 있는 틈으로 밀어 넣었다.

등 뒤에 차가운 벽이 맞닿았고, 심장이 입 밖으로 튀어나올 것처럼 날뛰었다. 숨을 제대로 내쉴 수조차 없었다. 승재의 가슴이 바로 코앞까지 다가와 있었다. 미처 깨닫기도 전에 두 사람의 몸이 완벽하게 밀착되어 좁은 공간을 파고든 상태였다.

쿵쿵 울리는 심장 소리가 제 것인지, 아니면 승재의 것인지 분간이 되질 않았다. 승재는 좁은 틈으로 도연을 밀어 넣은 채, 기다란 슬레이트를 붙잡고 있었다. 밖에서 본다면 그저 벽 사이에 슬레이트가 세워져 있는 것처럼 보일 터였다.

경비 아저씨가 순찰을 돌고 있는 건지 이리저리 돌아다니는 발걸음 소리가 들려왔다.

"누가 또 담배라도 피우는 줄 알았네."

걸걸하게 읊조리고는 뒤이어 흘러간 유행가를 흥얼거리던 경비 아저씨는 금세 건물 안으로 사라져 버렸다. 쿵쿵거리는 발걸음 소리가 아득히 멀어졌는데도, 여전히 귓전에는 쿵쿵거리는 소리가 들려왔다.

아, 발걸음 소리가 아니라, 내 심장 소리구나.

도연이 길게 한숨을 내뱉자, 승재가 슬레이트를 옆으로 치우며 뒤로 한 발짝 물러났다. 그럼에도 불구하고 두 사람의 거리는 무척 가까웠다.

그럼, 아까는 얼마나 붙어 서 있었던 거야?

도연은 저도 모르게 두 손으로 양 뺨을 감싸며 크게 숨을 들이마시다가 화들짝 놀라 손을 떼어 냈다.

"앗!"

가까이 선 승재를 너무 의식한 나머지, 이 여사에게 뺨을 맞았던 것을 깜빡해 버렸다. 손바닥이 닿았던 왼쪽 뺨이 화끈화끈했다.

"이리 와 봐."

경비 아저씨 말대로 옥상에서 담배를 피우는 무리가 있는 건지, 성치 않은 의자 서너 개가 놓여 있는 곳 주변에 담배꽁초가 마구잡이로 흩어져 있었다. 도연은 승재가 가리킨 의자에 순순히 엉덩이를 붙이고 앉았다.

"이런 건 내가 더 잘할 것 같으니까."

얼음주머니를 다루는 데 자신이 더 능숙하다고 말하고 있는 것 같았다.

주먹만 한 얼음주머니가 대체 뭐라고, 저게 잘 다루고 말고 할 만큼 대단한 일인가?

차가운 얼음주머니가 왼쪽 뺨에 부드럽게 닿았다가, 얼얼해질 무렵 멀어졌다.

"어때? 이제 좀 괜찮지?"

의자를 끌어다가 마주 앉은 승재가 눈가에 부드러운 눈웃음을 머금은 채로 물었다.

안 괜찮다. 몹시 괜찮지가 않았다. 저 눈웃음은 심장에 무리를 줄 정도로 달콤했다. 도연은 지나치게 달콤한 설렘에 익숙하지 않아서 저도 모르게 미간을 슬쩍 찌푸리고 말았다.

"너무 차가워."

투정이 묻어나는 목소리가 툭 튀어나오자 스스로도 어이가 없어서 하마터면 고개를 절레절레 흔들어 버릴 뻔했다.

"얼음이니까 당연히 차갑지."

승재는 어린애를 달래듯 선하게 웃으며 얼음주머니를 다시금 도연의 왼쪽 뺨에 부드럽게 갖다 댔다.

"너……."

도연은 한숨을 한 번 몰아쉬며 말끝을 흐렸다. 이걸 물어서는 안 될 것 같은데, 물어보지 않았다가는 궁금해서 오늘 밤 잠이 오지 않을 것만 같았다.

"나, 뭐?"

도연이 머뭇거리자, 승재가 고개를 비스듬히 기울이며 채근하듯 되물었다.

"내 이름 어떻게 알았어?"

끝내 내뱉고야 말았다. 이제 고3, 9월 중순이었다. 근 3년 동안 같은 학교에 다녔으니까, 단 한 번도 같은 반이 아니었다고 할지라도 이름 정도야 알 수 있는 것 아닐까?

그런데도 이런 질문을 던진 건 일종의 기대 심리였다. 단순히 같은 학교 학우여서가 아니라, 다른 특별한 이유로 자신의 이름 석 자를 기억하고 있을지도 모른다는 근거 없는 기대감이 앞선 까닭이었다.

"너 공부 잘하잖아."

왼쪽 뺨에 대고 있는 얼음주머니만큼이나 서늘한 음성이었다. 단순히 공부를 잘한다는 이유 하나만으로 도연의 이름을 기억하고 있는 거였다.

"너도 나 재수 없다고 생각해?"

공간이 굴절된 기분이었다. 시공간을 뚫고 나온 두 사람만이 존재하는 우주 속 숨겨진 장소가 있는 듯했다. 그러니까 이런 헛소리가 염치없이 툭 쏟아지는 거다.

정성스레 얼음주머니를 대 주던 승재가 몸을 뒤로 물리며 의자 등받이에 등을 기댔다. 성치 않은 의자에서 삐걱거리는 소리가 났다.

"아니. 재수 없는 애한테 얼음주머니 대 줄 정도로 착한 사람 아닌데, 나?"

"그럼 네가 보기에 나는 어떤데?"

그냥 학교 옥상이 무너져 내렸으면 좋겠다고 생각했다.

차라리 좋아한다고 고백을 하지 그러냐?

골똘히 생각해 봐야 할 문제라는 듯이 내내 웃음을 머금고 있던 승재가 미간을 살포시 찌푸렸다. 짧은 침묵 끝에 승재가 입을 열었다.

"글쎄."

세상에서 제일 짜증 나는 대답이 바로 저 모호한 두 글자다.

이런 모호한 대답은 할 수 없도록 국가 차원에서 나서서 관리해야 한다고 본다. 도연은 하등 상관없는 국가 관리론을 염려하며 승재를 쏘아보았다.

"글쎄?"

"심각하게 생각해 본 적이 없어서."

승재는 어깨를 한 번 으쓱하고는 빙그레 웃으며 대꾸했다. 미간에 살포시 주름이 잡히도록 인상을 찌푸릴 때는 세상 우수에 찬 얼굴로 보이더니, 미소를 머금자 언제 그랬느냐는 듯이 상큼해져 버렸다.

천의 얼굴을 가진 승재를 도연은 저도 모르게 넋을 놓고 바라보았다. 어쩌면 승재가 천의 얼굴을 가진 게 아니라, 시시각각 변하는 승재의 표정에 도연의 심장의 천의 반응을 보이는 것인지도 모른다. 그런데 이런 자신의 반응에 괜히 슬슬 약이 오르는 건 왜일까?

"뭐, 좋지도 않고. 그렇다고 딱히 싫지도 않고."

심술을 부리거나 장난을 걸듯 거들먹거리는 말투가 아니었다. 그저 있는 사실 그대로를 말한다는 듯이 승재의 목소리는 담백했다.

그러니까 도연에 대한 승재의 감정은 제로에 수렴한다는 의미였다. 좋지도 않고, 싫지도 않은, 긍정적인 감정도, 그렇다고 부정적인 감정도 품고 있지 않다는 뜻.

"그래?"

도연은 별 뜻 없는 되물음인 것처럼 고개를 한 번 주억거리고는 승재의 손에 들린 얼음주머니를 집어 들기 위해 손을 뻗었다.

"내가 해 줄게."

그러자 승재가 손을 뒤로 쑥 빼면서 또다시 빙그레 웃었다. 도연은 손에서 멀어진 얼음주머니를 낚아채려고 몸을 일으켰다가 엉거주춤한 자세가 되고 말았다. 머쓱해진 도연은 잽싸게 다시 의자에 엉덩이를 붙이고 앉았다.

"괜찮아. 이제 많이 가라앉은 것 같아."

"가라앉기는? 계속 붓는데."

승재가 뺨에 다시 얼음주머니를 갖다 대려고 하자, 도연이 승재의 손을 피하며 대꾸했다.

"괜찮다니까."

"정말?"

고개를 비스듬히 기울인 승재가 심각한 눈빛으로 물었다.

"그래."

고집스러운 대답이 흘러나왔다. 어쩐지 승재가 지금 자신을 놀리고 있는 것 같다는 생각이 들었다. 마치 만물을 창조한 조물주라도 되는 양, 옥상을 손바닥 위에 올려놓고 그 위에 도연을 앉혀 놓은 뒤 어떻게 하나 지켜보고 있는 듯했다.

밑도 끝도 없는 생각에 배알이 뒤틀렸다. 왜 이렇게 약이 오르는지는 두고 볼 일이었다.

도연이 이제 그만 교실로 가자며 자리에서 일어서려는데, 승재가 도연의 어깨를 지그시 눌러 다시 의자에 앉혔다.

그래, 왜 약이 오르는지 알아낸 뒤 여기에서 담판을 짓고 내려가자.

도연은 왜 다시 자신을 주저앉혔냐고 묻는 눈빛으로 승재를 쏘아보았다. 하지만 날카로운 눈빛에도 아랑곳하지 않고, 승재는 묘하게 반짝이는 눈빛으로 도연을 응시했다. 그 눈빛이 먹잇감을 바라보는 포식자의 것 같기도 했고, 펄펄 끓는 용암처럼 붉게 달아올라 보이기도 했다.

승재의 커다란 손은 여전히 도연의 양어깨를 잡고 있었다. 어깨를 잡은 손에 힘이 들어가는가 싶더니 승재가 점점 가까이 다가오기 시작했다.

야, 너 지금 뭐 하는 거야?

신성한 학교 옥상에서, 지금! 담배꽁초가 널려 있는 비행의 온상인 옥상에서, 지금!

코끝이 거의 닿을 듯 말 듯 한 거리까지 다가온 승재가 고개를 왼쪽으로 살짝 비틀었다. 도연은 저도 모르게 눈을 꾹 감고 말았다. 심장이 터질 듯 두근거리고 위잉 하는 이명까지 들려왔다.

잠시 후, 후 하는 소리와 함께 왼쪽 뺨 위로 뜨거운 입김이 쏟아졌다. 평소 같았으면 그저 간지럽기만 했을 텐데, 얻어맞은 탓인지 살짝 따끔거렸다. 도연은 저도 모르게 왼쪽으로 고개를 기울이며 어깨를 움츠렸다.

"너 지금 뭐 하는 거야?"

도연은 사라져 가는 정신 줄을 간신히 붙들고 물었다. 평소 성격대로 쿨하고 시크하게 물어보고 싶었지만, 정처 없이 떨리는 목소리가 흘러나오고 말았다.

"'호' 해 주는 거잖아."

승재가 웃음을 잔뜩 눌러 참고 있는 듯한 목소리로 대꾸했다.

놀리는 거 맞잖아!

도연은 신경질이 나서 어깨를 잡고 있는 승재의 손을 홱 뿌리쳤다. 그러자 승재가 손을 떼어 내며 자신은 그저 선의를 품고 '호' 해 주려고 했는데, 네가 엄한 상상을 한 거라는 듯이 결백한 표정으로 양 손바닥을 활짝 펼쳐 보였다.

애가 이렇게 능글맞은 캐릭터였나?

승재가 빙글거리는 웃음을 머금은 채로 물었다.

"눈은 왜 감았어?"

그걸 또 굳이 콕 집어서 고약하게 질문을 하고 앉아 있다.

"오해하는 게 취미인가 봐?"

승재가 팔짱을 끼면서 도연이 앉아 있는 의자 바깥쪽으로 다리를 길게 뻗으며 질문을 이었다. 그 바람에 도연은 승재가 뻗은 다리 사이에 갇힌 꼴이 되어 버렸다.

"내가 무슨 오해를 했다고 그래?"

"그럼, 너도 대답해 봐."

묻는 말에 대답은 안 하고, 오히려 대답을 해 보란다.

"뭘?"

질문을 알아야 대답을 해 줄 수 있으니까, 일단 물어는 봐야 했다.

"네가 보기에, 나는 어때?"

승재가 근사한 미소를 머금은 채 고개를 비스듬히 옆으로 기울이며, 세상 다정한 목소리로 물었다. 이러다가 '내가 보기에 너는 상당히 멋진 놈'이라며 심심한 고백을 할지도 모르겠다는 생각이 들었다.

도연은 입을 꾹 다문 채 아까 승재가 했던 행동을 그대로 따라 했다. 미간을 살포시 찌푸리며, 심각한 얼굴을 한 뒤, 아주 작게 읊조렸다.

"글쎄."

여기까지는 꽤 만족스러운 연기였다고 생각했다. 그런데 승재가 고개를 절레절레 저으며 팔짱을 풀고는 뻗고 있던 긴 다리를 거두었다. 그런 뒤 허벅지 위에 팔을 올린 채로 상체를 숙이고는 도연을 빤히 들여다보며 말했다.

"안 되겠네, 우리 도연이."

장난기를 머금은 얼굴이었지만, 눈빛만큼은 진지했다. 그러고는 손등으로 도연의 부어오른 왼쪽 빰을 부드럽게 쓸어내렸다.

도연이 느끼기에 그 손길이 미치도록 애틋해서 가슴이 터져 버릴 것만 같았다.

"'글쎄' 라고 대답할 정도로 애매한 남자가 가까이 가면 밀어 내야지, 왜 눈을 감아?"

"야, 그건."

할 말이 없어져 버렸다.

'그건 네가 유승재니까 그런 거' 라고 대답하면, '유승재가 뭔데?' 라는 질문이 이어질 거고, '유승재니까 괜찮은 거' 라고 대답하면, '유승재는 왜 괜찮으냐' 고 물어 올 거다. 그에 대한 대답으로 '내가 유승재를 좋아하니까!' 하고 말해 버리면 고백이 되어 버리는 거잖아?

도연이 머릿속으로 복잡한 계산을 마친 사이, 승재도 계산을 마친 듯했다. 그러니까 굳이 묻고 따지지 않아도 가입이 가능하다는 실버 보험과 같은 결론이 나 버린 것이었다.

묻지도 따지지도 않고, 유승재니까 가능한 리액션이었다는 결론 말이다.

"나 얼른 수업 들어가야 해. 선생님이 찾을 거야."

"너희 엄마랑 아직 같이 있는 줄 알아서 아마 안 찾을걸."

"그래도 엄마 갔으니까, 교실로 돌아가야지."

"넌 인생을 왜 그렇게 **빡빡**하게 살아? 2교시 안 들어가도 아무도 너한테 뭐라고 안 할 텐데?"

빈정거리는 말투가 아니었다. 진심으로 궁금해서 묻는 듯한 순수한 호기심이 담긴 목소리였다. 뭐라 대답할 말이 떠오르질 않았다. 이렇게 **빡빡**하게 사는 삶 외에 다른 삶은 모르는 도연이었다.

"가끔 답답할 땐, 이런 일탈이 인생의 윤활유가 되기도 해."

또래 남자애가 유치하다고 생각했던 거 이제 완전 취소다. 가슴이 벅

차오를 정도로 멋질 수도 있다는 생각이 들자, 그게 감당이 되지 않아서 한숨이 흘러나왔다.

도연은 한숨이 뒤섞인 목소리로 물었다.

"일탈?"

승재가 고개를 돌려 옥상을 둘러보며 말했다.

"이런 게 일탈이라는 거야."

수업 시간이어서 사위는 고요하기만 했다. 다른 아이들은 전부 교실에 앉아서 빡빡한 수업을 치르고 있을 시간이었다. 도연과 승재는 그들보다 두어 층 위에 있을 뿐인데, 전혀 다른 세상에 있는 듯했다.

옥상으로 불어오는 초가을 바람이 제법 선선했다. 그 바람이 은빛 구두를 신은 도로시를 날려 버렸던 것처럼 자신을 어딘가로 데려다 놓을 것만 같다고 도연은 생각했다.

"그래도 난 교실로 가야겠어. 너나 일탈 많이 하시든가."

여기서 승재와 더 있다가는 일탈이 아니라 큰 사고를 치게 될까 봐 두려웠다. 이제껏 단 한 번도 선을 벗어나는 일을 감수했던 적이 없었는데, 승재가 곁에 있다면 무엇이든 할 수 있을 것만 같은 무모한 생각마저 들었다.

"가 봐, 갈 수 있으면."

승재가 의자가 뒤로 넘어갈 듯 말 듯 하게 삐거덕거리며 웃었다. 도연은 씩씩거리며 걸음을 성큼성큼 옮겨 옥상 문 쪽으로 다가섰다. 문고리를 잡고 힘껏 돌리는데, 무언가 철컥 걸리는 소리가 들려왔다.

"경비 아저씨가 문 열려 있는 거 보고 올라오신 것 같은데, 그냥 두고 가셨을까? 당연히 잠그셨지."

계단 안쪽에서 자물쇠를 걸어 잠갔는지, 문이 꿈쩍도 하질 않았다.

"야, 그럼 아까 숨지 말고, 아저씨한테 잠깐 일이 있어서 올라왔다고 했어야지!"

"남학생, 여학생 단둘이 수업 시간에 옥상으로 숨어들었어. 어떤 어른이 건전하게 봐 줄까?"

그 누구도 건전하게 봐 줄 리가 없었다. 어른들이 생각하는 그런 염려스러운 일은 없었다고 해명하려면 부모님을 대동해야 할지도 몰랐다. 모친을 교무실에 불러다 놓고 '옥상에 남자애와 단둘이 있었지만 아무 일도 없었어요'라고 설득하는 장면을 떠올리자 오스스 소름이 돋아났다.

"그럼, 어떡해? 여기 자주 오는 애들 있어?"

"있지. 거의 매일 오다시피 하지."

"잘됐네, 걔들 올 때까지 기다리면, 오늘 안으로 나갈 수는 있는 거지?"

담임한테는 중간고사를 망친 스트레스가 너무 심해서 잠시 바람을 쐈다며 되지도 않는 변명을 해 볼까 하는 생각을 했다. 그러면서 승재를 채근하듯 눈을 길게 늘였다.

"그게 나라는 게 문제지만."

가슴이 꽉 막혀 버릴 것만 같았다. 놀리는 것도 정도가 있지, 이제는 약이 올라서 돌아가시기 직전이었다.

"그럼, 너라도 혼자 나가서 경비 아저씨한테 인사했으면 됐잖아. 여기서 어떻게 나가, 이제?"

"나가는 법을 모른다고는 한 적 없는데? 너한테 혼자 갈 수 있으면 가 보라고 했지."

도연은 어깨가 들썩이도록 한숨을 몰아쉬었다.

"알려 줘. 어떻게 나갈 수 있는지."

그러자 승재가 자리를 박차고 일어나 도연이 서 있는 쪽으로 성큼성큼 다가왔다.

"그거 알려 주면……. 넌 나한테 뭘 해 줄래?"

내려다보는 검은 눈동자가 너무도 깊어서, 도연은 정신이 아찔할 정도였다.

얘가 지금 뭐라는 거야?

도연은 가까이 다가온 승재를 물끄러미 올려다보았다. 승재의 뺨이 약간 상기된 것처럼 보이는 이유가 기분 탓인지 아니면 제법 선선해진 바람 탓인지 모르겠다. 이제껏 자신에게 무언가를 원하며 다가왔던 배짱 좋은 애들은 단 한 명도 없었다. 또 그럴 만한 싹이 보이면 도연은 단칼에 잘라 냈다. 그래서 더욱 도연의 주변에는 친구가 없었는지도 모른다.

그런데 아무리 도연이 짝사랑하고 있는 상대라고 한들, 승재가 겁도 없이 덤벼 왔다.

'그거 알려 주면……. 넌 나한테 뭘 해 줄래?'

위험하리만큼 도발적이었던 승재의 목소리가 귓전을 맴돌았다. 사위가 어둑해지는 게 느껴졌다. 선선하게 불어오던 바람이 결을 달리하고 있었다. 습기를 머금은 묵직한 바람이 두 사람의 주변을 밀도 있게 에워쌌다.

"내가 너한테 뭘 해 주길 바라는데?"

심장은 날뛰고 있었지만, 무거운 대기를 가르며 입 밖으로 흘러나온 도연의 목소리는 제법 처연했다. 들리는 말에 의하면, 승재는 형편이 좋지 못했다. 부모님이 모두 돌아가시고 난 뒤, 하나밖에 없는 누나의 뒷바라지로 축구를 하고 있다고 했다.

마지막 자존심을 지켜 가고 있는 것인지, 부모에게 물려받은 집 한 채 때문에 후원도 번번이 무산되었다고 했다. 서류상 승재보다 더 어려운 학생에게 후원의 혜택이 닿는 게 우선인 까닭이었다.

"정말 안 되겠네. 내가 해 달라고 하면 다 해 줄 분위기인데, 우리 도연이?"

우리 도연이라 부르는 목소리에는 장난기가 가득했지만, 승재의 눈빛만큼은 형형했다. 뭘 해 주길 바라느냐는 질문에는 흥미를 느끼는 듯했지만, 순순히 대꾸를 했다는 사실에 분노하는 것처럼 보였다.

기뻐하고, 분노하는.

승재가 지금 느끼고 있는 양가감정을 이해할 수가 없었다. 스산해지는 대기만큼이나 을씨년스럽게 내뿜는 승재의 기운에 가슴이 답답할 정도였다. 습한 대기 탓인지, 아니면 매혹적으로 후각을 자극하는 승재의 체취 때문인지 숨이 가빴다.

"빨리 알려 줘. 어떻게 하면 빠져나갈 수 있는지."

도연은 신경질이 묻어나는 목소리로 채근했다. 파란 물감을 풀어 놓은 듯 쾌청했던 하늘에 짙은 먹구름이 드리웠다. 곧 굵은 빗방울이 후드득 쏟아져도 전혀 이상하지 않은 날씨였다. 비에 젖은 꼴로 교실에 돌아가는 일은 없어야 했다.

"내가 묻는 말에는 왜 대답을 안 해? 여기서 나가게 해 주면, 넌 나한테 뭘 해 줄 건데?"

"아까 그래서 물어봤잖아. 내가 뭘 해 주길 바라는데?"

승재가 대답하기 곤란하다는 듯이 윗니로 아랫입술을 꾹 깨물었다. 새빨간 입술이 짓눌려 새하얗게 변했다.

승재는 아주 잠깐 고민하는 듯하더니 한숨을 몰아쉬었다. 짓눌렸던 입술이 더욱 붉게 물들었다.

"일단, 나가서 얘기할까?"

나가서 그런 약속 한 적 없다며 무르자고 하면 어쩌려고?

조건을 내걸기는 했지만, 그걸 감당하지 못하는 듯한 순진무구한 눈빛이 언뜻 비쳤다. 도연은 상황과 어울리지 않는 웃음이 터져 나올 것만 같았다. 입꼬리가 뺨을 타고 오르려고 해서 얼른 미간을 찌푸렸다. 이런 조건을 다는 일도 해 본 사람이나 할 수 있는 거다. 세상 물정은 하나도 모르는 순둥이면서 그럴싸한 거래를 트려고 했나 보다.

"비 올 것 같으니까, 얼른 움직이자."

도연이 하늘을 한 번 올려다보고는 승재를 재촉했다. 그러자 승재가 알았다며 고개를 끄덕이고는 옥상 난간 쪽으로 뛰기 시작했다. 그러고는 훌쩍 뛰어올라서 난간에 올라섰다.

"야, 너 미쳤어?"

목소리를 한껏 낮춘 도연이 오만상을 찌푸리며 승재를 나무랐다. 바람이 세차게 불고 있었다. 난간 위에 아슬아슬하게 서 있는 모습이 위태로워 보였다. 심장이 덜컥 내려앉았다. 혹시 승재가 홀로 옥상을 찾은 게 이런 이유였나 싶었다.

유언이라도 들어 달라고 옥상에 붙잡아 둔 거였나? 아니면, 여기서 뛰어내리는 시늉이라도 해서 원하는 걸 얻어 낼 생각이었나? 그럼, 아까 그 순진했던 눈빛은?

얼마 전 근처 고등학교에서 진로를 비관한 고3 남학생이 투신하는 일이 발생했었다. 전국 모의고사 상위 1% 안에 드는 학생이었고, 대대로 명망이 높은 법조인 가문의 외동아들이라고 했다.

그 소식에 학교 분위기가 한동안 흉흉했었다. 베르테르 효과처럼 모방 자살이 일어날까 봐 학생들을 예의 주시하고 있는 터였다. 그만큼 승재와 도연은 위태롭고 힘든 시기를 지나는 중이었다.

축구부에 있던 대부분의 아이들은 이미 1학기 때 진로가 결정되었다고 들었다. 진로가 결정되지 않은 아이 중 몇몇은 여름방학 때 축구를 그만두고 다른 선택을 했고, 현재 축구부에 남아 있는 부원은 몇 명 되지 않는다고 했다. 그 몇 안 되는 아이 중 한 명이 승재였다. 축구 실력은 가장 뛰어나지만 장래가 가장 어두운 아이.

단지 가진 게 없다는 이유 때문이었다. 이끌어 줄 돈과 배경이 없다면 재능은 쓸모없는 것이 되어 버렸다.

그렇다고 인생을 이렇게 비관할 필요는 없잖아!

도연은 얼른 난간으로 다가섰다.

"승재야, 내 말 좀 들어 봐. 너 그런 생각 하면 안 돼, 알지?"

일단은 사람부터 살리고 봐야겠다는 생각이 들었다. 도연은 저도 모르게 승재의 오른쪽 다리를 와락 끌어안으며 말했다.

"다 해 줄게. 네가 원하는 거, 뭐든 다 해 줄게. 응?"

재정적 후원을 원한다면 얼마든지 해 줄 수 있었다. 조부가 가진 재단을 통해 장학금을 받고 대학에 갈 수 있도록 도울 수도 있었고, 축구 협회에 줄을 댈 수 있는지도 알아봐야겠다고 생각했다.

이 와중에도 끌어안은 승재의 다리가 꽤 단단하다는 생각이 들었다. 주로 오른발을 사용하는 키커였으니, 그 종아리에 얽힌 근육이 실로 대단했다.

"정말?"

난간에 서서 운동장을 내려다보던 승재가 조용히 물었다.

"응, 정말."

도연은 마치 제 생명 줄을 승재가 잡고 있는 것처럼, 목숨을 구명하듯 간절한 목소리로 대답했다.

"그럼, 이 다리 좀 놔 줄래? 그래야 내가 움직이지."

승재가 놀란 도연을 달래듯이 부드러운 목소리로 말했다. 도연은 한숨을 몰아쉬며 되물었다.

"너, 혹시 이상한 생각 하는 거 아니지? 설마 내 앞에서 막."

도연이 횡설수설하자, 승재가 어이없다는 듯이 웃음을 터뜨리며 대꾸했다.

"차도연, 너 지금 무슨 엉뚱한 상상을 하는 거야? 왜, 내가 여기서 뛰어내리기라도 할까 봐?"

긍정할 수도, 그렇다고 부정할 수도 없었다. 도연은 승재의 다리를 끌어안은 채로 이러지도 저러지도 못하고 머뭇거렸다. 그러는 사이 굵은 빗방울이 후드득 떨어지기 시작했다.

"좀 놔 줄래? 쫄딱 젖어서 교실로 가고 싶은 건 아니지?"

그건 정말이지 너무 끔찍했다. 도연은 얼른 손을 떼어 내고 승재에게서 한 발짝 물러섰다.

"너 정말 뛰어……!"

내릴 거 아니지? 하는 물음을 채 내뱉기도 전에 승재가 몸을 날렸다. 너무 놀라서 '악' 하는 비명조차 내지르지 못하고 도연은 그대로 바닥에 주저앉았다.

여기 옥상이 몇 층이더라? 아래가 바로 운동장인가? 그럼 입구 계단까지 치면 보통 건물 높이 10층 정도는 되지 않던가?

심장이 너무 빠르게 뛰다가 제 기능을 잃고 멈춰 버린 듯했다. 갑자기 현기증이 이는 것처럼 눈앞이 핑 돌았다.

내 앞에서 안 그러겠다고 약속했잖아, 이 나쁜 놈아!

눈물이 후드득 떨어졌다.

네가 뭔데 날 울려, 이 나쁜 놈아!

옥상 바닥에 주저앉아서 눈물을 뚝뚝 흘리고 있는데, 등 뒤에서 달그락거리는 소음이 들리기 시작했다. 도연은 얼른 눈물을 닦으며 몸을 일으켰다. 그제야 정신이 번쩍 드는 기분이었다. 혹시 경비 아저씨가 다시 올라온 거라면 저 밑에 있는 나쁜 놈 좀 살려 달라고, 빨리 119에 신고하자고 할 참이었다. 왜 하필 교실에 휴대전화를 놓고 온 건지, 상황이 너무도 야속하게 돌아가서 미치고 팔짝 뛸 지경이었다.

계단으로 향하는 문이 열리는 순간, 도연은 또다시 바닥에 폭삭 주저앉고 말았다. 뚝 그쳤던 눈물이 이내 속절없이 터져 나왔다.

"야, 이 나쁜 놈아!"

누가 듣거나 말거나 큰 소리로 울부짖었다. 그러자 승재가 조용히 하라며 오른손 검지를 입에 대고는 잽싸게 도연의 곁으로 다가왔다.

"이 나쁜 노옴아아!"

커다란 손으로 도연의 입을 틀어막은 승재가 작은 목소리로 읊조렸다.

"야, 너 미쳤어?"

'그러는 너는 미쳐서 거기서 그렇게 뛰어내리더니, 이렇게 사람 놀라게 하는 법이 어디 있어?' 라고 묻고 싶었지만, 승재가 입을 틀어막고 있는 탓에 제대로 물을 수가 없었다. 도연은 승재의 손가락을 확 깨물어 버렸다.

"아! 너 진짜 미쳤어?"

"너는? 그러는 너는? 저기가 어디라고 뛰어내려? 너 그러다 다리 다쳐서 축구 못 하면 어쩌려고?"

다시 입을 막을까 싶어서 도연은 조용조용한 목소리로 빠르게 윽박질렀다. 그러자 한숨을 한 번 내쉰 승재가 도연의 손을 잡고 일어서더니 아까 그 난간 앞으로 향했다.

"자, 봐 봐."

"뭘?"

승재가 가리키는 곳으로 시선을 옮겨 간 도연은 잠시 할 말을 잃어버렸다. 반 층 정도 낮은 곳에 체육관 옥상이 있었고, 학교 건물과 딱 붙어 있는 탓에 도연도 마음만 먹고 뛰어내리면 쉽게 안착할 수 있을 것 같았다.

"너 보기보다 머리 나쁘다? 우리 학교 구조도 몰라?"

살다 살다 머리 나쁘다는 소리는 처음 들어 본다.

"경황이 없어서 그런 거야."

"두 번 경황없었다가는 본인이 누군지도 까먹겠네."

분명 빈정거리는 음성인데 기분이 나쁘기는커녕 바보같이 웃음이 터져 나왔다. 그러자 승재도 유쾌한 웃음을 터뜨리더니 상큼하게 속삭였다.

"야, 울다가 웃으면 큰일 나."

이게 진짜! 도연이 눈을 부릅뜨려는 순간, 빗방울이 세차게 떨어지기 시작했다.

"뛸까?"

"응."

도연은 승재의 손을 맞잡은 채로 계단 입구까지 달리기 시작했다. 나쁜 놈이 피도 눈물도 없는지, 자비를 베풀 줄도 몰라서 전력 질주를 하는 바람에 도연은 질질 끌리다시피 해서 계단 입구에 도착했다.

"너 진짜 잘 뛴다."

승재가 놀랍다는 듯이 눈을 휘둥그렇게 뜬 채로 근사한 미소를 머금으며 말했다. 잘 뛴다고 칭찬해 주니 기분은 좋은데, 상대방의 속도는 생각도 안 하고 그렇게 뛰면 어떡하냐고 물을 타이밍을 놓쳐 버렸다.

"원하는 게 뭐야?"

놓쳐 버린 타이밍 탓인지 모르겠지만, 단도직입적인 질문이 툭 하고 튀어나왔다.

"내가 원하는 건."

승재가 한숨을 한 번 깊게 몰아쉬고는 비가 후드득 쏟아지고 있는 바깥에 한 번 시선을 주었다가 다시 도연에게로 시선을 옮겨 왔다. 햇살이 비출 때는 연한 갈색처럼 보였는데, 짙은 비구름이 드리운 날씨가 되고 나니 승재의 눈동자는 깊은 먹색으로 변해 있었다.

"내가 너의 일탈이 되게 해 줘."

"뭐?"

승재가 하는 말의 의미를 단번에 이해할 수가 없었다.

"내가 너의 일탈이 되어 줄게."

커다란 손이 젖은 옆머리를 귀 뒤로 넘겨 주었다. 심장이 두근거리기 시작했다.

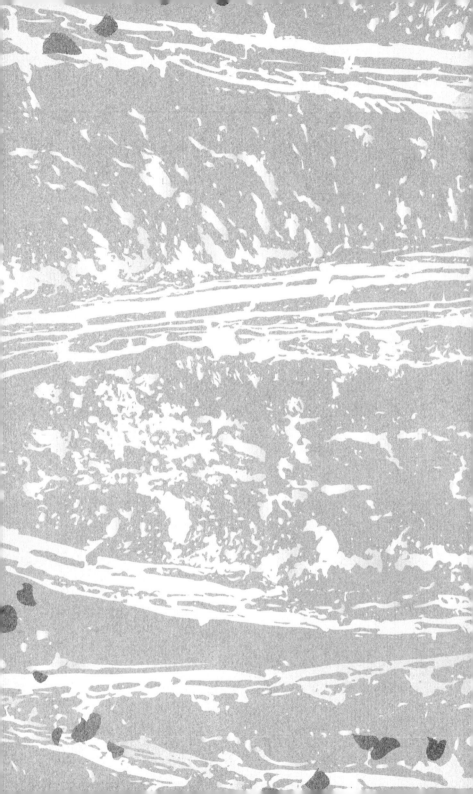

Round. 2

나쁜 생각

❀

옥상 바닥을 두드리는 빗소리가 요란하게 울리기 시작했다. 그와 동시에 2교시 수업이 끝났음을 알리는 종소리가 들려왔다. 도연은 승재를 빤히 올려다보고 있던 시선을 얼른 비껴 내렸다.

승재가 방금 내뱉은 말이 계속 귓전을 맴돌며 머릿속을 달구었다. 끝 간 데를 모르고 치솟는 온도에 이러다 뇌가 녹아 버리는 것은 아닐지 걱정이 될 지경이었다. 아니, 이미 뇌가 녹아서 사고가 정지해 버린 듯했다.

도연은 그 어떤 대꾸도 하지 못한 채 승재를 뒤로하고 다급히 계단을 내려왔다. 승재가 따라와서 왜 도망치느냐고 물으면 어쩌나 걱정되는 마음이 반, 지금 당장 달려와서 자신을 붙들어 주었으면 하는 마음이 반이었다.

살면서 이토록 혼란스러웠던 순간은 없었다. 늘 물 흐르듯이 살아온 도연이었다. 인생의 큰 전환점이 될 사건이나 사고를 단 한 번도 겪어 본 적 없었다. 아니, 그런 사건 사고가 일어난다 할지라도 도연은 아무렇지 않을 수 있었다.

그런데 인생의 큰 전환점이 될 만한 사건 혹은 사고가 지금 이 순간 일어나고 있음을 직감할 수 있었다. 그 중심에 승재가 서 있다는 사실도 분명하게 다가왔다.

심장이 끊임없이 두방망이질 쳐 댔다.

술에 취해 필름이 끊겼다는 사람들처럼 도연은 필름이 끊겨 버린 기분이었다. 뜨거운 열기가 머릿속을 잠식하고 심장을 거머쥔 나머지 생각이란 것을 하는 게 불가능했다.

도망치듯 계단을 뛰어 내려왔던 것까지는 기억이 나는데, 어쩌다 지금 교실 의자에 앉아서 책을 펼쳐 놓고 있는지 도통 기억이 나질 않았다.

미쳤나 봐, 나 진짜 미쳤나 봐.

도연은 열기 때문에 벌겋게 달아오른 뺨을 손등으로 연신 찍어 댔다. 뺨에 손등이 닿았다가 떨어질 때마다, 차가운 얼음주머니를 대 주며 빙긋이 웃던 승재의 얼굴과 '호' 해 준 거라며 장난스럽게 대꾸하던 승재의 목소리가 자꾸만 떠올랐다.

혹시 티가 났나? 자신이 남몰래 승재의 모습을 좇고 있던 걸, 당사자인 승재는 눈치채고 있었던 걸까?

이런 상황에서 수업 내용이 귀에 들어올 리 만무했다. 당연하게도 3교시, 4교시 수업을 통째로 말아먹었다. 여태껏 수업 시간을 허투루 흘려보낸 적은 단 한 번도 없었다.

유승재, 그 애 때문에 열아홉 도연의 인생에 있어서 '처음 일어나는 일'이 차곡차곡 쌓여 가고 있었다.

나한테 이런 남자는 네가 처음이야!

진부한 문장이 머릿속을 스치고 지나가면서 헛웃음이 나왔다. 세상에, 믿을 수 없게도 입맛까지 싹 달아나고야 말았다. 급식실 의자에 앉아서 수저질을 하는데 밥알이 모래알처럼 입 안을 껄끄럽게 돌아다녔다.

내가 살면서 식욕을 잃었던 적이 있었던가?

까다로운 모친의 오락가락하는 인격을 대하면서 살아가려면 밥심이라도 있어야 한다며, 아무리 험한 꼴을 당한 직후라도 식음을 전폐했던 적은 없었다.

그런데 입맛이 싹 달아났다. 도무지 음식을 씹어서 삼킬 수가 없었다.

"야, 너 왜 그래?"

식판 옆에 논술 책을 펼쳐 두고 열심히 눈알을 굴리던 신애가 헛수저질을 하며 멍하니 앉아 있는 도연을 발견하곤 의아한 표정을 지었다.

신애는 도연과 비슷한 부류의 아이였다. 신애의 부친은 건축학과 교수였고, 모친은 갤러리를 운영하는 화가였다. 신애의 모친도 신애에게 손찌검을 하는지는 알 수 없었지만, 도연의 집과 분위기가 비슷한 것은 알고 있었다.

유유상종이라고 둘은 자신들도 모르는 사이에 적정 거리를 유지하며 서로 친하게 지냈다. 죽고 못 사는 정도의 사이는 아니었지만, 가장 친한 친구를 꼽으라면 신애였다. 그만큼 다른 아이들과는 데면데면하다는 의미였다.

"왜 밥알을 세고 있어?"

신애가 걱정이 잔뜩 묻어나는 목소리로 물었다. 입시는 체력전임을 알지 않느냐며 타박하는 것 같기도 했다.

"입맛이 없네."

도연은 조용히 대꾸하며 의미 없이 들고 있던 숟가락을 내려놓았다.

"엄마 오셨었다며?"

신애가 펼쳐 두었던 논술 책을 덮고는 식판에 남아 있는 밥을 떠서 김치콩나물국에 말기 시작했다. 그러고는 숟가락 가득 빨갛게 젖은 밥알을 퍼서 입 안으로 욱여넣었다.

"어."

모친의 학교 방문 때문에 입맛이 달아난 게 아닌데, 신애는 그걸 원인으로 삼은 듯했다.

"국에 말아서라도 먹어. 밥 안 먹으면 너만 손해야."

도연이 숟가락을 다시 들지 않으면 대신 떠먹여 주기라도 할 것 같은 말투였다.

"아냐, 체할 것 같아. 그만 먹을래."

"그럼, 좀 기다려 봐. 나 이것만 먹고 같이 일어나."

도연과 신애 옆에서 식사하고 있던 친구들은 이미 모두 자리를 뜬 상태였다. 왁자지껄하게 떠들던 아이들은 말을 내뱉는 속도만큼이나 빠르게 식사를 마치고 급식실을 떠났다.

도연은 고요히 앉아서 신애가 식사하는 모습을 가만히 지켜보았다. 마치 거울 속에 비친 자신의 모습을 들여다보듯이 차근차근 살폈다.

신애는 도연보다 키가 조금 더 크고, 훨씬 말랐다. 도연의 키가 163cm니까 신애는 167cm쯤 될 것 같았다. 그리고 도연은 조금 통통한 편이었고, 신애는 비쩍 마른 타입이었다.

키는 내가 더 작은데, 몸무게는 내가 더 나갈 것 같네. 쟨 저렇게 먹는데도 어떻게 살이 안 찌지?

야자 시간에도 과자 봉투를 끼고 사는 신애였다. 뭔가 억울한 기분이 들어서 괜한 원망의 마음을 담아 연신 숟가락질을 해 대는 신애를 빤히 바라보고 있을 때였다.

"왜 안 먹고?"

등 뒤에서 들려온 나직한 목소리에 도연은 심장이 멎는 듯했다. 고개를 돌려서 등 뒤에 서 있는 존재를 바라봐야 하는지, 아니면 이대로 신애를 바라보고만 있어야 하는 건지 판단이 서질 않았다.

"입맛이 없네."

그런데 등 뒤에서 작게 대꾸하는 여자애의 목소리가 들려왔다. 승재가 질문을 던진 대상은 도연이 아닌 다른 여자애였나 보다.

갈팡질팡하는 마음이 갑자기 확 몸집을 부풀렸다. 당장에 고개를 돌려 승재에게 대꾸한 여자애의 얼굴을 확인하고 싶은 마음이 반, 이대로 요지부동으로 앉아 있을까 하는 마음이 반이었다.

"그래도 먹어야지."

뒤이어 들려온 승재의 목소리는 퍽 다정했다. 아까 옥상에서 자신에게 말을 걸었던 목소리와 비슷한 것 같아서 속이 상하려고 했다.

"우리 엄마 정말 너무해. 성적 좀 떨어질 수도 있지. 내가 시험 망치고 싶어서 망쳤나? 누구보다 잘 보고 싶은 건 난데."

여자애가 우는소리를 해 댔다. 승재는 그저 가만히 듣고만 있는 건지 대답이 이어지질 않았다.

"아, 저년 또 시작이네."

피로감이 가득한 목소리를 내뱉은 건 앞에 앉은 신애였다. 비엔나소시지를 숟가락으로 푹 퍼 먹으며 신애가 고개를 절레절레 흔들었다.

"뭐가 시작인데?"

도연은 목소리를 한껏 낮추며 물었다. 그러자 신애가 목을 쭉 빼고 도연에게 가까이 오라며 손짓했다. 도연 역시 목을 쭉 빼며 신애에게 귀를 기울였다.

"유승재 관심 끌려고 발악하는 거야. 울고 징징거리고 불쌍한 척하고. 유승재 착해서 저렇게 미친년처럼 징징거리면 들어 주니까."

신애가 복화술을 하듯 읊조린 말에 도연의 얼굴이 새빨갛게 달아올라 버렸다. 자신이 그런 것도 아닌데 괜히 부끄럽고 민망해서 헛기침이 나왔다. 그리고 묘한 조바심이 일기 시작했다. 아까 옥상에서 있었던 일을 누군가 봤다면, 자신도 저 아이와 비슷한 경우라 생각하며 오해의 시선을 받았을 수도 있었겠다는 생각이 들었다.

"설마."

도연은 신애가 자신을 두고 한 말도 아닌데, 괜히 찔려서 반박했다.

"맞다니까. 저런 애들이 한둘인 줄 알아? 유승재도 엄청 피곤할 거다."

심장이 바닥으로 곤두박질치는 기분이었다. 그러니까 이런 경우가 지금이 처음이 아니라는 건, 저렇게 하는 여자애들이 많다는 건데.

이제는 다른 아이들이 아닌 승재가 자신을 그렇게 보는 거면 어쩌나 하는 걱정이 시작되었다.

"승재야, 나 어떡해? 집에 들어가지 말까? 나, 진짜 엄마 얼굴 보기 싫어."

여자애가 울음 섞인 목소리로 애절하게 말했다. 승재가 어떻게 대답하려나 싶어서 귀 근육이 저절로 움직였다. 만약 인간이 짐승의 것과 비슷한 귀를 가지고 있었다면 도연의 귀가 쫑긋 서는 모습이 멀리서도 포착되었을지도 모른다.

"집에 안 들어가면 어쩌려고?"

승재의 목소리는 평소와 다름없었다. 걱정이 묻어나는 것도 아니었고,

그렇다고 해서 귀찮아하는 듯한 투도 아니었다.

"몰라, 어떻게든 되겠지."

여자애가 잔뜩 뾰로통한 목소리로 대꾸했다. 마치 승재가 자신을 미친 듯이 걱정해 주기를 바라는 듯한 말투였다.

"그런 일로 엄마가 보기 싫다고 집에 안 들어가면 되겠어? 엄마가 보고 싶어도 못 보는 사람도 있어."

남의 일인 듯 여상하게 내뱉는 승재의 목소리에는 고저가 없었다. 순간 정적이 흘렀다.

"미안."

여자애가 곧 크게 울음을 터뜨릴 것 같은 목소리로 사과했다.

"나한테 미안할 건 없고. 엄마한테 미안해해라. 밥은 마저 먹고."

승재가 자리에서 일어나는지 의자가 뒤로 밀리는 소리가 들렸다. 도연은 잔뜩 어깨를 움츠린 채로 아프게 울리는 심장 소리를 느끼고 있었다.

'엄마가 보고 싶어도 못 보는 사람도 있어.'

심장이 뛸 때마다 송곳으로 가슴을 찌르는 듯한 통증이 느껴졌다.

"좀 어때?"

갑자기 테이블 위로 쏟아진 목소리에 도연은 소스라치게 놀라서 고개를 홱 돌렸다. 테이블 옆에 식판을 든 승재가 선선한 미소를 지은 채로 서 있었다.

"뭐라고?"

뭐라고 물었는지 뻔히 다 들었으면서 도연은 마치 못 들었다는 듯이 되물었다. 그러자 승재는 주변 분위기는 전혀 신경 쓰지 않는다는 듯이 환한 미소를 머금으며 걱정 어린 목소리로 대꾸했다.

"좀 어떠냐고."

도연은 대체 뭘 묻는 건지 모르겠다는 듯이 무구한 표정으로 승재를 올려다보았다. 마주 앉은 신애가 묘한 눈빛으로 도연을 바라보는 게 느껴졌다.

얘 지금 나한테 어쩌라고 이러는 걸까?

도연은 태연한 척하려고 노력했다. 침착해야 한다. 일단 승재를 돌려보낸 뒤, 신애를 수습해야 했고, 그러고 난 뒤에는 등이 따갑도록 노려보고 있는 여자애한테 쿨한 척 아무 일도 아니라는 듯이 설명해야만 했다.

차도연이 유승재랑 무슨 일이 있었다는 소문이라도 나서 모친의 귀에 들어가는 날에는 수습이 불가능해지리라.

"아, 아까 계단에서 넘어진 거? 괜찮아. 고마워. 물어봐 줘서."

자신이 듣기에도 퍽 재수 없는 목소리가 흘러나왔다. 승재의 얼굴에 당황스러운 기색이 살짝 스쳤다가 사라졌다. 당황스러울 만도 하다. 걱정스러운 마음에 물었는데, 상대가 정색하며 딴소리를 하고 앉아 있으니, 누구라도 당황할 것이다.

"그럼, 다행이고."

승재가 선선히 대꾸했다. 어쩌면 지금 승재는 자신에게 정나미가 뚝 떨어져 버렸을지도 모른다는 생각이 들었다.

심장이 또다시 바짝 조여들었다. 승재가 싫어서 일부러 밀어내려고 쌀쌀맞게 군 게 아니었는데, 딱딱해진 승재의 얼굴을 보니 도연의 우려가 현실이 된 듯했다.

"아까 내가 말했던 거 잘 생각해 보고 알려 줘."

그런데 딱딱한 얼굴을 하고 있던 승재가 이내 미소를 머금으며 저리 덧붙이고는 등을 돌렸다. 멀어지는 승재의 듬직한 뒷모습을 도연은 저도 모르게 넋을 놓고 바라보았다.

이렇게 복잡한 순간에도 유승재의 뒷모습이 멋져 보이다니, 정말 미쳤다.

"야, 차도연 너 뭐야?"

좀 전까지 초상이라도 난 것처럼 곡을 해 대던 여자애가 자리를 박차고 일어나 도연이 앉아 있는 곳으로 달려왔다. 승재가 서 있었던 자리를 청순함이 사람으로 태어나면 이렇게 생겼을 것만 같은 여자애가 차지했다.

"내가 뭐냐고 묻는 거야?"

자신은 이름도 모르는 여자애였는데, 도연의 이름을 알고 있다는 게 신기할 따름이었다. 혹시 승재가 자신의 이름을 알고 있던 것과 같은 이유일까? 단순히 공부를 잘해서?

눈앞에 서 있는 여자애가 청순함으로 무장했다면, 도연은 또래 여자애들이 범접할 수 없는 분위기를 지니고 있었다. 그 속은 순진하고 무구한 10대 소녀가 들어차 있을지 몰라도 도연은 또래를 단번에 압도하는 법을 알고 있었다. 누군가와 복잡하게 얽히는 게 싫어서 쓰는 위악의 가면과 같은 맥락이었다.

"아, 아니. 그게 아니라."

여자애는 어쩔 줄을 몰라 하며 도연과 마주하고 있던 시선을 피해 버렸다.

"너 유승재랑 무슨 일 있었어?"

눈을 피하기는 했지만, 자신이 알고 싶은 것은 꼭 묻고야 말겠다는 확고한 의지가 묻어나는 질문이었다.

"없었어."

도연은 짧게 대꾸했다. 그러자 불만족스러운 대답을 들은 여자애의 얼굴이 새빨갛게 달아올랐다.

"그럼, 아까 승재가 했던 말은 뭐야?"

"몰라."

이번에도 짧은 도연의 대꾸에 여자애는 눈을 한 번 지그시 감았다가 뜨고는 씩씩거렸다.

"왜 몰라, 네가 모르면 누가 알아?"

"그 말을 한 유승재가 알겠지. 궁금하면 가서 직접 물어봐."

이 여자애는 절대 승재에게 가서 물어볼 깜냥은 못 될 터였다. 도연은 다소 차갑게 대꾸하고는 신애를 향해 물었다.

"다 먹었어?"

"어, 가자."

같은 부류라는 건 이래서 편하다. 신애는 도연이 청순함의 대명사처럼 보이는 여자애에게서 빨리 벗어나고 싶어 한다는 것을 단번에 눈치챈 듯 자리에서 일어나 도연의 팔을 잡아끌었다.

"야, 너 유승재한테."

뭐라고 더 시비를 걸려고 하나 귀를 기울이려는데, 신애가 돌아서더니 소리쳤다.

"유승재한테 가서 물어보라는 말 그새 까먹었어?"

그러곤 검지로 제 머리를 톡톡 두드리며 안타깝다는 듯이 고개를 절레절레 내저었다. 신애의 얼굴은 마치 이래서 머리 나쁜 애들은 상종을 못하겠다고 말하고 있는 듯했다.

와, 재수 없어!

신애가 자신의 편을 들어 주고 있는 게 분명한데도 그 모습이 몹시도 재수가 없어서 도연은 혀를 내둘렀다. 그 말을 들은 여자애 또한 어이가 없고, 기가 막히는데 뭐라고 대꾸해야 할지 몰라서 당황한 듯했다.

"가자, 도연아."

또다시 신애가 도연의 팔을 잡아끌었다. 결국, 할 말을 잃은 여자애가 청순한 목소리로 내뱉은 건 쌍욕이었다. 도연은 저런 쌍욕을 들을 만했다며 고개를 주억거렸다.

"저년이 내가 욕을 못 해서 안 하는 줄 아나. 지금이 어떤 땐데 남자애한테 붙어서 지랄이야. 유승재는 관심 1도 없는 것 같은데. 그치?"

도연은 저도 모르게 고개를 끄덕거리고 말았다.

"한심해 죽겠다니까. 성적 떨어졌다는 년이 책이라도 한 자 더 봐야지. 멍청한 짓을 골라서 하고 앉았어. 안 그래? 유승재는 너 좋아하는 것 같은데."

음? 이제껏 고개를 끄덕거리던 도연은 식판을 반납하는 신애를 물끄러미 바라보았다.

"왜?"

신애는 자기가 틀린 말을 했느냐는 듯이 물었다.

"너 방금 뭐라고……."

했느냐고 물었다가는 신애가 또 검지를 머리에 대고 톡톡 두드릴 것만 같았다.

"유승재가 너 좋아한다고."

너무도 당연하게 내뱉어서 현실감이 없었다.

"유승재가 나를?"

도연이 식판을 반납하고는 절대 그럴 리 없다며 헛웃음을 터뜨렸다.

"어."

신애가 그것도 몰랐냐는 듯이 고개를 끄덕거리며 대꾸했다.

"아니야. 아까 내가 계단에서 미친년처럼 미끄러져서 그런 거야."

"거짓말."

마치 자신이 도연의 머리 꼭대기에 앉아 있다는 듯이 신애가 음흉한 눈빛으로 쏘아보았다.

"얼마나 당황했으면 우아한 차도연 입에서 미친년이라는 상스러운 말이 나와?"

새삼 감동스러울 지경이었다. 제법 친하다고 여기기는 했지만, 신애가 자신을 이렇게 잘 파악하고 있으리라고는 생각지도 못했다.

"그 감격한 표정은 뭐지?"

신애가 어이없다는 듯이 미간을 찌푸렸다.

"아니, 네가 생각했던 것보다 날 잘 알아서."

"됐고. 너 그런 말 안 쓰는 거는 전교생이 알 것 같고."

그럼 유승재가 나를 좋아한다고 했던 건? 그건 뭔데?

다시 말하지만 포커페이스는 도연의 특기였다. 그런데 오늘따라 그 특기가 자꾸만 실종된다.

"아까 유승재가 널 보는 눈빛이 마치 축구공을 보는 듯한 눈빛이었어."

도연은 되물을 말을 잊은 채로 입만 떡 벌렸다. 이건 또 무슨 종류의 비유인지 모르겠다.

"축구공?"

"사랑스럽다는 듯이."

"걔가 축구공을 사랑스럽게 쳐다보는 걸 네가 어떻게 알아?"

급식실을 나서면서 주위를 의식한 도연이 목소리를 낮추며 물었다.

"나도 걔 좋아하거든."

신애가 너무도 자약하게 대꾸해서 도연은 할 말을 잃어버리고 말았다.

본인도 승재를 좋아하면서 도연에게 승재가 좋아하는 것 같다고 말한 건, 나한테 싸움 거는 건가?

대한민국 고3은 대부분이 반은 미쳐 있는 상태라고는 하지만, 신애가 설마 이런 식으로 싸움을 걸어오는 것은 아닐 거라 여겼다.

"뭘 그렇게 심각한 얼굴을 해?"

신애가 아까 그 여자애를 바라봤던 눈빛을 장착하며 한심하다는 듯이 물었다.

"우리 학교 여자애 중에 유승재 안 좋아하는 애 찾는 게 더 힘들지 않을까?"

"그런가."

도연은 긍정도 부정도 하지 않았다. 자신도 승재를 좋아하고 있다는 사실을 들키고 싶지 않았을뿐더러, 마음을 부정하고 싶지도 않았다. 비겁하게도 도연은 자신의 마음을 그대로 유기하는 방법을 택했다.

"너 아까 그래서 걔한테 그런 거야?"

"아니, 그년은 좀 미친년이라 짜증 나서."

신애는 도연에게 우아하다는 표현을 썼지만, 이제껏 신애도 단아한 여고생 이미지였다. 그런데 서슴없이 욕지거리를 내뱉는 모습에 웃음이 터지고 말았다.

"왜 웃어?"

"너 이렇게 욕하는 거 좀 웃겨서."

"됐고. 너 아까 유승재가 말한 거, 말해 달라고 해도 안 해 줄 거지?"

은근히 떠보는 말투이기도 했지만, 이미 그렇게 단정 짓고 포기하는 말투 같기도 했다. 도연은 이번에도 긍정도, 부정도 하지 못했다.

나, 참 어리숙하다.

비겁하게 보일지도 모르겠지만, 살면서 처음 겪는 일이라 그런지 대응이 미숙하기만 했다. 어떻게 대답을 해야 좋을지 몰라서 도연은 그저 복도 바닥만 내려다보며 걸음을 옮겼다.

"그럼, 그거 대답 안 해 주는 대신."

신애가 조건을 걸려나 보다.

"대신?"

도연이 조심스럽게 되물었다.

"유승재랑 키스하면 어떤 느낌인지 꼭 말해 줘."

신애의 폭탄 발언에 도연은 하마터면 발이 꼬여서 넘어질 뻔했다.

"뭘 해?"

"키스."

순간 승재와 입술을 맞대고 있는 모습을 상상하고 말았다. 얼굴이 타오르는 것처럼 화르르 열이 올랐다.

"품에 안기면 가슴이 얼마나 단단한지도 말해 줘. 키스는 얼마나 잘하는지, 무슨 맛이 나는 지도 말해 줘야 한다. 근데."

애 점점 무서워지려고 한다.

"졸업하기 전까지는 키스만 해. 진도 더 나가지 말고."

지엄한 표정까지 지어 보이며 신애가 심각하게 읊조렸다.

"대신 졸업하고 진도 빼면 다 말해 줘야 한다, 알겠어?"

신애가 심각한 얼굴로 대답을 종용하는가 싶더니 눈을 가늘게 뜨고는 목소리를 낮추며 음흉하게 속삭였다.

"걔 허벅지 봤어? 장난 아냐."

"미쳤나 봐!"

도연은 저도 모르게 신애의 팔뚝을 내리쳤다. 그리고 동시에 웃음이 터지고 말았다. 한참을 웃고 난 뒤, 도연이 조심스러운 목소리로 물었다.

"진짜 네가 보기에 승재가 나 좋아하는 것 같아?"

신애는 단연코 그렇다는 듯이 고개를 세차게 끄덕거리며 강조하듯 말했다.

"꼭. 키스. 가슴. 허벅지!"

정말이지 신애는 두뇌가 명석한 아이임이 분명했다. 도연이 이런 일을 재잘재잘 떠들지 못할 거라는 사실을 잘 알 텐데, 저렇게 강조하는 걸 보면 고도의 방해 작전이 아닐까 싶었다.

내가 네 옆에서 두 눈 시퍼렇게 뜨고 있는데, 친구도 좋아한다는 남자랑 사귈래? 하는 의도랄까.

"아니야. 네가 착각한 걸 거야."

그리 말하는 도연의 머릿속에는 끊임없이 므흣한 장면들이 떠오르기 시작했다. 그와 더불어 아까 옥상에서 슬레이트에 몸을 가린 채로 붙어 서 있을 때 느꼈던 감각들이 생생하게 떠올랐다.

"착각인지, 아닌지 승재 떠볼까?"

신애가 눈썹을 들썩거리며 음흉한 미소를 지어 보였다. 누군가가 어떤 마음을 품고 있는지 떠본다는 것은 그다지 바람직한 행동이 아니라는 생각이 들었다. 살기 위해서 위악적인 가면을 쓰고 있는 도연이었지만, 그렇다고 남에게 크게 해가 되는 짓을 했다든지 아니면 누군가에게 큰 상처를 입혔던 적은 없었다.

그저 자신을 그대로 내버려 뒀으면 하는 바람에 차가운 벽을 세우고 뾰족해져서 자신을 방어했을 뿐이었다. 그런데 지금 신애가 벌이려고 하는 일은 승재가 기분 나빠할 만한 일이었다.

굳이 짝사랑 상대를 기분 나쁘게 할 필요가 있나? 그랬다가 승재가 나를 못된 애로 기억하면?

도연의 미간에 미세한 주름이 잡히기 시작했다.

"뭐가 그렇게 심각해?"

신애가 이끄는 대로 발걸음을 옮기다 보니 매점 앞이었다. 신애는 새로 나왔다는 거꾸로 수박바를 사서 도연에게 건네며 말했다.

"그렇게 떠보는 건 좀 아닌 것 같아."

수박바를 입에 집어넣던 신애가 의외라는 듯 눈을 휘둥그렇게 뜨고 도연을 바라보았다.

"뭐가 아닌 것 같아?"

"승재가 나중에 알면 기분 나쁠 거 아냐. 굳이 다른 사람 기분 나쁘게 할 일을 만들 필요가 있어?"

신애가 고개를 이쪽에서 저쪽으로, 그리고 저쪽에서 이쪽으로 흔들거리며 의문스러운 눈빛을 빛냈다.

"내가 그동안 차도연을 잘못 봤나 보네."

"뭐?"

"똑똑한 줄 알았는데."

"그럼, 안 똑똑하다는 말이야?"

도연은 어떻게 그런 말을 할 수가 있냐는 듯 신애를 노려보며 수박바를 입에 넣었다. 어릴 때 수박바를 먹으면서 초록색 부분이 많으면 맛있을 거라고 생각했었다. 그런데 막상 초록색 부분이 많아지니 원조 수박바가 더 낫다는 생각이 들었다. 인간은 참 간사한 존재인가 보다.

"너도 유승재가 어떤 마음으로 너한테 그렇게 말 거는 건지 궁금하지 않아? 유승재 마음을 알고 나면, 네가 뭔가 결정을 내리는 데 편하지 않겠어? 우리 지금 정말 중요한 시긴데, 유승재가 계속 옆에서 알짱거려 봐. 너 되게 신경 쓰일걸?"

"별로."

별로라고 말하고 있었지만, 사실 옥상에서 있었던 일 때문에 신경 쇠약에 걸릴 것만 같았다.

"그리고 걔가 너네 집 분위기 모르고 막 적극적으로 매달린다고 치자. 그럼 어떻게 될 것 같아?"

이미 승재는 도연의 집안 분위기를 대충 알고 있을 듯했다. 하지만 이걸 정정해 주려면 오늘 있었던 일을 신애에게 전부 설명해야만 할 것 같아서 그만두었다.

"또."

이번에는 신애가 망설였다. 신애는 이런 말을 하는 자신이 경멸스럽다는 듯이 조용하게 읊조렸다.

"사람 일 모르는 거잖아. 유승재가 그럴 리 없지만, 너한테 뭔가 원하는 게 있어서 접근한 거면 어떡할래?"

자신도 승재를 좋아하기는 하지만, 그러한 경우도 완전히 배제하지는 말라는 듯 신애의 얼굴에 걱정스러운 기색이 어렸다.

"그런 건 아닐 거야."

원하는 건 다 들어주겠다고, 승재의 종아리를 끌어안고 울부짖던 자신의 모습이 머릿속을 스치고 지나갔다.

그리고 일탈이 되어 주겠다던 승재의 위험했던 미소도.

신애가 한숨을 폭 내쉬며 말했다.

"너 오늘 정신 나간 사람처럼 보여서 그래."

"내가?"

"어. 유승재 때문이지? 뭐가 됐든 빨리 담판을 짓는 게 좋지 않아? 감정 소모하면서 시간 낭비할 필요 없잖아."

신애가 하는 말이 백번 옳았다. 일분일초가 아까운 시기였다. 평생 하지 않았던 방황을 지금 시작한다면 돌이킬 수 없어질지도 모른다. 하지만 그렇다 할지라도.

"그래도 그건 아닌 것 같아."

"설마 내가 유승재한테 가서 너 죽을병 걸렸다고 거짓말이라도 할까 봐?"

"그게 아니라."

"너도 유승재 좋아하지?"

허를 찌르는 질문에 도연은 입을 꾹 다물었다.

"아닌 척 그만하고. 아까 유승재가 말 거니까, 엄청 당황하더라?"

오늘 하루가 꿈이었으면 좋겠다. 겨우 몇 시간 동안 일어난 일치고는 너무도 파란만장하다.

"내가 알아서 할게. 너 괜히 신경 쓰지 마."

신애가 말했던 것처럼 중요한 시기니까 괜히 신경 쓰이게 해서 미안하다는 의미였다. 그런데 신애가 답답하다는 듯이 입을 열었다.

"내가 미칠 것 같아서 그래."

이제껏 담담하던 신애의 목소리에 물기가 어렸다. 도연은 신애의 갑작스러운 감정 변화가 당황스러웠다.

"나 대학 붙으면 유승재한테 고백하려고 했단 말이야. 물론 유승재가 여자애들 고백 안 받아 주는 거로 유명한 거 아는데, 그래도 고백은 한번 해 보고 싶었다고. 단념하든, 후회하든. 그렇게 마음 접으려고 했어. 그거 하나로 버티고 있었는데."

자신이 승재를 바라봤던 것보다 신애의 눈빛이 더 깊었을지도 모른다는 생각이 들었다. 신애는 수박바를 다 먹고 교실로 갈 때까지 말이 없었다. 교실 문 앞에 도착하자, 신애가 평소와 다를 바 없는 목소리로 입을 열었다. 이제 감정이 좀 추슬러진 모양이었다.

"너 유승재 상처 주면 죽여 버릴 거야."

섬뜩한 말을 여상한 목소리로 내뱉는 신애의 말투에는 애정이 뚝뚝 묻어났다.

"근데 유승재가 너한테 상처 주면, 내가 걔 조져 놓을 거야."

갑자기 가슴이 뭉클했다. 아까 승재 때문에 가슴 설레었던 것과는 비교도 되지 않는 감정이었다. 그저 같은 부류여서 어울리는 사이라고 여겼었다. 그런데 그게 아니었나 보다.

"무슨 일 있으면 나한테 제일 먼저 말해라."

신애가 자신의 어깨로 도연의 어깨를 툭 치며 말했다.

"알겠어."

도연은 속삭이듯 대꾸했다.

세상은 오롯이 혼자 살아가야 하는 거라고만 여겼었다. 누군가 자신의 편에 서 줄 거라는 생각은 감히 해 본 적조차 없었다. 세상에 대한 불신은 도연을 스스로 고립되게 했다. 낳아 준 부모조차도 자식을 박대하는데, 누가 자신을 믿어 줄까 싶은 두려움이 가슴속 깊은 곳에 존재하고 있었나 보다.

그런데 그저 비슷해서 어울리는 거라고 여겼던 친구가 먼저 감정을 드러내며 다가오자 가슴 한쪽을 꽉 막고 있었던 둑이 무너져 내리고 뜨거운 감정이 철철 흘러넘쳤다.

그와 동시에 승재가 했던 말이 귓전을 맴돌았다.

'내가 너의 일탈이 되어 줄게.'

사방이 막힌 고립된 삶을 사는 자신을 구원해 주기 위해 승재가 손을 내민 것일까? 그게 아니면 그저 함께 어울리자는 말을 10대 특유의 치기 어린 말투로 내뱉은 것일까?

아무리 생각해도 결론이 나지 않았다.

재미는 없지만, 평온했던, 지루하고 즐겁지 않지만, 그래서 감정을 소모할 기회도 전혀 없던, 그야말로 꽉 막혀 있던 삶에 틈이 생겨나기 시작했다.

연습 구장까지 찾아오는 여자애들은 거의 정해져 있었다. 음료수, 수

건, 편지, 초콜릿 등의 간식을 싸 들고 와서 어쩔 줄 모르는 얼굴로 시선도 맞추지 못한 채 손만 내미는 부류가 대부분이었으나, 아주 가끔 당당하게 승재와 독대를 요청하는 여자애들도 있었다.

"또야?"

라커룸에서 옷을 갈아입던 동기 중 한 명인 원효가 승재를 노려보았다.

"왜?"

"밖에서 누가 너 찾아."

승재는 벽시계를 흘끗 보고는 시간을 확인했다. 밤 10시 10분. 야자가 끝나고 아이들이 집으로 돌아갈 시간이기도 했고, 축구부 연습이 종료되는 시점이기도 했다.

"빨리 나가 봐. 이 늦은 시간에 여자애 혼자 기다리게 하면 되겠어?"

"여자애 혼자?"

내내 평정을 유지하던 승재의 목소리가 미미하게 튀어 올랐다. 승재와의 독대라고는 하지만, 고백을 앞둔 애들은 대부분 제 친구들을 데리고 와서 멀찍이 세워 놓곤 했었다.

아무도 없이 혼자 왔다고?

승재의 입가에 희미한 미소가 그어졌다.

그 애라면……?

누군가를 데리고 오지 않을 것이다. 아까 옥상에서 있었던 일을 밝히고 싶지 않아 하는 눈치였다. 점심을 먹은 뒤, 근처에 앉아 있는 것을 발견하곤 그저 걱정되어서 물었는데, 잔뜩 긴장한 얼굴로 딴소리를 해 댔다. 당황한 도연의 모습을 마주하자, 그제야 실수를 했다는 사실을 깨달았다.

학교를 방문한 부모한테 뺨을 맞았다는 사실은 당연히 숨기고 싶을 텐데…….

　앞뒤 가리지 않고 도연에게 말을 건 자신이 놀라울 따름이었다. 게다가 눈앞에서 우는소리를 해 대던 여자애가 빤히 지켜보고 있음을 알고 있으면서도 도발하는 말을 던지고 말았다.

　내가 한 말 생각해 보라고.

　내가 미쳤나?

　조바심이 일었는지도 모른다. 물도 다 말라 버린 우물 안에 갇혀서 도와 달라고 소리조차 지르지 못한 채 숨죽이고 있는 듯한 모습의 도연을 위로 끌어 올려 주고 싶었다. 그런데 도연은 그곳에서 감히 빠져나올 생각조차 없는 듯했다.

　우물이 다 말라 버린 것처럼 언젠가는 자신도 말라 사라지는 게 당연하다는 듯이 굴었다. 아스라해 보이는 아이의 위태로운 존재감을 마주한 순간, 제 앞가림도 하지 못하는 처지에 든든한 배경을 가진 공부 잘하는 여자애의 인생에 끼어든 것이다.

　일탈이 되어 주겠다는 말을 던진 이후로 머릿속이 복잡하게 뒤엉켰다.

　도연은 절대 자신을 곁에 두지 않을 것 같았다. 도연이 서 있는 우물은 깊게 파여 있었고, 그 주위에 쌓아 올린 돌담은 견고해 보였다. 그래서 조바심은 커져만 갔다.

　대체 왜?

　생전 처음 느껴 보는 감정이었다. 사람 감정이 이렇게 순식간에 휘몰아칠 수 있다는 사실이 놀라울 정도였다.

　어떻게 다시 다가가야 하나 고민도 했었다. 누군가에게 다시 말을 거는 게 이렇게 어려웠던 적은 없었다. 여자애들은 대개 승재를 반기는 편에 속했으니까.

그런데 자신을 무시하고 말 거라고 생각했던 도연이 수업을 마치고 제 발로 찾아온 듯했다. 승재는 옷을 갈아입고는 티셔츠 앞섶을 잡아끌어 올려서 냄새를 맡아 보았다.

"야, 너 향수 있지? 나 한 번만 쓰자."

원효가 별일이 다 있다는 표정을 지으며 파란색 유리병을 내밀었다. 시원한 쿨라임 향기가 코끝을 스치자 심박동이 갑자기 빨라지기 시작했다. 호흡을 가다듬으며 라커룸을 나서는 승재의 발걸음 역시 점점 빨라졌다.

빠른 걸음으로 라커룸을 빠져나와 복도에 서 있는 여자애를 마주한 순간, 승재는 저도 모르게 침음을 삼켰다.

잔뜩 상기된 얼굴로 자신을 기다리고 있는 여자애는 도연이 아니었다.

"연습 끝났어?"

아까 점심시간에 도연과 마주 앉아 있던 애였다. 자주 본 얼굴이기는 한데, 이름이 뭔지는 기억이 나질 않았다. 목에 건 학생증을 보려고 했지만, 교복 재킷에 가려져 볼 수가 없었다.

"어."

승재는 짧게 대꾸했다. 평소라면 여자애들이 상처받지 않게 하려고 좀 더 친절한 목소리를 내려 노력했을지도 모른다. 그런데 도연이 서 있을 거라고 생각했던 자리에 서 있는 다른 여자애를 발견한 순간 가슴이 묵직하게 가라앉아 버렸고, 다소 퉁명스러운 목소리가 튀어나왔다.

"나 3학년이고."

"알아. 차도연 친구 아냐?"

어쩐지 오늘은 이런 종류의 고백을 듣고 싶지가 않았다. 어디 가서 부모 없이 커서 싸가지 없다는 소리는 듣고 다니지 말라며, 누나가 귀에 못이 박히도록 잔소리를 했었다. 그래서 승재는 예의에 어긋나는 행동은 하지 않았을뿐더러, 되도록 친절하고 바른 이미지로 보이기 위해 애썼다.

그런데 지금은 그런 노력조차 어려웠다. 승재도 사람이었기에, 도연으로 인해 미묘하게 벅차올랐던 조바심이 기대감이 되었다가 실망으로 점철되어 버린 순식간의 감정 변화가 버거웠다. 그리고 아직은 그런 감정을 쉽게 갈무리할 수 있을 만큼 성숙한 어른도 아니었다.

"어, 맞아. 도연이 친구. 신애야. 윤신애."

생전 처음 들어 보는 이름이었다. 한 번도 이야기를 나눠 본 적 없는 도연의 이름은 정확하게 기억하고 있었는데 말이다. 자신을 윤신애라고 밝힌 아이도 도연처럼 든든한 배경을 가진 공부 잘하는 애였다.

그런데 차도연은 알고, 윤신애는 모른다? 대체 무슨 차이가 있어서?

승재는 신애를 물끄러미 내려다보았다. 막연히 그려 오던 이상형에 더 가까운 쪽은 신애였다. 신애는 키가 크고 길쭉길쭉하게 생겼지만, 도연은 신애보다 작았고 아주 약간 통통한 편에 속했다.

"나는 왜 찾았어?"

여자애들이 고백했다가 거절당하고 간 다음 날이면 학교가 떠들썩해지곤 했다. 거절당하기는 했지만 그래도 유승재는 멋있다는 게 공통된 의견이었다. 그래서 차이고 나서도 친구 혹은 선후배 관계는 유지할 수 있는 거 아니냐며 승재의 곁을 맴돌았다.

그런데 이번에는, 최초로 그악한 소문이 나지 않을까 싶은 생각이 들었다. 앞에 서 있는 신애와 좀처럼 기껍게 대화를 나누고 싶은 마음이 생기질 않았다.

"그게 내가 할 말이 있는데."

"그래, 할 말이 있으니까 찾아왔겠지."

당연히 할 말이 있으니까 찾아왔을 것이다. 열린 복도 창문 사이로 가을 밤의 선선한 바람이 불어왔다. 바람으로 인해 퍼져 나가는 쿨라임 향이 괜히 역겹게 느껴졌다. 아까는 분명 가슴 설레는 향이라고 느꼈는데 말이다.

"도연이 말이야."

"도연이?"

당연히 고백해 올 거라고 생각했던 신애는 뜻밖의 이름을 꺼내 들었다.

"차도연이 왜?"

승재는 저도 모르게 어금니를 악물고 되물었다.

"도연이 좋아하는 애 있어."

"뭐?"

"너도 아는지 모르겠는데, 도연이 집이 좀 엄해. 그래서 쉬쉬하고 혼자 좋아하는 거랬어."

이게 차도연의 대답인가?

승재는 고개를 옆으로 기울이며 눈을 가늘게 뜨고는 신애를 내려다보았다.

"차도연이 그래? 나한테 가서 그렇게 말하라고?"

"아냐. 도연이는 내가 찾아온 거 몰라."

저절로 한숨이 흘러나왔다. 본인은 모르는 일이라고 하니, 이걸 대답이라고 여길 수는 없었지만, 내용이 문제였다.

좋아하는 놈이 있다고?

"그게 누군데?"

승재는 대뜸 물었다.

"나도 몰라."

신애는 알고 있다고 할지라도 절대 대답해 줄 수 없다는 듯이 단호하게 고개를 가로저었다.

"그래서 나한테 그거 말해 주려고 찾아온 거야? 네가 왜?"

"정리하려고."

"대체 뭘?"

제 감정만으로도 충분히 복잡한데, 거기에 폭탄을 던져 놓은 신애는 상황과 전혀 어울리지 않는 말을 했다.

"나 사실 너 좋아해."

"뭐?"

고백이 아닐 거라고 생각했는데, 예기치 못한 타이밍에 고백의 말이 튀어나왔다. 승재는 당황한 나머지 제대로 들은 말을 잘못 들은 건가 싶어서 되물었다.

"이제는 안 좋아하려고."

그리 말하는 신애의 목소리에 울음기가 배어났다. 무슨 뜻인지 묻고 싶었지만, 승재는 침묵을 택했다. 신애가 감정을 추스르고 다시 입을 열기를 기다리는 편이 낫겠지 싶었다.

좀 전까지만 해도 자신을 찾아온 이가 도연이 아닌 신애라는 사실에 신경질이 났다. 그런데 울음을 참기 위해 안간힘을 쓰고 있는 신애의 얼굴을 보고 있자니 안쓰러운 마음이 들기 시작했다. 승재는 입술을 말아 문 채로 우물거리고 있는 신애를 내려다보며, 대화 내용을 정리했다.

그러니까 차도연은 좋아하는 남자애가 따로 있고, 윤신애는 나를 좋아했었는데, 이제부터는 안 좋아할 예정이고, 그걸 정리하기 위해 날 찾아 온 거라고?

도통 무슨 말인지 알 수가 없어서 이맛살이 저절로 찌푸려진 순간, 신애가 다시 입을 열었다.

"너 도연이 좋아하는 거 알아."

"내가?"

당황스러운 나머지 목소리가 튀어 올랐다. 화들짝 놀라서 되물은 말에 신애는 확신 어린 시선으로 승재를 올려다보았다.

"어, 너 도연이 좋아하잖아."

"네가 그걸 어떻게 알아?"

"네가 축구공 보듯이 도연이를 보니까."

"내가 축구공을 어떻게 보는데?"

"엄청 사랑스럽다는 듯이?"

기가 막혀서 헛웃음이 나오려는 것을 간신히 참아 냈다. 이제껏 축구공을 보고 사랑스럽다고 여겼던 적은 없었다. 그런 닭살 돋는 생각을 어떻게 해? 공이 사랑스러워? 왜?

일곱 살 때 어린이날 선물로 축구공을 받았다. 그저 공을 굴리고 노는 게 좋아서 틈만 나면 운동장을 뛰어다니곤 했었다. 그러다 축구공을 몸에서 떼어 놓고 싶지가 않았다. 온종일 공만 가지고 놀 수는 없을까 생각하다가 축구 선수가 되고 싶어졌다.

어릴 때는 그저 좋기만 했다. 그런데 둥글기만 한 공이 선수 생활을 이어 갈수록 복잡다단해졌다. 좋아하는 감정만으로 선수 생활을 이어 갈 수는 없었다.

그러니까 내가 축구공을 보듯이 차도연을 보고 있다고?

"그래서 내가 축구공을 보듯이 차도연을 보는 것 같아서, 너는 차도연의 친구니까 나를 좋아하지만, 이제는 안 좋아하겠다. 이거야? 이걸 정리하러 왔다는 거야?"

신애는 그렇다는 듯 고개를 끄덕거리며 입을 열었다.

"아까 점심시간에 네가 도연이 보는 얼굴 보고 나서 오후 수업 시간 동안 집중이 하나도 안 되더라고. 그래서 빨리 정리하는 게 낫겠다 싶어서."

결국은 상황 정리가 아니라 제 감정을 정리하고 물러서기 위해 찾아왔다는 의미였다.

"그런데 아까 차도연은 좋아하는 남자애 있다고 하지 않았어?"

신애는 잠시 골똘히 생각하는 얼굴이 되어 눈동자를 이리저리 굴렸다.

"차도연이 다른 애 좋아하는 거면 네가 이렇게 와서 정리할 필요 없는 거 아냐? 차도연에 대한 내 감정도 네가 지레짐작한 것 같고."

승재가 설명을 이어 갈수록 신애의 표정이 복잡해졌다.

"뭔가 꼬였다는 생각 안 들어?"

승재의 입가에 묘한 미소가 피어오르기 시작했다. 승재는 목소리를 한껏 낮추며 입을 열었다.

"윤신애."

"응?"

나지막한 부름에 신애는 빨갛게 달아오른 얼굴로 승재를 올려다보았다.

"차도연이 좋아한다는 남자, 나도 아는 사람이야?"

"아, 아니!"

이래서 공부만 하면 안 되는 거다. 교과서적인 정리만 했던 애들이라 그런지 속이 훤히 읽혔다.

"차도연이 누구 좋아하는지 나는 알겠는데?"

분명 이쪽 감정이 도연에게 기울었다는 사실뿐만 아니라, 도연 역시 이쪽에 마음이 있다는 것을 알게 되었기에 친구인 신애는 격해진 제 감정을 견디지 못한 나머지 나섰을 것이다.

"아냐. 네가 모르는 사람이야. 됐지?"

더 말을 섞으면 들키게 될 거라고 생각했는지, 신애가 얼른 뒤돌아섰다.

"아, 그래? 근데 도연이가 좋아하는 애 있다는 말은 나한테 왜 했어? 네 감정 정리할 거면 그냥 네 얘기만 하면 되는 거잖아? 일종의 질투심 유발이야?"

승재가 돌아선 신애의 등에 대고 물었다. 얄팍한 어깨가 움찔하는 게 눈에 들어왔다. 맥락을 정확하게 짚은 듯했다.

마침내 신애가 돌아섰다. 승재는 여유로운 미소를 머금은 채로 말했다.

"그거 알아? 나는 골키퍼가 막고 있는 골문에 골을 넣어야 하는 공격수야."

신애는 다 아는 사실이라며 고개를 끄덕거렸다.

"그리고 남한테 지는 거 되게 싫어해."

"그래서? 하고 싶은 말이 뭐야?"

"지금……. 내가 막고 있는 골대에 내가 골을 넣어서, 내가 나를 이겨야 하는 상황인 거야?"

차도연이 좋아하는 남자가 유승재냐고 묻고 있었다. 신애는 검지로 허공을 짚어 가면서 승재가 했던 말을 곱씹고는 팔을 축 늘어뜨리며 대꾸했다.

"그냥 모른 척해 줄래?"

"차도연 성격에 나한테 가서 떠보라고 했을 리는 없고, 보니까 오지랖이 축구장만 한 윤신애가 나섰다가 들킨 거네?"

"그러니까 모른 척해 달라고. 다 그냥 너네 둘이 잘됐으면 하는 마음에, 내가."

"모른 척 못 하겠는데?"

승재가 가슴 앞으로 팔을 교차해서 팔짱을 끼며 심술 맞게 대꾸했다.

"도연이 상황이 좀 복잡해. 도연이가 망설이고 있는 것 같아서, 네가 좀 더 적극적이었으면 좋겠어서 그런 건데……. 아, 씨. 내가 괜한 짓 한 것 같네. 그냥 모른 척해 주라. 응? 그리고 도연이 그렇게 쉽게 안 넘어올걸?"

"친구로서 의도는 좋았지만, 방법이 어설펐고, 그 결과가 수습되지 않으니 그냥 모른 척해 달라? 너는 나를 좋아하기는 했지만, 내가 도연이랑 잘됐으면 하고 바라는 거고?"

승재의 정리에 신애가 고개를 끄덕거리며 대꾸했다.

"너한테는 고백하고 끝이지만, 도연인 나한테 하나밖에 없는 친구야. 모른 척해라, 응?"

"차도연 전화번호 줘 봐. 그럼 모른 척해 줄게."

"야, 너 너무한 거 아냐? 나 지금 너한테 고백했다가 차였거든! 근데 도연이 전화번호 달라는 말이 나와?"

"네가 나를 정말 좋아했으면 도연이가 아니라 나를 선택했겠지, 안 그래?"

겨우 오늘 점심시간에 있었던 일을 가지고 달려온 것을 보면 신애는 성질이 급하고 계산적인 듯했다. 이런 부류의 사람에게는 에둘러 설명할 필요가 없다.

"그건 그렇지."

"그리고 너는 나랑 도연이랑 잘됐으면 하는 마음에 나선 거라며. 그럼 전화번호 정도는 알려 줄 수 있는 거 아니야?"

신애가 분을 못 이기겠다는 듯이 한숨을 씩씩 내쉬며 대꾸했다.

"타이밍이 좀 그렇잖아."

"타이밍이 뭐? 우리 고3이야. 일분일초가 아까운 시기 아냐? 너는 오늘 반나절 날린 거로 속 터져서 나 찾아왔지? 나 도연이랑 오늘 오전에 처음 인사하고, 점심때 알은척한 거거든? 갑자기 스토리 전개가 빨라지는 건 네 덕인데? 그런데도 나는 네 고백을 거절했으니, 그걸 고려해서 한 일주일 묵혔다가 도연이 전화번호 물어야 예의를 좀 차리는 건가?"

신애는 말문이 막혔는지 입을 꾹 다물었다.

"그리고 내가 또 너무한 건 뭐야? 여기서 내가 막 너한테 살갑게 굴고 그러면, 나 진짜 나쁜 새끼야, 알아? 도연이한테 관심이 있으면 도연이한테만 잘해야지. 도연이 친구인 너한테 그렇게 여지를 주면 나 개새끼 아냐?"

"그건 또 맞는 말이네."

신애가 고개를 끄덕거리며 덧붙였다.

"나쁜 새끼. 옳은 말만 구구절절하고 있어, 멋있게."

"전화번호 줄 거야, 말 거야?"

그제야 신애가 교복 재킷 주머니에서 휴대전화를 꺼내 들고는 말했다.

"네 번호 줘 봐. 메시지로 보내 줄게."

승재는 선선히 휴대전화 번호를 불러 주었다. 번호를 입력하며 신애가 중얼거렸다.

"너, 있잖아."

메시지가 들어왔는지 바지 주머니에 있던 휴대전화가 위잉 하고 진동했다.

"도연이 울리면 죽는다."

신애는 깜찍한 경고를 하고는 돌아섰다.

신애가 모퉁이를 돌아 계단으로 사라지고 난 뒤, 주머니에서 휴대전화를 꺼내 든 승재는 숫자 11개를 물끄러미 내려다보기만 했다. 전화해서 목소리를 듣고 싶은 마음이 들기도 했지만 아직은 아니었다.

우물 밖을 지나는 사람들 속에 신애가 속해 있다면, 도연은 자신의 모습이 들키지 않도록 우물 안에 꼭꼭 숨어서 살아가고 있었다. 우물 밖에 있는 이들은 다른 사람들과의 교류를 통해 앞으로 나아갈 수 있지만, 도연은 영원히 갇혀 지내게 될지도 모른다.

네가 서 있는 그곳으로 내가 손을 뻗어야만 하는 순간이 오면.

그게 간절해지면.

승재는 휴대전화를 꽉 움켜쥐었다.

점심시간 급식실에서 있었던 일은 일파만파 번져 나갔다. 도연에게 말 한 번 걸어 본 적 없는 아이들마저 슬그머니 다가와 승재와의 일을 떠보곤 했다.

"있잖아, 도연아."

그 일이 있고 나서 벌써 2주가 지났는데도 불구하고 열기는 식을 줄 몰랐다. 소문은 퍼져 나갈수록 스토리 라인이 보강되면서 더욱 구체화되었다.

둘이 죽고 못 살아 사귀는 사이였는데 도연 집안의 반대로 헤어져서 서로를 그리워한다는 설이 하나, 차도연이 사실은 축구부 애들 전부와 사귀었다는 남성 편력설이 다른 하나, 그리고 마지막은 철벽 치는 차도연에게 반한 유승재가 공을 들이고 있다는 설이었다.

유승재를 따르는 아이들은 대부분 두 번째 가설을 유력시했다. 그리고 첫 번째 가설은 말도 안 된다며 입에 올리는 것조차 싫어했다. 한편 승재를 시기하는 남자애들은 차도연의 배경을 보고 유승재가 의도적으로 접근한 거라며 입을 놀려 댔다.

"말해, 왜 불러 놓고 말을 안 해."

매점에서 커피우유를 사 가지고 나오는 도연을 불러 세운 건, 승재네 반 여자애들 무리였다. 대여섯 명의 무리가 도연을 에워싸며 쭈뼛거렸다.

이번에는 또 얼마나 어이없는 질문을 하려나 싶었다. 도연은 이렇게 시달리는 데 반해 정작 이번 사건의 또 다른 당사자인 유승재는 평소와 같은 생활을 하는 것처럼 보였다.

아, 왜 나만 만만해? 유승재한테 가서 물어보라고!

이제 슬슬 짜증이 나려고 했다. 이렇게 물어 오는 아이들한테도 짜증이 났지만, 학교가 발칵 뒤집혔는데도 불구하고 유승재는 그 뒤로 코빼기도 보이지 않았다. 그나마 불행 중 다행으로 아직 집에는 이야기가 들어가지 않은 것인지 모친 역시 잠잠했다.

하기야 등하굣길을 지키는 기사부터 시작해서 학교 선생들까지 매수한 모친인데, 붙여 놓은 사람들만 추궁해도 헛소문임을 진작 알아차렸을 것이다.

그걸 이 아이들은 모른다는 게 문제라면 문제였다.

"너 유승재가 뭐 좋아하는지 알아?"

이건 처음 듣는 종류의 질문이었다.

"뭐?"

질문을 듣지 못한 건 아니지만, 무슨 의미인지 파악하기 위해 되물었다.

"아니, 유승재한테 뭐 선물하려고 하는데, 뭘 좋아하는지 알아?"

"축구 선순데 축구 좋아하겠지."

도연은 교실 쪽으로 걸음을 옮기며 심드렁하게 대꾸했다.

"그건 당연한 거고……. 유승재가 뭐 좋아하는지 정말 몰라?"

"몰라, 내가 그걸 어떻게 알아?"

"그럼, 네가 물어봐 주면 안 돼?"

처음 질문을 던진 여자애의 뒤에 서 있던 다른 애가 끼어들었다.

"내가 왜?"

도연의 되물음에 아이들은 답답하다는 표정을 지어 보였다.

"네가 물어보는 건 승재가 대답해 줄 거 아냐."

"싫어. 궁금하면 직접 가서 물어봐."

따라붙는 아이들이 귀찮았다. 이런 관심은 원하지 않았다. 그리고 뭐가 진짜로 있었으면 억울하지라도 않겠다. 이 아이들이 승재에게 말을 거는 걸 망설이는 것처럼 도연 역시도 승재와 데면데면한 사이였다.

재게 발걸음을 옮기던 도연이 딱 멈춰 섰다.

"근데 왜, 내가 물어보는 거엔 유승재가 대답해 줄 거라고 생각하는데?"

"유승재가 여자한테 먼저 말 거는 거 네가 처음이었어. 우린 다 따라다

녀야 하는 입장인데, 너는 아니잖아. 유승재가 너한테 먼저 말 걸었잖아."

그러니까 먼저 말을 걸었다는 사실 하나가 이렇게 대단하게 작용한다는 거였다. 도연은 말도 안 되는 일이라며 다시 걸음을 옮겨 가기 시작했다.

생각했던 것보다 유승재는 훨씬 더 대단한 녀석이었나 보다. 도연 역시도 남모르게 승재를 바라보고 있는 처지였는데, 대놓고 승재를 따랐던 아이들은 승재에 대해 모르는 게 없어 보였다.

그런데 유승재가 뭘 좋아하는지도 모르냐?

왜 이런 순간에 한심하다는 생각이 드는 건지 모르겠다.

모퉁이를 돌아서며 커피우유 입구를 여는 순간이었다.

"아야."

뒤따르는 아이들을 빨리 따돌려 버리고 싶은 마음에 걸음을 재촉하다가 부주의했던 나머지 맞은편에서 오는 남자애와 정면으로 부딪치고 말았다. 충돌이 얼마나 거셌던지 도연은 부딪치자마자 복도 바닥에 나동그라졌다.

"괜찮아?"

커다란 손이 도연의 어깨를 잡고는 일으켜 세워 주었다. 손에 들고 있던 커피우유가 교복 재킷 위로 쏟아져서, 교복은 이미 엉망이 되어 있었다.

그런데 문제는 복도 바닥에 넘어져 창피한 것도 아니었고, 흠뻑 젖어 버린 교복도 아니었다.

지금 다감한 손길로 도연을 일으켜 세워 주고 있는 장본인이 유승재라는 거였다. 원수는 외나무다리에서 만난다더니, 하필 유승재와 모퉁이에서 부딪치고 말았다. 근데 얘가 원수는 맞나?

"어, 괜찮아."

괜찮다고 말하긴 했는데, 안 괜찮은 것 같았다. 넘어지면서 발목을 접질렸는지 왼쪽 발이 시큰거렸다. 도연을 일으켜 세우던 승재의 미간이 살포시 찌푸려졌다.

"안 괜찮아 보이는데?"

승재의 목소리에 걱정스러운 기색이 어렸다.

"괜찮다니까. 그냥 놀라서 그래."

뒤따르던 여자애들뿐만 아니라 복도를 지나던 아이들 전부가 두 사람을 호기심 어린 눈초리로 바라보고 있었다.

도연은 아무렇지 않은 척 서서 승재를 올려다보았다. 아이들이 쳐다보고 있는 것을 알면서도 자신을 내려다보는 승재의 시선이 너무도 깊어서 도연은 눈을 떼기가 어려웠다.

어떻게 눈길을 돌려야 하나 고민하고 있는데, 눈앞에 있던 승재의 얼굴이 순식간에 아래로 사라졌다.

"아!"

승재가 도연의 앞에 무릎을 꿇고 앉아서 도연의 왼쪽 발목을 어루만졌다.

"삔 것 같은데?"

눈치 **빠른** 자식.

축구 선수여서 그런 건지, 다친 부위를 정확하게 짚어 냈다.

"보건실 가야겠다."

"알아서 갈게."

"다친 발로 어떻게 알아서 갈래?"

입이 열 개라도 할 말이 없었다. 그냥 서 있는 것만으로도 발목이 욱신

욱신하는데, 발걸음을 떼면 악 하고 비명이 흘러나올 것만 같았다.

"나랑 부딪쳐서 이렇게 된 거니까, 내가 데려다줄게. 너 이렇게 만들고 모른 척 지나가면, 내가 뭐가 되냐?"

주변 아이들은 괜한 고집을 부린다는 눈빛으로 도연을 쏘아보고 있었다. 원래 싸가지가 없다는 둥, 사람 배려하는 법을 모른다는 둥, 대놓고 들으라는 듯 떠들어 대는 아이들도 있었다.

"알았어."

도연은 고개를 푹 숙인 채로 작게 읊조렸다. 그러자 승재가 대뜸 교복 재킷 단추를 풀기 시작했다. 여자애들이 흡 하고 숨을 들이켜는 소리가 들려옴과 동시에 승재의 교복 재킷이 도연의 허리에 둘렸다.

"너 지금 뭐……."

하고 있는 거냐고 물으려는 찰나 말문이 턱 막혀 버렸다. 도연의 등허리와 뒷무릎에 승재의 단단한 팔뚝이 닿았고, 곧이어 몸이 허공으로 붕 떠올랐다. 승재의 키가 커서 그런지 도연이 느끼는 높이감은 상당했다.

동화 속 공주님을 안는 것처럼 도연을 안아 든 승재가 복도를 가로지르기 시작했다. 여자애들이 새된 비명을 질러 댔다. 심장이 곧 터질 것처럼 쿵쿵 뛰었다.

"내려 줘."

발버둥을 치면 시선이 더욱 집중될 게 뻔해서, 도연은 작은 소리로 속삭였다.

"안 들려. 뭐라고 하는지."

"내려 달라고! 다 쳐다보잖아."

목소리를 낮추고 신경질을 부려 보았지만 허사였다. 승재가 입가에 엷은 미소를 머금은 채로 미간을 찌푸리며 물었다.

"다친 발로 보건실까지 어떻게 가려고? 업힐래, 그럼?"

단단한 가슴팍에 안겨서 올려다보는 얼굴은 기가 막히게 잘생겨 보였다.

턱선은 각이 져 있었지만 매끈했고, 입술은 열정 어린 사랑을 속삭일 것처럼 지독히도 붉었다. 그리고 언제나 느끼는 거지만 승재의 콧날은 종일 바라보고 있어도 질리지 않을 것처럼 매혹적이었다.

"왜 대답을 안 해?"

또다시 질문을 던지는 승재의 목울대가 올라붙었다가 내려앉는 게 눈에 들어왔다. 그리고 품에 안긴 탓인지, 승재가 말을 할 때마다 미세한 진동이 온몸으로 느껴졌다. 그 떨림은 고스란히 심장에 전해졌고, 심박동을 더욱 벅차오르게 만들었다.

"그냥 이대로 가."

업히는 자세가 된다면 승재의 단단한 등에 자신의 가슴과 배가 닿을 게 뻔했다. 그리고 타이트한 교복 치마를 입은 채로 등에 업히는 자세를 할 수는 없었다. 닿는 면적을 최소화한 상태에서 보건실까지 가려면 이 자세 말고는 없어 보였다.

"그럼 앙탈 부리지 말고 가만히 있어. 빨리 갈 테니까."

"내가 언제 앙탈을 부렸다고……."

말을 다 끝맺을 수가 없었다. 저도 모르게 평소와는 사뭇 다른 수줍음 가득한 목소리가 흘러나와서 도연은 얼른 입을 꾹 다물었다. 차갑고 도도한 이미지의 전형이었던 무미건조한 목소리와 고저 없이 지루한 말투는 온데간데없고, 열감이 느껴지는 잔뜩 상기된 목소리가 미세하게 떨리기까지 했다.

도연은 고개를 푹 숙인 채로 몸을 웅크렸다. 도연의 긴장감이 전염된 것처럼 승재의 팔에 더욱 힘이 들어갔다. 심장이 말도 못 하게 두근거렸다. 차라리 승재가 무슨 말이라도 해 줬으면 좋겠는데, 승재는 그저 묵묵히 발걸음을 옮길 뿐이었다.

느껴지는 것은 오로지 승재의 숨결뿐이었다.

신은 왜 호흡 기관과 닿아 있는 곳을 연인들이 은밀한 스킨십을 나누는 곳으로 쓰도록 내버려 두었을까?

달콤한 승재의 숨결이 쏟아져 내려올 때마다 몸이 두둥실 떠오르는 것만 같았다. 살갗에 단지 승재가 내쉰 날숨이 닿았을 뿐인데, 마치 입술이 닿는 듯한 착각이 일 정도였다.

내가 그동안 내 성향을 미처 파악할 겨를이 없었던 걸까? 나는 혹시 변태인 걸까?

보건실로 향하는 짧은 시간 동안 오만 가지 잡생각이 다 들었다. 그러다 문득 아무 말도 없는 승재는 지금 무슨 생각을 하고 있는지 궁금해졌다.

일탈이 되어 주겠다고 말했던 승재는 지금, 무슨 생각을 하고 있을까?

"무슨 생각 해?"

나, 미친 거 맞지?

너무 궁금해서 미쳐 돌아가시겠다는 듯이 간절한 목소리가 흘러나온 순간, 도연은 제 입술을 꾹 깨물어 버렸다. 어릴 때부터 궁금한 건 물어봐야 한다고 배우고 자랐다. 모르는 건 절대 잘못이 아니라며, 모르고도 묻지 않는 게 잘못이라는 말도 귀에 못이 박히도록 들었다.

그래서 도연은 질문을 잘하는 편에 속했다. 질문을 잘해야 공부도 잘하는 거라고, 질문을 이어 가며 사고를 확장해야 한다는 유태인식 교육법에 충실했던 적도 있었다.

하필 그 교육의 효과가 지금 이 순간에 발현될 필요는 없었잖아?

차라리 이대로 건물이 무너져 내렸으면 좋겠다는 생각이 들었다. 아니면, 아까 넘어지면서 머리도 부딪쳤다고 하며 정신을 잃어버릴까? 그래, 공대에 가는 거다! 공대에 가서 타임머신을 개발해 버리자! 그래서 유승재와 얽혔던 2주 전의 흑역사와 조금 전에 이불 킥을 생산해 낸 순간들을 싹 지워 버리자!

당황스러운 나머지 머릿속 생각들은 점점 더 이상한 방향으로 가지를 치며 뻗어 나갔다. 도연이 자포자기한 심정으로 어떻게 하면 자연스럽게 정신을 놓아 버린 척할 수 있을지에 대해 엉뚱한 고민을 하던 중이었다.

"나쁜 생각."

승재가 잔뜩 억눌린 음성으로 읊조렸다. 그러고는 길게 한숨을 몰아쉬더니 덧붙였다.

"학생이 하면 안 되는 나쁜 생각."

"그게 뭔데?"

안 되겠다. 그냥, 이놈의 입을 확 꿰매 버리자!

도연은 저도 모르게 손을 들어서 제 입을 찰싹 후려갈길 뻔한 것을 가까스로 참아 냈다. 승재가 말한 나쁜 생각이라는 게 뭔지 너무도 잘 알 것 같아서 머릿속이 펑 터져 버릴 것만 같았다.

그래, 우리는 혈기 왕성한 열아홉이다. 서로 호감을 느끼고 있는 상태에서 이렇게 붙어 있는데, 그걸 궁금해하는 게 어찌 보면 당연하다. 단지 우리는 고삐 풀린 망아지는 아니기에 그런 엄청난 사고를 치지는 않을 것이다.

아니다, 나는 그렇지만……. 유승재는?

자신보다 조금 덜 이성적일지도 모른다는 걱정이 들기 시작했다. 게다가 유승재는 격하게 몸을 쓰는 운동을 하는 축구 선수다. 어쩌면 머리로 생각하는 것보다 몸이 먼저 움직여 버릴지도 모른다! 막아야겠다!

"승재야, 우리 아직 학생이야."

도연이 미간을 찌푸린 채로 읊조렸다. 그러자 승재가 한숨을 폭 내쉬는 게 느껴졌다.

"그렇지? 보건실에 보건 선생님 안 계시면, 내가 널……."

승재의 목소리가 미세하게 떨렸다. 심장이 쿵쿵 뛰기 시작했다. 승재가 엄청난 말을 해 버릴 것 같아서 어깨가 바짝 움츠러들었다.

"그러면 안 돼, 승재야. 학생으로서 지켜야 할 선이라는 게 있고."

"직접 치료해 줘야겠다고 생각했거든."

둘이 동시에 내뱉은 말이 뒤엉켰다. 안타깝게도 도연은 자신이 단단히 착각하고 있음을 이제야 깨닫고 말았다. 할 말이 없어져 버렸다. 갑자기 학교에 거대한 싱크홀이 생겨서 이대로 바닥으로 꺼져 버렸으면 좋겠다는 생각이 드는 찰나 보건실에 도착했다.

승재가 말했던 대로 보건실에는 보건 선생님이 없었다.

"보통 이 시간에는 축구부 애들 봐 주시거든. 그래서 보건실에 안 계실 줄 알았지."

승재는 평소와 다를 바 없는 목소리로 말하며 빙긋이 웃었다. 그러고는 보건실 창문 쪽에 자리한 의료용 침대 위에 도연이 걸터앉을 수 있도록 내려 주었다.

"발목 좀 봐도 되지?"

아까 아이들 앞에서 안아 들어 올릴 때는 일언반구도 없었으면서 갑자기 예의를 차리는 모습에 속이 뒤틀렸다.

"언제는 물어보고 봤어?"

장난기 어린 목소리가 툭 하고 튀어나왔다. 자신에게 이런 장난기가 숨어 있었다는 게 신기할 만큼 신이 난 목소리였다. 그런데 장난을 장난으로 받아들이지 않은 것인지, 승재의 얼굴이 빨갛게 달아오르며 당황한 기색이 역력해지기 시작했다.

"미안."

갑자기 심심한 사과를 해 와서 도연은 저도 모르게 입술을 뾰족하게 모아 물었다. 무엇에 대한 사과를 해 오는 것인지 감이 잡히질 않았다.

"가끔 답답할 때, 옥상에 올라가곤 했는데. 네가 거기 있을 줄은 몰랐어."

"아."

도연은 짧게 탄식을 내뱉었다. 언제는 물어보고 봤느냐는 질문을, 승재는 2주 전에 있었던 일까지 확대 해석 했나 보다.

"그건 그냥 잊어버려."

어쩐지 도연의 목소리가 깊게 가라앉았다. 대꾸하는 승재의 목소리도 깊이 가라앉아 있기는 마찬가지였다.

"못 잊어버리겠어……. 이건 냉각 스프레이야. 통증 완화에 도움이 될 거야."

승재가 말꼬리를 돌려 버리는 바람에 그 일에 대해 대꾸할 타이밍을 놓쳐 버렸다. 못 잊어버리겠다고 하는 승재의 표정이 어쩐지 아파 보였다. 부모에게 뺨을 맞은 건 자신인데, 마치 승재가 더 아파하는 것처럼 보였다.

"……벗겨도 돼?"

상념을 이어 가는 사이 승재가 던진 말에 도연은 질겁했다.

"아까도 말했잖아. 우린 아직 학생이고."

"양말 벗겨야, 냉각 스프레이 뿌릴 수 있어서."

또다시 둘이 동시에 말을 내뱉었고, 도연은 확 혀를 깨물고 죽어 버릴까 생각했다.

"어, 내가 벗을게."

마치 아무 말도 안 했다는 듯이 도연이 자연스레 손을 뻗으려는 순간, 승재가 기다란 손가락을 양말에 걸고 쑥 내려 버렸다.

혹시 발에서 냄새나는 거 아냐?

아까 주워 담지 못한 말은 생각도 나질 않는 지경이 되어 버렸다. 여름에는 맨발로 다니기도 하는데, 갑자기 양말이 사라진 발이 어색해서 죽을 맛이었다. 이러다 발가락부터 마비 증상이 오는 건 아닌가 싶을 정도였다. 발목 통증은 더 이상 느껴지지도 않았다.

"아야!"

승재가 왼손으로 발바닥을 감싸 쥐고, 오른손으로는 발목 윗부분을 움켜잡으며 뒤트는 바람에 새된 비명이 흘러나왔다. 통증 안 느껴진다는 말 취소다. 눈물이 찔끔 나올 만큼 아팠다.

"이제 안 아플 거야."

마치 치료를 마무리하는 것처럼 승재가 발목에 냉각 스프레이를 뿌리기 시작했다. 치익 하는 소리와 함께 하얗게 분사되는 냉각 스프레이를 내려다보고 있는데, 승재가 심각한 얼굴로 고개를 들어 올렸다.

도연이 의문 가득한 얼굴로 올려다보고 있는 승재를 내려다보며 물었다.

"왜? 안 아플 거라며."

"응."

"근데 표정이 왜 그래?"

"내가 생각했던 게 맞는 것 같아서."

"뭐가?"

"넌 알면 알수록 골 때리는 애야."

도연의 미간이 보기 좋게 일그러졌다.

"아까 무슨 생각 했어?"

승재의 입가에 야릇한 미소가 피어오르는 게 포착되었다. 승재가 말한 '아까' 가 언젠지 너무도 잘 알지만, 모른 척하고 싶다.

"아까 언제?"

"무슨 나쁜 생각을 하면, 내가 양말 벗기겠다는 말에 그렇게 기겁을 해? 내가 설마 발 페티시라도 있는 변태일까 봐 그랬어?"

기가 막힌 단어 선택에 도연은 입만 뻐끔거렸다.

"아니면 양말 말고 다른 걸 생각한 거야?"

"아니거든!"

맞다. 너무도 맞다. 하필 앉혀 놓은 곳이 의료용이기는 하나, 침대라는 가구 위여서 머릿속이 음험하게 물들고 말았다.

아까 언급했다시피, 우린 학생이고……. 나발이고, 돌아 버리겠다.

도연이 얼굴을 붉힌 채로 어찌할 바를 모르고 아랫입술을 질끈 깨물었다.

"피해."

승재의 목소리가 또다시 깊게 가라앉았다. 발목을 치료해 주느라 도연의 앞에 한쪽 무릎을 꿇고 앉아 있던 승재가 대뜸 몸을 일으켜 세웠다.

피하라고 했던가?

도연은 얼른 몸을 왼쪽으로 기울이며 피했다. 그러자 승재가 황당하다는 눈빛으로 도연을 내려다보았다.

이게 아닌가?

"너 뭐 하냐?"

"피하라며……?"

승재가 보건실 천장을 한 번 올려다보더니 한숨을 몰아쉬었다.

그렇다. 유승재의 말이 지나치게 짧은 게 지난번부터 문제였다.

"맞지 말고 피하라고, 앞으론."

천장을 향해 있던 시선이 다시금 도연을 향했다. 검고 깊은 눈동자 안에 불순물이 전혀 섞이지 않은 순수한 걱정이 반짝거렸다.

도연은 언제 그랬냐는 듯이 자세를 바로 하고 앉아서 승재를 빤히 올려다보았다. 이 여사가 손찌검하는 것을 누군가에게 들킨 건 이번이 처음은 아니었다. 가사도우미, 운전기사, 과외 선생님 등 꽤 많은 사람이 그 모습을 목격했다.

하지만 그들은 하나같이 이 여사에게 돈을 받고 생업을 이어 가는, 이 여사의 사람들이었다. 그렇기에 도연이 학대를 당하며 산다는 소문은 절대 집 담장을 넘어가지 않았다. 그리고 그들은 도연의 그런 처지를 철저하게 외면했다.

마치 못 본 것처럼. 그런 일은 처음부터 벌어지지 않았던 것처럼. 정신이 오락가락하는 이 여사는 세상에 존재하지 않는 것처럼.

그래서 애초에 도연은 이 여사에게 감히 대드는 것을 상상조차 하지 못했고, 그저 그 순간이 빨리 지나가기를 바랄 뿐이었다. 막연하게 고등학교를 졸업하고 성인이 되고 나면 달라질 거라고 여겼다. 성인이 되고 난 이후, 부모의 손아귀에서 벗어날 수 있을 거라는 보장은 없었지만, 지금과는 다른 삶을 살게 될 수 있을지도 모른다는 아득한 희원을 가슴에 품고 있었다.

그런데 견고하게 쌓아 올린 담장에 틈이 벌어지기 시작하더니, 돌 하나가 툭 떨어지고 바깥세상이 보이기 시작했다. 그리고 그곳엔 자신과 시선을 마주한 채로 서 있는 승재가 있었다. 마치 그 돌을 자신이 밀어서 떨어뜨려 버렸다는 듯이 승재는 의기양양한 눈빛이었다.

작은 틈새로 손을 뻗어 승재의 손을 덥석 붙잡고 싶었다.

그런데 승재가 나에게 손을 내밀고 있는 게 맞나?

복잡한 상념이 끝도 없이 이어졌다. 승재는 깊지만 어둡지 않은 시선으로 도연을 내려다보고 있었다.

"설마 피하면 더 심한 꼴 당하는 거야?"

승재의 목소리가 깊은 시선만큼이나 낮게 가라앉아 있었다. 도연은 가만히 고개를 가로저었다.

"피해 본 적 없어서 몰라."

도연의 대답에 승재는 당황한 기색도 없이 말했다.

"피하기라도 해. 맞고만 있지 말고."

승재의 손이 허공으로 떠올랐다가 다시 가라앉았다. 주먹을 꽉 움켜쥐는 모습이 눈에 들어왔다. 옥상으로 향하는 계단에서 모친에게 뺨을 맞은 건 벌써 2주 전의 일이었다. 그런데 뺨이 욱신거리는 듯한 착각이 일기 시작했다.

어쩌면 그건…….

허공을 휘저었던 승재의 다감한 손길이 자신의 뺨을 어루만져 주었으면 좋겠다는 바람 때문인 듯했다.

도연은 새파랗게 핏줄이 붉거지고, 뼈마디가 하얗게 도드라질 만큼 움켜쥔 승재의 주먹을 빤히 바라보았다.

"알겠어. 피해 볼게."

어쩐지 웃음이 피어났다. 전혀 웃을 수 있는 상황이 아닌데도 입꼬리가 뺨을 타고 슬며시 오르기 시작했다. 모친의 폭행을 피해 보겠다는 말을 하면서 웃음이 나오다니, 정신 착란 증세라도 일으킨 게 아닌가 싶었지만, 웃음의 이유는 너무도 명백했다.

주목받을 만한 위치에 있음에도 불구하고 도연은 모두의 방치 속에서 살아왔다. 그런데 이제 자신에게 관심을 보이는 사람이 생겼다. 승재가 어떤 마음으로 이런 말을 하는지는 아직 모르겠다. 그래서 확인해 보고 싶었다.

"일탈이 되어 주겠다는 말은, 무슨 뜻이야?"

꽉 움켜쥔 주먹을 바라보고 있던 도연의 시선이 승재의 눈으로 옮겨 갔다. 마주한 승재의 얼굴에 희미한 미소가 그려졌다.

승재가 고개를 비스듬히 기울이더니 낮은 소리로 읊조렸다.

"그냥 같이 놀자는 거지, 뭐."

나지막한 목소리에서 미세한 떨림이 느껴졌다. 그 진동이 전해져 덩달아 도연도 가슴이 떨렸다.

"뭘 하고 노는 건데?"

딱히 만족할 만한 대답이 흘러나올 것 같지는 않았다. 그런데 승재와의 대화를 이어 가고 싶은 생각에 도연은 질문을 계속해 댔다.

"뭘 할 건지 알아야, 나도."

"넌 뭐가 하고 싶은데?"

질문을 이어 가던 도연의 말문이 턱 막혀 버렸다.

뭐가 하고 싶으냐고?

이런 종류의 질문은 받아 본 적이 없었다. 정해진 길로만 가야 했기에 지도를 보고 가고 싶은 곳을 정할 필요가 없는 삶이었다.

"해 보고 싶었던 거 없어?"

좀 전에 공대에 가서 타임머신을 개발해야겠다고 생각했던 엉뚱한 상상이 머릿속을 스치고 지났다.

이걸 입 밖으로 내뱉으면 미쳤다고 생각하겠지?

"생각 좀 해 볼게."

도연은 일단 대답을 유예하기로 했다. 사실 당장에 정해진 것도, 무언가를 정할 수도 없는 상황이었기에 '생각해 보겠다'라는 대답이 가장 적절해 보였다.

"그래, 그럼."

승재가 대답을 마치자마자, 보건실 문이 열렸다.

"학교가 떠들썩하더라. 차도연 다쳤다며?"

보건 선생님의 등장에 승재는 아무 일도 없었다는 듯이 묵례를 꾸벅하고는 보건실을 나섰다. 보건 선생님이 승재에게 잘 가라며 인사를 건네고는, 해사한 미소를 지은 채로 도연을 바라보았다.

"어린애도 아니고, 복도에서 뛰었니?"

장난기 어린 선생님의 질문에 승재가 나간 문을 바라보고 있던 도연의 시선이 보건 선생님을 향했다.

"조심해야지. 고3은 말년 병장하고 똑같아. 나뒹구는 낙엽에도 몸 사려야 하는 거라고."

승재가 냉각 스프레이를 뿌려 준 발목을 보건 선생님이 이리저리 살펴 주었다. 살갑게 타박하는 투가 싫지 않았다. 그런데 고등학교 3년 동안 단 한 번도 보건실에 왔던 적이 없었는데, 선생님은 도연의 이름을 알고 있었다.

"선생님."

도연이 조심스러운 목소리를 냈다. 발목을 살피던 보건 선생님이 고개를 들어 도연을 바라보았다. 왜 그렇게 심각하게 불렀느냐고 묻는 듯한 얼굴이었다.

"제 이름 어떻게 아세요?"

황당하게 변해 버린 보건 선생님의 얼굴을 마주한 순간, 얼마나 멍청한 질문을 던진 것인지 깨닫고 말았다.

"차도연, 너는 네가 뭐라고 생각해?"

타박할 줄 알았는데, 다소 철학적인 질문이 날아들었다. 이번에는 도연의 얼굴이 황당함으로 물들었다.

"글쎄요. 그냥 공부 잘하는 애?"

보건 선생님이 잠시 뜸을 들였다가 되물었다.

"도연이 3학년이지?"

도연은 입을 꾹 다문 채로 발목에 근육 이완제를 바르고 있는 선생님을 내려다보기만 했다.

"우리 도연이는 부족한 거 없이 사는 줄 알았는데."

보건 선생님의 목소리에서 연민이 묻어나지는 않았다. 감정을 읽을 수 없는 목소리를 내는 건 혹여 도연이 상처를 받을까 봐 배려한 것인 듯했다.

"자존감이 부족하네."

따뜻한 미소를 머금은 보건 선생님이 몸을 일으켜 세우고는 덧붙였다.

"도연아, 네가 공부를 잘하지 않아도 선생님은 네 이름을 기억했을 거야."

심장에 깊은 울림이 일기 시작했다.

"혼자 교실까지 갈 수 있겠어?"

보건 선생님의 물음과 동시에 누군가 보건실 문을 두드리는 소리가 들려왔다.

"안녕하세요? 도연이 다쳤다고 해서요."

쭈뼛거리며 보건실 안으로 들어선 아이는 신애였다. 상기된 신애의 얼굴에는 걱정이 가득했다. 그런 신애의 얼굴이 반가워서 콧등이 시큰해졌다.

도연은 신애의 부축을 받으며 보건실을 나섰다. 유리창을 통해 복도로 들이치는 햇살이 벽에 닿아 반짝거렸다. 햇살이 비치자 그저 하얀색인 것처럼 보이던 벽에 페인트 붓 자국이 미세하게 드러났다.

벽에 남아 있는 페인트 붓 자국은 마음먹고 유심히 살펴보지 않으면 절대 발견할 수 없는 무늬였다.

누구든 그냥 지나치고 마는 것들. 도연은 자신이 그런 존재일 거라고 여기며 살아왔다.

그리고 유승재.

복도 벽에는 졸업한 선배들이 기증했다는 유화들이 전시되어 있었다. 그중에는 값이 꽤 나가는 것들도 있다고 들었다. 벽 한쪽을 차지한 그림을 바라보며 도연은 승재를 떠올렸다. 승재는 언제 어디서든 이목을 끄는 벽에 걸린 작품 같은 아이였다.

벽에 걸린 그림 같은 승재와 벽에 남아 있는 페인트 붓 자국 같은 도연.

어찌 보면 기가 막히게 잘 어울리고, 어찌 보면 눈물겹도록 어울리지 않는 조합이었다.

벽은 그림을 동경하고 있을까?

엉뚱한 생각이 머릿속을 스치고 지났다.

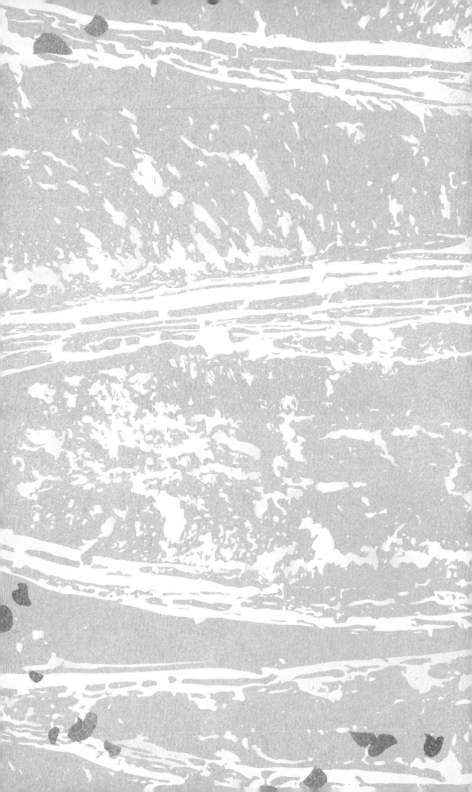

Round. 3

꿈을 꾸는 이유

❀

그라운드를 달리며 잡생각을 하는 일은 극히 드물었다. 그런데 요즘 머릿속을 자꾸 헤집고 이리저리 빨빨거리며 돌아다니는 도연 때문에 승재는 돌아가실 지경이었다.

"유승재, 집중 안 해!"

승재를 나무라는 감독의 날카로운 음성이 그라운드 위를 쩌렁쩌렁 울렸다. 안 그래도 아직 진로가 정해지지 않은 터라 속이 답답한 상황이었다. 그런데 거기에 차도연이 아주 크게 한몫 거드는 중이었다.

생각해 보겠다는 말을 한 지가 언젠데, 도연은 마치 자신을 피해 다니는 것처럼 모습을 보여 주지 않았다. 복도에서 한번 마주칠 만도 한데, 어디에 꼭꼭 숨어 있는 건지 좀처럼 찾을 수가 없었다.

"이거 교무실에 좀 갖다 놓고 와."

감독이 후배에게 서류 뭉치를 건네는 모습이 눈에 들어왔다.

"감독님, 제가 갔다 올게요."

승재는 잠시 보건실에 다녀오겠다는 핑계를 대며 후배에게서 서류 뭉치를 빼앗았다. 축구부는 일부 수업 시간에만 교실에 들어갔고, 대부분의 시간을 연습 구장에서 보냈다. 아무래도 교실에 머무르는 시간이 적다 보니 도연과 마주칠 겨를이 없다는 생각이 들었다.

감독이 말한 곳에 서류 뭉치를 가져다 놓기 위해, 승재는 일단 교무실로 향했다.

활짝 열린 교무실 안으로 들어서자 따뜻한 오렌지빛 햇살이 공간을 가득 채우고 있었다. 학교에서 교무실과 교장실이 가장 좋은 위치에 자리한다더니, 그 말이 맞나 보다.

교실보다 아늑하고 깨끗한 분위기의 교무실엔 두꺼운 문제집을 들고 수학 교사 자리 옆에 서 있는 도연이 있었다.

어쩐지 교무실에 오고 싶더라.

뛰어온 탓인지, 아니면 도연을 발견했기 때문인지 심장이 콩닥콩닥 뛰기 시작했다. 감독이 사용하는 자리에 서류 뭉치를 내려놓은 승재는 무심히 지나는 척 도연의 곁으로 다가갔다.

"선생님 안 계시네."

마치 자신도 수학 교사에게 볼일이 있었던 것처럼 승재는 태연한 목소리를 냈다. 겨우 한마디 건넸을 뿐인데 작은 어깨가 움찔 떨리는 모습이 눈에 들어왔다.

귀엽기는.

"오랜만이네, 차도연."

심심한 인사를 건네자 도연의 새하얀 볼이 핑크빛으로 물들었다. 입술을 말아 문 모습을 마주하자 웃음이 났다.

"알은척 좀 하지?"

"너 지금 훈련하는 시간 아니야?"

도연이 시선조차 제대로 맞추지 못한 채로 물었다. 질문 끝이 미세하게 떨렸다. 그 미세한 떨림에 승재는 괜히 기분이 좋아졌다. 자신의 존재로 인해 떨고 있는 도연의 모습이 미치도록 어여쁘게 느껴졌다.

"맞는데, 나도 뭐 좀 여쭤보려고 왔다가."

승재는 도연이 들고 있는 책을 흘끗 보았다.

"너는 왜 왔어?"

모르는 척 시치미를 뚝 떼며 물었다. 모르는 문제를 묻기 위해 온 게 뻔해 보이는데도 불구하고 도연과 좀 더 길게 말을 섞고 싶어서 질문을 계속해 댔다.

"어, 수학 문제 때문에."

"어디 봐 봐."

승재가 도연이 꼭 끌어안고 있는 문제집 끝을 잡아끌었다.

"네가 보면 알아?"

질문을 내뱉어 놓고 실수했다고 느꼈는지 도연이 입을 꾹 다물었다. 도연이 이럴 때마다 승재는 정수리까지 쭈뼛 설 정도로 전율이 이는 듯했다.

이런 상황을 처음 겪는 거잖아, 차도연. 그렇지?

누군가와 처음을 함께한다는 것은 무척이나 의미 있는 일이다. 물론 승재 역시도 또래 여자애한테 먼저 말을 걸어 본 건 도연이 처음이었다. 그래서 서로에게 처음이 되는 순간이 계속될 때마다 심장이 기분 좋게 쿵쿵거렸다.

"알지, 왜 몰라? 줘 봐."

승재는 요령껏 도연의 품에서 문제집을 **빼**냈다. 도연은 자포자기한 얼굴로 승재에게 문제집을 건넸다. 도연이 들고 있는 건 모의고사 기출문제집이었다. 문제를 마주한 승재의 미간이 살며시 구겨졌다.

그러자 도연이 그럴 줄 알았다는 듯한 목소리로 읊조렸다.

"거봐. 이리 줘."

"지수함수, 로그함수 섞여 있는 문제네? 샤프 줘 봐."

도연이 눈을 휘둥그렇게 뜨며 분홍색 샤프펜슬을 승재에게 건넨다. 승재는 미간을 구긴 채로 도연의 문제집에 풀이 과정을 써넣기 시작했다.

"자, 여기서 제곱 관계에 있으니까 치환해서 풀면 돼."

승재는 문제를 반만 풀어서 도연에게 건넸다. 도연이 정갈하게 쓰인 풀이식을 한 번, 승재의 얼굴을 한 번 번갈아 보았다.

"이런 걸 네가 어떻게 알아?"

가끔 도연의 무구한 호기심이 승재를 자극하곤 한다. 지금이 바로 그런 순간이었다. 누군가와 부대끼며 사는 게 어색하다는 것을, 도연은 승재 앞에서 여과 없이 드러냈다. 다른 그 누구에게도 보이지 않았을 모습을 보여 준다는 사실에는 심장이 두근거렸지만, 이런 식으로 사람을 자극하는 것은 곤란하다.

"왜 내가 모른다고 생각하지?"

승재는 고개를 비스듬히 기울이며 물었다. 안 그래도 승재가 등장했을 때부터 연한 핑크빛으로 물들어 있던 **뺨**이 이제는 곧 터질 것처럼 새빨갛게 달아올랐다.

"머리 나쁜 애가 운동한다는 편견이 있나 봐?"

할 게 없어서 운동한다고 여기는 사람들이 있다. 예체능 중에서도 운동은 머리 나쁜 애들이 대학을 가기 위한 마지막 발악으로 선택하는 길이라고 생각하는 사람들이 생각보다 많았다.

"머리도 좋은 애가 왜 공부 안 하고 축구를 해?"

승재는 미간을 찌푸리며 도연을 내려다보았다.

"너는 얼굴도 예쁜 애가 왜 공부를 그렇게 열심히 해? 그냥 놀지."

멍청한 질문을 되돌려 주자, 도연이 아랫입술을 꾹 깨물었다.

"아니, 내 말은 그게 아니라. 네 머리가 아깝다는 의미였어."

"축구 경기 할 때 중요한 것 중 하나가 패스 워크(Pass work)이거든? 근데 그게 삼각 함수하고 굉장히 비슷해."

도연은 순수한 호기심이 어린 눈빛으로 승재를 올려다보았다.

"난 좋은 머리 축구하는 데 쓰는 거야. 그리고."

승재는 도연의 곁에 바짝 다가서며 말했다.

"내가, 좋아하니까."

분명 좋다고 한 건 축구인데, 앞에 선 도연이 얼굴을 붉히다 못해 귓불과 목덜미까지 빨갛게 물들이고 있었다.

그리고 왜, 심장이 이렇게도 세차게 두근거리는 걸까?

승재는 괜히 차오르는 긴장감을 덜어 내며 어깨를 한 번 으쓱하고는 웃었다. 그러자 도연이 웃음을 참으려는 듯 아랫입술을 비틀어 물었다가, 큼큼거리며 목을 한 번 가다듬고는 입을 열었다.

"미안."

들릴락 말락 한 목소리로 도연이 사과를 해 왔다. 예상치 못한 사과에 승재는 잠시 입을 다물었다. 그러다 문득 궁금해졌다. 순수한 눈빛을 숨긴 채로 왜 뾰족하게 살아가고 있는지 말이다.

"왜 그렇게 못되게 굴려고 노력해?"

도연은 제 심장이 덜컥 내려앉는 걸 느꼈다. 이제껏 위악적인 가면을 들켰던 적은 없었다. 그런데 승재가 왜 그렇게 살아가고 있는지를 물어 왔다.

그래, 나는 왜 이렇게 사는 걸까?

그저 세상을 편하게 살기 위해 택한 방법이었다. 그런데 승재를 만나고부터 생겨난 틈이 의심을 불러일으켰다.

나, 정말 편하게 사는 거 맞나?

그 부모에 그 딸이라고, 어머니의 가식적인 모습을 그대로 빼다 박아서 이 모양으로 사는 건지도 모른다.

"볼일 다 봤으면, 나가자."

승재가 환히 웃으며 재촉했다. 도연은 무언가에 홀린 듯 승재를 따라나섰다. 쉬는 시간이 거의 끝나 가고 있었다. 그런데도 서둘러 교실로 돌아가야겠다는 마음이 들지 않았다.

꼭꼭 숨겨 왔던 모습을 알아차리는 승재의 면면에 당황스러워야 하는데, 어쩐지 승재의 곁에 더 오래 머물고 싶어졌다. 승재가 자신을 어디까지 알아볼지도 궁금해졌다.

"굳이 어떤 모습이 되려고 애써 노력하지 않아도 돼."

교무실 앞 복도는 고요했다. 승재는 가만히 걸음을 옮기며 나긋한 목소리로 속삭였다. 그 모습이 느른한 봄날의 바람처럼 따스하게 느껴졌다.

"너, 그냥 있어도 괜찮은 애야."

괜찮은 애, 처음 들어 보는 말이었다.

"내가 옥상에서 뛰어내리려고 하니까, 죽는 줄 알고 매달려 줬잖아. 나 그때 진짜 감동했다?"

승재가 눈을 똥그랗게 뜨고 다소 과장된 표정을 지으며 오른손으로 왼쪽 가슴을 꾹 눌러 보였다.

"생각을 깊게 하나 봐?"

지난번에 만났을 때, 보건실에서 있었던 일을 일컫는 듯했다. 도연은 고개를 푹 숙인 채, 아무런 대꾸도 하지 않고 그저 묵묵히 걸음을 옮겼다. 그러다 어느 순간 내내 곁에서 걷던 승재의 기척이 느껴지지 않아서 돌아보았다.

승재는 지난번에 도연이 지나친 그림 앞에 서 있었다. 붉게 타오르는 태양을 그려 놓았다는 추상화였다. 모두가 알고 있지만, 감히 탐할 수 없는 존재. 승재는 그런 태양과 닮은 모습이었다.

"이 그림은 이 벽에 걸려 있는 게 좋을까?"

지난번에 했던 생각이 머릿속을 스치고 지나면서 우스운 질문이 도연의 입에서 툭 튀어나왔다.

"좋을 것 같은데?"

"왜?"

"벽이 있으니까 걸릴 수 있고, 그래서 사람들이 우러러보게 되는 거잖아. 그림은 이 벽에 걸려 있는 걸 분명 좋아하고 있을 거야."

또래의 다른 아이들 같았으면 도연을 이상한 아이 취급 했을지도 모른다. 그런데 승재는 사뭇 진지한 말투로 도연의 말에 자상하게 대답해 주었다. 그림 속의 붉은 페인팅만큼이나 가슴이 붉게 끓어올랐다.

그리고 입가에 뜻 모를 미소가 자리했다.

그림은 벽에 걸려 있는 것을 좋아할 거란 승재의 대답이 불안감을 건어 내고 안온함을 안겨 주었다.

다음번에 만날 때는 생각해 보겠다고 했던 것에 대한 대답을 해 줄 수 있을지도 모르겠다는 생각이 들었다.

"아, 맞다. 아까 내가 말실수를 한 것 같네."

승재가 곤란하게 됐다는 듯이 미간을 살포시 찌푸렸다.

"너 괜찮은 애라고 했던 거, 아닌 것 같아."

심각하게 구겨진 얼굴이었지만, 승재의 입가가 미묘하게 떨리는 게 보였다.

아, 이게 얘가 장난칠 때 얼굴이구나?

승재의 습관을 알아 가고 있음이 신기했다.

"너 되게 괜찮은 애야."

가슴이 뭉클했다. 누군가 물리적인 힘을 가한 것도 아닌데, 숨이 가쁘고, 심장이 터질 듯 두근거렸다.

벽도 자신에게 몸을 기대고 있는 그림을 좋아한다고, 도연은 생각했다.

마지막 교시 수업이 끝나고 막 저녁 시간이 시작되려던 때였다.

"도연아, 어머님 연락 받았니?"

급식실로 향하는 도연을 담임이 불러 세웠다. 담임의 낯빛이 희게 질려 있었다. 담임에게 다른 일이 생긴 것일 수도 있는데, 도연은 어쩐지 그 원인이 자신에게 있는 것 같아서 불안감이 엄습했다.

"아뇨, 연락 못 받았는데요."

"오늘 저녁 먹지 말고 집으로 오라고 하시네?"

담임은 애써 미소 짓고 있었지만, 불안으로 젖은 눈동자가 이리저리 흔들렸다.

"네, 그럴게요."

"그리고 도연아……."

말끝을 흐리는 담임의 표정은 마치 전쟁터 한가운데서 도화선에 불을 붙이기 직전의 겁먹은 병사 같았다. 담임이 무슨 말을 하려고 이렇게 긴장한 모습을 보이는 건지 알 수 없었다. 담임은 어깨가 살짝 올라붙도록 길게 숨을 들이쉬고는 더욱 낮아진 목소리로 읊조리듯 물었다.

"승재랑은 아무 사이 아니지?"

바스러지기 직전의 살얼음을 건드리는 듯 조심스러운 물음에 머릿속이 뒤엉켰다. 한 달 전쯤 승재에게 안겨서 보건실로 향한 사건으로 인해 학교 안이 떠들썩했을 때도 별 반응을 보이지 않던 이 여사였다.

그런데 이제 이 여사가 어떤 방향으로든 움직이기 시작했음이 느껴졌다. 이런 일을 걱정하지 않았다고 한다면 거짓일 것이다. 교무실에서 마주쳤던 날 이후로 승재와는 더는 얽히는 일이 없었다.

승재와 진전이 없었다고는 하지만 도연은 이전과는 사뭇 다른 삶을 사는 중이었다. 손을 뻗으면 승재가 덥석 잡아 줄지도 모른다는 희망 속에서 하루하루가 조금씩 행복해졌다. 막연한 희원이 아닌 눈에 보이는 가능성이 사람을 행복하게 할 수 있다는 것을 몸소 체험하고 있다고 해도 과언이 아니었다.

하지만 이 여사가 움직이기 시작했다면, 이야기가 달라진다.

"아무 사이도 아니에요."

덤덤한 대답을 내놓자, 그제야 긴장했던 담임의 얼굴이 스르륵 풀어지는 게 눈에 들어왔다.

"그래, 그럴 줄 알았어. 얼른 집에 가 봐."

도연은 묵례를 하고는 돌아섰다. 바스러져 가는 살얼음판을 기어가는 듯 걸음이 위태롭게 흔들렸다.

교문 앞에는 이미 이 여사가 보낸 차가 대기하고 있었다. 심장이 바닥을 가늠할 수 없는 심연 속으로 가라앉는 듯한 기분이었다. 승재와는 정말 아무 사이도 아닌지, 아무런 사이도 되고 싶지 않은 게 확실한 건지…….

확실한 건 가슴이 꽉 조여 와 아프다는 것이었다.

집으로 가는 길이 오늘따라 유난히도 고되게 느껴졌다. 머릿속 상념들이 한꺼번에 불어닥쳤다가 흩어지기를 반복했다. 가슴속에선 온전한 모양을 갖추지 못한 감정이 산산이 조각난 유리 파편처럼 나뒹구는 듯했다. 심장이 저릿저릿 아팠다.

"도연 학생."

차에서 내리려는데, 기사가 도연의 이름을 나지막이 불렀다. 이 여사의 말을 전하는 경우와 급작스러운 스케줄 변동으로 인한 조율을 위해 대화를 나누는 것을 제외하고는 운전기사와 말을 섞는 일이 거의 없었다. 그런데 정체를 알 수 없는 감정이 묻어나는 조심스러운 부름에 도연은 마른침을 꿀꺽 삼켰다.

"30분 전에 남학생 하나를 집에 태워다 줬어요, 내가."

가슴이 덜컥 내려앉았다.

"말씀해 주셔서 감사합니다."

도연은 침착하게 감사 인사를 전했다. 그러자 운전석에 앉아 있던 기사님이 도연이 앉아 있는 뒷좌석으로 고개를 한 번 돌리고는 희미하게 미소 지었다.

단 한 번도 주위 사람들에게서 연민의 감정이 읽혔던 적이 없었다. 그런데 기사님의 눈빛에 진심 어린 우려가 녹아 있었다. 그리고 그 어떤 일이 일어난다 할지라도 자신은 도울 수 없다고 선을 그으며 미안해하는 듯했다.

도연은 그 뜻을 알겠다는 듯 묵례를 하고는 차에서 내렸다. 반들반들 윤이 나는 대리석 계단을 오르고, 잘 가꾼 잔디 중간에 자리한 정원석을 밟고 지나는 동안 머릿속이 하얗게 탈색되어 갔다. 심장은 무겁게 가라앉았고, 몸은 재가 되어 흩어지는 것처럼 기이한 기분이 들었다.

육중한 나무 문으로 된 바깥 현관을 지난 뒤 유리로 된 중간 현관에 들어서자 이 여사의 모습이 눈에 들어왔다.

"이제 오니?"

손님이 있어서인지 이 여사의 얼굴엔 위선적인 가면이 드리워져 있었다. 고3인 딸의 비행을 눈감아 주는 너그럽고 인자한 어머니의 얼굴을 하고 있는 모습이 순간 소름 끼치도록 역겨워서 하마터면 헛구역질이 나올 뻔했다.

"누가 왔다면서요?"

평소 같았으면 굳이 묻지 않았을 질문이 툭 튀어나왔다.

"어, 요즘 우리 도연이랑 친하게 지내는 친구인 것 같아서 엄마가 저녁 식사에 초대했지."

마치 이전에도 있었던 예사로운 상황인 것처럼 이 여사는 해사하게 웃으며 다정히도 대꾸했다.

"저 옷 좀 갈아입고 내려올게요."

당장 승재가 있는 곳으로 달려가고 싶었다. 네가 왜 여기에 와 있느냐고 끌어내고 싶었지만, 한편으로는 두려웠다. 승재와 함께 이 여사와 마주 앉아서 저녁 식사를 해야 한다는 사실이 끔찍했다. 뺨을 맞는 장면을 목도한 승재에게 위선적인 가면을 쓴 이 여사의 모습을 보여야 한다는 사실이 경악스러웠다.

승재를 눈에 보이는 가능성이라 여기고, 희원이라 생각했던 날들이 허상처럼 사라지는 듯했다.

두려운 마음에 행동은 느릿했고, 겨우 손을 씻고 옷만 갈아입었는데 시간이 30분이나 지나 있었다. 평소 같았으면 왜 이렇게 굼뜨냐며 열댓 번도 더 도연을 찾았을 이 여사가 오늘따라 잠잠했다.

식사실로 향하자, 당연하게도 승재가 그곳에 자리하고 있었다. 무슨 이야기를 하고 있는 건지, 승재를 바라보는 이 여사의 얼굴에는 해사한 미소가 떠올라 있었다.

"우리 도연이 왔네. 이리 앉아."

이 여사는 다소 과하다 싶을 정도로 반가워하는 목소리로 도연을 맞았다. 그러고는 승재의 옆에 앉으라며 손짓했다.

둘을 나란히 앉힌 이 여사는 도연의 얼굴과 승재의 얼굴을 한 번씩 번갈아 보았다.

"차린 게 별로 없어. 많이 먹어요. 우리 도연이 다쳤을 때, 도와줘서 고마워. 내가 소식을 늦게 들었지, 뭐야. 담임이 말을 안 해 줘서 몰랐잖아."

아까 담임의 얼굴이 희게 질려 있었던 이유가 여기에 있나 보다.

"오늘 오랜만에 학부모 모임이 있어서 나갔는데, 거기서 신애 엄마가 얘기해 줘서 알았지, 뭐니? 모르고 그냥 지나갔으면, 나는 우리 딸 구해 준 은인을 모른 척하는 배은망덕한 사람이 될 뻔했어. 나 그런 사람 아닌데."

이 여사의 연극성 인격 장애가 빛을 발하려고 하나 보다. 이 여사는 자신은 절대 그런 사람이 아니라며 여러 번 강조하고는 도연을 향해 물었다.

"그렇지, 도연아?"

평소라면 도연도 이 여사의 장단에 맞추어 해사하게 웃으며 대꾸했을 것이다. 이 여사의 연극에서 도연은 완벽한 딸로서 배역을 소화해 내야만 했으니까.

그런데 쉽사리 대꾸가 흘러나오질 않아서 도연은 크게 숨을 들이켠 뒤에야 겨우 입을 열 수 있었다.

"네."

짧은 대꾸에 이 여사의 눈빛이 아주 미세하게 흔들렸다. 대답이 만족스럽지 않다는 의미였다.

"우리 도연이가 이렇게 내 애를 태운다니까. 엄마 마음도 몰라주고 새침하게 굴 때마다, 덜컥 겁이 난다니까."

이 여사는 물기 어린 목소리로 말을 이어 갔다.

"세상에 귀하게 자라지 않은 아이가 없겠지만, 우리 도연이는 내가 정말 애지중지 키웠어. 승재도 그렇지? 부모님이 엄청 자랑스러워하시겠다. 축구 선수 뒷바라지 힘들다던데, 부모님이 고생 많으셨겠네."

분명히 승재의 뒷조사를 했을 테고, 승재가 부모를 여의고 누나와 생활하고 있다는 사실을 알고 있을 것이다. 이 여사의 속내가 빤히 읽혔다.

"부모님 돌아가셨습니다."

승재가 덤덤한 목소리로 대답했다. 그 목소리가 비수가 되어 가슴에 날아드는 것만 같았다. 도연은 숟가락을 꽉 움켜쥐었다. 그것 말고는 할 수 있는 게 없었다.

"어머, 세상에. 내가 실수했네. 어쩌다가? 어릴 때? 그럼, 승재 학생은 누가 챙겨?"

"누나가 챙겨 주고 있습니다."

"세상에, 딱해라. 누나면 나이가 많지 않을 텐데. 대학은 나왔고? 무슨 일 해?"

"제 뒷바라지하느라 대학은 못 갔고, 아르바이트하면서 지내고 있습니다."

승재의 대답에 갑자기 이 여사가 눈을 휘둥그렇게 뜨며 손뼉을 쳐 댔다.

"요즘 그 나이 또래에도 대학 안 나온 애들이 있구나. 신기해라! 요즘 그런 경우는 또 처음 보네."

도연은 내리깔고 있던 시선을 옮겨 승재의 얼굴을 살폈다. 웃는 낯으로 듣기 싫은 소리를 잘도 내뱉고 있는데, 승재는 동요가 없었다.

"그리고 내가 또 처음 본 게 있거든?"

이 여사는 팔꿈치를 식탁 위로 올리고 손깍지를 낀 손등 위에 턱을 괴며 비밀스러운 이야기를 해야 한다는 듯이 목소리를 낮췄다.

"나는 우리 도연이가 이렇게 감정을 드러내는 건 처음 보거든?"

미소를 머금은 얼굴이었지만, 이 여사의 눈빛에는 섬뜩할 정도로 이상한 광기가 어려 있었다.

"저도 처음 봤습니다."

승재는 손에 들고 있던 숟가락을 내려놓으며 나직한 목소리로 말했다.

이 여사는 감히 자신 앞에서 입을 놀리는 거냐며 위압적인 눈빛으로 승재를 바라보았다. 그런 이 여사의 입가에는 이상하게 일그러진 미소가 여전히 자리하고 있었다.

"부모님께서 일찍 돌아가시기는 했지만."

숨이 턱 막혀 왔다. 내내 평정을 유지했던 승재는 누나 이야기가 나오면서부터 흔들리는 듯했다.

"저는 맞아 본 기억이 없거든요."

마치 경고하듯 단호한 어조였으나, 승재의 입가에는 엷은 미소가 그어져 있었다. 이 여사는 뻔뻔하게 자신은 아무것도 모른다는 얼굴을 하고서 승재를 바라보기만 했다.

"물론 애지중지 키우신 도연이에게도 그런 일은 없었겠죠?"

시퍼런 날이 서 있는 듯 승재의 목소리는 차가웠다. 승재의 날 선 질문에 이 여사의 표정이 아주 약간 흔들리는 듯싶다가 언제 그랬냐는 듯 평온해졌다. 이내 위선적인 미소를 그려 낸 이 여사는 자연스럽게 말을 돌려 버렸다.

"어머, 내 정신 좀 봐. 갈비찜 내오라고 말하는 걸 깜빡했네."

이 여사는 아무렇지 않게 가사도우미를 부르며 자리에서 일어나는 듯했지만, 적잖이 당황한 듯 보였다. 아마도 이 여사가 세상에서 가장 두려워하는 건 가면이 벗겨지는 일일 것이다.

이 여사가 식사실을 벗어나 조리실로 간 사이, 승재가 조심스레 입을 열었다.

"킬리만자로에 사는 표범이 고독을 씹다가, 호수에서 하이에나한테 다구리당하고 있던 가젤의 청초함에 반했대."

"뭐라고?"

도연은 엉뚱한 소리를 해 대는 승재가 충격에 정신을 놓아 버렸나 보다고 생각했다.

"만약에 표범이 하이에나를 혼내 주면, 가젤이랑 이루어질 수 있을까?"

승재가 웃음기 어린 목소리로 물었다.

자신은 이런 상황에 익숙한 삶을 살아왔지만 승재는 아니었다. 그러니 얘가 미친 게 분명했다.

"종이 다른데, 둘이 어떻게 이루어져?"

"그런가? 종이 다르면 이루어질 수 없는 건가?"

대체 무슨 생각을 하는 건지 승재가 아득한 눈빛으로 고개를 가로저었다.

"표범이 가젤 잡아먹으면 어떡해?"

"평생 안 잡아먹는다고 약속하면? 평생 목숨 바쳐 지켜 주겠다고 한다면?"

내내 식탁 너머, 이 여사가 앉아 있던 자리를 바라보던 승재의 시선이 도연에게로 향했다. 승재의 얼굴에는 장난기가 다분했다. 승재와 시선을 마주하자, 이 여사가 이상한 연극을 벌이고 있는 무대 위에 앉아 있는 것 따위는 잊고도 남을 만큼 도연의 심장이 빠르게 뛰기 시작했다.

"그걸 가젤이 믿겠냐?"

승재가 장난기 어린 미소를 머금고 있는 덕분에 되묻는 도연의 입가에도 희미한 미소가 그려졌다.

"그럼."

승재의 목소리에서 장난기가 가셨다. 나지막하지만 단호한 음성에 가

숨이 왈칵 뜨거워졌다.

"믿게 만들면 되겠네."

깊고 진득한 시선이 도연을 바라보았다. 도연은 아무런 대꾸도 하지 못한 채로 입만 한 번 벙긋거렸다가 얼른 다물었다. 승재가 지금 무슨 말을 하는 건지 이제야 알 것 같아서 손끝이 파르르 떨렸다.

"어머, 당신 왔어요?"

멀리서 이 여사의 목소리가 들려왔다. 일찍 들어오는 일이 드문 아버지가 오늘은 이른 귀가를 한 듯했다. 일부러 부친의 귀가를 큰 소리로 알린 이 여사는 호들갑을 떨며 식사실 안으로 들어왔다.

"도연이 아빠가 일찍 들어오시는 일이 없는데, 도연이 친구가 집에 왔다고 하니까 귀가를 서두르셨나 보네. 승재 군, 함께 식사해도 괜찮죠?"

이 여사는 조금 전 식사실에서 있었던 일을 기억 속에서 말끔히 지워 버린 듯했다.

"그럼요."

승재 역시 아무 일도 없었다는 듯이 예의 바른 미소를 지으며 대꾸했다.

이윽고 도연의 부친인 차권혁 교수가 식사실 안으로 들어서자, 순식간에 분위기가 경직되는 게 느껴졌다. 경제학과 교수인 차 교수는 표정 하나까지도 철저하게 계산하는 사람이었다.

도연의 친구라는 이 여사의 소개에도 차 교수는 그저 고개만 까닥해 보이고는 감정이 전혀 묻어나지 않는 목소리로 고저 없이 물었다.

"축구를 한다고?"

어느새 승재에 관한 정보가 차 교수에게까지 흘러 들어갔나 보다.

"네."

짧은 물음에 승재 역시 그저 짧게 대꾸할 뿐이었다.

왜 이렇게 숨이 막힐까?

이제껏 이런 집안 분위기 속에서 살아왔으면서도 이토록 숨이 막혔던 적은 없었다. 오히려 적막한 고요 속에서 사는 게 편안하다고 생각하기도 했었다. 가끔 자행되는 모친의 폭행은 그때만 견디면 되는 거라고 여겼다.

그런데 누군가 목을 조르고 있는 것처럼 숨쉬기가 버거웠다. 목에서 견딜 수 없는 이물감이 느껴졌다. 도연은 티가 나지 않도록 숨을 크게 들이마셨다가 자잘하게 내뱉기를 반복했다. 크게 한숨을 내쉬면 이 여사의 시선이 도연에게 주목될 것 같았다.

"들지."

세 사람이 조용히 식사에만 집중한 척하는 가운데, 이 여사만이 쉴 새 없이 떠들어 댔다. 신애의 모친에게서 들었다는 이야기부터 시작해서 승재에 관한 이야기로 넘어왔을 때, 도연은 크게 소리가 나도록 식탁 위로 숟가락을 내던지고 싶은 충동이 일었다.

"글쎄, 요즘 세상에 누나가 자기 인생 다 포기하고 동생 뒷바라지를 하는 경우도 있더라고요. 보통 그런 상황이면 하고 싶은 거 포기하지 않나? 어려운 형편에도 꿋꿋이 하는 모습이 보기가 좋네."

이 여사는 칭찬하는 듯 말하며 승재의 속을 긁어 댔다.

"아, 참. 도연이 성적 나온 거 봤어요?"

이 여사는 차 교수에게 질문을 던지긴 했지만 대답을 들을 생각은 없다는 듯이 도연을 바라보며 재빨리 말을 이어 갔다.

"너, 신경 좀 써. 요즘 쓸데없이 정신이 딴 데 팔려 있나, 애가 안 하던 실수를 다 하고 그래."

배탈이 났다는 말은 귓등으로도 듣지 않았나 보다. 이 여사는 '딴데'라고 말할 때, 승재를 대놓고 흘끗거렸다.

"실수가 어디 있어? 실력이지."

어쩐 일인지 오늘따라 차 교수도 거들었다.

"대체 너보다 성적 좋게 나왔다는 애가 누구야? 담임한테 오늘 전화했더니, 어찌나 대답을 안 해 주던지. 시간 내서 한번 학교에 다녀와야겠네."

이 여사가 승재를 한 번 흘끗 보고는 물었다.

"축구부면 수업에 잘 안 들어가지요, 승재 학생?"

이번에도 역시 이 여사는 대답을 원한 건 아니었나 보다.

"나는 그런 거 정말 싫더라. 예체능 전공해도 사람이 기본은 해야지. 머릿속이 텅텅 비면."

더는 못 들어 주겠다 싶은 순간, 도연이 입을 열었다.

"승재예요."

"뭐?"

도연이 끼어든 게 기분 나쁘다는 듯이 이 여사가 미간을 살짝 찌푸리며 되물었다.

"저보다 성적 잘 나온 애, 승재라고요. 비싼 과외 선생들 붙여 주셨는데, 제가 머리가 나쁜가 봐요. 성적이 잘 안 나와서 죄송해요. 승재는 과외 한 번 해 본 적 없고, 축구부 연습 때문에 수업도 밥 먹듯이 빠진다는데, 저보다 성적이 잘 나왔더라고요. 아무리 노력해도 타고난 건 못 따라가나 봐요. 그렇죠, 아빠?"

심장이 쿵쿵거리고, 입술이 바짝 말랐다. 등 뒤에서 식은땀이 흘러내렸고, 현기증이 일 것만 같아서 도연은 목에 바짝 힘을 주었다. 단 한 번도 말대꾸해 본 적도, 이 여사를 도발해 본 적도 없었다.

아무리 노력해도 타고난 건 못 따라간다는 말은 이 여사를 두고 한 말이었다. 피아노를 전공하기는 했지만, 그녀의 실력은 그리 좋지 않았다. 나이 차이가 크게 나는 차 교수와의 결혼도 스스로는 충족할 수 없는 사회적 지위와 명예를 위해서였으리라.

도연은 이 여사의 콤플렉스를 은근하게 건드렸다. 일종의 도발이었다. 도연도 이 여사에게 얼마든지 상처를 줄 수 있다고 알려 주고 싶었다. 또 자신을 건드리는 건 얼마든지 참을 수 있지만, 승재에게까지 상처 주는 말을 서슴지 않고 하는 건 용납할 수 없다는 경고이기도 했다.

생전 처음 보는 자신의 모습이 도연 스스로도 낯설게 느껴졌다. 도연은 흔들리지 않는 곧은 시선으로 이 여사를 마주했다. 식사실 바닥이 살얼음으로 변해 가는 듯했다.

"도연이 말대로 타고난 머리가 좋은 모양이구나."

보란 듯이 살얼음을 건드린 건 차 교수였다.

"감사합니다."

승재는 그 어떤 감정도 담지 않은 무미건조한 목소리로 대꾸했다.

"그런데 그런 머리를 가지고, 운동을 업으로 삼는 건 안타깝구나. 더 효용 가치가 높은 쪽을 선택해도 될 텐데 말이다."

차 교수는 이미 계산을 마쳤다는 세속적인 표정으로 승재를 바라보았다.

"좋아서 하는 일입니다."

"세상에 좋아하는 일만 하면서 사는 사람은 없지. 유 군, 진로는? 대개 운동선수들은 진로가 빨리 결정되지 않나?"

무시하거나 깔보는 투는 아니었지만, 승재가 어떤 문제를 겪고 있는지 그 포인트를 정확하게 짚은 질문이었다. 여기서 승재 편을 들고 나설 수는 없었다. 그렇게 되면 되레 승재의 기분을 상하게 할 것 같았다.

도연은 숨을 멈춘 채로 승재를 바라보았다. 현명한 아이니 지혜롭게 대답할 수 있을 거라는 생각이 들었지만, 자신으로 인해 이런 상황에 놓여 있다는 사실이 미안했다.

"아직 안 정해졌습니다."

지금까지와 달리 승재의 목소리가 다소 누그러진 게 느껴졌다. 그러자 이 여사가 만족스럽다는 듯이 웃으며 입을 열었다.

"이이가 정말, 애들 밥 먹다가 체하겠어요. 아무리 고3이라도 남의 집 귀한 자식한테 그런 거 함부로 물어보는 건 실례죠. 얼른 들어요, 승재 군."

차 교수가 귀가하기 전, 온갖 유치찬란한 자극을 해 댔던 모친이 승재의 역성을 들고 나섰다. 그럼에도 차 교수는 아랑곳하지 않고 입을 열었다.

"나는 돌려서 말하는 걸 좋아하지 않아. 괜한 시간 낭비를 하게 되거든. 그렇게 생산적이지 못한 일을 하는 건 어리석다고 여기지. 우리 도연이가 승재 군과 꽤 친하게 지낸다지?"

승재는 부정하지 않았다. 차라리 여기서 도연과는 인사를 나눈 지 얼마 되지 않았고, 축구부에 속해 있기에 학교에서 도연을 마주치는 일이 거의 없다고 하는 편이 나을 거라고 생각했는데, 승재는 그렇게 말할 생각이 없어 보였다.

"고등학교를 졸업하면 성인이지? 이제 스스로 인생을 책임져야 하는 시기가 도래하는 거야. 그런데 아직까지 진로가 정해져 있지 않다는 건 유승재 군이 현실을 직시하지 못하고, 이상만 좇다가 주저앉을 위기에 닥쳐 있다는 의미지. 솔직히 말해도 되나? 우리 도연이와는 어울리지 않았으면 하네."

도연은 앉은 채로 그대로 굳어 버렸다. 아무리 무례한 족속들이라고는 한들 이런 말을 당사자 앞에서 서슴없이 내뱉을 거라고는 상상조차 하지 못했다.

"내 말이 심하다고 생각하나? 아주 나중에 평범하게 살게 될 기회를 얻어서, 유승재 군에게 어울리는 여자를 만나 결혼을 하고 아이를 낳게 되면 알게 될 거야. 제 자식이면 없는 형편이어도 귀하다는 걸 말일세."

그리 말하는 차 교수는 남의 집 귀한 아들인 승재의 의중은 개의치 않는 듯했다. 그러면서 미래의 승재를 '없는 형편'으로 치부했다.

"우리 도연이는 감정을 드러내지 않는 아이야. 그런데 내가 몇 마디 했다고 저렇게 동요하는 걸 봐."

차 교수의 시선이 도연을 향해 왔다.

"아무 짝에도 쓸모없는 티끌 같은 감정일 뿐인데. 도연아, 어리석은 일은 벌이지 않는 편이 좋을 게다. 승재 군이 먹고살게는 해 줘야 하지 않겠니?"

목을 꽉 막고 있던 이물감이 치솟아 오르는 듯했다. 헛구역질이 날 것 같아서 도연은 연신 마른침을 삼켰다. 급기야는 침이 넘어가지 않은 채로 목울대가 욱신거렸다.

"그 반대의 경우는 어떻습니까?"

내내 잠자코 듣고만 있던 승재가 미소 띤 얼굴로 질문을 던졌다. 진로가 정해지지 않았다는 대답을 할 때는 목소리가 누그러졌다고 생각했는데, 지금은 그 어느 때보다도 자신만만한 음성이었다.

"반대의 경우라. 글쎄. 가능성이 희박한 가정은 좋아하지를 않아서."

"월스트리트저널에서 이런 실험을 했다고 들었습니다. 실력 좋은 펀드매니저와 원숭이 그리고 아마추어 투자자들로 그룹을 나눠서 투자 실험을 한 거죠. 주식 시장을 가장 잘 알고 있는 펀드매니저는 심사숙고해서 주식을 매집했고, 원숭이는 다트를 던져서 종목을 골랐습니다. 그 결과는 물론 알고 계시겠죠? 종목을 무작위로 선택한 원숭이가 이겼습니다."

차 교수는 마치 어려운 경제 문제를 맞닥뜨린 표정으로 승재를 바라보았다.

"만약 제가 주식 종목이라면 펀드매니저는 저를 고르지 않을지도 모릅니다. 하지만 원숭이라면 저를 선택할 수도 있지요. 제가 큰 수익을 안겨줄 종목이 될 수도 있고요. 좀 전에 저는 제 인생을 책임조차 질 수 없는 처지가 될 거라며 비하하셨습니다."

승재의 표정에는 변화가 없었다. 미소는 여전했고, 목소리도 흔들림 없이 단단했다.

"만약 반대의 경우라면 어떻습니까? 제가 제 인생뿐 아니라……."

내내 차 교수를 향해 있던 승재의 시선이 도연에게로 향했다. 도연은 숨을 죽인 채로 승재를 바라보았다. 승재는 괜찮다고 말하는 듯했다. 마치 아무 일도 일어나지 않을 거라고 도연을 안심시키듯 다정하게 눈빛을 빛냈다.

그러고는 길게 시선을 끌듯 옮겨 가며 차 교수를 향해 물었다.

"책임질 수 있는 능력이 생긴다면, 그땐 괜찮습니까?"

차 교수는 적잖이 언짢은 표정이었다. 자신이 끼어들 만한 일이 아니라고 여긴 것인지, 아니면 승재가 하는 말을 못 알아들은 것인지, 이 여사는 입을 꾹 다문 채로 차 교수의 눈치를 살폈다.

"내가 지금 여기서 승재 군에게 확답을 해 줘야 할 이유가 있나?"

머리끝까지 화가 난 듯했지만, 사회적 명예와 위신이 가장 중요한 가치라고 생각하는 차 교수는 애써 감정을 억누르며 물었다. 자신은 승재의 질문에 대답하지 않았지만 승재는 질문에 반드시 대답을 해 줘야 한다고 생각하는 강박 관념은 교수로서의 특질인 것처럼 보였다.

"저는 말에도 대가가 따른다고 생각합니다. 무심코 그냥 내뱉을 수 있는 말이라는 건 세상에 없습니다."

"그래서?"

차 교수의 얼굴에 어렸던 분노가 흥미로 변해 가는 모습이 눈에 들어왔다. 그 미묘한 변화에 도연은 더욱 불안해졌다. 이쯤 되면 승재를 말려야 하는 게 아닌지 고민될 정도였다.

"아직 일어나지도 않은 일들로 제 앞날을 더럽히는 말씀을 하셨으니, 그에 대한 대가라고 생각하시면 될 것 같습니다. 만약 제가 그런 위치에 서게 된다면, 괜찮습니까? 말씀대로라면, 제가 반대의 경우에 서게 되어도 괜찮다고 대답하셔야 이치에 맞는 거 아닐까요?"

급기야 차 교수가 웃음을 터뜨렸다. 세상 물정 모르는 10대의 치기 어린 질문이라고 치부해 버리는 듯한 반응이었다.

"그래, 만약 내가 흡족할 만큼 유승재 군이 반대 위치에 서게 된다면,

괜찮네."

긍정적인 대답을 내놓았지만, 차 교수의 눈빛은 절대 그럴 리 없다는 확신으로 가득했다.

"대답해 주셔서 감사합니다. 대단한 동기 부여가 되네요."

그에 질세라 승재가 확고한 목소리로 대꾸했다. 그러고는 승재의 시선이 내내 입을 다물고 있는 이 여사에게로 옮겨 갔다.

"어릴 적에 집 마당에서 강아지를 한 마리 키웠었어요. 여러 가지 종이 섞인 동네 강아지였는데, 저는 철없이 강아지 꼬리를 잡아당기며 놀았어요. 그날도 강아지 꼬리를 당기며 괴롭히고 있었는데, 제 말이면 죽는 시늉도 하던 애가 저에게 달려들어서 목덜미를 물더라고요. 자칫 잘못했다가는 큰 사고가 날 뻔했었죠."

이 여사는 무슨 말을 하고 있는지 모르겠다는 얼굴로 승재를 바라보았다.

"주인을 충성스럽게 따르던 개도 궁지에 몰리면 주인을 물더라고요. 하물며 사람은⋯⋯."

말끝을 흐린 승재가 무언가를 가늠하는 듯한 눈빛으로 차 교수와 이 여사를 번갈아 보고는 덧붙였다.

"초대해 주셔서 감사합니다. 맛있게 잘 먹었습니다."

식탁 위로 정제되지 않은 날것 그대로의 미묘한 기류가 흘렀다. 위태로운 분위기임에도 어쩐지 마음이 가라앉으며 평온함이 깃드는 듯해서 도연은 승재를 흘끗 보았다.

견고했던 돌담 한편이 완전히 무너지고 그 자리에 서 있는 승재의 존재감이 점점 더 분명해지기 시작했다.

승재가 돌아간 뒤, 차 교수와 이 여사는 승재에 관한 여담을 나눌 새도 없이 언쟁을 시작했다. 별것도 아닌 사소한 일이었다. 식사를 마치고 이 여사가 차를 내오겠다고 하자, 잠들기 전에 차를 마시는 것은 별로라며 차 교수가 마다했다.

그러자 이 여사가 화를 내기 시작했다. 얼마 전 제주도에서 열리는 학회에 참석하기 위해 출장을 간 차 교수가 늦은 밤 그곳 호텔에서 어떤 여자와 차를 마시고 있는 것을 보았다는 이야기가 이 여사의 귀에 들어오고야 말았던 것이었다. 사진 등의 물증이 있는 것도 아닌데, 이 여사는 속절없이 흔들렸다.

이야기를 전해 준 이는 학회에 동행했던 조교였다. 도연이 태어나기 전부터 이 여사는 차 교수 주변의 사람들을 하나둘씩 매수하기 시작했다. 남편에 대한 불신은 딸인 도연에 대한 불신으로 이어졌고, 차 교수에게서 걸러지지 않는 불쾌함은 오롯이 도연에게 배설되었다.

안방 침실에서 쏟아져 나오는 악의 가득한 목소리를 들으며, 도연은 제 방으로 향했다. 방문을 열고 들어서자 책상 위에 올려 두었던 휴대전화가 쉴 새 없이 진동하고 있었다.

발신인을 확인하니 모르는 번호였다. 도연의 휴대전화에 모르는 사람이 전화하는 일은 거의 없었다. 그리고 모르는 번호로 걸려 오는 전화는 당연히 받지 않았다.

그런데 손가락이 저절로 통화 버튼 쪽으로 미끄러졌다. 환기가 필요했다.

자신을 모르는 사람에게 '잘못 거신 것 같아요.' 라고 친절하게 말하며 선행을 베풀고 스스로가 꽤 괜찮은 사람이라는 생각을 한다거나, 텔레마케팅 전화라면 전화를 끊기 전까지 장황한 설명을 이어 가는 상냥한 목소리에 귀를 기울이며 위안으로 삼고 싶었다.

"여보세요?"

— 뭐 하고 있었어?

그런데 휴대전화 너머에서 뜻밖의 목소리가 들려왔다. 마치 아무 일도 없었다는 듯이 승재가 뭐 하고 있었느냐며 친근히 물어 왔다.

"어, 그냥."

이런 종류의 전화 통화는 처음이었다. 그래서 어떻게 대답해야 할지 몰라 도연은 어설픈 대꾸를 내뱉었다. 심장이 콩콩거리기 시작했다. 휴대전화 너머에서 승재가 유쾌하게 웃는 소리가 들려왔다.

승재는 언제나 맑게 웃었다.

투명한 물방울이 맑은 대기로 흩어지는 것처럼, 따스한 햇볕이 깨끗한 유리창 위로 부서져 내리는 것처럼, 속이 훤히 다 보이는 바닷가의 파도가 잔잔하게 일렁거리는 것처럼.

승재의 웃음소리는 그만큼 맑고 투명해서 주변이 정화되는 기분이었다. 그저 기분을 환기하기 위해 모르는 이와의 전화 한 통을 기대했을 뿐인데, 생각지 못한 승재의 목소리가 주는 위안에 가슴이 뭉클거렸다.

— 도연아.

진중하게 이름을 부르는 소리에 가슴이 떨렸다. 승재의 목소리는 또래보다 훨씬 성숙했다. 이제 막 변성기를 지나서 완성되지 않은 목소리가 아닌, 깊은 울림이 있는 낮고 또렷한 음성이었다. 평소에도 그 목소리가 꽤 매력적이라고 느끼고 있었는데, 휴대전화 너머로 들려오는 승재의 목소리에만 집중하자, 평상시보다 더 진한 밀도가 느껴졌다.

어쩐지 오늘 있었던 일에 대한 사과의 말을 먼저 해야 할 것 같아서 도연은 최대한 담담해지려 노력하며 입을 열었다.

"오늘 정말 미안했어."

휴대전화 너머에서 승재의 짙은 한숨 소리가 들려왔다. 도연은 아랫입술을 비틀어 물며, 더 정중한 사과를 해야 했나 후회했다. 그러다 문득 승재에게 전화번호를 가르쳐 준 적 없다는 사실이 머릿속에 떠올랐다.

"내 번호는 어떻게 알았어?"

— 신애가 알려 줬어.

거리낄 게 없다는 듯이 승재의 목소리는 평소와 다름없었다.

"언제?"

— 꽤 됐지.

오래전부터 전화번호를 가지고 있었으면서 왜 이제야 연락을 해 온 건지 궁금했다. 남자와 밀당 같은 건 해 본 역사가 없는 도연이었다. 그리고 문득 승재와는 그런 밀당조차 사치라고 느껴졌다.

아주 가끔 얼굴을 보는 게 전부인 승재가 너무도 간절해서, 더는 밀어내고 싶지가 않았다.

"근데 왜 이제 전화했어?"

도연이 담담한 목소리로 속삭이듯 물었다. 승재는 대답 없이 그저 웃기만 했다. 청량한 웃음소리에 귀를 기울이며 도연은 두 눈을 지그시 감았다. 마치 손을 뻗으면 승재의 얼굴이 만져질 것처럼, 말간 얼굴이 선연했다.

— 차도연.

웃음기 가신 음성이 도연의 이름을 또박또박 발음했다.

"응."

— 앞으론 네가 잘못하지도 않은 일에 사과하지 마.

단호한 승재의 음성에 콩콩거리던 심장이 더 빠르게 뛰기 시작했다. 대답하고 싶었지만, 어떻게 대답해야 할지 감이 서질 않았다. 누군가 도연에게 이런 조언을 해 준 적이 있었던가?

도연은 그저 눈을 꾹 감은 채로 울컥 차오르는 감정을 다스리기 위해 애썼다.

— 앞으론 절대 맞지 마. 맞서지 못하겠으면, 피하기라도 해.

물기 어린 목소리가 흘러나올 것만 같아서 도연은 이번에도 입을 열지 못했다.

— 제발, 도연아.

휴대전화 너머에서 간절함이 담긴 승재의 목소리가 아스라이 울렸다.

"응."

길게 대답하면 울고 있는 걸 들킬 것 같아서 도연은 짧게 대꾸했다. 그러자 휴대전화 너머에서 승재의 차분하고 다정한 목소리가 들려왔다.

— 울지 말라고 하면 더 울 거지?

원래 울음이 시작되려는 찰나에 울지 말라는 말을 들으면 설움이 복받치는 법이다. 그걸 안다는 듯한 물음이었다.

— 나 사실 개 키워 본 적 없다?

승재가 갑작스레 화제를 돌려 버렸다. 왜 갑자기 뜬금없이 개 타령을 하는 건가 싶어서 도연은 당황스러웠다.

— 아까 내가 개 꼬리 잡고 놀았다고 했잖아. 사실 나 개 안 키워 봤어.

"그럼, 왜 그런 얘길 했어?"

— 경고한 거야. 너희 어머니한테. 근데 못 알아들으시는 것 같더라.

승재는 괜한 수고를 했다는 듯이 한숨을 몰아쉬었다. 분명 이 여사에 대한 안 좋은 소리를 하고 있는 중인데, 도연은 웃음을 참을 수가 없었다.

"어, 못 알아들으시는 것 같더라."

— 너 울다가 웃으면 큰일 나.

승재가 장난기 어린 목소리로 도연을 나무라고는 말을 이었다.

— 단도직입적으로 말하지 않으면 모르실 것 같아. 앞으로는 절대 맞으면 안 되지만, 또다시 그런 일이 생길 것 같으면 제대로 말해.

"뭐라고?"

— 맞으면 아프다고. 아프니까 때리지 말라고.

그리 말하는 승재의 목소리가 어쩐지 더 아프게 들렸다.

"고마워. 걱정해 줘서."

— 그리고 도연아.

"응?"

승재의 존재가 커다랗게 자라나고 있음이 느껴졌다. 머리와 가슴과 도연이 가진 시간 전부를 승재에게 내어 줄 수 있을 것만 같았다.

— 조금만 기다려 줘.

이제껏 덤덤하던 승재의 목소리에 불안한 기색이 어렸다. 기다려 달라는 의미가 무엇인지 알 것만 같아서 도연은 얼른 대답했다.

"응, 기다릴게."

아까 저녁 식사 자리에서 나왔던 이야기의 연장이었다. 자신에게 그런 능력이 생길 때까지 기다려 달라는 의미였다. 그저 가슴속에 묻어 두었던 희원이 바람으로만 끝나지 않을지도 모른다는 생각에 기분이 묘했다.

그리고 태어나서 처음으로 이대로 살고 싶지 않다는 생각이 들었다.

"승재야."

도연은 숨을 깊이 들이마시고는 떨리는 음성으로 말을 이었다.

"꼭 피할게."

도연이 힘주어 말했다.

"절대 맞지 않을게."

— 좀 안심이 되네.

승재가 만족스럽게 웃는 소리에 도연의 입가에도 엷은 미소가 자리했다.

— 이제 넌, 도연아.

다정한 목소리로 '도연아' 하고 불러 주는 소리가 듣기 좋았다.

"응."

— 넌 이제, 내가 꿈을 꾸는 이유야.

갑자기 심장이 바짝 조여드는 것 같은 착각이 일고, 숨이 턱 막혀 왔다. 이보다 더 간절한 고백은 세상에 존재하지 않을 거란 생각이 들었다. 승재가 꿈을 꾸는 이유, 자신이 승재의 가장 큰 염원이 되었다는 사실에 몸속 깊은 곳에서 무언가 왈각왈각 끓어오르는 듯했다.

변화는 이미 시작되었다.

처음 인사를 나눴을 때는 초가을 무렵이었는데, 어느새 좁은 마당에

하얀 눈이 소복이 쌓이는 계절이 되어 버렸다. 계절의 변화만큼이나 승재에게도 많은 변화가 일어났다.

운이 좋았던 건지 능력 좋은 에이전트를 만나 계약을 했고, 에버턴 FC 입단 테스트를 받으면서 사람들의 이목을 끌기 시작했다. 그 결과 승재는 한국 축구계의 전설이라 부를 수 있는 서지혁이 은퇴 직전까지 뛰던 강산 FC에 입단하게 되었다.

크리스마스를 시작으로 신정까지는 훈련을 잠시 쉴 수 있다는 말에 승재는 곧장 집으로 왔다.

거실 바닥에 드러누운 승재는 누나가 사다 놓은 귤을 까먹으며 눈치를 살폈다. 며칠 전 하필 집으로 오는 길에 에이전트 한지윤과 딱 마주치고 말았다. 게다가 승재의 성공만을 오매불망 바라며 살아온 누나가 두 눈 시퍼렇게 뜨고 등 뒤에 앉아 있었다.

TV에서는 요즘 한창 주가를 올리고 있는 아이돌 가수가 연말 특집 예능 프로그램에 나와 우스꽝스러운 슬랩스틱 코미디를 연출하고 있었다. 승재는 별로 웃기지도 않은데, 크게 웃음을 터뜨렸다.

차도연은 지금 뭐 하고 있으려나?

기다리라고 한 사람은 자신인데, 승재는 도리어 초조함을 느꼈다. 가끔씩 통화할 때마다 도연은 덤덤한 목소리를 들려주며 좀처럼 감정을 드러내지 않았다.

감정을 드러내는 법을 모르는 거겠지.

부모 없이 살아왔을지언정 누나의 살뜰한 보살핌 덕에 승재는 구김살 없이 훌륭하게 자라났다. 기쁠 때 웃고, 슬플 때 울고, 화날 때 분노하는 법을, 승재는 알았다. 그걸 알려 준 사람이 누나 승현이라는 것 또한 승재는 잘 알고 있었다.

그래서 집을 벗어날 수가 없었다. 이 추위에 나간다고 하면 누나의 걱정이 늘어질 게 뻔했고, 또 그 사실이 에이전트 귀에 들어가면 누가 쉬랬지 나가 놀라고 했느냐며 잔소리를 듣게 될 것 같았다.

다른 또래 아이들은 고3 생활이 끝났다는 해방감에 생애 가장 버라이어티한 겨울을 즐기고 있을 터였다. 그런데 승재는 거실 바닥에 배를 깔고 엎드려서 손바닥이 노래지도록 귤이나 까먹고 있었다.

이따 도연이한테 전화해 볼까?

얼굴 본 지가 오래였다. 그런데 통화조차 마음대로 할 수 없었다. 대체 무슨 이유 때문인지 모르겠지만, 누나의 낯빛이 좋지가 않았다. 뭐 마려운 강아지처럼 이리저리 왔다 갔다 하지를 않나, 읽을 줄 모르는 언어로 된 책을 보고 있는 듯한 갑갑한 표정을 짓기도 했다.

그러다 누나가 땅이 꺼져라 한숨을 내쉴 때면, 승재는 괜히 움찔해서 누나의 분위기를 살폈다.

아, 괜히 집에 왔나.

너는 지금 때가 어느 땐데 이러고 있느냐고. 누나가 직접적으로 말을 하지는 않았지만, 그런 분위기를 자꾸만 풍기는 것 같아서 눈치를 보게 됐다.

"승재야."

자신을 부르는 누나의 목소리가 마치 공포 영화 속 악령의 것처럼 섬뜩했다. 드디어 폭풍 같은 잔소리를 시작하려나 보다. 승재에게 누나의 말은 곧 법이었다. 도연이 꿈을 꾸는 이유라면, 누나인 승현은 승재의 세상이 존재할 수 있는 바탕이었다.

"응?"

승재의 짧은 대꾸에 누나가 떠보듯 물었다.

"약속 없어?"

미간이 저절로 구겨졌다. 이게 무슨 종류의 사전 탐색 작업인지 모르겠다. 그리고 어떻게 대답해야 이 집을 무사히 벗어나서 잠깐이라도 도연의 얼굴을 볼 수 있을까 하는 고민이 시작되었다.

있다고 해? 그럼 누구랑 있느냐고 묻겠지? 없다고 해? 그럼, 누나 눈치 보면서 못 나갈 텐데?

"무슨 약속?"

승재는 되묻는 것으로 질문을 대신했다. 그러고는 아주 자연스럽게 TV 쪽으로 시선을 돌리며 낄낄 웃었다. 사실 전혀 웃기지가 않았다. 심장이 쿵쿵 울려서 웃음소리가 심각하게 어색했다. 눈치 빠른 누나가 혹시 눈치를 챈 건 아닌가 싶어서 초조했다.

"아니, 너 이제 구단 들어가고 하면 제대로 놀지도 못할 텐데……. 좀 놀아 둬야 하지 않아?"

잘못 들은 건가 싶어서 승재는 멍하니 누나의 얼굴을 바라보았다. 여기서 어떻게 대답을 해야 현명한 걸까?

1안은, '에이, 누나. 나 좀 쉬고 싶어. 훈련이 얼마나 힘든지 알아? 제대로 쉬고 복귀해야, 다음 훈련도 견디지.' 정도가 되겠다.

그럼, 2안은? '그럴까? 다른 애들 보니까 진짜 열심히 놀더라. 나도 하루쯤은 그냥 놀아도 되겠지?' 하고 떠볼까?

안타까운 것은 세상이 흑과 백의 논리로 돌아가지 않는다는 것이다. 승재는 좀 더 질문을 이어 가며 누나의 의중을 파악하기로 했다.

"에이, 됐어. 나가면 괜히 돈만 쓰지."

"좀 써. 써도 돼, 이제."

누나가 단호한 목소리로 대꾸하는가 싶더니, 지갑에서 5만 원권 두 장을 꺼내서 승재의 손에 쥐여 주었다. 이런 종류의 갈굼은 생전 처음이었다. '우리 누나가 달라졌어요!' 와 같은 프로그램이 있다면 신청하고 싶을 정도였다.

우리 누님이 왜 이러실까?

승재는 제 손에 들린 5만 원권 두 장을 가만히 내려다보았다. 신사임당 할머니께서 인자한 얼굴로 승재를 바라보았다. 일찍이 율곡 이이를 훌륭하게 키우신 분께 묻고 싶었다.

우리 누나 왜 이래요?

짧은 시간 동안 오만 가지 생각이 다 들었다.

옳거니 좋구나 하고 돈을 들고 나가면, 네가 구단에 입단하더니 변했구나! 하며 등짝 스매싱이 날아오는 건 아닐지 고민하던 찰나 누나가 단호한 음성으로 읊조렸다.

"나가 놀다 와."

잘못 들은 건가 싶어서 승재는 귀를 파 보고 싶었다. 귀에 이물질이 들어서 누나가 하는 말을 왜곡해서 흡수하는 건 아닐까 하는 사차원적인 상상까지 해 보았다.

그런데 마주한 누나의 얼굴이 사뭇 진지했다. 진짜 나가서 놀다 와도 된다는 듯이 채근하는 얼굴이었다.

혹은 안달 난 얼굴? 내가 나가서 놀지 않는 게, 누나가 안달이 날 일인가?

"정말 그래도 돼?"

물음이 툭 튀어나왔다.

"안 될 게 뭐가 있어? 사고는 치지 말고, 건전하게 놀아."

건전하지 못한 짓은 생각지도 않았는데, 누나의 말에 머릿속이 갑자기 음험하게 물들기 시작했다.

승재는 머릿속에 떠오른 야릇한 상상을 들킬세라 얼른 되물었다.

"누나는 내가 언제 사고 치고 다니는 거 봤어?"

"그래, 그런 거 못 봤어. 그러니까 놀다 와."

얼른 자리를 털고 일어난 승재는 점퍼와 모자를 챙겨서 현관으로 향했다. 누나가 세상 밝은 얼굴로 승재를 배웅했다.

"많이 늦을 것 같아? 뭐 친구네에서 자고 올 거면 연락하고."

나가 놀라는 것도 신기할 따름인데, 심지어 외박을 허락하기까지 한다.

아직은 아냐, 누나. 도연이는 외박 안 될 것 같거든.

내가 지금 김칫국을 얼마나 마신 걸까?

승재는 정신을 차리자며 다짐하듯 말했다.

"걱정 마. 외박은 안 해."

그런데 외박은 하지 않겠다고 하자, 웃음을 머금은 누나의 얼굴이 해괴하게 일그러졌다. 피를 나눈 남매지만 도통 속을 알 수가 없었다.

내가 외박하기를 바라는 건가?

진심으로 모르겠어서, 그랬으면 좋겠느냐고 묻고 싶은 심정이었다. 하지만 빨리 도연을 보러 가고 싶은 마음이 앞섰다.

"갔다 올게. 용돈 고마워."

승재는 애교 섞인 목소리로 말한 뒤, 누나에게 미소를 한 번 지어 주고는 현관문 밖으로 나왔다. 대문으로 빠르게 걸음을 옮기며 도연에게 전화를 걸었다.

— 응, 승재야.

"뭐 하고 있어?"

— 그냥 책 봤어.

으레 그래 왔듯이 그저 시시콜콜한 이야기를 하기 위해 전화를 했다고 생각하는 듯한 목소리였다.

"내가 지금 너희 집 앞으로 갈게."

— 뭐?

놀라서 묻는 도연의 목소리에 웃음기가 묻어났다. 책을 읽는 중이라 했는데, 휴대전화 너머에서 무언가 와장창 무너지는 소리가 들려왔다.

"무슨 소리야?"

승재가 걱정스러운 음성으로 물었다.

— 어, 책이 바닥으로 떨어지면서 뭘 좀 건드려서.

"나 한 30분이면 도착할 수 있을 것 같은데, 나올 수 있어?"

심장이 쿵쿵 울렸다. 늦가을 무렵 에이전트를 만나고 난 이후, 훈련에 매진하느라 학교에서조차 도연과 마주칠 일이 없었다.

그날 그 저녁 식사 이후 처음, 네가 꿈을 꾸는 이유라는 낯간지러운 말을 잘도 내뱉었던 그날 이후 처음으로 도연을 만나는 거였다.

— 나갈게.

도연의 목소리에 떨림이 가득했다.

"그래, 얼른 갈게."

승재의 목소리도 떨리기는 마찬가지였다.

통화를 마친 도연은 이불을 펄럭이며 침대에서 일어났다. 사실 밤늦도록 만화책을 보느라 졸음이 쏟아져서 잠깐 졸고 있는 중이었다.

이 여사의 패악질로 인해 가사를 봐 주던 도우미가 전부 교체되었다. 그중 도연과 묘하게 말이 통하는 아주머니가 있었는데, 집에만 있는 게 무료하지 않냐며 시간 보내기에 이만한 게 없다면서 만화책을 빌려주었다. 알고 보니 아주머니는 로맨스 만화를 보는 게 취미였고, 도연도 그 신세계에 막 발을 담근 참이었다.

그런데 뭐 하고 있었느냐는 승재의 질문에 차마 만화책 보느라 잠을 못 자서 졸고 있었다는 말을 곧이곧대로 할 수가 없었다. 결국 우아하게 책을 보고 있었다는 깜찍한 거짓말을 내뱉었는데, 승재가 집 앞으로 온다는 말에 너무 놀란 나머지 몸을 일으키다가 협탁 위에 쌓아 두었던 만화책 더미를 건드려서 바닥으로 와르르 떨어뜨리고 말았다.

다시 생각해 봐도 믿을 수가 없었다. 기다려 달라는 말 이후로 지금껏 승재를 보지 못했다. 승재가 원하는 위치에 오를 때까지 못 보게 될지도 모른다고도 생각했었다.

그런데 승재가 오고 있었다. 심장이 쿵쿵 울렸다.

그래서, 뭘 입고 나가지?

늘 교복을 입은 상태로 승재를 만났기에 이런 종류의 걱정은 할 필요가 없었다.

대체 뭘 입고 나가야 하지?

승재는 30분 후 집 앞에 도착한다고 했다. 침대를 박차고 일어난 도연은 후다닥 욕실로 향했다. 10분 만에 샤워를 마치고 나와, 칫솔을 물고 거울 앞에 앉아서 머리를 말렸다. 마음은 급하고, 입에는 거품이 가득 차오르는데, 드라이어로 바람을 쐬자니 정신이 하나도 없었다.

"도연 학생, 나 들어가요."

요즘 급격히 친해진 가사도우미 아주머니의 목소리였다.

"에."

도연은 칫솔을 입에 문 채로 웅얼거렸다.

"도연 학생 어디 가요?"

눈치 빠른 아주머니가 상냥한 미소를 머금으며 도연이 앉아 있는 화장대 앞으로 다가왔다. 그러고는 도연이 손에 들고 있는 드라이어를 받아 들었다.

"양치부터 하고 와요. 머리는 내가 말려 줄게."

도연은 대답을 해야 된다는 생각도 할 수 없을 만큼 마음이 급해서 얼른 고개만 끄덕이고는 욕실로 향했다. 양치 컵을 집어 드는데, 손끝에서 유리컵이 스르륵 미끄러졌다. 쨍그랑 소리와 함께 아이보리색 대리석 바닥 위로 유리 파편이 튀었다.

"안 다쳤어요?"

아주머니가 걱정스러운 얼굴로 물으며 욕실로 들어왔다. 도연은 세면대 안에 거품을 뱉어 내고는 괜찮다며 고개를 끄덕거렸다. 아주머니는 바닥에 쪼그리고 앉으며 웃음기 섞인 목소리로 말했다.

"뭐가 이렇게 급할까, 우리 도연 학생. 나 일하면서 도연 학생 이러는 거 처음 보네. 어디 좋은 데 가요?"

어떻게 대답해야 하는지 고민이 되었다. 제 편은 단 한 명도 없는 이 집 안에서 지금 벌어지고 있는 일을 상의할 수 있는 사람은 이 아주머니 뿐인 듯했다. 그런데 확신할 수 없었다. 이 아주머니도 이 여사의 부탁을 받고 살가운 모습의 가면을 쓴 채 자신을 대하고 있는 건지도 몰랐다.

"그렇게 다 티 내면, 사모님께서 눈치채실 거야. 10대의 마지막 날을 뜻깊게 보내고 싶어서, 혼자 외출하고 싶다고 전화드려요. 연말 모임 때문에 나가셔서, 오늘 늦으신다고 하셨어. 그 뒤는 내가 잘 말해 볼게."

가장 커다란 유리 조각 위에 작은 유리 조각을 모아 든 아주머니가 해사한 미소를 지으며 도연을 올려다보았다.

아주머니의 눈빛에 승재의 눈빛이 묘하게 겹쳤다. 선한 눈빛을 가진 사람들은 모두 이런 색깔의 눈동자를 가지고 있나 보다고, 도연은 생각했다. 아주머니의 고동색 눈동자에 어려 있는 선한 감정에 홀린 도연은 엷은 미소를 머금으며 입을 열었다.

"그럴게요."

아주머니는 흐뭇한 미소를 지으며 고개를 끄덕이고는 도연의 손을 잡고 욕실에서 나와 화장대 앞에 앉혔다. 드라이어 바람으로 꼼꼼히 머리를 말려 준 뒤, 도연의 길고 검은 생머리를 빗으로 단정하게 빗겨 주기까지 했다.

엄마가 보통의 엄마와 같았더라면, 지금쯤 내 뒤에 서서 이렇게 머리를 빗겨 주고 계셨을까?

단 한 번도 가지지 못한 것을 탐낸 적이 없었다. 그런데 아주머니의 상냥한 손길에 보통의 아이들이 가진 엄마가 간절해졌다. 도연은 저도 모르게 한숨을 내쉬었다.

"딱 도연 학생보다 두 살이 많았어요, 내 딸이."

아주머니는 과거형 시제를 빌어 딸을 소개했다.

그럼 지금은……?

도연의 얼굴에 떠오른 의문을 읽었는지 아주머니가 애써 미소를 지으며 대꾸했다.

"교통사고로 먼저 떠났어. 우리 딸 살아 있을 때는 이렇게 머리 한 번 빗겨 주질 못했어요. 먹고살기 바빠서. 한번은 소풍 가는 딸 손에 만 원짜리 한 장을 쥐여 줬는데, 이것 갖고는 아무것도 못 한다고 만 원만 더 달라고 하는데, 못 줬어요. 그때는 그 만 원 한 장이 어찌나 아깝던지, 손이 달달 떨렸거든."

어쩐지 울면 안 될 것 같았다. 아주머니가 지닌 슬픔은 도연이 한 방울의 눈물로 동정할 수 없는 종류의 것이었다.

"내가 우리 도연 학생한테 별 얘기를 다 하네. 옷은 뭐 꺼내 줄까요? 너무 꾸미고 나갔다가 나중에 사모님이 아시면 곤란해질 수도 있으니까. 이 청바지에 스웨터 어때요?"

아주머니가 진청색 바지 하나와 빨간색 캐시미어 스웨터를 꺼내서 보여 주었다. 어쩐지 거역할 수도 없고, 거역해서도 안 되는 제안처럼 느껴졌다. 그렇다고 거부하고 싶은 마음이 드는 것도 아니었다. 도연은 기꺼운 마음으로 대답했다.

"좋은 것 같아요."

도연의 대답에 아주머니의 얼굴에 걸린 미소가 진해졌다.

"그거 알아요, 도연 학생?"

아주머니는 꺼내 들기 어려운 말을 겨우 내뱉는다는 얼굴로 입을 열었다.

"처음에 나는 도연 학생이 안쓰럽다고 생각했어요. 이 여사님이 험하게 구셔서, 도연 학생 상처도 삐뚤어진 건 아닌가 생각했지. 미안해요, 그런 생각 해서."

사과를 해 오는 아주머니의 눈빛은 진심이었다. 자신에게 월급을 주는 사람의 딸에게 잘 보이기 위한 감언이설은 아니라는 것이 본능적으로 느껴졌다.

"내가 본 도연 학생은 다른 사람 이야기도 잘 품을 줄 아는 깊은 마음을 가진 사람이에요. 그래서 내가 도연 학생한테 내 딸 얘기를 했나 봐. 나, 이런 얘기 잘 안 하는데……."

나이와 세대를 불문하고 마음을 나눌 수 있다는 사실이 신기하기만 했다. 도연은 자신에게 편하게 말을 걸어 주는 아주머니가 무척이나 고마웠다.

"저도요. 저도 감사합니다."

도연이 고개를 꾸벅 숙이며 인사하자, 아주머니가 웃음을 터뜨렸다.

"예쁘다, 우리 도연 학생. 재미있게 놀다 와요."

집을 나서는데, 아주머니의 목소리가 따뜻한 온기가 되어 온몸을 휘감고 있는 듯한 착각이 들었다. 한파가 불어닥친 탓에 체감 기온이 영하 20도에 가까운 날씨임에도 불구하고 추위가 느껴지지 않았다.

대문을 나서자 이쪽을 바라보며 서 있는 승재의 모습이 눈에 들어왔다. 검은색 점퍼를 입고 흰색 모자를 쓴 승재가 환히 웃었다.

"우리 얼마 만이지?"

정확히 72일 만이었다. 하루하루를 손으로 꼽고 있었으면서 도연은 시치미를 뚝 뗐다.

"글쎄, 두 달 좀 지났나?"

도연의 하얀 뺨이 붉게 상기되어 있었다. 승재는 어쩔 줄 모르겠다는 얼굴을 하고 서 있는 도연을 가만히 내려다보기만 했다.

얼굴을 보지 못하는 시간 동안은 알지 못했다. 그동안 얼마나 보고 싶었는지.

도연의 얼굴을 보자마자 깨달았다. 왼쪽 가슴이 뻐근하게 아파 오면서 겨울의 찬 대기로 인해 얼어붙었던 눈가에 뜨거운 물기가 어릴 정도로 보고 싶었던 거였다.

"살이 좀 빠진 것 같네."

하얗고 통통한 볼이 귀여웠던 도연이었다. 그런데 만나지 못하는 동안, 입시에 시달리느라 마음고생을 한 탓인지 얼굴이 갸름해져 있었다. 그 바람에 작은 얼굴이 더 작아 보였고, 쌍꺼풀이 진한 동그란 눈은 더욱 커 보였다. 볼살이 빠지니 아담하고 매끈한 콧대가 더 도드라졌고, 갸름한 턱선은 보호본능을 자극하기에 충분했다.

한마디로 두 달이 조금 넘는 시간 동안 차도연은 지나치게 예뻐져 있었다.

"그래? 학교 때문에 신경 써서 그런가 봐."

도연이 제 손등으로 양 볼을 한 번씩 번갈아 찍어 내며 대꾸했다. 오물오물 대답을 내뱉는 입술이 선홍색 꽃잎을 물었다가 떼어 낸 것처럼 붉었다.

"우리 영화 볼까?"

뭘 하든 좋을 것 같았지만, 뭘 해야 할지 몰라서 승재는 가장 평범한 제안을 했다. 그러자 도연이 빙그레 웃으며 고개를 끄덕였다.

"나, 보고 싶었던 영화 있어!"

내내 다른 곳을 향해 있던 도연의 시선이 승재의 눈동자를 오롯이 바라보았다. 사뭇 달라진 눈빛에 승재는 저도 모르게 눈을 가늘게 떴다. 원래 10대 때는 자고 일어나면 얼굴이 바뀌곤 한다지만, 도연의 변화는 그것과 궤를 달리했다.

"무슨 영환데?"

도연이 가 보면 안다며 예쁘게 웃었다. 오랜만에 봐서 그런 건지, '내가 꿈을 꾸는 이유는 너다.' 라는 다소 철학적인 고백을 한 이후로 처음 봐서 그런 건지, 아니면 얘가 원래 이렇게 예뻤던 건지. 예쁘다는 말이 자꾸만 머릿속에서 툭 불거졌다. 그리고 심장이 그라운드를 전력 질주 했을 때만큼이나 빠르게 뛰었다.

근처 영화관까지는 버스를 타고 가야 한다는 말에 나란히 버스에 올라, 또 나란히 앉을 수 있는 좌석에 착석했다.

머리 위에서 쏟아지는 따뜻한 히터 바람이 도연의 머리카락을 스치고 승재의 코끝을 맴돌았다. 향긋한 과일 향이 느껴지자 목울대가 급하게 솟아오를 만큼 마른침이 넘어갔다. 달콤한 향기로 인해 야릇한 허기와 지독한 갈증이 일어서 목구멍이 타들어 가는 듯했다.

그만큼 도연이 풍기는 향기는 지독히도 매혹적이었다.

도연이 말한 영화는 1989년에 개봉했다가, 27년 만에 재개봉하는 로맨틱 코미디 영화였다.

"정말 이 영화가 보고 싶다고?"

두 사람이 태어나기 한참 전에 만들어진 영화였다. 요즘 새로 개봉하는 재미있는 영화도 많은데, 굳이 왜 이 영화가 보고 싶은지 궁금했다.

"응. 이거 재개봉한다고 영화 소개 프로그램에 나오는 거 봤거든. 옛날 영화를 극장에서 다시 볼 수 있는 기회도 드물잖아. 그래서 꼭 보고 싶었어. 왜, 별로야?"

"아니, 그건 아닌데. 새로 개봉하는 영화도 재미있는 거 많아 보여서."

"그건 다음에 보면 안 돼?"

올려다보는 도연의 눈빛이 아주 살짝 흔들렸다. 이제 계속 만날 수 있는 거 아니냐고 묻는 듯했다. 다시 훈련에 들어가면 다음을 기약하는 게 힘들어질 수도 있지만, 지금은 도연이 만족할 만한 대답을 해 주고 싶었다. 그리고 시간이야 어떻게든 만들면 되는 거니까.

"그래, 그런 건 다음에 보자."

승재가 빙긋이 웃어 보이자, 도연 역시 환한 미소를 머금으며 얼굴을 붉혔다. 도연과 함께 무인 티켓 판매 기계로 향하던 승재는 영화 팸플릿이 주르륵 꽂혀 있는 것을 발견하고는, 해당 영화의 팸플릿을 꺼내 들었다.

[남자와 여자는 친구가 될 수 있을까?]

문구가 의미심장했다.

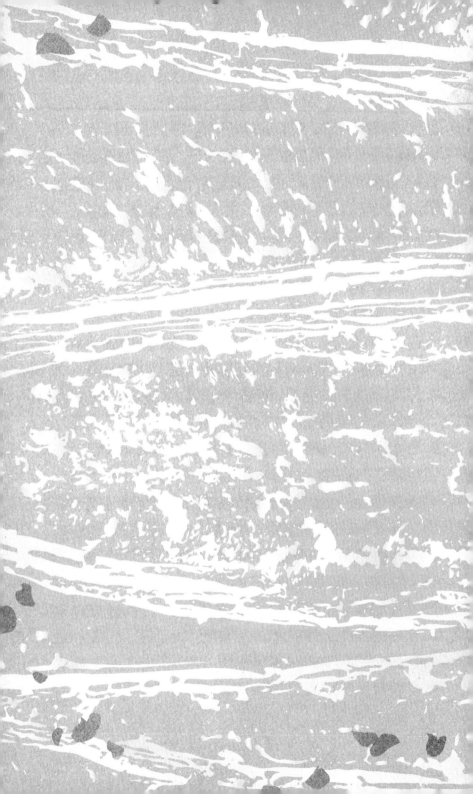

Round. 4

너를, 갖고 싶어

도연은 앞서가는 승재의 뒤에 바짝 붙어 서서 상영관 안으로 들어섰다. 극장 안은 어두컴컴했다. 인기가 있어서 재개봉하는 영화라지만 옛날 영화다 보니 찾는 사람이 별로 없는 건지, 상영관 안에 앉아 있는 사람은 많지 않았다.

"우리 자리 저 안쪽이다."

두 사람의 자리는 맨 뒷좌석 가운데 자리였다. 돈은 보자고 한 사람이 내는 게 맞지 않느냐며, 굳이 우겨서 영화표값을 도연이 냈다. 팝콘은 별로라는 말에 승재는 다른 간식을 사 오겠다며 치즈가 듬뿍 올라간 핫도그 두 개와 콜라 두 컵을 사 왔다.

칼로리가 높은 팝콘을 피한 거였는데…….

수능이 끝나고 도연은 본격적으로 다이어트를 시작했다. 식단을 조절하고, 개인 요가 트레이닝을 했더니 공부하면서 엉망이 되었던 자세도 바로잡히고, 살도 빠지기 시작했다.

살면서 다이어트를 하게 될 거라고는 상상조차 하지 않았다. 이 여사는 도연에게 높은 성적을 요구했던 것만큼, 도연이 아름답기를 바랐다. 예쁘고, 똑똑해서 어디 내놓기 좋은 액세서리 같은 딸이 되기를 바랐던 것이었다. 다이어트를 바라며 은근히 도연을 닦달하곤 했지만, 삶 자체가 스트레스인 상황에서 맛있는 음식까지 포기할 수는 없었다.

어쩌면 도연이 살면서 유일하게 집착했던 것이 미식일 것이다. 그렇다고 미련스럽게 폭식을 하거나 과식을 하지는 않았다. 단지 이 여사가 만들어 놓은 깐깐한 미의 기준으로 볼 때, 너무 잘 챙겨 먹는 것뿐이었다.

그런데 그런 도연이 다이어트를 시작했다. 곧 죽어도 미식은 포기할 수 없을 것 같았던 도연이 삶의 유일한 기쁨을 포기한 것이었다.

물론 이 여사는 도연의 다이어트를 쌍수 들고 환영했다. 저녁 식사 자리에서 다이어트를 해야 해서 조금만 먹겠다고 했더니, 그다음 날부터 집으로 개인 요가 트레이너가 오기 시작했다. 먹는 것만 줄이면 몸매가 망가질 수도 있다는 게 이 여사의 의견이었다.

그런데 다이어트의 원인인 승재가 어마어마한 칼로리를 자랑하는 핫도그와 콜라를 내밀었다. 도연은 컵 홀더에 콜라를 세워 놓은 뒤 잠시 망설였다.

이걸 먹어, 말아.

승재와 나란히 앉아서 처음으로 먹는 음식이었다. 의미 부여를 하고 나니 먹어야 할 것 같은데, 칼로리를 계산하자 입을 대기가 싫어졌다.

도연이 고민하는 동안 승재는 딱 세 번에 나누어 핫도그를 먹어 치우고는 콜라를 마시고 있었다.

"왜 안 먹고."

승재가 도연의 귀에 대고 나직한 목소리로 물었다. 귓속의 솜털이 오소소 일어나는 듯 간질거렸다.

"어, 먹으려고."

도연은 눈을 딱 감고 입을 벌려 핫도그를 한 입 베어 물었다. 입 안을 가득 채우는 체다치즈 소스와 쫀득쫀득한 소시지 그리고 부드러운 빵의 조합이 황홀할 지경이었다.

"흐음."

얼마 만에 먹는 감동적인 정크 푸드인지, 도연은 저도 모르게 신음을 흘리고 말았다.

"그렇게 맛있어?"

승재가 또다시 귓속말을 해 왔다. 도연이 콜라를 마시기 위해 몸을 살짝 움직인 찰나였고, 귓속말하던 승재의 부드러운 입술이 도연의 귓바퀴를 살짝 스쳤다. 분명 승재의 입술은 부드러웠는데, 그 느낌은 정수리가 쭈뼛 설 만큼 날카로웠다.

도연은 당황한 나머지 정직한 대구를 내놓았다.

"너으 마이써."

입 안에 핫도그를 가득 문 채로 '너무 맛있어'라고 우스꽝스럽게 웅얼거리자 승재가 웃음을 터뜨렸다. 분명 어두운 극장 안인데, 승재가 앉아 있는 곳만 반짝반짝 빛나는 듯한 착각이 일 정도로 밝은 웃음소리였다.

"많이 먹어."

아, 많이 먹으면 안 되는데.

이제껏 살면서 누군가에게 잘 보이고 싶다는 생각을 해 본 적은 없다. 부모조차도 도연을 진심으로 칭찬했던 적이 없었다. 지독히도 외로웠던 삶의 관성이었을까? 누군가에게 잘 보이려는 노력이 헛된 것이라 여겼다. 그래서 그저 더 미움받지 않으려고만 노력했는지도 모른다.

그런데 태어나서 처음으로 잘 보이고 싶은 마음이 들었다. 그래서 다이어트를 시작했고, 요가 수업도 열심히 받았다.

핫도그를 반쯤 먹었을 때, 다시 갈등이 시작되었다.

이걸 다 먹어, 말아?

먹으면 엄청난 칼로리 폭탄에 내일 점심까지는 굶어야 할 것만 같았다. 하지만 그렇다고 승재가 처음 사 준 음식을 남길 수도 없었고, 무엇보다 너무 맛있었다.

어쩌지?

도연은 생사가 달린 문제인 것처럼 미간을 구긴 채로 핫도그를 내려다보았다. 그러자 승재가 도연의 손에 들린 핫도그를 날름 빼앗아 갔다.

"내가 먹는다."

승재가 입을 벌리며 먹는 시늉을 했다.

"안 돼!"

핫도그를 빼앗으려고 손을 뻗었는데, 승재가 핫도그 든 손을 위로 올려 버렸다. 그러고는 다른 한 손으로 도연의 양손을 결박하듯 붙잡았다.

"먹지 마. 내가 먹을 거야."

"진짜?"

"응."

"그럼, '아' 해. 내가 먹여 줄게."

승재가 장난기 어린 미소를 지은 채로 말했다.

"내가 먹을게."

"너 또 핫도그 째려보면서 눈싸움하려고?"

도연은 입술을 뾰족하게 모으며 눈을 가늘게 뜨고 승재를 노려보았다.

"'아' 하라니까."

"빨리 줘. 내가 먹을게."

"얼른 아, 해. 안 그럼 나 영화 끝날 때까지 이러고 있는다?"

대체 이런 승강이를 왜 하는 건지 이유는 모르겠지만, 입을 '아' 하고 벌리지 않으면 승재가 절대 물러서지 않을 것 같았다.

"아."

도연은 조그맣게 입을 벌리고는 '아' 소리를 냈다.

"입을 그렇게 벌려서 이게 들어가겠어?"

이제는 슬슬 짜증이 나려고 했다. 또래와는 완전 다르다고 했던 말 완전 취소다. 정말 유치하기 짝이 없다.

"아!"

도연은 또다시 '아' 소리를 내며 입을 쩍 벌렸다.

"와! 너 입 되게 크다!"

짜증 나! 짜증 났어, 이제!

"장난 좀 그만 치!"

라고 말하려고 했는데, 입 안으로 짭조름한 체다치즈 소스와 쫀득쫀득한 소시지와 부드러운 빵 덩어리가 들어왔다.

"으음."

도연은 저도 모르게 또다시 신음을 흘리고 말았다. 도연이 핫도그를 한 입 베어 물자 승재가 빙긋이 웃으며 말했다.

"잘했어. 잘 먹네, 우리 도연이."

근사하게 웃는 모습이 멋있기는 한데, '잘 먹네, 우리 도연이!' 라는 말이 거슬렸다.

왜 애 취급 하는 것 같지?

동갑인데도 불구하고 승재와 함께 있으면 묘하게 애 취급을 받는 것 같은 기분이었다. 그리고 '내가 꿈을 꾸는 이유는 바로 너다!' 라는 근사한 말을 듣기는 했지만, 이게 고백인지, 아니면 삶의 애환을 나누는 친우간의 다짐이었는지 구분할 수가 없었다.

처음엔 고백이라고 생각했는데, 그 이후로도 친구 그 이상도 그 이하도 아닌 관계가 계속되었다. 통화를 자주 하기는 했지만, 안부를 묻거나 시시콜콜한 말장난을 하는 경우가 대부분이었다.

그리고 기다려 달라는 말은 대체 뭔데!

'우리 사귀자!' 라고 한 것도 아니고.

저런 말을 직접 하는 게 유치해 보일 수도 있지만, 도연은 관계의 정의가 필요한 순간이라고 생각했다. 그리고 복잡한 인간관계를 뉘앙스와 분위기와 눈치로 알아차리기엔 이제 열아홉의 마지막 날을 보내고 있는 도연은 미숙했다.

영국 유학 시절에 남자 친구가 있기는 했지만, 사실 그건 애들 장난 수준이었고, 이렇게 진지하게 누군가를 좋아한 것은 이번이 처음이었다. 그렇기에 더욱 불안하고, 초조하고, 승재의 마음이 궁금해서 미쳐 버릴 것만 같았다.

돌이켜 보면 아버지, 차 교수와의 대화도 모호한 것투성이었다. 책임질 수 있는 능력이 생기면 괜찮으냐고 물었더니, 아버지는 괜찮다고 했다.

아버지는 무슨 말인지 알아들은 걸까? 이미 두 달이나 지난 일을 집에 가서 미친 척하고 물어봐도 될까?

도연은 고개를 절레절레 내저었다. 승재 이야기를 다시 꺼냈다가는 집 안 분위기가 흉흉해질 게 분명했다.

"이거 다 먹자, 남기지 말고."

승재가 남은 핫도그를 들어 보이며 다정하게 웃었다.

지금 그 핫도그가 문제가 아니야, 승재야.

인간관계가 좁은 탓일까? 승재와 있었던 일만 생각하면서 집착하는 것 같은 자신이 어리석게 느껴졌다. 하지만 어쩔 수가 없었다. 요즘 도연의 머릿속에서 가장 많은 지분을 차지하는 게 승재였다.

어쩌다가 이렇게 되었을까?

나를 걱정해 준 사람은 네가 처음이어서?

나 참 사기당하기 좋은 성격이구나.

이러다 승재가 급한 일로 돈이 필요하다고 하면 집에 있는 물건을 팔아서라도 갖다 바칠 수 있을 것만 같았다.

"자, 아 해!"

승재가 또 그놈의 핫도그를 들고 설쳐 댔다. 이쯤 되면 핫도그도 승재도 얄미워지기 시작한다.

도연은 오기로 입을 크게 벌렸다. 그러자 남은 핫도그가 입 속으로 전부 쑥 밀려들어 왔다.

"아. 이어 아 우면 어허에에!"

'야, 이걸 다 주면 어떡해!' 라고 말하고 싶었는데, 또다시 웅얼거릴 수밖에 없었다. 그러자 승재가 도연의 입가에 묻은 소스를 엄지로 슥 닦아 주고는 제 입으로 손을 가져갔다. 엄지를 할짝거리며 눈웃음을 머금는 승재는 지독히도 매혹적이었다.

심장이 쿵쿵 뛰었다. 도연은 승재에게서 눈을 떼지 못하고 입에 있는 핫도그를 씹어 삼켰다. 차라리 핫도그가 입에 있는 게 다행이었다. 지금은 그저 씹는 것에만 집중하면 되니까 말이다.

승재가 도연을 물끄러미 바라보며 입을 열었다. 대체 무슨 말을 하려는지 궁금해서 목이 다 탔다.

아니구나, 핫도그 때문에 목이 막힌 거구나.

도연은 콜라를 집어 들고 한 모금 빨아들였다. 그 순간에도 승재에게서 눈을 떼지 못했다. 지금은 한순간도 승재의 모습을 놓치고 싶지 않았다.

"너 좀 많이 먹어. 너 내 어깨도 안 오더라. 너 키 다 컸어? 난 아직도 크는데."

지금 핫도그 소스를 그렇게 자극적으로 핥아 놓고 한다는 말이 겨우 키 다 컸냐는 질문인 건가?

도연은 눈을 가느스름하게 뜨며 시선을 스크린 쪽으로 옮겨 갔다.

관계의 정의를 저쪽에서 내려 주지 않으면, 이쪽에서 내리면 되는 거다.

영화는 어김없이 정해진 시간에 시작되었다. 영화가 상영되는 내내 도연은 승재가 요염한 눈빛으로 읊조린 말을 끊임없이 떠올렸다. 일부러 거기에 집중하려고 그런 것은 아니었다. 머릿속에서 저절로 승재의 목소리가 리플레이되고 있었다.

'좀 많이 먹어.'

내가 원래 많이 먹는 걸 알고 있었나?

'너 키 다 컸어?'

대학 가서도 큰다고는 하지만 도연은 중2 때 갑자기 키가 큰 이후로 더이상 자라지 않았다.

'내 어깨까지도 안 오더라. 난 계속 크는데.'

그래서 키 큰 여자가 좋다는 건가? 내 키가 아쉽다는 의미야?

극장 안이 어두운 만큼 도연은 어둡고 깊은 땅굴을 아주 열심히 파고 들어 갔다.

학수고대하고 고른 영화가 무슨 내용인지 머릿속에 하나도 담기지 않았다. 얼마 전 영화 소개 프로그램에서 말하기를 친구에서 연인으로 발전하는 관계의 정석을 그린 영화라고 했다. 그리고 남사친을 남친으로 만들고 싶다면, 혹은 여사친을 여친으로 만들고 싶다면 꼭 봐야 하는 영화라고도 했다.

그러니까 도연은 명백한 의도를 가지고 영화를 고른 거였다.

난 이제 더 이상 소녀도 아니지만, 친구도 아니어야 한다!

승재는 눈치가 빠른 아이였다. 이 정도 눈치를 줬으면 눈치를 채는 것이 인지상정이다. 도연은 승재가 어떤 표정으로 영화를 보고 있나 궁금해서 고개를 슬쩍 돌렸다.

지금 스크린에서는 여배우가 식당 테이블에 앉아서 가짜로 절정에 오른 모습을 연기하는 중이었다. 영화에 집중하지 못하는 상태였지만, 여배우의 연기가 너무 리얼해서 이 장면만큼은 내용을 알아차릴 수 있었다.

슬그머니 옮긴 시선이 승재에게 닿는 순간, 도연은 흠칫 놀라고 말았다. 당연히 스크린을 향해 있을 거라고 생각했던 승재의 시선이 도연에게 닿아 있었다. 또 눈이 마주쳤는데도 불구하고 승재는 깊은 시선을 거두지 않았다.

극장 안은 당황스러우리만큼 실제 같은 여배우의 교성으로 가득했다. 하지만 그런 소리는 아예 처음부터 들리지도 않았다는 듯이 승재는 담백하고 깊은 시선으로 도연을 바라보고 있었다. 도연 역시도 어두운 공간에서 물기 어린 눈동자를 빛내고 있는 승재를 마주했다.

심장이 쿵쿵 울렸다. 격해진 감정 탓에 승재의 눈동자가 젖어 있는 게 아니었다. 승재의 눈빛은 언제나 촉촉한 물기를 머금은 듯 다정하게 빛났다. 메마른 시선으로 공허하게 세상을 바라보던 자신의 것과는 다른 눈빛이었다.

그런 눈빛을 갖고 있기 때문인지, 승재는 언제나 생기가 흘러넘쳤다. 승재의 곁에 있는 것만으로도 강한 생명력이 느껴져서, 때때로 우울감으로 깊게 가라앉았던 기분마저 금세 회복되는 듯했다.

내내 무표정하던 승재의 얼굴에 미소가 감돌았다. 무표정하다고는 하나, 그 얼굴이 차갑다거나 쌀쌀맞게 느껴지지는 않았다. 승재가 표정을 지운 채로 바라볼 때면 무슨 생각을 하고 있는 건지 궁금해서 심장이 쿵쿵거릴 정도였다.

그러니 무표정한 얼굴에도 심장이 뛰는데, 다정하고 상냥한 미소를 지을 때는 오죽할까?

승재가 은근한 미소를 머금으며 가까이 다가왔다. 도연은 고개를 뒤로 빼지도, 그렇다고 다시 스크린 쪽으로 돌리지도 못한 채 얼어붙었다.

얘가 지금 뭘 하려는 거야?

누군가 도연의 입에 빨대를 꽂고 바람을 훅 불어 넣은 것처럼 가슴이 부풀어 오르는 기분이었다. 그만큼 심장이 존재감을 분명히 하며 빠르게 뛰고 있었다.

크게 일렁거리는 심장을 가라앉히려 침을 삼킨 순간이었다.

꼴깍.

하필 그 순간 극장 안이 조용해졌고, 침 삼키는 소리가 커다랗게 울리고 말았다. 승재가 웃음을 참으려고 애쓰는 모습이 눈에 들어왔다.

아, 내가 지금 얘랑 왜 이러고 있는 거지?

갑자기 관계의 근본에 대한 회의감이 몰려오기 시작했다. 떡 줄 놈은 생각도 안 하는데, 혼자 김칫국을 들이마시고 있다는 생각이 들어서 입 안이 썼다.

너는 대체 나랑 뭐 하자는 거냐?

승재가 어깨를 파르르 떨며 소리 죽여 웃었다.

너는 아직도 질풍노도의 시기를 격하게 지나고 있는 거니? 어떻게 침 삼키는 소리에 그렇게 배를 쥐고 웃을 수 있는 거지? 나는 네가 왜 웃는지 모르겠는데?

아니, 내가 그렇게 침 삼키는 소리를 냈으면, 귀엽다는 듯이 바라보면서, 어? 입술이 다가오든지, 어? 수줍게 붉어진 뺨을 한 번 어루만져 준다든지, 어?

이러는 게 보통 로맨스 만화에서 나오는 일반적인 전개였다.

도연은 자포자기한 심정으로 먼저 스크린 쪽으로 고개를 돌려 버렸다. 뭔가 글러 먹었다는 생각이 들기 시작했다. 그러니까 승재는 친구로서 자신에게 다가온 것이었고, 더 이상의 진전은 원하지 않는다는 확신이 들기 시작했다.

그렇다고 해서 이 확신의 근거를 내세우라면, 그것 또한 모호했다.

승재가 풍기는 장난기 어린 뉘앙스랄지, 많이 먹으라고 애 취급 하는 저 태도랄지, 당황한 걸 보고 웃겨 죽겠다며 뒤로 넘어가는 저 짜증 나게 잘생긴 얼굴이랄지.

그래, 유승재가 잘난 게 또 문제라면 문제였다.

도연은 두 달 전과 비교했을 때, 전혀 다를 바 없는 삶을 살고 있었다. 하지만 승재는 달랐다. 승재는 자신의 실력을 알아본 굴지의 에이전시와 계약을 하자마자, EPL 구단 중 한 곳의 입단 테스트를 받기 위해 영국으로 날아갔다. 고등학교도 졸업하지 않은 순수 국내파 선수가 EPL 구단 입단 테스트를 받자 승재는 일약 스타덤에 올랐고, 그 후 강산 FC와의 입단 계약을 체결하였다.

그래서 모자 쓰고 나왔나?

승재가 눌러쓴 모자가 신경이 쓰였다. 아마도 누군가 알아볼까 봐 걱정이 되어서 쓴 것 같았다. 운동선수는 실력으로 모든 것을 보여 줘야 하는 게 맞다. 하지만 승재는 언론에 이름이 오르내린 만큼의 성과를 아직 보여 주지 못했다. 그동안 이렇다 할 경기에 뛸 만한 기회가 없었기 때문이었다.

이제 봄이 오고 승재가 첫 시즌을 맞이하면, 그간의 센세이션이 거짓이 아니었다는 것을 증명해야만 할 터였다. 그래서 더 승재가 신경을 쓰고 있을지도 모른다는 생각이 들었다.

안 그래도 당장에 실력을 검증할 수 없는 선수가 언론플레이로 이름을 알리고 있다며 승재를 안 좋게 보는 시선도 많았다. 그런데 거기다가 여자와 엮여 스캔들까지 터진다면, 부정적인 시선이 더욱 짙어질 것이다.

그래서 이렇게 거리를 두는 건가?

머릿속이 점점 더 복잡해져만 갔다.

사실 다이어트를 시작한 것도 이런 이유에서였다.

승재가 유명해지면, 승재의 여자 친구도 사람들의 입에 오르내릴 테니까……?

유승재 여자 친구 통통하더라. 유승재 얼굴이 더 예쁜데? 유승재가 보는 눈이 낮은가 보다, 라는 소리는 듣고 싶지 않았다.

별걸 다 걱정하고 있다는 생각이 들기도 했지만, 별걸 다 걱정하니까 여자인 거다. 여자는 그만큼 섬세하면서도, 거시적인 시야를 가지고 있는 고등 생명체니까 말이다.

비생산적인 생각으로 머릿속을 꽉꽉 채워 가고 있을 때였다. 팔걸이에 가만히 올려놓은 손 위로 따뜻한 온기가 느껴졌다.

갑작스러운 촉감에 도연은 잠시 멍해졌다. 커다랗고, 부드럽고, 따뜻한 손이 도연의 손을 꽉 감싸 쥐었다. 승재의 손끝에서 가슴이 떨리고도 남을 만큼의 열기와 떨림이 느껴졌다. 짧은 시간 동안 머릿속을 채웠던 상념이 하등 쓸모없었다는 생각이 들었다.

그간 막연히 운동을 하는 사람은 거친 손을 갖고 있을 거라는 생각을 하고 살았다. 그런데 승재의 손은 놀랍도록 부드러웠다.

아, 축구 선수는 손을 쓸 일이 별로 없겠구나.

이런 거 지금 깨닫고 싶지 않은데, 깐깐하다 못해 이상한 모친의 성격

을 맞추며 사느라 분석적인 성격이 되어 버린 도연은 승재에게 손을 잡힌
채로 촉감을 분석하기에 여념이 없었다.

그런데 그 순간 머릿속이 하얗게 비어 버릴 만한 일이 일어나고야 말
았다. 손등을 덮고 있던 승재의 손이 도연의 손을 슬쩍 들어 올리는가 싶
더니 손가락 하나하나를 얽어서 손깍지를 끼어 버렸다. 도연의 손가락 안
쪽 여린 살에 닿는 승재의 부드러운 살결이 무척이나 외설적이었다.

그렇게 잡힌 손은 영화가 끝나고 상영관을 나와 집으로 걸어갈 때까지
도 그대로였다.

"안 추워?"

승재가 도연의 손을 꼭 잡은 채로 점퍼 주머니 속에 집어넣었다. 좁은
주머니 안이 두 사람의 손으로 가득 찼다.

"응."

도연은 고개를 끄덕거리며 대꾸했다. 그저 손을 잡았을 뿐인데, 그 이
상을 한 것처럼 기분이 야릇하고 심장이 쿵쿵 뛰었다.

달아오른 기분을 오랫동안 느끼고 싶은 탓에 도연은 버스를 타자는 말
도 하지 않고 걷기 시작했다. 승재 역시도 도연을 따라 묵묵히 걸었다.

그러다 문득 궁금해졌다.

손을 잡은 것만으로도 이렇게 떨리는데, 그 이상을 하면 얼마나 떨릴까?

호기심을 넘어선 욕구가 밀려들기 시작했다.

영화를 보는 사이 사위는 어둑해져 있었고, 한파가 불어닥쳐서 그런지
연말인데도 불구하고 거리를 걷는 사람은 많지 않았다.

"우리 저기 가 볼래?"

도연은 도심 속에 자리한 공원 겸 놀이터를 가리키며 물었다. 사실 속

이 빤히 보이는 행선지였다.

"왜 미끄럼틀 타고 싶어? 우리 인제 스무 살이야. 놀이터에서 놀 나이는 지났는데?"

승재가 장난스럽게 물었다.

"아니, 그네 탈 거야. 조선 시대에는 성년이 지나도 그네 잘만 탔거든!"

승재의 손을 놓고 그네 쪽으로 걸음을 옮기려는데, 팔이 뒤로 잡아당겨졌다.

"천천히 가. 바닥 얼었어."

도연의 몸이 휘청 기울었다. 바닥이 얼기는 했는지, 승재의 완력에 몸이 갸우뚱 미끄러져 버렸다. 그 바람에 승재의 팔이 도연의 등허리를 감쌌다. 두 사람의 얼굴이 가까워도 너무 가까웠다.

"저기, 승재야."

승재가 곧은 시선으로 도연을 내려다보고 있었다.

"응."

승재가 담백한 목소리로 대꾸했다.

"너 눈꺼풀에 뭐 묻었어. 잠깐 눈 좀 감아 봐. 떼 줄게."

뭐가 묻었느냐고 묻지도 않고, 승재가 순순히 눈을 감았다. 평생토록 기억에 남을 만한 의미 있는 무언가를 하고 싶었을까? 가슴이 충동적으로 움직였다.

도연은 발꿈치를 들어 올리며 입술을 내밀었다. 그런데 위치 조절을 잘못한 탓일까, 도연의 입술이 그만 승재의 인중에 닿고 말았다.

정확히는 도연의 윗입술은 승재의 인중에 아랫입술은 승재의 윗입술에 닿았다가 떨어졌다.

입술이 완전히 닿지는 않았는데, 이걸 첫 키스의 범주에 넣을 수 있을까?

그런데 지금 문제는 그게 아니다. 이불 킥 정도로는 끝날 것 같지 않은 엄청난 흑역사를 생성하고 만 것이다. 지난번에 승재가 옥상 난간에서 뛰어내리려는 건 줄 알고 바짓가랑이를 붙들고 생쇼를 했을 때보다 더 창피했다.

뭐라고 말이라도 해 줬으면, 어떤 소소한 반응이라도 보여 줬으면 좋겠는데, 승재는 평소와 다를 바 없는 시선으로 도연을 바라보고만 있었다.

심장이 두근거리다 못해 터질 것 같았다. 입술이 바짝 마르고, 승재의 손에 잡힌 제 손끝이 파르르 떨리는 게 느껴질 정도였다.

"차도연."

드디어 나직한 목소리가 흘러나왔다. 매도 먼저 맞는 게 나은 법이기는 한데. 승재가 무슨 말을 하려고 입을 뗐나 궁금해서 심장이 더 크게 요동쳤다.

"너도 눈꺼풀에 뭐 묻었다."

승재의 입가에 매혹적인 미소가 머문 것과 달리 고동색 눈동자에는 촉촉한 물기가 어려 있었다. 왠지 모르게 애잔한 눈동자라고 해야 할까? 이 눈빛에 여자애들이 그렇게 홀렸던 거라고 도연은 생각했다.

승재의 얼굴이 점점 가까이 다가왔다. 이미 충분히 가까운데도 불구하고 더 다가올 수 있을 만한 공간이 있었나 보다. 승재에게서는 마치 휴양지에서 날 법한 라임 향기가 났다. 에메랄드빛 바다가 주는 설렘처럼 자신이 뭇 여자애들의 동경의 대상이 되고 있다는 것을 승재는 알까?

촉촉한 눈빛, 휴양지의 느른함을 품은 라임 향기, 그리고 부서지는 햇살을 담은 매혹적인 웃음. 승재의 모든 게 지금 도연을 유혹하고 있었다.

마침내 승재의 코끝이 도연의 코끝에 닿은 순간이었다. 서로의 숨결이 얽히기 시작했다. 분명 볼이 빨갛게 얼어붙을 정도로 추운 날씨인데도 불구하고, 서로 맞대고 있는 순간의 열기는 마치 남국의 태양 같았다.

"눈을 감아야지."

승재의 목소리가 입술 끝에서 느껴졌다. 달콤하고 뜨거운 숨결이 입술 산에 닿았다가 떨어졌다. 도연은 마치 마법에 걸린 동화 속 공주라도 되는 양 눈을 감았다.

승재의 보드라운 입술이 도연의 입술 위에 포개어졌다. 보드라운 촉감이 분명하게 느껴지는 데도 불구하고, 가슴을 선명하게 그어 버리는 날카로움이 공존했다. 그어진 자리가 불에 덴 듯 뜨거웠다.

입술이 가볍게 맞닿다가 떨어졌는데도, 도연은 숨을 내쉴 수가 없었다.

이건 첫 키스라고 할 수 있겠지?

아니지, 입술만 부딪치는 건 키스가 아닌가?

좋아하는 사람과 처음 입술을 맞부딪친 순간인데도 불구하고, 도연의 머리는 첫 키스에 대한 정의를 내리느라 바빴다. 다시 한번 말하지만, 여자한테는 이런 거 중요하다. 첫 만남, 첫 키스, 처음 사귀기로 한 날, 기념일 등등. 그런 하루하루를 모두 기억하고 싶은 똑똑한 생명체니까 말이다.

"차도연."

"으, 응?"

도연이 흠칫 놀라 승재를 올려다보았다.

"숨을 쉬어야지."

"숨을 어떻게 쉬어?"

승재가 어이가 없다는 듯이 웃었다. 그러더니 검지로 도연의 코끝을 톡톡 두드리며 말했다.

"코로 쉬면 되지, 멍청아."

"뭐, 멍청이?"

태어나서 멍청이라는 말은 또 처음 들어 본다. 도연이 멍청이라는 말에 발끈하려는 순간, 입술이 먹혀 들어갔다. 먹혀 들어갔다는 말보다 더 정확한 표현을 찾을 수가 없다. 도연의 위아래 입술을 쭉 빨아들인 승재가 이번에는 아랫입술과 윗입술을 번갈아 빨아들였다.

그동안의 두근거림과는 비교도 안 될 정도로 심장이 이상야릇한 박자로 뛰기 시작했다. 게다가 생경한 열기가 아랫배에서 피어오르기 시작하면서 허벅지에 바짝 힘이 들어갔다.

입술을 번갈아 머금은 승재는 두 입술 사이를 가르고 들어와 입 안을 가득 채우기 시작했다. 그러면서 도연의 등허리를 잡고 있던 팔을 풀고는 작은 손을 맞잡아 제 어깨 위에 얹어 주었다.

도연은 승재의 단단한 어깨를 바짝 끌어안으며 발꿈치를 들어 올렸다. 그러자 이번에는 승재의 양팔이 도연의 등허리를 완전히 감싸 안았다.

한겨울이어서 옷이 두꺼운데도 불구하고 거침없이 뛰는 서로의 심장이 느껴지는 듯했다. 키스를 나누는 동안 묘하게 어긋나던 심박동이 점점 같은 박자로 뛰는 듯도 했다.

도연은 눈을 꼭 감은 채로 승재의 입술을 받아 내는 데 여념이 없었다. 하루 종일 입술을 맞댄 상태로 있고 싶을 만큼, 승재의 입술은 달콤하고, 따뜻했다.

또 파도가 밀려오듯 끊임없이 밀려오는 자극에 중독이라도 된 것처럼 머릿속이 아득해지는 듯했다. 깊이 들어갈수록 짙은 어둠에 휩싸이는 바다처럼 승재가 주는 자극은 점점 더 내밀해졌다.

급기야 다리가 풀려 버려서 도연이 휘청한 순간, 승재가 도연의 허리를 받쳐 안으며 제 쪽으로 더 바짝 끌어당겨 안았다. 입술은 여전히 붙어 있는 상태였다. 입술을 떼어 내고 싶다는 생각이 들지 않았다.

코로 숨을 쉬라던 승재의 말마따나, 코끝에서 흘러나온 거칠고 달콤한 숨결이 서로의 살갗에 닿아 뜨겁게 부서져 내렸다.

"흐음."

도연의 목울대에서 그만 여린 신음이 울리고 말았다. 누가 그런 소리를 내라고 가르쳐 준 적도 없었고, 이런 소리를 실제로 들어 본 적도 없었다. 목에서 흘러나온 생경한 소리는 지극히 본능적인 것이었다.

여린 신음이 흘러나옴과 동시에 맞붙어 있던 입술이 떨어졌다. 차가운 공기가 맞닿은 탓인지, 입술 끝이 얼얼했다. 입술이 아린 게 추위 탓이 아니라면 승재가 깊게 물고 빨아들인 게 이유일 것이다.

승재의 엄지가 빨갛게 부어오른 도연의 입술을 부드럽게 어루만졌다. 예민하게 달아오른 입술 위를 스치는 손짓이 지독히도 관능적이었다. 욕망의 기저에서 들끓는 열기가 손끝에 모인 듯했다.

"다이어트 같은 거 해?"

떨리는 손끝만큼이나 승재의 목소리가 깊게 가라앉아 있었다. 욕망이 배어 있는 승재의 목소리는 지독히도 매혹적이었다. 그런데 그런 목소리와는 몹시 어울리지 않는 기가 막힌 질문이 흘러나왔다.

도연은 잘못 들었나 싶어서 제 귀가 의심스러울 지경이었다.

"다이어트 같은 거 하냐고."

그리 묻는 승재의 커다란 손이 도연의 허리를 감싸 쥐었다. 도연은 얼른 승재의 손을 뿌리치려 애썼다. 아직 만족스러운 수준이 아니었기에 승재의 손이 정확히 허리를 감싸 쥐고 있는 게 불편했다.

도연은 조금 나와 있는 배가 쏙 들어가도록 숨을 들이마시며 배에 바짝 힘을 주었다.

"아니야, 그런 거."

저절로 내숭 섞인 목소리가 흘러나와서 놀라울 정도였다.

내가 이런 여우 짓도 할 수 있었나? 싶어서 감탄스러울 지경이었다.

"갑자기 먹는 거 줄이고 그러면 몸 상해."

먹는 거 줄이는 걸 어떻게 알았을까?

도연은 다소 의심스러운 생각이 들기 시작했다. 장난기가 많은 승재였기에, 이번에는 또 어떤 장난을 치려고 하나 경계심이 발동했다.

"맨날 쉬는 시간마다 매점 들락거리던 애가 어떻게 핫도그 하나를 다 안 먹냐?"

쉬는 시간마다 매점을 들락거렸던 걸, 얘가 어떻게 알지?

도연의 미간이 살포시 일그러지자, 승재가 웃음을 터뜨렸다.

"너 그거 알아? 표정이 다 읽히는 거?"

"그럴 리가."

이제껏 살면서 도연의 표정이 읽힌다고 말했던 사람은 단 한 명도 없었다.

'너는 대체 무슨 생각을 하고 사는 거니?'

'기분 나빠. 어린 게 세상 달관한 듯 그런 얼굴 하고 있는 거. 너 혹시 엄마 가르치려 드는 거니?'

'내가 낳았지만 정말 이상한 애야. 애가 감정이 없어.'

무표정한 얼굴이 기분 나쁘다며 이 여사는 도연을 정신과로 끌고 가 성격 장애 검사까지 받게 했다. 의사 앞에서 잔뜩 걱정스러운 얼굴을 하고 잠재적 소시오패스니, 사이코패스니 하면서 눈물을 찍어 내던 이 여사의 가증스러운 얼굴을 잊을 수가 없다.

그런데 승재는 표정이 다 읽힌다며 웃어 댔다.

"내가 맨날 매점 가는 건 어떻게 알았지? 이런 표정인데?"

정확하다. 너무 정확해서 혹시 독심술이 가능한 건 아닌가 하는 말도 안 되는 의심이 들 정도였다.

"아니면, 차도연 표정은 나만 읽을 수 있는 건가?"

낮게 쉬어서 농염해진 음성으로 읊조린 승재가 보드라운 손짓으로 도연의 뺨을 어루만졌다. 뺨이 붉어진 이유가 추위 때문인지, 아니면 열기 때문인지 알 수 없었다.

"이거 되게 기분 묘하네."

그리 말하는 승재의 목소리는 여전히 낮았지만, 기분 좋은 웃음기가 배어 있었다. 고동색 눈동자에 도연의 얼굴이 비쳤다. 도연은 자신의 눈부처를 가만히 들여다보았다. 누군가의 눈동자에 비친 자신의 모습을 보는 게 생경했다.

누군가의 눈 속에 비친 자신의 모습을 보는 건 처음인 것 같았다. 낳아 준 부모조차도 이렇게 가까운 거리에서 도연을 오롯이 바라봐 주었던 적이 없었다. 승재의 눈에 비치는 자신의 모습을 바라보는 것만으로도 커다란 위안이 되었다. 자신의 모습을 비출 수 있도록 승재가 허락하고 있다는 사실이 코끝이 찡할 정도로 감동적이기까지 했다.

"일부러 먹는 거 줄여 가면서 다이어트하고 그러지 마. 대학 가기 전에 미리 다이어트하는 거야?"

"아니!"

도연은 저도 모르게 냉큼 대답을 내놓았다.

"그럼, 다이어트는 왜 해?"

입을 꾹 다문 도연은 잠시 망설였다. 그 이유가 승재 때문이라는 말은 곧 죽어도 나오지 않을 것만 같았다.

"내가 보기엔 지금도 충분히 예쁜데."

깊게 가라앉은 승재의 목소리가 조용히 울렸다. 뺨을 어루만지고 있던 승재의 손끝이 다시금 도연의 입술로 향했다. 엄지손가락이 도연의 아랫입술을 아래쪽으로 내리눌렀다.

"또 해도 돼?"

도연은 가만히 고개를 끄덕거렸다.

빨갛게 물든 도연의 입술 위로 다시금 승재의 입술이 내려앉았다. 승재의 팔은 아까보다 더 강한 힘으로 도연의 등허리를 꽉 끌어안았다. 승재의 말마따나 코로 숨을 쉬고는 있었지만, 달아오른 열기에 숨이 차올랐다.

"하아."

입술이 잠시 떨어진 틈을 타 더운 숨이 새어 나왔고, 다시금 입술이 맞물렸다. 도연을 품 안으로 끌어당기는 승재의 팔 힘이 거세진 만큼, 승재의 입술도 좀 전보다 더 농밀하게 움직였다.

누구의 입술인지 분간이 되지 않을 정도로 딱 맞물린 붉은 살점 사이로 타액이 오고 갔다. 도연은 승재의 어깨에 매달리다시피 안겨서 승재의 뜨거운 혀를 핥고, 넘어오는 타액을 달게 삼켰다.

입 안을 통해 들어온 열기가 몸 안으로 흘러 들어가 고였다. 발산되지 못한 열기 탓에 몸이 점점 뜨거워졌다. 생전 처음 느끼는 데일 듯 뜨거운 감정에 도연은 손끝이 파르르 떨릴 지경이었다.

이미 두 손으로 승재를 꽉 끌어안고 있었지만, 자신의 떨림을 고스란히 전해 주기라도 할 것처럼 도연은 승재의 어깨에 손가락을 박아 넣을 듯이 열렬하게 감싸 쥐었다.

"하아, 하아."

다시금 입술이 떨어졌고 더욱 깊게 맞물렸다. 몸 안쪽으로 열기가 고이는 듯해서 도연은 허벅지에 바짝 힘을 주었다. 뒷무릎이 속절없이 녹아내려서 서 있기도 힘들어질 만큼 머릿속이 아득해지는 듯했다.

그 순간, 입술이 떨어지는가 싶더니 승재가 몸을 낮추고 도연의 허벅지에 팔을 괴며 번쩍 안아 들었다. 도연은 저도 모르게 양손으로 승재의 어깨를 짚으며 반듯하게 잘생긴 얼굴을 내려다보았다.

모자챙이 드리운 그늘 탓에 승재가 지금 어떤 표정을 짓고 있는지 살필 수가 없었다. 뭐 하느냐고 묻고 싶었지만, 열기가 고인 목소리는 흘러나오지 않았다.

승재는 성큼성큼 걸음을 옮겨 미끄럼틀 아래에 있는 공간으로 들어섰다. 우주선 모양을 본떠 놓은 공간은 바깥 공기가 차단되어 아늑한 기분마저 들었다. 승재는 기둥가에 붙어 있는 의자에 앉으며 제 무릎 위에 도연을 앉혔다. 그제야 눈높이가 맞아떨어졌고, 붉게 충혈된 승재의 눈가가 눈에 들어왔다.

눈물을 흘린 탓에 눈가가 붉어진 게 아니었다. 양껏 발산되지 못한 열기가 고인 탓이었다. 도연은 손을 뻗어 승재의 눈가를 보드랍게 쓸어 보았다. 승재의 이름을 부르려고 입을 여는 순간, 다시금 입술이 맞물렸다.

승재의 커다란 손이 코트 단추를 풀어 내려가는 것을 도연은 내버려 두었다. 도연 역시도 승재의 두꺼운 점퍼 지퍼를 내리기 시작했다. 아랫배가 바짝 조이는 느낌이 났고, 자꾸만 열기가 흘러내리는 것 같아서 도연은 엉덩이를 들썩거렸다.

코트 단추를 다 풀어 버렸는지 승재의 손이 스웨터 위를 더듬기 시작했다. 허리를 감싸 쥐는 손길에서 미세한 떨림이 느껴지는가 싶더니 커다란 손이 등허리 위를 성마르게 오르내렸다. 그사이 점퍼 지퍼를 끝까지 내린 도연은 승재의 단단하고 뜨거운 품 안으로 파고들었다.

점퍼 안은 승재의 입술에서 느껴지는 열기만큼이나 황홀했다. 등허리를 오르내리던 손이 아랫배를 훑는 순간, 도연의 목에서 여린 신음이 울렸다.

"흐음."

도연은 승재의 가슴을 훑어 내리던 손으로 스웨트 셔츠 자락을 꽉 움켜잡았다. 승재의 품에 안겨 있고, 승재의 단단한 허벅다리 위에 앉아 있는데도 불구하고 뭐라도 움켜잡지 않으면 추락할 것처럼 위태로운 기분이 들었다.

아랫배를 부드럽게 어루만졌던 승재의 커다란 손이 제 가슴을 부여잡고 있는 도연의 손을 꼭 잡아 주었다. 따뜻하고 커다란 손이 도연의 손을 잡은 순간, 가슴이 크게 들썩일 정도의 안도감이 밀려들었다.

도연은 조심스럽게 맞물려 있던 입술을 떼어 냈다. 떼어 냈다고는 하지만 깊게 맞물려 있던 부분이 풀렸을 뿐, 여전히 입술이 가볍게 맞닿은 채로 숨결이 섞이고 있었다.

"승재야."

먼저 목소리를 낸 건 도연이었다. 승재는 눈을 깊게 감았다 뜨는 것으로 대답을 대신했다. 촉촉이 젖은 눈동자가 자신을 바라보고 있다는 사실만으로 충분했다.

"나, 너 갖고 싶어."

다분히 충동적인 고백이었으나, 진심이었다. 이 아이의 모든 것이 갖고 싶었고, 탐이 났다. 미움받지 않기 위해 세상과 타협하고 살았던 자신과 달리 이 아이는 매사에 거침이 없었다. 어려운 위치에 있었음에도 세상을 향해 거침없이 굴었던 날것 그대로의 승재를 갖고 싶었다.

모든 이의 아니꼬운 시선을 견뎌야 했던 자신과 달리, 모두의 사랑을 받는 듯한 승재를 갖게 되면, 자신도 조금 부드러운 시선을 받을 수 있지 않을까 하는 다소 비약적인 상상도 해 보았다.

그리고 무엇보다 사람의 마음을 사로잡는 촉촉한 눈동자가 자신만을 바라봐 주었으면 좋겠다는 생각이 들었다. 다정하고 자상한 목소리로는 자신의 이름만을 불러 주었으면 했다.

승재의 입술을 맛본 지금은 그의 입술이 닿는 여자는 세상에서 오직 차도연 자신 하나였으면 좋겠다는 욕심이 생겨났다.

"차도연. 너 너무 야한 거 아냐?"

승재가 비스듬히 미소 지으며 도연을 깊이 들여다보았다. 무슨 생각을 하는 건지 가늠해 보겠다는 눈빛이었다.

"그렇게 야한 뜻 아냐."

사실 그런 의미도 다분히 포함하고 있었지만, 도연은 제 마음을 제대로 고백하기 위해 입을 열었다.

"나 내가 갖고 싶은 거 한 번도 제대로 가져 본 적 없어. 내가 원하는 대로 살아 본 적도 없고. 내가 하고 싶은 무언가를 해 본 적도 없어. 집에서 시켜서, 엄마가 하라고 하니까. 그리고."

마지막 말을 하기 위해 입을 떼려는데 감정이 왈칵 치솟으며 목이 잠겼다. 승재는 듣고 있다며 자상한 눈빛으로 도연을 바라보았다. 그 눈빛에 도연을 측은하게 여기는 알량한 동정 따위는 묻어나지 않았다. 그래서 좋았다. 그 누구에게도 보이고 싶지 않은 치부를 드러내는 순간에도 승재는 그저 아무 일도 아니라는 듯이 부드럽게 웃고 있었다.

이제껏 너무 심각하게만 살아온 건 아닌가 하는 생각을 한 건 승재를 만나고 난 이후였다. 그 전까지 도연은 자신과 관련한 모든 문제를 심각하게 받아들이고 분석했다. 어떻게 하면 모친의 비위를 거스르지 않고 생활할 수 있을지 고민했고, 자신을 고깝게 바라보는 시선에 냉담한 척했지만 그걸 일일이 신경 쓰고 있었기에 냉담해지려 노력했던 것이었다.

"미움받지 않으려고 노력하면서 살아왔어."

왈칵 솟아올랐던 감정을 한번 가라앉혔더니 제법 평범한 목소리가 흘러나왔다. 이런 말을 누군가의 앞에서 평범한 목소리로 말할 수 있다는 사실이 놀라웠다.

그런 도연의 마음을 다잡아 주려는 듯 승재는 여전히 흔들림 없는 눈빛으로 도연을 바라보고 있었다.

"근데 너는 나하고는 많이 달라 보여. 좋아하는 일을 하면서 남들 눈은 신경 안 쓰고 사는데도, 사람들은 하나같이 널 좋아해. 나는 시험 문제 고작 3개 틀린 걸로도 집에 어떻게 말해야 하나 고민하면서 살았는데, 너는 진로가 불투명한 순간에도 우리 아버지 앞에서 당당했잖아."

"그래서?"

승재의 목소리는 깊게 가라앉아 있었다. 침잠한 승재의 목소리에는 열기가 고여 있었다. 그것이 자신의 인생을 멋대로 요약하고 있는 도연에 대한 분노인지, 아니면 아직 식지 않은 정염으로 인한 것인지 알 수 없었다.

"그래서……."

도연은 다시 한번 숨을 골랐다. 마치 어리광을 부리고, 떼를 쓰는 아이가 된 것 같은 기분이었다.

나 저거 갖고 싶으니까, 사 줘요!

이런 말조차 도연에게는 용납되지 않았다. 겉보기에는 모든 것을 가진 듯해 보였지만, 정작 자신이 원해서 가진 것은 하나도 없었다.

재무 장관을 지내고 국내 굴지의 금융사를 운영 중인 조부와 경제학 교수직에 종사하며 조부의 회사에서 경영 고문을 맡고 있는 부친. 그리고 피아니스트 출신인 모친이 만들어 놓은 완벽한 하모니 속에서 도연은 제 위치를 지키고 있을 뿐이었다.

남들은 몇 달 치 월급을 모아서 산다는 명품 가방이 옷장에 가득했고, 때마다 고가의 물건들을 선물받았다. 물론 제 딸은 이 정도 대우를 받아야 한다는 모친의 기준에 따른 것들이었다.

아이러니하게도 다 가졌지만 원하는 것만큼은 가질 수 없었던 피폐한 삶이었다.

부모의 살가운 애정을 가지지 못했고, 가족 간의 두터운 정은 이 세상에 존재하는 것인지조차 의심스러웠다. 친구와의 우정은커녕 자신을 고깝게 여기지나 말았으면 하는 게 바람이었다.

승재와의 인연이 시작되기 전까지는 쿨병이라도 걸린 사람처럼 세상을 달관한 얼굴로 살아왔다. 그런데 건조하게 메마른 자신의 곁에 다가

온 생기 넘치는 승재의 존재감이 모든 것을 일깨워 놓았다.

"나와는 너무 다른 너를, 너무 갖고 싶어."

떨리는 목소리가 조심스럽게 흘러나왔다. 이걸 승재가 어떻게 받아들일지 알 수 없었다. 철없는 부잣집 고명딸이 이상한 고집을 부리는 것으로 치부해 버리면 어쩌나 하는 걱정마저 들었다.

절대 그런 게 아닌데.

평생에 한 번도 해 보지 못했던 말을 한 것인데.

승재는 아무런 대답도 하지 않고 가만히 도연을 들여다보기만 했다. 침묵은 사람을 초조하게 만드는 법이다. 도연은 승재가 괜한 오해를 할까 봐 두려워 재빨리 설명을 덧붙였다.

"나 태어나서 뭐가 갖고 싶다, 좋다……. 이런 말 해 본 적 없어. 갖고 싶다는 말은……."

"차도연."

승재가 다소 딱딱한 목소리로 도연의 이름을 불렀다. 굳은 음성이 날카롭게 가슴을 찌르는 듯해서 도연은 어깨를 움찔 떨었다.

"응?"

도연은 저도 모르게 마른침을 삼키며 승재의 눈을 바라보았다. 그러자 승재가 미간을 찌푸리며 입을 열었다.

"너는 좋아한다는 말을 뭐 그렇게 어렵게 해?"

승재가 다소 당황스럽다는 듯이 되물었다.

"그냥 좋아한다고 말하면 안 돼? 뭐 그렇게 심각한 게 많아? 이래서 좋고, 저래서 좋고, 그래서 갖고 싶고. 만약에 그런 이유가 다 사라지고 나면? 그럼 안 좋아지겠네? 내가 만약에 네가 생각했던 것만큼 그렇게 괜찮은 놈이 아니면, 그땐 더는 안 갖고 싶어지겠네?"

격앙된 목소리 톤은 아니었지만, 승재의 말투는 다소 빨라져 있었다. 승재는 말을 다 내뱉고 난 뒤 한숨을 몰아쉬기까지 했다. 깊은 한숨 소리에 심장이 철렁 내려앉았다.

"아니야, 승재야. 그게 아니라."

도연의 목소리에 울음기가 배어났다. 도연은 여전히 승재의 무릎 위에 앉은 채였고, 손은 승재의 가슴팍 위에 놓여 있었다.

"차도연."

뭐라 변명을 하려는데, 승재가 심각한 목소리로 도연을 불렀다.

"응?"

떨리는 대꾸가 흘러나왔다. 마주한 승재의 얼굴이 딱딱하게 굳어 있었다. 눈앞이 흐려지는 게 느껴졌다. 잘생기고 반듯한 승재의 얼굴이 눈물에 가려 뭉그러졌다. 도연은 눈물을 흘리는 모습을 보이고 싶지 않아서 얼른 두 눈을 위아래로 길게 늘였다.

그러자 잠시 흐릿해졌던 승재의 얼굴이 또렷하게 드러났다. 깊은 어둠이 내려앉은 놀이터 안, 으슥한 미끄럼틀 아래였지만 승재의 얼굴만큼은 분명하게 구분할 수 있었다. 그런데 마주한 낯빛이 조금 전과 사뭇 달랐다.

분명 딱딱하게 굳은 채로 한숨을 내뱉던 얼굴이었는데, 지금은 은은한 미소가 배어 있었다. 몇 해 전 부모님을 따라갔던 쓰촨 지방의 전통 공연이라는 변검을 보는 듯했다. 급작스럽게 변한 승재의 표정은 순식간에 가면을 바꿔 쓰던 배우를 보는 것처럼 놀라울 지경이었다.

심장이 두근거렸다. 왜 갑자기 얼굴을 바꾼 건지 도무지 가늠되질 않았다.

"나도 너 많이 좋아."

사위가 이슥한 탓인지 승재의 눈빛이 더욱 오묘하게 빛나고 있었다. 승재는 다정한 웃음기가 배어나는 목소리로 말했지만, 말투에서는 강단이 느껴졌다. 도연은 승재가 한 말을 가만히 곱씹어 보았다.

'나도 너 많이 좋아.'

다감하고도 분명했던 목소리가 끊임없이 귓전을 맴도는 듯했다. 단 한 문장의 고백이었지만 가슴을 뒤흔들기에는 충분했다. 그런데 문득 궁금해졌다.

승재는 날 왜 좋아할까?

미간에 미세한 주름이 잡히기 시작한 것도 모르고 도연은 골똘히 생각에 빠졌다.

진부한 말이지만, 흔히들 반대가 끌린다고 한다. 도연이 자신이 갖지 못한 것을 갖춘 승재에게 끌렸듯이, 승재 역시도 그런 점에서 끌렸을지도.

"좋다는데, 왜 이렇게 인상을 쓰실까?"

승재가 엄지로 도연의 미간을 부드럽게 어루만졌다.

"뭐가 그렇게 의심스러워, 또."

또다시 어린애를 다루는 듯한 말투였다. 어른스러운 척 구는 건 승재의 버릇처럼 느껴졌다.

그런데 승재가 다른 애들 앞에서도 이렇게 어른스럽게 굴었던가? 버릇이라고 할 만큼?

도연은 가만히 승재의 눈을 들여다보았다.

"차도연, 너라서 좋은 거야."

촉촉한 시선을 마주한 승재가 엷은 미소를 머금은 채로 읊조렸다.

"그냥 나는, 네가 차도연이라서 좋은 거라고."

무슨 말인지 가슴에 확 와닿지 않았다. 아무런 조건도, 이유도 없이 누군가를 좋아할 수도 있는지에 대해서 확신이 서질 않았다. 그런 자신이 얼치기 속물처럼 느껴져서 도연은 입 안쪽 말캉한 살을 짓씹었다.

도연이 아무 말도 하지 않고 잠자코 있자, 승재가 깊게 숨을 들이마시고는 듣기 좋은 목소리로 웃으며 말했다.

"이유가 필요한 얼굴이네, 차도연은."

"솔직히 그래."

아니라고 말할 수는 없었다. 승재의 마음을 불신하기 때문이 아니었다. 자신이 아무런 이유 없이 누군가의 호감을 얻을 만한 사람인지에 대한 믿음이 없는 탓이었다.

다 가진 것 같으면서, 자존감은 부족하다고 말했던 보건 선생님의 말이 문득 머릿속을 스치고 지나갔다. 공부를 잘하지 않아도 선생님은 도연의 이름을 기억하고 있을 거라는 말은 도연의 심장을 깊게 울렸었다.

그렇게 이유를 콕 짚어 줬던 탓에 보건 선생님의 말을 심장이 울릴 만큼 깊이 받아들였던 것일까?

비단 그 이유 때문만은 아닌 것 같았다.

그저 이름을 기억하는 것과 좋아한다는 것은 실어 오는 감정의 무게가 다른 일이었다.

"순진한 척 굴면서 영화는 계략적으로 골라 오는 차도연이 좋아."

승재는 무덤덤한 목소리로 정곡을 찔렀다. 갑자기 화르르 얼굴이 달아오르는 듯했다. 진득한 키스로 인해 몸 안에 쌓였던 열기와는 종류가 다른 열감이었다.

"계략이라니? 아니거든. 보고 싶었던 영화거든!"

당황한 나머지 한 톤 치솟은 목소리가 튀어나왔다.

"아무것도 모르는 척하면서 은근히 밝히는 차도연이 좋아."

승재는 도연이 당황하거나 말거나 아랑곳하지 않는다는 듯 말을 이었다.

"무슨 소리를 하는 거야? 밝히긴 누가 밝혀?"

"어디서 배우지도 않았을 텐데, 키스할 때 먼저 입을 벌리는 차도연이 좋아."

도연은 저도 모르게 승재의 가슴팍을 주먹으로 내리쳤다.

입을 벌리기는 누가 먼저 벌렸다는 거지? 지가 가르고 들어왔으면서?

차마 그렇게 따지지는 못하고 도연은 눈을 부릅뜨며 승재를 노려보았다.

"안 그런 것 같으면서 은근히 과격한 차도연이 좋아."

승재의 목소리에 참지 못하겠다는 듯이 억눌린 웃음이 배어났다.

"그만해! 너, 진짜!"

얼굴이 홧홧 달아올랐다.

"겉으론 강한 척하면서 상처받을까 두려워서 몸을 잔뜩 웅크리고 있는 차도연이 좋아."

내내 장난기가 가득했던 승재의 목소리가 사뭇 진지해져 있었다.

"상처받았으면서도 세상 쿨한 척 구는 차도연이 좋아."

낮게 쉰 승재의 목소리가 더욱 가까이 다가오는 게 느껴졌다.

"그렇게 쿨한 척하면서도 전부 신경 쓰느라 속 끓이는 차도연도 좋아."

승재의 보드라운 입술이 붉게 달아오른 뺨에 닿았다가 떨어지는 게 느껴졌다.

"본인은 아니라고 생각하겠지만, 괴팍한 부모님 성정 물려받아서 염세적이고 까탈스러운 성격도 좋아."

심장이 뜨끈하게 달아오르는 게 느껴졌다. 이제껏 승재가 열거한 것들은 도연의 입장에서 결코 장점으로 받아들일 수 없는 것들이었다.

도연은 승재의 좋은 점만을 들며, 다소 일차원적인 고백을 했었다. 그런데 승재는 도연의 단점이 될 만한 것들을 나열하며 그러한 것들까지 다 좋다고 말하고 있었다.

간혹 도연에게 고백을 해 왔던 남자애들은 하나같이 도연을 동경의 대상으로 삼고 있었다. 있는 집에서 귀하게 자란 듯 보이는 도도한 여자애, 그런 애를 차지할 수 있을지도 모른다는 정복욕과 그것에 대한 동경이 거의 모든 고백의 이유였다.

그런데 승재는 도연의 가장 아픈 곳과 가장 못난 곳만을 일컬으며 고백에 당위성을 부여했다.

그래서 가슴이 무너져 내리는 듯했다. 견고하게 쌓아 올렸던 돌담이 와르르 무너지는 것만 같았다.

"그러니까 내 앞에서 일부러 다른 모습이 되려고 노력하지 않아도 돼. 나는 있는 그대로의 차도연이 좋으니까."

승재의 입술이 도연의 입술을 가볍게 물었다가 놓아 주었다.

"그러니까 다이어트 그만하기다?"

확답을 얻겠다는 듯 승재가 눈을 치뜨며 물었다. 고동색 눈동자가 어둠에 물들어 깊은 검은색을 띠고 있었다. 검게 빛나는 촉촉한 시선이 마음속을 속속들이 꿰뚫어 보는 듯했다.

"너는 왜 모르는 게 없어?"

나에 대해서.

도연은 뒷말을 삼키며 얼버무렸다. 마치 자신보다 더 자신을 잘 알고 있는 것처럼 느껴졌다. 판타지 영화에서나 나올 법한 사람의 마음을 읽을 수 있는 능력이 있는 것은 아닌지, 그래서 모두의 사랑을 받는 주인공처럼 승재가 특별한 것은 아닌지 하는 엉뚱한 생각마저 들었다.

"버릇이야."

승재는 그리 말하며 도연의 허리를 잡고 일으켜 세워 주었다. 미끄럼틀 아래 공간은 천장이 낮아, 승재는 허리를 구부정하게 구부려야만 설 수 있었다. 커다란 손이 기민하게 움직이며 코트 단추를 모두 잠가 주었다. 어쩐지 아쉬운 마음이 들어서 도연의 얼굴이 어둡게 가라앉았다.

"버릇?"

도연은 조그맣게 되물었다. 터부시해야 할 것을 캐묻는 것만 같은 기분이 들어서 질문을 하는 목소리가 조심스럽기만 했다.

"어릴 때부터 누나 눈치만 보면서 살았거든. 그래서 누나 관찰하는 게 버릇이었어. 그런데 누나 말고 다른 사람은 관찰한 적이 없었다?"

승재는 강조하듯 문장 끝을 올렸다.

"없었는데?"

도연은 알아들었다는 듯이 되물었다.

"그런데 어느 날부턴가 내가 너를 관찰하고 있더라고."

심장이 쿵쿵 울리기 시작했다. 자신이 승재를 두 눈으로 좇고 있었던 것처럼, 승재 역시도 자신의 모습을 좇고 있었다는 생각에 가슴이 떨렸다.

도연은 손을 뻗어 승재의 점퍼 끝자락을 잡아 쥐었다. 지퍼 끝을 맞추려고 고개를 숙이자, 승재가 그 모습을 가만히 내려다보며 말했다.

"너를 관찰하면 할수록 보이는 거야."

가라앉은 승재의 목소리가 미세하게 떨리는 듯했다. 지퍼를 주욱 끌어 올리자, 손끝에서 미세한 진동이 느껴졌다. 그 떨림이 지금 이 분위기 탓인지, 아니면 지퍼의 마찰 때문인지 알 수 없었다.

"뭐가?"

도연은 지퍼를 끝까지 올려 잠그며 되물었다. 시선은 자연스레 승재를 올려다보고 있었다.

"네가 얼마나 좋은 사람인지."

코끝이 시큰거렸다. 꽤 강렬한 자극이어서 도연은 저도 모르게 콧등을 찡그렸다. 그러자 승재의 커다란 손이 도연의 뺨을 감쌌다. 이마에 보드라운 입술이 내려앉았다가 금세 떨어졌다.

아쉬움에 저절로 한숨이 흘러나왔다.

"가자, 데려다줄게."

그리 늦은 시각도 아닌데, 해가 짧아진 탓에 한밤중처럼 느껴졌다.

"나 배고픈데."

좀 더 같이 있고 싶어서 생각해 낸 핑계가 겨우 배고프다는 말이었다. 승재가 도연의 손을 잡고는 우주선 미끄럼틀 밖으로 이끌며 물었다.

"뭐 먹고 싶은데?"

겨울에 최대한 구하기 어려운 거.

그거 찾느라 오래도록 너랑 이 밤길을 헤맬 수 있는 거.

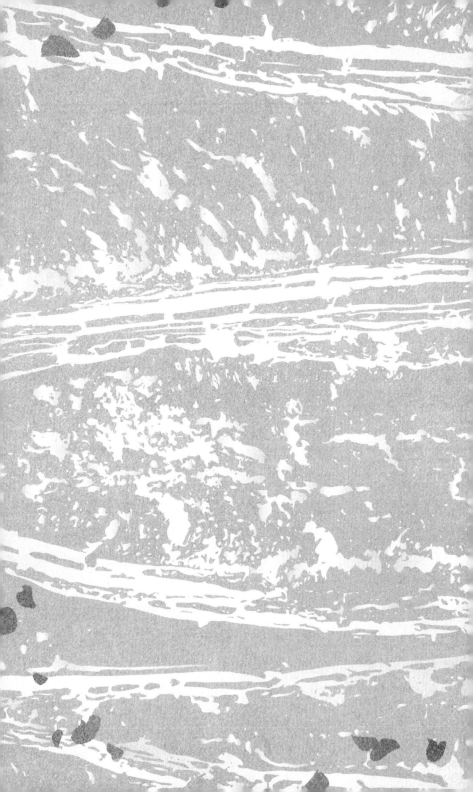

Round. 5

유승재,
야해

"물냉면!"

그래서 생각해 낸 게 결국 물냉면이었다. 살얼음이 동동 떠 있는 냉면을 떠올리는 것만으로 한기가 몰려와서 몸서리가 날 지경이었지만 한겨울에 여름 특식인 물냉면을 찾는 게 가장 어려울 거란 생각이 들었다.

나 정말 계략적인 거 맞나 봐.

승재가 순진한 척 계략적인 영화를 골라 왔다고 했던 말을 떠올리며 도연은 피식 웃음을 삼켰다.

미끄럼틀 밖으로 나오자 안으로 들어갈 때와는 전혀 다른 세상이 펼쳐져 있었다. 새까만 하늘과 극명하게 대비되는 하얀색 눈 뭉치가 뭉텅뭉텅 떨어져 내렸다. 놀이터 바닥에는 이미 새하얀 눈이 소복이 쌓여 있었다.

"이런 날씨에 정말 물냉면이 먹고 싶어?"

승재는 다소 의심스럽다는 목소리로 물으며 도연을 내려다보았다. 얼굴에는 걱정이 가득했다.

"어, 시원한 물냉면 먹고 싶어."

사실 속으로는 멸치 육수를 우려낸 뜨끈한 국물에 말아 놓은 잔치국수 생각이 간절했다. 그런데 잔치국수는 동네 분식점 어디서든 찾을 수 있을 것 같았다.

"이 날씨에 감기 걸리면 어쩌려고."

승재가 우려 섞인 목소리로 읊조렸다. 누군가 자신을 소소하게 걱정해 주며 마음을 써 주고 있다는 사실에 가슴이 뭉클했다. 그리고 그 사람이 오롯이 마음이 통하고 있는 승재라는 사실이 정수리가 쭈뼛 설 만큼 기뻤다.

승재는 도연의 손을 꼭 붙든 채로 걷기 시작했다. 마치 어디로 가야 하는지 아는 사람처럼 승재의 발걸음이 분주했다.

"종로에 가면 유명한 냉면집 있어."

그리 말하는 승재의 옆얼굴을 도연은 빤히 올려다보았다. 종로까지 이동하려면 족히 한 시간은 걸릴 듯했다. 그리고 오늘은 한 해의 마지막 날이다. 종로에 몰릴 인파를 생각한다면 오늘 밤 그곳을 벗어나지 못할 수도 있다는 앙큼한 생각마저 들었다.

"너 집에 늦게 들어가도 괜찮아?"

승재가 미간을 찌푸리며 도연을 내려다보았다. 보통 사람의 얼굴을 아래에서 올려다보면 굴욕적인 각도가 나오기 마련이었다. 하지만 승재의 얼굴은 어느 각도에서건 매끈하고 유려한 선을 보여 주었다.

도연은 그 매혹적인 선을 홀린 듯 올려다보았다.

"늦어도 괜찮냐고."

검지와 중지로 도연의 코끝을 가볍게 쥐고 흔들며 승재가 재차 물었다.

"괜찮아. 늦는다고 말하고 나왔어."

거짓말이 술술 잘도 나왔다. 어차피 연말 모임에 가신 부모님은 늦게 귀가하실 터였고, 오늘 같은 날은 도연의 귀가를 신경 쓸 만큼 한가하지 않았다.

그리고 좀 늦으면 어때?

이제껏 부모의 뜻에 어긋나는 행동을 하며 객기를 부렸던 적은 없었다. 그런데 묘한 반항기가 스멀스멀 피어오르는 듯해서 심장이 두근거렸다. 도연은 승재의 잘생긴 얼굴을 요모조모 뜯어보며 생각했다.

뭐든 좋다고. 될 대로 되라고.

승재가 곁에 있다는 사실 하나만으로 세상 전부를 얻은 듯한 착각이 일었다. 그리고 짧은 평생 깨닫지 못한 용기가 용솟음쳤다. 이래서 사람들이 사랑을 무모한 거라고 하는지도 모르겠다는 생각이 들었고, 사랑을 위해 도피 행각을 벌이는 사람들도 이해가 되었고, 승재에게 했던 일차원적인 고백보다 훨씬 더 깊이, 승재를 마음에 담았음이 느껴졌다.

종로 거리는 인산인해를 이루고 있었지만, 인파는 명동과 종각 주변으로 몰려들고 있을 뿐 그 외 지역은 평소보다 아주 조금 더 사람이 많은 수준이라고 승재가 설명해 주었다.

"종로 자주 왔어?"

"누나랑 가끔."

승재의 모든 삶에는 누나가 들어차 있었다. 다른 모든 것을 다 건드려도 누나만큼은 건드리면 안 된다는 것은 말해 주지 않아도 알 수 있었다.

"여긴 사실 우리 부모님이랑 자주 오던 곳이야."

그리 말하는 승재의 목소리가 평소보다 훨씬 메말라 있었다. 마치 푹 젖어 들까 두려워서 미리 말려 버리려는 듯한 목소리였다. 그래서 대구를 하기가 어려웠다. 어떤 목소리로 무슨 말을 해야 승재의 마음을 다치지 않게 할 수 있을지 가늠이 되지 않았다.

무지는 창피한 것이 아니라는 생각을 하면서 살아왔었다. 모르는 것은 물어보면 된다고 여겼었다. 그런데 이런 상황에서는 어떻게 대해야 하는 건지 몰라서 자괴감이 몰려왔다.

"우리 엄마, 아빠랑 마지막으로 식사했던 곳이기도 해."

나직한 승재의 목소리에는 애써 그려 넣은 듯한 웃음기가 배어 있었다. 승재는 물냉면 두 그릇을 주문하고는 도연을 빤히 들여다보았다.

"괜찮아. 궁금한 거 있으면 물어봐도 돼."

이제껏 어른스럽게 행동하던 승재였는데, 지금은 제 나이로 보였다. 마치 멋있는 척하기 위해 잠시 두르고 있던 갑옷을 내려 둔 어린 왕자 같은 모습이었다.

"여기서 부모님이랑 마지막으로 식사했어?"

승재는 눈을 지그시 감으며 고개를 끄덕거렸다. 속눈썹이 검게 젖어 드는 듯했다. 언제나 촉촉하게 젖어 있던 눈동자는 깊은 슬픔을 품고 있었기 때문이었나 보다.

"그때 그 여름은 되게 더웠어. 그래서 내가 물냉면 먹겠다고 우겼거든."

물냉면을 먹겠다고 하자, 미간을 살포시 찌푸렸던 승재의 얼굴이 눈앞에 선연했다. 그리고 지금 역시 승재는 미간을 슬쩍 일그러뜨린 채로 미소를 머금고 있었다.

"여름휴가 가는 날이었는데, 여기서 엄마랑 아빠랑 누나랑 같이 냉면 먹고 출발했어. 중간에 작은아버지 식구들을 만났는데, 내가 뒤도 안 돌아보고 작은아버지 차에 탔어. 거기 나랑 동갑인 사촌이 있었거든. 작은어머니가 걔 심심해한다고 그 차에 타라고 하더라고."

도연은 잠자코 승재의 목소리에 귀를 기울였다.

"누나는 작은아버지 차 타기 싫다고 우겼는데, 내가 같이 타자고 막 졸랐어. 사촌이랑 노는 게 좋기는 했는데, 걔가 좀 거들먹거리는 성격이었거든. 우리 누나가 한마디 하면 꼼짝도 못 하면서. 그래서 누나도 같이 작은아버지 차 타야 한다고 우겼던 것 같아."

마치 다른 사람이 겪은 일을 이야기하는 것처럼 승재의 표정은 그저 평온했다. 도연은 그 모습에 가슴이 시큰거렸다.

"그런데 덤프트럭이 부모님 차를 다리 아래로 밀어 버렸어. 눈앞에서 부모님 차가 사라지던 게 아직도 생생해. 다리 아래로 떨어지는 모습을 창가 쪽에 있던 누나가 봤나 봐. 그 이후로 누나는 다리 위에 못 올라가. 높은 곳에도 못 가고."

목구멍에 뜨겁고 버거운 감정이 가득 들어차서 쉽사리 목소리가 흘러나오지 않았다. 도연은 연민과 동정은 담지 않으려 노력하며 승재를 바라보았다.

"그날 여기서 물냉면을 먹었었어."

승재가 덤덤히 이야기하는 사이 종업원이 물냉면 두 그릇을 내왔다.

"여기 냉면은 가위로 자르지 않고 먹어야 한대. 아빠가 그러셨어. 그게 더 맛있다고."

그리 말한 승재가 빙긋이 웃으며 종업원에게 가위 좀 가져다 달라고 말했다. 도연은 다소 황망하게 승재를 바라보았다.

"근데 그건 아빠 생각이고. 나는 냉면 잘게 잘라서 먹는 게 편하더라고."

무거운 분위기를 털어 내려는 듯 승재가 가볍게 웃었다.

"많이 먹어. 여기 냉면 진짜 맛있어."

그러고는 조용한 목소리로 덧붙였다.

"그리고 고마워. 여기 다시 올 수 있게 해 줘서."

자신이 한 것이라고는 그저 밤늦도록 승재와 같이 있고 싶어서, 찾기 힘든 음식을 떠올린 것뿐이었다. 그런데 승재는 고맙다고 말하며 이제껏 본 적 없는 진한 미소를 보여 주었다.

"승재야."

나지막한 부름에 승재는 눈썹을 추켜올리며 도연을 바라보았다.

"너도 많이 먹어."

승재는 미소를 머금은 채로 고개를 한 번 끄덕이고는 젓가락을 집어 들었다.

알싸한 겨자를 많이 친 것도 아닌데 자꾸만 코끝이 시큰거렸고, 매운 맛이 나는 것도 아닌데 눈물이 핑 돌았다. 도연은 대접 바닥이 다 드러나도록 국물까지 말끔히 마셔 버렸다.

"다이어트는 이제 접기로 했나 보네?"

장난기 어린 질문에 도연은 가볍게 눈을 흘기며 웃었다.

냉면집을 나서자 여전히 굵은 눈발이 흩날리고 있었다. 물냉면 한 그릇에 승재와의 거리가 더욱 좁혀진 것 같은 기분이 들어서였을까?

"누나 이야기 해 줘."

부모를 여의고도 승재를 번듯하게 키운 누나가 어떤 사람인지 궁금해졌다.

"우리 누나?"

"응."

"엄청 독해. 너같이 여린 애는 절대 상대 못 한다? 성질이 얼마나 더러운데. 말도 못 해. 아주."

승재가 너스레를 떨어 댔다.

"장난치지 말고."

도연이 잡고 있던 승재의 손을 더욱 꽉 움켜쥐고, 어깨로 승재의 팔뚝을 슬쩍 밀며 진지해지라고 말했다.

"만약에 부모님이 살아 계셨다면, 난 축구 계속 안 했을 것 같아."

"왜?"

"정말 더럽고 치사해서 때려치우고 싶은 순간마다 누나 생각하면서 참았거든. 아마 부모님이 살아 계셨더라면 달랐을 거란 생각이 들어."

그간의 설움이 떠올랐는지 승재의 얼굴에 아주 잠시 어두운 기색이 어렸다가 금세 사라졌다.

"사실 부모님이 돌아가시고 얼마 안 돼서는 누나마저 사라질까 봐 무서웠어. 그래서 더 축구에 매달렸던 것 같아. 누나한테 자꾸 보여 주고, 칭찬받고 싶었어. 나, 이거 되게 잘한다고. 그러니까 나 버리고 어디 가지 말라고."

또다시 시야가 흐릿해지는 게 느껴졌다. 추운 날씨 탓에 눈가에 고인 눈물이 얼어붙은 듯 따끔거렸다.

"그러다 나중에는 내가 없었으면 누나가 살 수 없었을지도 모른다는 생각도 들었어."

승재가 내뱉은 한숨이 차가운 대기 중으로 하얗게 흩어졌다. 자신이 없었으면 누나도 살지 못했을 거라 말하는 승재의 목소리에서 의무나 책임 따위의 무게는 느껴지지 않았다.

"남들 눈에는 혼자서 억척스럽게 동생 키운 독한 여자로 보일 수도 있지만, 나한테 누나는 부모 이상이고, 남매 이상이야."

진한 가족애만이 배어날 뿐이었다.

"너희 누나 만나 보고 싶어."

그런 가족이 있다는 게 부러웠다. 그런 가족과의 사이는 어떤 것인지 궁금했다. 호기심을 넘어선 소유욕까지 일기 시작했다.

승재가 가진 그런 가족 관계마저도 갖고 싶은 마음이 불쑥 들어서 당혹스럽기까지 했다.

그런 가족을 갖고 싶다……. 승재와 가족이 된다?

순간 얼굴이 화끈 달아올랐다. 도연의 부모가 승재를 입양할 게 아니라면, 가족이 되는 방법은 한 가지였다.

윤기가 자르르 흐르는 검은색 턱시도를 입은 승재가 보타이를 맨 채로 버진로드 끝에 서 있고, 웨딩드레스를 입은 자신이 수줍은 미소를 지은 채 버진로드를 걸어 들어가는 모습이 찬란하게 떠올랐다.

이렇게 짧은 순간에도 그런 휘황한 상상을 할 수 있다는 사실이 놀라웠다.

난 참 상상력도 뛰어난 사람이었구나.

승재 덕분에 모르고 지냈던 모습을 속속들이 깨닫는 기분이었다. 그래서 누구와 함께 인생을 보내느냐가 중요하다고 하나 보다.

도연은 승재와 함께 시간을 보낼 때마다 자신을 긍정적으로 바라보는 시야를 갖게 되는 것 같아서 기분이 좋았다. 아주 심각했던 문제들도 승재와 마주하고 있으면 별것 아닌 것처럼 느껴졌다.

일종의 자기 객관화의 긍정적 개발이라고 해야 할까?

난 참 포장 능력도 뛰어난 사람이었구나.

오늘 겨우 첫 키스를 나눈 주제에 결혼까지 떠올리며 얼굴을 붉히고, 그걸 자기 객관화의 긍정적 개발이라고 포장을 하고 앉았다.

난 참 답도 없구나.

도연이 어이가 없어 자조하려는 순간, 승재가 들뜬 목소리로 말했다.

"언젠가 만날 날이 있겠지."

승재의 목소리에 슬쩍 장난기가 배어나기 시작했다.

"근데 긴장해야 할걸? 우리 누나 브라더 콤플렉스 있어. 나를 너무 사랑한다니까."

키득거리며 웃는 승재의 모습이 너무도 행복해 보여서 눈물이 날 것만 같았다.

당혹스러웠다가, 수줍게 얼굴을 붉혔다가, 어이없어했다가, 눈물이 핑 돌았다가.

짧은 순간에 느끼는 감정의 스펙트럼이 굉장했다. 짠맛, 쓴맛, 신맛, 단맛 모두 느끼게 해 주는 승재가 고마웠다.

이제 더는 네가 아프지 않았으면 좋겠어.

도연은 승재를 올려다보며 막연히 생각했다.

자정이 지나, 날짜가 바뀌고, 해가 바뀌어, 나이 앞자리 숫자가 1에서 2로 바뀌는 순간에, 도연은 승재의 행복을 빌었다.

"얼른 들어가. 너무 늦었네."

승재가 걱정스러운 목소리로 속삭였다. 집 앞 대문까지 올라왔다가, 언덕 아래까지 내려가고 다시 오르기를 여러 번 반복했다. 헤어지기 싫어서 가슴이 잔뜩 좁아지는 것만 같았다. 저녁 내내 가슴 설레고 행복하기만 했는데, 지금은 세상 모든 불행을 떠안은 것처럼 마음이 무거웠다.

단지 눈앞에서 승재가 사라진다는 사실만으로 우울감이 밀려들었다.

"훈련 들어가면 언제 또 나올 수 있을지 몰라. 그래도 전화 자주 할게. 그리고 외박 나올 때마다 얼굴 보자. 알았지?"

도연은 고개를 끄덕거렸다. 대학 입학을 앞둔 도연뿐 아니라, 프로 무대 데뷔를 앞둔 승재에게도 중요한 시기였다. 도연은 뭐라고 대답해야 할지 몰라서 머뭇거리기만 했다. 가슴이 답답한데 털어놓고 싶은 말들이 도무지 정리가 되질 않았다.

"불안해하지 말고."

그 마음을 읽은 것처럼 승재가 도연의 머리를 쓰다듬으며 말했다. 승재의 다정한 목소리에도 아쉬움이 가득 묻어났다. 진한 아쉬움이 깊은 위안이 되었다.

"차도연."

이름을 부르는 승재의 목소리에서 애정이 뚝뚝 묻어났다.

"응."

길게 대답하면 울음이 터져 버릴 것만 같아서 도연은 짧게 대꾸했다.

"나 너 많이 좋아해."

심장이 쿵쿵 울리기 시작했다. 아까도 이와 비슷한 고백을 받기는 했지만, 승재가 또 어떤 말로 마음을 움직이려고 하나 싶어서 가슴에 동요가 일었다.

"그러니까 괜한 생각으로 괴로워하지 말고. 잘 지내고 있어."

"너도 훈련 잘 받고."

승재는 알겠다며 다정한 미소를 지은 채로 고개를 끄덕거렸다. 작별 인사를 충분히 나누었는데도 불구하고 아쉬웠다. 도연은 저도 모르게 마른 입술을 짓씹었다. 종로에 냉면을 먹으러 가기 전에 놀이터에서 나누었던 키스의 감촉이 새삼 그리웠다.

"있잖아, 승재야."

도연은 떨리는 목소리를 가다듬으며 심각한 척을 했다.

"응, 말해."

승재는 무슨 말이든 들어 주겠다는 듯이 도연의 긴 머리카락을 부드럽게 쓸어 넘겨 주며 대꾸했다. 승재의 커다란 손은 도연의 머리카락을 벗어나지 못하고 있었다. 승재는 기다란 손가락에 머리카락을 뱅글뱅글 말았다가 풀기를 반복하며 웃음기 어린 시선으로 도연을 내려다보았다.

"우리."

어쩐지 말이 쉽사리 튀어나오지 않았다. 이런 말은 뻔뻔하게 빨리 내뱉는 게 차라리 나은데 말이다.

"우리 뭐?"

승재가 웃음을 머금으며 되물었다. 승재는 눈치가 빠른 편이었다. 도연이 표정만 살포시 찌푸려도 무슨 생각을 하고 있는지 다 읽어 내곤 했었다. 그런데 승재가 이번에는 모른 척하며 시치미를 뚝 떼고 도연이 제 입으로 말하기를 기다리는 듯했다.

이미 분위기로 다 알면서, 나쁜 놈.

좀 전의 키스를 다시 언급하면 승재가 움직일까 싶었다.

"우리 스무 살 된 기념으로 키스한 거 맞지?"

빠르게 말을 내뱉은 도연은 고개를 푹 숙이며 눈을 질끈 감아 버렸다.

아, 결국 내가 이런 말을 해 버리고 말았다!

유승재 말대로 나는 밝히는 게 맞나 봐.

승재가 먼저 입술을 내밀 때까지 가만히 기다릴 걸 그랬나 하는 생각도 들었다.

"이것 봐. 차도연 밝힌다니까."

"야, 내가 뭘!"

도연이 떨어뜨렸던 고개를 치켜든 순간 입술이 가볍게 스쳤다.

"그래서 좋다고."

입술 위에 부드러운 고백이 고였다. 그리고 달콤한 고백이 흘러든 입술 사이로 승재가 스며들었다.

늦은 시각 동네는 조용했고 지나다니는 사람도 없었다. 혹시 모를 사태에 대비해 도연은 집 밖에 설치해 놓은 방범용 CCTV 사각지대에 서 있었다.

심장이 쿵쿵 뛰었다. 익숙한 동네에서 아슬아슬하게 나누는 키스는 놀이터에 숨어들어 나누던 것보다 훨씬 짜릿했다. 그새 가라앉았던 뜨거운 기운이 울컥울컥 차올랐다. 도연은 승재의 옷깃을 잡은 채로 발꿈치를 한껏 들어 올렸다.

아까 승재가 자신을 무릎 위에 앉혔던 이유를 이제야 알 것 같았다. 키

차이가 큰 탓에 도연은 매달리는 듯한 자세로 고개를 꺾어야만 했다. 마음 같아서는 승재를 집 앞 돌계단에 앉히고 무릎 위를 차지하고 싶었다.

승재는 도연이 힘겹게 매달리는 것을 눈치챘다는 듯이 다리를 넓게 벌리며 높이를 낮추고는 도연의 허리를 끌어안아 올려 주었다. 도연이 통통한 편이기는 했지만, 승재의 품에 폭 안기고도 남았다. 멀리서 보면 아마 승재 혼자 벽을 마주 보고 서 있는 것처럼 보일지도 모를 일이었다.

딱 붙어 선 두 사람 사이에 또다시 열기가 고이기 시작했다. 도연이 승재의 목덜미를 어루만지려는 순간, 승재가 입술을 떼어 냈다.

"너 이러다 큰일 나."

승재가 한숨을 훅 몰아쉬며 읊조렸다.

"무슨, 큰일?"

도연이 토막 난 숨을 가다듬으며 물었다.

"이러다 집에 못 들어간다?"

으름장을 놓는 승재의 심각한 얼굴을 마주한 도연은 그만 웃음이 터지고 말았다.

"유승재, 야해."

도연이 수줍은 목소리로 속삭였다. 그러자 승재가 과장되게 놀란 표정을 지으며 물었다.

"왜 야해? 무슨 생각을 했기에 야하지? 집에 안 들어가면 나랑 뭐 하려고?"

"네가 지금 나랑 하고 싶어 하는 거."

이런 대담한 말이 잘도 흘러나왔다. 도연은 눈을 가늘게 뜨며 승재를 올려다보았다. 승재에게 자신이 매혹적인 여자로 보였으면 좋겠다는 발칙한 생각이 들었다. 승재의 온밤이 자신에 대한 상상으로 가득했으면 좋겠다는 야릇한 열망도 피어올랐다.

자신이 승재 생각에 잠 못 이루는 것처럼, 승재도 그렇게 잠 못 이뤘으면 하고 바랐다.

"하아."

승재는 입김이 하얗게 새어 나오도록 깊은 한숨을 내쉬었다.

"진짜 들여보내기 싫다."

그리 말하는 승재의 진득한 시선이 도연에게 달라붙었다. 이것으로도 충분한 보상을 받은 것만 같아서 도연은 흡족했다.

"얼른 가. 너무 늦었다."

도연은 승재에게 작별을 고했다. 그러자 승재가 고개를 끄덕거리며 도연의 이마에 입술을 한 번 찍어 눌렀다.

"너 먼저 들어가."

승재는 도연이 대문 안으로 들어설 때까지 시선을 떼지 않았다. 은근하게 달아오른 눈빛이 뒤를 따랐다. 도연은 숨이 훅 차오르도록 설레는 가슴을 부여잡은 채로 집 안으로 들어섰다.

가장 안쪽에 자리한 현관을 열고 들어가자, 날카로운 비명이 들려왔다.

"어떻게 감히 나한테! 이럴 수가 있어!"

목소리의 주인은 당연히 모친인 이 여사였다. 금속성 가득한 듣기 싫은 악다구니가 연방 흘러나왔다.

"감히 네 주제에! 감히!"

악다구니를 당해 내는 사람은 당연히 부친인 차 교수일 거라고 생각했다. 그런데 부부싸움을 할지언정, 이 여사는 차 교수에게 '네 주제' 라는 험한 말을 쏟아 내지는 못했다.

도연은 이 여사가 미친 듯이 날뛰고 있는 내실 안으로 걸음을 옮기기 시작했다. 설렘으로 가득했던 가슴이 삽시간에 무섭게 가라앉아 버렸다. 조금 전까지 승재의 품에 안겨서 달콤한 키스를 나누던 게 꿈처럼 느껴졌다.

그리고 그 일들이 꿈처럼 사라져 버릴지도 모른다는 막연한 두려움이 엄습하기 시작했다.

"다시 한번 말해 봐. 뭐가 어째? 내가 우리 도연이를 어떻게 키웠는데, 네가 뭔데 그따위 소릴 지껄여?"

화가 머리끝까지 난 듯한 이 여사의 앞에 서 있는 사람은 도우미 아주머니였다. 도연에게 만화책을 가져다주고, 살갑게 머리도 빗겨 주며 정갈하게 웃어 주었던 아주머니의 얼굴이 하얗게 질려 있었다.

"엄마!"

도연은 저도 모르게 아주머니의 앞을 가로막아 서며 물었다.

"무슨 일이에요?"

이 여사가 표독스러운 눈빛으로 도연을 쏘아보았다. 그러더니 도연의 머리채를 단번에 휘어잡고는 가까운 공용 욕실로 매몰차게 끌고 갔다. 도연은 어금니를 꽉 물었다. 지금까지와는 차원이 다른 폭력이었다.

"이거 놓고 말해요!"

도연이 악을 썼지만, 소용이 없었다. 이 여사가 사정없이 발걸음을 놀리는 바람에 도연은 발이 꼬여서 바닥에 나동그라졌다. 그러자 이 여사는 무언가에 홀린 것처럼 도연을 개 끌듯이 끌고 갔다. 끌려가지 않으려고 버티자, 이 여사는 더욱 힘을 주어 도연의 머리끄덩이를 잡아당겼다.

욕실 문을 거세게 열어젖힌 이 여사는 도연을 질질 끌어다가 욕조 앞에 앉혔다. 대리석 욕실 바닥보다 욕조가 더 낮은 구조였다. 욕조가 자리한 곳에는 커다란 창이 나 있었고, 그곳에서는 한강변의 야경이 내려다보였다.

이 여사가 도연의 등허리에 발길질을 해 댔다. 도연의 몸이 속절없이 욕조 안으로 곤두박질쳤다.

"왜 이러는 건데!"

도연이 악다구니를 쓰자 머리 위로 차가운 물줄기가 쏟아져 내렸다. 머릿속이 하얗게 얼어붙는 듯했다. 그저 문을 열고 집 안으로 들어왔을 뿐인데, 온도 차가 확연한 삶의 괴리감이 감당하기 힘들 정도였다.

"더러워."

이 여사는 차가운 물줄기를 도연에게 쏟아부으며 스산한 목소리로 읊조렸다. 심장이 철렁 내려앉았다. 혹시 승재와 함께 있던 모습을 이 여사가 봤나 싶었다.

아쉬운 마음에 집 앞까지 승재를 데려온 게 화근이었나?

"정말 더러워."

도연은 크게 숨을 몰아쉬었다. 살을 에일 듯한 한기가 몰려들었다. 바깥에서 밴 차가운 공기가 채 데워지기도 전에 얼음장같이 차가운 물줄기가 몸을 적셨다. 눈물조차 흐르지 않았다.

이 여사가 혹시 승재에게 애먼 짓을 하면 어쩌나 싶은 걱정이 들기 시작했다. 승재가 계약한 에이전시는 해당 업계에서는 꽤 알아주는 곳이라고 했다. 그래서 당연히 승재는 보호받을 수 있을 거라 여겼다. 그럼에도 싹트기 시작한 불안감이 걷잡을 수 없이 커져 갔다.

"무슨 짓이든 하기만 해 봐요! 나 그땐 정말 가만히 안 있을 거야!"

도연이 얼굴 위로 흘러내리는 물줄기를 막기 위해 두 팔로 머리를 감싼 채로 악다구니를 썼다. 이 여사에게 이렇게 대든 건 처음이었다. 그리고 이 여사도 이렇게 미쳐 날뛰는 건 처음이었다.

"그 사람이 너한테 그렇게 중요해?"

이 여사의 목소리가 섬뜩하게 울리는가 싶더니, 물줄기가 잦아들었다. 수전을 잠갔는지 더는 물이 흐르는 소리가 들리지 않았다.

도연은 씨근덕거리며 이 여사를 올려다보았다. 허리를 꼿꼿이 세우고 서 있는 이 여사는 도연이 널브러져 있는 욕조 안보다 높은 곳에 자리한 탓에 더욱 위압적으로 보였다. 이 여사의 눈은 무언가에 홀린 듯 뒤집혀 있었다.

이 여사가 무릎을 굽혀 앉으며 얼굴이 볼썽사납게 일그러지도록 웃었다.

"너나 네 아버지나 똑같아. 어떻게 나를 두고 다른 여자를 찾지?"

그동안 이 여사는 차 교수의 외도 사실을 도연이 눈치채지 못하게 하려고 부단히도 노력했었다. 그런데 그간의 노력이 우습다는 듯이 이 여사는 자조하듯 읊조렸다. 그리고 뉘앙스가 묘했다. 승재와 함께 있는 모습을 본 거라면, '다른 여자'라며 뭉뚱그려서 표현하지는 않았을 것이다.

"제발, 고정하세요. 사모님. 제가 잘못했어요."

도연이 광기에 사로잡힌 이 여사의 섬뜩한 눈을 올려다보고 있을 때였다. 욕실 안으로 뛰어들어 와 차가운 대리석 바닥에 무릎을 꿇으며 머리를 조아린 건 도우미 아주머니였다. 이 여사는 우아하게 고개를 돌려 아주머니를 내려다보며 말했다.

"누가 아줌마가 잘못한 거 모른대?"

이 여사의 목소리는 오스스 소름이 돋아날 정도로 상냥했다.

"원래 사람 부리다 보면, 마음에 안 드는 부분이 한둘씩은 있더라고. 아줌마는 그래도 손도 빠르고 일을 깔끔하게 잘해서 내가 얼마나 좋아했는지 알아?"

평소 이 여사는 집안일을 하는 사람들에게 경어를 썼다. 그런데 지금은 오만에 젖은 말투를 친근하게 내뱉으며 사람 목을 옥죄었다.

"그래서 오자마자 성과급도 주고 그랬는데, 은혜를 원수로 갚으면 못 쓰지."

돈으로 베푸는 은혜라는 게 얼마나 무서운 것인지, 아무런 잘못도 없는 아주머니를 무릎 꿇게 했다.

"죄송합니다. 제가 잘못했습니다."

이 여사는 소름 끼치는 웃음소리를 흘리며 대꾸했다.

"안다니까. 아줌마는 돌아가서 일 봐요. 나는 우리 도연이랑 이야기를 좀 더 해야 해. 아줌마 딸 키워 봐서 알지?"

상대의 아픈 구석을 푹 찌르고 들어가는 이 여사는 마치 악마 같았다.

"왜 첫딸은 제 아빠를 닮는다고들 하잖아. 얘가 운 좋게 미모는 날 닮았는데."

이 여사는 한쪽 입꼬리만 올려 웃으며 덧붙였다.

"더러운 건 제 아빠를 빼닮았어. 제 아빠 같은 사람 되지 않게 하려면, 내가 훈육을 잘해야지."

헛웃음이 터져 나왔다. 동시에 살을 에는 듯한 한기도 밀려왔다. 이가 딱딱 부딪칠 정도로 추웠다. 아주머니가 안타까운 시선으로 도연을 바라보았다. 커다란 수건이 걸려 있는 쪽으로 잠시 시선을 두는 아주머니를 향해 도연은 그러지 말라며 고개를 슬쩍 저었다.

"그래도 이게 정신을 못 차리고."

이 여사가 손등으로 도연의 젖은 뺨을 후려갈겼다. 그러고는 아주머니를 향해 나가라며 악다구니를 써 댔다. 새하얗게 질리다 못해 시퍼렇게 물들어 가던 도연의 뺨 위에 선명한 빨간 줄이 그어졌다. 길게 그어진 분명한 선 위로 핏방울이 한둘씩 맺혔다. 이 여사가 손가락에 끼고 있는 뱀 머리 모양 반지에 뺨이 긁힌 것이었다.

도연은 어서 나가라며 아주머니에게 눈짓했다. 그러지 않으면 도연이 험한 꼴을 당하는 것을 그대로 지켜보기만 할 것 같았다. 단호한 시선을 보내자, 아주머니는 걱정스러운 얼굴로 눈물을 훌쩍이며 욕실 밖으로 나갔다.

한숨이 저절로 흘러나왔다. 길흉화복은 예측할 수 없는 것이라지만, 첫사랑과의 달콤한 첫 키스를 나눈 밤에 이런 화를 당할 거라고는 상상조차 하지 못했었다.

늦게 들어왔다고 혼날 일이 생기면, 뺨 몇 대 맞겠거니 생각했다. 그리고 만약 그렇게 된다면 이번에는 이 여사와 맞서겠다고 다짐했었다.

그런데 이 여사는 도연이 밖에서 누굴 만나고 왔는지, 왜 늦었는지에 대해서는 관심이 없었다. 오로지 아주머니와 친하게 지냈다는 사실 하나에 집중해서 도연에게 폭력을 가했다.

아버지를 향해야 할 화살이 도연에게 향해 있는 게 분명했다.

"또 뭘 발견했어요?"

도연은 심상한 목소리로 물었다. 그게 뭐든 자신과는 상관없다는 물음이기도 했다.

"아버지가 다른 여자랑 엉겨 붙어 있는 거라도 봤어요?"

자조 섞인 목소리로 물으며 올려다본 시선은 텅 비어 있었다.

"네가 뭘 안다고 함부로 지껄여."

이 여사가 다시금 손찌검하려고 팔을 휘두르는 게 눈에 들어왔다.

"때리지 마."

도연은 몸을 일으켜 세우며 이 여사의 손목을 휘어잡았다. 이 여사는 도연보다 마른 편이었지만 가끔씩 깡마른 몸에서 흘러나오는 괴력은 무서울 정도였다. 그런데 지금은 악에 받친 도연의 아귀힘도 만만치 않았다.

"아파. 엄마 딸 아프다고. 그렇게 맞으면 아프다고. 내가 뭘 잘못했는데, 나한테 화풀이야!"

이 여사의 가녀린 손목을 움켜잡은 채로 도연은 비명을 지르듯 대들었다.

"이게 무슨 소란이야?"

욕실 입구에서 차 교수의 목소리가 들려왔다.

이 모든 소란의 원흉인 사람이 등장해서 무슨 일이냐고 되레 화를 내고 있었다. 그 순간 오싹하리만큼 빠르게 이 여사의 얼굴에 슬픔이 배었다.

"여보."

이 여사는 억울한 듯 울부짖으며 차 교수에게 달려가 냉큼 안겼다. 도연은 기가 막힌 상황에 헛웃음조차 나오질 않았다. 차 교수는 쫄딱 젖은 딸에게 수건을 건넬 생각조차 하지 않았다. 이 여사와 차 교수는 마치 미리부터 연습해 놓은 각본을 연기하는 것처럼 보였다.

"꼴이 그게 뭐야?"

차 교수가 한심하다는 듯한 눈빛으로 도연을 쏘아보았다.

"늦게 들어왔기에 내가 듣기 싫은 소리를 좀 했어요. 그랬더니 도연이가 말대꾸하면서 대들지 뭐예요. 여보, 우리 도연이가."

이 여사는 눈물 섞인 목소리로 일러바치기 바빴다. 이 여사가 괴팍한 성정을 가진 이중인격자인 것은 알고 있었지만, 미쳤다는 생각은 들지 않았다. 경도의 인격 장애를 갖고 있는 사람은 널렸으니까.

그런데 지금은 이 여사가 완전히 미친 사람처럼 보였다. 연극성 인격 장애의 절정을 달리고 있는 것처럼 보였다.

"진정하고 당신은 가서 좀 눕는 게 좋겠어. 도연이 너는 씻고 나와라. 이야기 좀 하자."

마치 딸에게 참을 수 없는 모욕을 당했다는 듯이 이 여사는 서럽게 울었다. 그러자 차 교수는 이 여사의 어깨를 다정하게 끌어안아 주며 욕실을 나섰다. 마치 연극이 끝나고 난 뒤, 등장인물이 사라지는 것처럼 자연스러운 구도였다.

어처구니가 없었다. 미쳐서 돌아가는 상황에 저절로 웃음이 나왔다. 평소보다 귀가가 늦은 딸을 문제아로 전락시키며 모친은 부친의 관심을 얻는 데 성공했다. 또 뒤늦게 들어와 상황을 정리하며 딸과의 대화를 시도하겠다는 선언으로 부친은 가정적인 사람이라는 타이틀을 노리고 있을 게 뻔했다.

도연은 욕조 바닥에 붙박인 듯 서 있었다. 잘 삶아 놓은 달걀흰자처럼 매끈매끈한 대리석으로 꾸며진 욕실은 호화찬란했다.

도연은 자신이 마치 집 안을 꾸며 놓기 위해 가져다 놓은 인테리어 소품 같다는 생각이 들었다. 가족의 문제를 감추기 위해 걸려 있는 액자처럼 느껴졌다.

도연은 젖은 옷을 벗고 샤워를 시작했다. 일단은 가정적인 가장의 모습을 연기하고 있는 차 교수를 대면해야만 했다.

서재 문을 두드리자, 차 교수가 들어오라며 차가운 목소리를 냈다. 자신이 가르치는 학생들에게도 저런 목소리를 내는지 궁금할 정도로 건조한 음성이었다. 이미 새벽 2시가 가까운 시각이었다. 얼굴에 피로감이 가득한 차 교수는 성가신 존재를 대하는 듯한 눈빛으로 도연을 바라보았다.

"독립하고 싶어요."

본래 원하는 것보다 터무니없이 큰 것을 먼저 제시하는 게 협상의 기본이었다. 거기서 조금씩 줄여 나가는 것이 원하는 걸 얻을 수 있는 현명한 방법이었다. 아마도 차 교수는 도연이 내뱉은 말을 그렇게 여기는 듯했다.

"독립이라."

차 교수는 꽤 흡족한 눈빛으로 도연을 바라보았다.

"시도는 좋았어."

도연이 협상안을 제시하는 방식을 마음에 들어 하는 눈치였다. 그런데 틀렸다. 도연은 지금 자신이 원하는 것을 명확하게 말하는 중이었다.

"이대로는 못 살겠어요. 따로 나가 살게요."

도연 앞으로 되어 있는 재산 역시 적지 않았다. 이제 스무 살이고 밖에 나가서 충분히 혼자 살 수 있었다. 대학에 들어가면 집을 벗어나야겠다고 막연히 생각하기는 했지만, 이렇게 빨리 운을 떼게 될 거라고는 예상치 못했다.

그래서 조금 성급하게 부딪쳤는지도 모르지만, 쇠뿔도 단김에 빼랬다고 미쳐 날뛰는 모친의 모습을 부친이 목격한 직후에 말하는 편이 낫겠다는 생각이 들었다.

"독립을 우습게 생각하는구나."

객기라고 여기는지 차 교수가 사무적인 얼굴로 도연을 대했다. 아버지가 아닌 교수의 눈빛을 하는 부친이 이제는 낯설지 않았다.

"온전한 독립이 가능해지면 그때 생각해 보마."

"아버지가 말씀하시는 온전한 독립이 뭔데요?"

갑자기 머리가 지끈지끈 아파 왔다. 머리 전체에서 맥박이 뛰고 있는 것 같은 착각이 들 정도로 열이 오르기 시작하는 게 느껴졌다. 한기를 머금은 상태에서 물벼락을 맞은 탓인 듯했다.

"내가 보는 온전한 독립은 경제적 자립이지."

차 교수는 풀기 쉬운 일차원적인 경제학 문제를 눈앞에 두고 있는 사람처럼 미소 지었다. 이미 도연과의 일을 풀기 위한 계산을 마쳤다는 의미였다.

"부모가 마련해 주는 돈으로 집 밖에 나가서 사는 건, 독립이 아니잖니?"

차 교수는 대답을 들을 생각이 없다는 듯이 빠르게 말을 이었다.

"생각해 보렴. 부모에게 손을 벌려서 생활하는 주제에 부모의 그늘 안에서 벗어나기를 바란다는 거. 이기적이라는 생각 안 드니?"

"낳았다는 이유만으로 자식을 물건 다루듯 마음대로 부리는 건, 이기적이란 생각 안 드세요?"

어디서 이런 용기가 샘솟는지 알 수 없었다. 그동안 입도 뻥긋할 수 없었던 이야기들이 술술 잘도 흘러나왔다.

"정말 그렇게 생각하니?"

차 교수의 눈빛이 섬뜩하게 빛났다. 부부는 닮는다고들 하는 말이 맞는 건지, 소름이 오스스 돋아날 정도로 섬뜩한 차 교수의 눈빛은 이 여사의 것과 닮아 있었다. 도연은 고개조차 끄덕이지 못하고 날 선 차 교수의 얼굴을 응시했다.

"자, 네가 나가서 산다고 가정해 보자. 집은 어떻게 구할래?"

"모아 놓은 돈으로 구할 거예요."

"그 돈도 결국 부모가 준 용돈을 모아 놓은 거겠지? 온전히 네 소유라고 주장할 수 있을까?"

차 교수가 가소롭다는 듯이 말을 이었다.

"나가서 생활은 어떻게 할 생각이지?"

"아르바이트하면 돼요."

도연의 대답은 거침없었다.

"그럼 대학 등록금은?"

"대학 안 가도 돼요."

대학 역시도 이 여사가 정해 놓은 루트를 따라 움직이다가 닿은 곳이었다. 그렇기에 도연이 진정으로 원하는 것은 아니었다.

원하는 것이라…….

생각이 잠시 다른 데로 빠졌지만, 도연은 이내 마음을 다잡았다.

이제 겨우 스무 살이 된 첫날이었다. 원하는 것이야 찾으면 된다. 그건 큰 문제가 될 만한 사안이 아니었다. 자신의 인생을 객관적인 시선으로 바라본다는 사실 하나로도 도연은 흡족했다. 승재를 만나지 않았더라면, 아마 지금 같은 상황은 상상조차 할 수 없었을 것이다.

도연이 다부지게 내놓은 대꾸에 차 교수의 미간이 미세하게 일그러졌다.

"이제껏 내가 딸 하나는 잘 키웠다고 생각했는데."

차 교수가 고개를 내저으며 자조 섞인 목소리로 읊조렸다.

"내가 착각하고 있었던 모양이구나."

집요한 눈빛으로 딸을 바라보는 차 교수의 목소리는 차가웠다.

"낳았다는 이유만으로 자식을 물건 다루듯 마음대로 부리는 건, 이기적이란 생각 안 드냐고 물었지?"

도연은 고개를 끄덕거렸다. 그럴 권리가 없다는 것을 알려 주고 싶어서 한 말이었다. 그런데 그 말이 도연을 더욱 깊은 수렁에 빠뜨릴 거라고는 예상하지 못했다.

"그동안, 네 진로 문제는 전적으로 엄마에게 맡겼었다."

사실 관심이 없었다는 게 맞는 표현일지 모른다. 차 교수의 명예에 누를 끼치지 않았기에 내버려 둔 것이었다. 그런데 이제껏 쌓아 올린 명성에 도연이 위협을 가하려고 하자, 차 교수가 태도를 달리했다.

하나밖에 없는 딸이 대학도 가지 않은 채 아르바이트로 연명하며 살겠다고 하면, 사실 어떤 부모든 말릴 것이다. 하지만 도연은 그만큼 절박했다. 더는 이 집에서 살 수가 없었다.

"이제는 내가 나서야 할 때가 된 것 같구나."

차 교수가 만면에 미소를 띠며 말했다. 순간 숨이 턱 막히는 듯한 착각이 일었다. 가슴이 답답해졌다. 새장을 벗어나려다 목줄에 매인 격이었다.

"이제 와서 가정에 충실한 아버지인 척 굴지 마세요."

완벽한 쇼윈도 가족이었다. 더 이상 서로의 허물을 덮어 주며 보듬는 연극 따위는 하고 싶지 않았다. 애정 따위 없는 가족에게 일말의 기대를 품었던 자신이 어리석게 느껴졌다. 그리고 그런 그들을 이해하려고 노력했던 자신이 아둔했다는 생각도 들었다.

도연은 차 교수의 치부를 들추고 나섰다. 이 여사는 히스테리만 부릴 뿐, 근원적 문제에는 접근하지 못했었다.

이 여사가 접근하지 못하는 문제, 차 교수의 외도를 도연이 가리켰다.

"내가 가정에 충실하지 않았다는 증거라도 있니?"

차 교수가 뻔뻔한 얼굴로 물어 왔다. 재력을 가장 중요시했던 조부가 재무 장관을 지내면서 권력을 얻자, 아들인 차 교수는 명예를 앞세우며 키웠다. 그렇기에 차 교수에게 있어서 가장 중요한 것은 오직 자신의 명예뿐이었다.

그런 이가 자신이 외도하고 있다는 흔적을 남겼을 리가 없다. 그래서 이 여사도 전전긍긍하고 있는 게 분명했다. 명확한 물증이 없지 않으냐며 차 교수는 여유롭게 웃었다.

"사람을 의심하는 버릇은 엄마를 닮았나 보다."

부모가 똑같이 서로를 탓하는 모습에 비릿한 모멸감이 밀려왔다.

이럴 거면 차라리 낳지를 말지, 하는 비자존적 회의감까지 들었다. 도연은 차 교수가 지은 것과 비슷한 미소를 그려 내며 말했다.

"아버지도 엄마랑 많이 닮은 거 아세요? 부부는 닮는다잖아요."

차 교수가 소리 내어 웃기 시작했다. 마치 자신을 비웃는 딸의 패기가 마음에 든다는 얼굴이었다.

"이제 내가 나설 때가 됐어."

차 교수는 그리 읊조리며 고개를 끄덕거렸다. 마치 도연이 악에 받쳐 발톱을 드러내고 으르렁거릴 때를 기다렸다는 듯한 반응이었다. 차 교수의 기분 나쁜 웃음소리가 귓전을 울릴 때마다 오싹한 한기가 밀려들었다.

도연은 무슨 수를 써서라도 차 교수의 약점을 잡아서 이 집을 벗어나겠다고 생각했다. 이제 더는 이 여사든, 차 교수든 자신의 삶을 좌지우지하는 것을 두고만 보고 있을 수가 없었다.

이 여사의 액세서리였던 것으로도 모자라 차 교수의 도구가 되어 살아가고 싶지 않았다.

약점이라. 아버지의 약점…….

차 교수의 약점은 단 한 가지, 바로 명예를 무너뜨리는 것이었다. 물증이 필요했다. 이 여사가 찾지 못한 외도의 물증을 잡아 세상에 공개하겠다고 하면 차 교수는 물러날 게 분명했다.

그런데 무슨 수로?

차 교수는 한 사람을 오래 만나지는 않는 듯했다. 이 여사에게 꼬리가 잡힐 것 같으면 상대를 바꿔 가며 요리조리 빠져나갔다. 하지만 꼬리가 길면 밟히는 법이었다. 도연은 일단 자신의 삶에 차 교수가 한 발짝 들어올 수 있도록 허락하기로 했다. 그렇다고 갑자기 태도를 돌변할 수는 없는 노릇이었다.

"아버지가 나서면 달라질까요?"

도연은 조심스러운 목소리를 내기 위해 노력했다. 연기하고 있다는 것을 들키지 않아야만 했다.

"네 모친은 지극히 감상적인 사람이다. 이성적인 계산은 하지 못하는 부류지."

이 여사가 들었으면 펄쩍 뛸 만한 말이었다. 도연은 묘한 미소를 머금으며 대꾸했다.

"엄마가 좀 그렇기는 하죠."

자신은 이 여사의 여집합에 속한다는 듯한 말투였다. 하지만 그렇다고 해서 온전히 차 교수 쪽에 속한다는 의미도 아니었다.

"아버지는 다르시죠."

그렇지만 차 교수와 자신 사이에 분명한 교집합은 존재한다는 듯이 말했다. 그러자 차 교수의 표정이 밝아졌다.

어리석은 것인지, 아니면 명예에 눈이 멀어 보이지 않는 것인지.

도연이 거짓 존경의 빛을 담아 차 교수를 바라보자, 차 교수는 흡족한 미소를 머금은 채로 대꾸했다.

"두고 봐라, 다를 테니."

도연은 말없이 차 교수를 응시했다. 그러자 차 교수가 세상에서 가장 인자한 아버지가 된 듯한 표정을 지으며 자상하게 읊조렸다.

"다시는 네 엄마가 손찌검하지 못하도록, 약속하마."

그러기 위해서는 아버지가 바람을 그만 피우셔야 할걸요.

비소가 비어져 나올 것만 같아서 도연은 어금니를 한 번 꾹 깨물었다가 놓고는 입을 열었다.

"네, 감사합니다."

"감사는 무슨. 그동안 너무 소홀해서 미안했다."

사과에서 진심이 느껴지지 않았다.

"늦었다. 인제 그만 방으로 돌아가렴."

안녕히 주무시라는 인사를 끝으로 도연이 돌아서려던 순간이었다.

"아, 참. 회사 소식은 좀 듣고 있니?"

차 교수의 친근한 말투가 귀에 거슬렸다.

"그냥 뉴스로 접하는 정도요."

"회장님께서 너한테 거는 기대가 참 크시단다. 나는 회장님 뜻에 따라 교수로 살고 있으니, 너는 회장님 뜻에 따라 회사로 들어가야 하지 않겠니? 그러려면 미리부터 회사 일에 관심을 두는 게 좋겠지."

처음 듣는 소리는 아니었다.

"조부 회사에서 K리그 타이틀 스폰 계약을 맺었다고 하는구나."

이건 처음 듣는 소리였다.

차 교수가 노리고 있는 게 갑자기 분명해졌다.

비릿하게 웃고 있는 차 교수의 얼굴 위로 승재의 선한 미소가 겹쳐졌다. 도연은 동요하지 않은 척하기 위해 애썼다. 국내 굴지의 금융지주회사를 소유하고 있는 조부였다. 조부의 회사에서 K리그의 타이틀 스폰 자리를 꿰차는 건 특별한 일이 아닐지도 모른다.

그런데 문제는 승재가 돌아오는 시즌에 K리그 데뷔를 앞두고 있다는 것이었다. 지난번 만남에서 식탁 앞에 마주 앉은 채 승재에게 날을 세웠던 차 교수였다.

그날 두 사람이 나누었던 대화가 머릿속을 스쳐 지나갔다.

'아직 일어나지도 않은 일들로 제 앞날을 더럽히는 말씀을 하셨으니, 그에 대한 대가라고 생각하시면 될 것 같습니다. 만약 제가 그런 위치에 서게 된다면, 괜찮습니까? 말씀대로라면, 제가 반대의 경우에 서게 되어도 괜찮다고 대답하셔야 이치에 맞는 거 아닐까요?'

'그래, 만약 내가 흡족할 만큼 유승재 군이 반대 위치에 서게 된다면, 괜찮네.'

차 교수가 말했던 것과 반대의 위치에 서게 된다면, 그러니까 축구 선수로 성공하게 된다면 괜찮으냐고 승재는 물었고, 차 교수는 괜찮다고 답하면서도 흉흉한 눈빛을 빛냈었다.

막으려는 걸까?

차 교수 자신이 했던 말을 주워 담을 수는 없기에 승재가 그런 위치에 서지 못하도록 막으려는 것처럼 보였다.

가슴이 턱 막혀 왔다. 허울 좋은 사회적 지위와 명예만 갖추었을 뿐, 그 안에는 흉악함이 도사리고 있다는 것을 어렴풋이 알기는 했지만, 이 정도로 바닥일 줄은 몰랐다.

이제 더는 미워할 마음조차 생기지 않을 만큼 오만 정이 다 떨어져 나가는 기분이었다. 무슨 일이 생기면 확연히 선을 긋고 이들에게서 벗어날 수 있을 거라 생각했다. 하늘이 맺어 준 인연이라는 뜻의 천륜은 도연에게 무의미했다. 핏줄은 끌린다는 말도 이해할 수 없었다.

서로의 필요에 의해 관계를 유지하며 살아가고 있을 뿐이었다. 차 교수와 이 여사에게는 그저 남 보기에 부럽지 않은 화목해 보이는 가정이 필요한 듯 보였다. 화목해 보여야 한다는 게 중요하지, 진실로 화목할 필요는 없었던 것이다.

도연이 먼저 천륜을 저버린다고 한들, 천벌을 받을 것 같지도 않았다.

비릿한 웃음을 머금은 차 교수가 도연의 반응을 살피려는 듯 눈을 가늘게 떴다.

"잘됐네요. 스포츠는 만인이 열광하는 좋은 마케팅 수단이죠."

지극히 객관적인 목소리가 흘러나왔다. 그럼에도 차 교수는 여전히 형형한 눈빛을 빛내며 되물었다.

"그때 그 유 군이 K리그에서 뛸 예정이라지?"

도연이 모른 척하고 있으니 단도직입적으로 묻는 듯했다.

"그렇다고 들었어요."

이번에도 도연의 목소리는 고저 없이 침착했다.

"꽤 큰 에이전시와 계약을 했다고 하던데, 제법이구나."

모두가 알고 있는 정보를 은근슬쩍 흘리며 친근한 척 굴어서, 도연이 거기에 휘말려 나불대기를 바라는 듯했다.

도연은 산뜻한 미소를 머금으며 대꾸했다.

"피곤해요. 이제 좀 쉬고 싶어요. 주무세요."

애교 섞인 목소리는 아니었지만, 도연은 최대한 상냥하게 굴기 위해 애썼다.

"그래, 이만 쉬어라."

차 교수도 더는 딸을 괴롭힐 생각이 없는지 순순히 도연을 보내 주었다. 서재 문을 닫고 나온 도연은 두꺼운 나무 문에 기대서서 한숨을 한 번 몰아쉬었다.

승재의 목소리가 간절했다.

새벽 3시가 다 되어서야 침실에 들어선 도연은 휴대전화를 집어 들었다.

[잘 들어갔지?]

[들어가는 거 봤는데도 궁금하네.]

[자?]

[나 방금 들어왔어.]

얼마간의 간격을 두고 승재가 보낸 메시지가 도착해 있었다. 그저 승재가 보낸 문장 몇 개를 내려다보고 있는데도, 그 온기가 느껴지는 듯해서 가슴이 뭉클뭉클 차올랐다.

너는 내가 꿈을 꾸는 이유라고 했지?

도연은 승재가 보낸 메시지를 내려다보며 속으로 말을 걸었다.

나는 네가 살아가는 이유가 될 것 같아.

너무도 힘겨운 삶이었다. 지금 이 순간에 승재가 곁에 없었더라면 어땠을지는 상상조차 하고 싶지 않았다.

혹시, 내가 너 때문에 약해진 건가?

승재 때문에 마음이 약해진 거라는 생각은 하고 싶지 않았다. 오히려 승재 덕분에 자신을 오롯이 바라볼 수 있게 되었다.

고마워, 승재야.

휴대전화 화면을 어루만지고 있는데 반짝 불이 들어오는가 싶더니, 휴대전화 화면이 통화 수신 화면으로 바뀌었다. 당연히 발신인은 승재였다.

"여보세요?"

뭉클 차오른 감정 때문에 목소리가 낮게 쉬어 있었다.

— 잤어?

그걸 잠에서 깬 목소리라고 여겼는지 승재가 낮은 웃음이 묻어나는 목소리로 물었다.

"막 자려고 했어."

— 답을 왜 하나도 안 보냈어, 걱정되게.

승재가 염려 섞인 목소리로 나무랐다.

"미안. 진동으로 해 놔서 몰랐어."

— 우리 도연이 가르칠 게 한두 개가 아니네.

그리 말한 승재가 키득키득 웃기 시작했다. 승재의 웃음에는 강한 전염성이 있는 듯했다. 아까 그 난리를 겪고도 도연은 승재를 따라 키득키득 웃었다. 가슴속을 꽉 막고 있던 응어리들이 마법처럼 풀어지는 것 같았다.

— 난 또 늦게 들어가서 무슨 일 있는 줄 알고.

웃음을 멈춘 승재가 조심스러운 목소리로 말했다.

— 걱정했어.

"미안해. 별일 없었어."

마음 같아서는 당장 승재에게 달려가, 너른 품에 안겨 자신이 당했던 일을 모두 털어놓고 위로받고 싶었다.

등허리를 다정하게 오르내리던 커다란 손, 부드럽게 휘감기던 입술, 집요하게 도연을 차지했던 열기, 세상 모든 풍파를 버텨 낼 수 있을 것처럼 안온했던 품 안까지.

도연은 온몸으로 승재가 그리웠다. 하지만 아무 일도 없었다는 듯 여상한 말투로 대꾸할 뿐이었다.

— 너희 집 담은 너무 높아. 창문이 하나도 안 보여서, 어디가 네 방인

지도 모르겠어.

승재가 한숨 쉬듯 말했다. 침대에 누워 있던 도연이 얼른 몸을 일으켜 앉았다. 심장이 쿵쿵 울리기 시작했다. 혹시 지금 승재가 도연의 집 담을 올려다보고 있는 건 아닌가 하는 생각이 들었다.

"너 혹시 지금 어디야?"

도연이 재빠르게 질문을 던졌다. 나갈 방법도 없으면서 도연은 얼른 침대에서 내려와 드레스 룸 문을 열었다. 손에 잡히는 대로 옷을 집어 들었다. 두꺼운 후드 티 하나를 팔에 걸친 도연이 발을 동동 구르다시피 했다.

"유승재, 너 집에 안 갔지?"

다그치듯 다시 묻자, 휴대전화 너머에서 웃음소리가 들려왔다.

— 귀신이네.

그리 말하는 승재의 목소리에 왈칵 눈물이 치솟았다.

"너 진짜!"

갑자기 신경질이 나기 시작했다. 이 여사에게 험한 꼴을 당하고, 샤워를 한 뒤, 차 교수와 독대를 하는 동안 승재는 자신을 걱정하며 추위에 떨고 있었나 보다.

"너 왜 이렇게 미련해! 지금 날이 얼마나 추운데."

— 그러게, 좀 춥네. 나 인제 집에 간다.

"가지 마."

대책 없이 붙잡고 말았다. 지금 당장 승재의 얼굴을 봐야 한다는 생각만 간절할 뿐이었다. 심장이 불안한 박자로 날뛰었다.

"가지 말고, 잠깐만. 5분만 더 기다려 줘."

도우미 아주머니에게 전해 듣기로 이 여사는 이미 수면제를 먹고 깊게 잠이 들었다고 했다. 그리고 차 교수는 잠자리에 든 딸의 방을 들여다볼 만큼 자상하지 않았다.

단지 소리 없이 집을 빠져나갈 수 있는 통로가 있는지가 문제였다. 도연은 퍼뜩 떠오르는 생각에 서둘러 방 밖으로 나가 아주머니의 방문을 두드렸다.

"도연 학생, 뭐 필요해요?"

아까 모진 수모를 당한 뒤로 아주머니도 잠을 못 이루는 듯했다.

"집에 들어오실 때 사용하시는 문이요. 거기 열쇠 좀 빌릴 수 있을까요?"

여러 가지 이유로 고용인들이 들락거리는 문이 따로 있었는데, 그곳을 이용하려면 카드 키가 필요했다.

"도연 학생, 지금 밖에 나가려고?"

아주머니가 흠칫 놀란 얼굴로 물었다.

"잠깐이면 돼요. 친구가……. 친구가 밖에 와 있다고 해서요."

거짓말을 할 수가 없었다. 필요한 게 있어서 편의점에 다녀오겠다고 하면 다른 사람을 불러올 게 뻔했다.

"남자 친구예요?"

그리 묻는 아주머니의 눈가에 웃음이 피어났다. 내내 어둡던 얼굴에 마음이 쓰였는데, 희미한 미소가 어리자 안심이 되었다.

도연은 조심스럽게 고개를 끄덕거리는 것으로 대답을 대신했다.

"대신 내가 문 앞에 서 있어야 할 것 같네요. 시간이 너무 늦었어. 그래도 괜찮겠어요, 도연 학생?"

"네, 괜찮아요."

마치 딸을 걱정하는 엄마의 모습 같기도 했다. 하긴 딸이었으면 애초에 나가지 못하게 했을지도 모른다.

도연은 아주머니의 안내에 따라 고용인들이 들락거리는 부엌 계단으로 향했다. 두 사람이 나란히 걸을 수 있을 정도의 폭밖에 되지 않는 좁은 계단을 내려가자 차고 옆으로 연결된 통로가 나타났다.

아주머니가 카드 키를 찍어 주며 웃었다.

"너무 오래 걸리지는 말고."

도연은 고개를 끄덕이며 몇 번이고 감사하다는 인사를 건넸다. 검은색 철문을 밀고 나가자 저 멀리 가로등도 비치지 않는 이슥한 곳에 서 있는 인영이 보였다. 도연은 한달음에 그곳으로 달려가 차갑게 식은 승재의 몸을 와락 끌어안았다.

"어떻게 나온 거야? 혼나면 어쩌려고?"

"오늘은 더 안 혼날 거야."

본의 아니게 도연의 목소리에서 물기가 배어났다. 끝까지 참고 숨기려고 했는데, 승재의 체취가 코끝을 스치고 품 안 가득 단단한 존재감이 느껴지는 순간 왈칵 눈물이 솟구쳤다.

"도연아."

"응."

승재가 도연의 어깨를 감싸 안으며 말했다.

"조금만 더 기다려 줘."

낮게 가라앉은 목소리가 믿음직스러웠다. 오랜 시간이 걸린다고 할지라도 기다릴 수 있을 것만 같았다.

"승재야."

도연은 아까 속으로만 생각했던 말을 내뱉기 위해 승재의 이름을 조심스럽게 불렀다.

"네가 꿈을 꾸는 이유가 나라고 했지? 너는 내가 살아가는 이유야."

승재가 품 안 가득 도연을 꼭 끌어안았다.

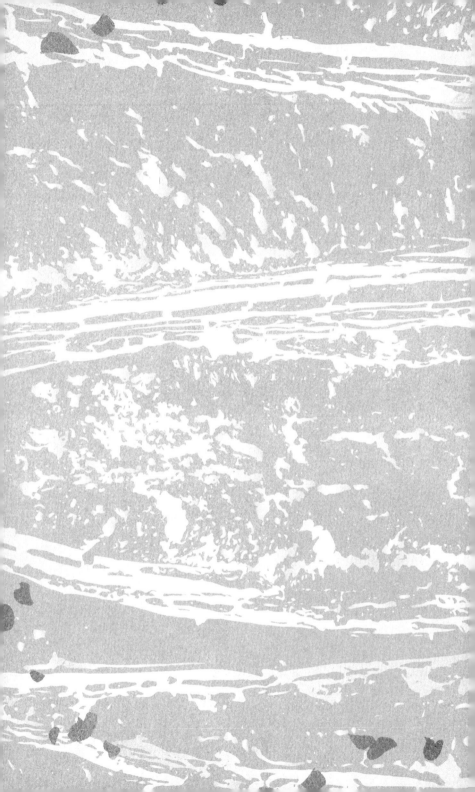

Round. 6

이기적인
부탁

발길이 떨어지질 않았다. 집 앞에 서서 애써 씩씩한 척하려고 하는 도연을 바라보며 승재는 가슴이 문드러지는 것만 같았다.

부모 없는 설움은 당해 보지 않으면 모른다. 가난 또한 겪어 보지 않으면 모르는 고통이었다. 그런데 부모도 없고, 돈도 없고, 가진 것 없이 살아가는 자신보다 도연이 더 가엽게 살고 있을 줄은 꿈에도 몰랐다.

겉보기에는 가진 게 많은 도연이었다. 교수인 아버지와 피아니스트인 어머니 그리고 국내 굴지의 금융사를 운영하는 조부까지. 남부러울 게 없는 집안에서 자라난 고명딸인 도연은 허울 좋은 가족 프로필을 제외하고는 공허한 사람이었다.

승재는 도연의 동그란 이마에 입을 맞추며 마음을 다잡았다. 도연을 품에 안은 채로 높은 담벼락을 한 번 올려다보았다. 커다란 저택이 마치 지옥의 성채처럼 보였다. 저런 공간 안에 다시금 도연을 들여보내야 한다는 사실이 안타까워서 심장이 갈기갈기 찢어지는 것만 같았다.

"도연아."

가만히 도연의 이름을 불러 보았다. 품 안에서 바르작거리는 도연의 움직임만으로도 찢겨져 멈춰 있던 심장이 금세 빠르게 뛰기 시작했다.

"응."

물기가 배어 있는 목소리를 숨기려고 짧게 대꾸하는 도연의 목소리가 미세하게 떨렸다.

"내가 정말 잘할게."

깊게 잠긴 목소리가 가까스로 새어 나왔다. 밖으로 드러내지는 않았지만, 에이전트 한지윤을 만나기 전까지는 한풀 꺾여 있던 승재였다. 그리고 에이전트를 만나고 나서도 반신반의했었다.

정말 자신이 이런 대우를 받을 만한 능력이 있는 건지, 마음 약한 생각을 하루에 수십 번도 더 했었다. 그럴 때마다 자신을 위해 희생한 누나를 생각하면서 버텼다.

하지만 누나가 승재에게 있어서 성공의 목적이 되지는 않았다. 실패한다고 해도 누나는 승재의 곁을 변함없이 지켜 주리라는 것을 알았기 때문이었다.

그러나 지금 도연은 승재에게 성공의 목적이나 다름없었다. 꿈을 꾸는 이유라고 말했던 것도 이 때문이었다. 반드시 성공해서 도연을 곁으로 데려오고 싶었다. 부모에게서 배우지 못한 것이 많았지만, 누나에게서 배운 것도 많았다.

사랑하는 이를 지키는 방법, 그것을 누나는 승재에게 몸소 보여 주었다. 이제는 자신이 누군가를 지켜 줄 때가 되었다고 승재는 생각했다. 얼굴이 노랗게 뜨도록 고생했던 누나의 모습과 지금 품에 안겨 울음을 참고 있는 도연의 존재감이 가슴을 죄어 왔다.

"고마워, 승재야."

아직 아무것도 해 준 게 없는데, 도연은 계속 고맙다고 말했다. 그저 듣기 좋은 말 몇 마디를 한 것 외에는 아무것도 해 준 게 없는데, 도연은 그것만으로도 눈물겨워했다. 부족함 없이 자랐기에 기대치가 높을 거라 생각했고, 당연히 바라는 게 많을 거라고 여겼다.

그런데 도연은 그저 승재의 존재감만으로도 기뻐하는 모습을 자주 보여 주었다.

"이제 구단 복귀하면 자주 못 나올 거야. 시즌 시작 전까지는 얼굴 보기 힘들지도 몰라."

떨어져 있는 시간이 안타까웠다. 운동선수를 업으로 삼으면 으레 사랑하는 사람과 떨어져 지내는 시간이 많아지기 마련이었다. 태어나서 처음으로 괜히 운동을 시작했나 하는 후회가 들기도 했다. 만약 남들처럼 평범하게 대학에 갔다면, 매일 도연의 얼굴을 보며 살 수 있었을 것이다.

그러나 한편으론 서로 만날 수 없기에 더욱 애틋해지는 것도 사실이었다.

"나 이제 들어가야 할 것 같아."

도연은 승재의 품에서 벗어나며 빙그레 웃었다. 안에서 무슨 일을 겪었는지 도연이 자세히 말해 주지는 않았지만, 꽤 혹독한 시간이었다는 것을 느낌으로 알 수 있었다.

"그래. 몸조심하고. 무슨 일 생기면 나한테 꼭 전화해. 알겠지?"

고개를 끄덕이는 도연은 여전히 미소를 머금고 있었다.

"걱정해 줘서 고마워."

고맙다고 말하는 도연의 잔잔한 목소리가 가슴에 사무쳤다.

"잠깐 휴대전화 좀 줘 봐."

이대로 도연을 들여보내면 마음이 놓이지 않을 것 같았다. 도연은 아무런 의심 없이 승재에게 휴대전화를 내밀었다. 승재는 에이전트 한지윤의 전화번호를 도연의 휴대전화에 저장해 주었다.

"무슨 일 생겼는데, 혹시 내가 훈련 중이라 연락 안 되거나 하면 여기로 전화해. 알겠지?"

도연이 의아한 얼굴로 승재를 올려다보았다. 무구한 눈동자가 이 사람이 누구냐고 묻고 있었다.

"내 에이전트야. 내 신변과 관련된 모든 일을 도맡아 해 주는 사람이야. 네 얘기도 해 놓을게."

가만히 휴대전화를 내려다보던 도연이 말했다.

"여기 연락할 일은 없었으면 좋겠다."

"당연히 그래야 하는데. 혹시나, 만약에 무슨 일이 생기면, 꼭 여기로 연락해. 알겠지? 먼저 나한테도 연락하고. 응?"

승재는 어서 대답하라며 도연을 채근했다.

"알았어. 무슨 일 생기면 여기로 연락할게."

마음이 완전히 놓인 것은 아니었으나, 한편으론 안심이 되었다. 도연은 이제 진짜 그만 들어가 봐야 할 것 같다며 피로감 가득한 얼굴로 애써 웃어 보였다. 승재는 도연이 나왔던 쪽문까지 그녀를 바래다주었다.

안쪽에는 선한 인상을 주는 아주머니가 기다리고 있었다. 도연을 집어삼킬 듯 무시무시한 집 안에서 그녀가 믿을 수 있을 만한 사람인 것처럼 보여서 승재는 저도 모르게 입을 열었다,

"도연이 잘 부탁드립니다."

그러자 아주머니가 해사한 미소를 지으며 고개를 끄덕거렸다. 철컹하는 육중한 소리와 함께 철문이 닫히고 나자, 심장이 무겁게 가라앉았다. 밤이 이슥했다. 빨리 어둠이 걷히고 여명이 깃들기를 승재는 마음속 깊이 바랐다.

"정말 아줌마가 그런 거 아녜요?"

설 연휴가 끝나 가고 있는 저녁이었다. 이 여사가 내지르는 비명 소리가 들려왔고, 삽시간에 집 안이 어수선해졌다.

"그럼 그게 대체 어디 간 거야! 내 방에 들어오는 사람은 아줌마뿐인데!"

제 방에 있던 도연은 밖이 소란스러워 무슨 일인가 싶어서 나온 참이었다. 2층에서 1층으로 향하는 계단을 내려오는데, 응접실에 죄인처럼 서 있는 아주머니의 모습이 눈에 들어왔다. 이 여사는 새빨개진 얼굴로 집 안 곳곳을 돌아다니며 야단법석을 피웠다.

이 여사가 히스테리를 부리는 이유는 단 한 가지였다. 지난밤, 차 교수가 갑작스럽게 학회 준비로 나가 봐야 한다며 외출한 이후로 귀가하지 않았다. 욕조에 도연을 처넣었던 사건 이후, 이 여사는 심심치 않게 차 교수의 외도 사실을 입에 올렸다.

속으로 곪다 못해 이제는 입 밖으로 내뱉지 않고는 견디지 못할 수준이 된 것 같았다. 이 여사는 미친 사람처럼 온몸을 부들부들 떨면서 응접실을 빠르게 오갔다.

"진짜 못 봤어? 내 목걸이. 못 봤어? 그거 그이가 지난 생일에 나한테 선물한 건데, 못 봤단 말이야?"

이 여사의 생일은 초파일에 가까운 봄이었다. 차 교수에게 목걸이를 선물받은 이 여사가 호들갑을 떨었던 모습이 아직도 눈에 선했다. 물론 지난가을에 이 집에 들어온 아주머니는 보지 못한 풍경이었다.

못 봤다고 대꾸하는 아주머니의 조그마한 목소리가 언뜻 들리는 듯싶더니, 이 여사가 표독스러운 얼굴로 물었다.

"그럼, 아줌마. 그날은 왜 나갔다 들어왔어요?"

사람을 잡아먹을 듯한 얼굴을 하고 있으면서, 이 여사의 목소리는 섬뜩할 정도로 상냥했다.

"사모님, 무슨 말씀 하시는 건지 모르겠어요."

아주머니는 무구한 얼굴로 대꾸했다.

"1월 1일 새벽에 차고 쪽문으로 나갔다 들어왔잖아! 내가 모를 것 같아? 카드 키 기록 남는 거 몰랐어요?"

심장이 철렁 내려앉았다. 도연이 아주머니에게 부탁해서 승재를 만나고 왔던 새벽 일을 말하는 듯했다.

"그날 그이도 새벽까지 깨어 있었거든? 차에 갔다 온다고도 했는데. 아줌마는 그 시간에 차고에 내려가서 뭐 했어요?"

이 여사의 눈빛에 이상한 광기가 묻어났다. 도연은 얼른 계단을 내려가 아주머니의 앞을 가로막아 섰다.

"나였어요."

이 여사의 눈동자가 마구잡이로 흔들리는 게 보였다. 딸이 아닌 악귀를 보는 듯한 표정에 모멸감과 수치심이 몰려왔다. 무슨 더러운 상상을 하는 건지, 이 여사의 머릿속이 훤히 들여다보일 정도였다.

"제발 정상적인 생각 좀 하고 살 수 없어요?"

말이 곱게 나오질 않았다. 이 여사를 회유하거나 설득할 기력이 도연에게는 남아 있지 않았다.

"너 지금 뭐라고 했니?"

이 여사가 상냥한 말투로 물었다.

"아주머니 카드 키 내가 잠깐 썼어. 그날 무슨 일 있었는지 기억 안 난다고 할 건 아니죠? 이 집이 너무 갑갑해서 혼자 바람 좀 쐬고 왔어요. 그리고 이 집에서 일하는 아주머니가 새벽에 잠깐 나갔다 왔다고 한들, 그게 이렇게 난리를 칠 일이에요?"

이 여사는 오른손 검지를 들어서 맥락을 짚듯이 허공을 한 번 짚고는, 검지로 제 턱을 톡톡 두드리기 시작했다. 그러더니 팔짱을 끼며 해사한 미소를 머금고는 말했다.

"우리 딸이 좀 낯서네. 내 딸 맞나?"

도연은 고개를 떨어뜨리며 땅이 꺼져라 한숨을 내쉬었다.

"그리고 그 목걸이. 엄마가 끊어 버렸잖아요. 백화점 매니저한테 아버지가 똑같은 목걸이 두 개 사 갔다는 말 전해 듣고 나서 버렸잖아."

도연이 침잠한 목소리를 겨우 끌어내며 말했다. 그러자 이 여사의 안색이 대번에 바뀌었다. 마치 긴 잠에서 깨어난 사람처럼 어리둥절한 얼굴을 하는가 싶더니, 이내 평온을 되찾은 듯한 표정으로 말했다.

"아줌마, 나 차 좀 마시고 싶은데 부탁해요."

우아한 사모님의 모습으로 돌아온 이 여사는 아무 일도 없었다는 듯이 침실로 향했다. 이 여사의 모습이 완전히 사라지고 나자, 도연은 아주머니에게 대신 사과의 말을 전했다.

"죄송해요, 아주머니."

그러자 아주머니가 입을 벙긋거리다가 이내 다물었다. 무언가 할 말이 있는 듯한 얼굴이었다.

"하실 말씀 있으세요?"

도연의 물음에 망설이던 아주머니가 잠긴 목소리로 조용히 말했다.

"나 사실 그날 차 교수님 봤어요. 차고에서."

뒤통수를 한 대 얻어맞은 것처럼 얼얼했다.

심장이 불안한 박자로 덜컹거렸다. 도연은 믿고 지내던 아주머니가 자신을 속였나 싶어서 머릿속이 어지러웠다.

"말하고 싶지 않았어, 도연 학생. 그런데."

차라리 끝까지 비밀로 했으면 나았을지도 모르겠단 생각이 들었다. 승재와 닮은 선한 눈빛을 하고서는 어떻게 이런 짓을 벌일 수 있느냐며 욕지거리를 퍼붓고 싶은 심정이었다.

"도연 학생한테는 말해야 할 것 같았어."

아주머니가 울먹이기 시작했다.

뭘 잘했다고.

도연은 냉담한 시선으로 아주머니를 바라보았다.

"사모님 차 내오고 나서, 잠깐 나랑 이야기 좀 할 수 있을까?"

그렇게 하자며 도연은 고개를 고개를 끄덕였다. 핑계 없는 무덤이 없다지만, 어떤 변명을 하려고 저렇게 비장한지 모르겠다.

도연은 곧장 걸음을 옮겨 방으로 향했다. 더는 이 집에 머물 수가 없었다.

내가 사람을 너무 쉽게 믿었나?

그나마 믿고 있던 사람에게조차 이렇게 당했다고 생각하니 넌덜머리가 났다. 불현듯 머릿속에 승재가 스치고 지나갔다. 불안감이 꼬리에 꼬리를 물고 도연을 집어삼킬 듯이 몸집을 부풀렸다.

도연은 재빨리 머리를 내저었다. 승재는 다른 이들과는 다르다며 마음을 다잡았다.

하지만 아주머니도 다른 사람들과는 다르지 않았던가?

한숨이 비어져 나왔다. 이렇게 쉽게 무너질 마음이 아니었는데, 엿같은 상황에 가슴이 한없이 좁아지는 듯했다. 모든 일을 너무 심각하게만 바라보고 있는 건가 하는 생각도 들었다.

도연은 숨을 깊이 들이마셨다가 내쉬었다. 일단 차 교수와 아주머니의 관계부터 알아보자고 생각한 순간, 노크 소리가 들려왔다.

"들어오세요."

방문을 열고 들어온 이는 당연하게도 아주머니였다. 늘 해사한 미소를 머금고 있던 아주머니의 얼굴이 오늘따라 수척해 보였다. 선한 고동색 눈동자엔 세상에 대한 피로감이 가득 묻어 퀴퀴했다.

"말씀해 보세요. 그날 무슨 일이 있었는지."

도연의 목소리는 차갑지도, 그렇다고 따뜻하지도 않은 미지근한 온도를 띠고 있었다. 아주머니는 깊게 숨을 들이마시고는 입을 열었다.

"그날 도연 학생 방에 들어가는 거 보고, 잠자리에 들었는데. 문단속을 제대로 했나 싶어서 신경이 쓰이더라고. 그래서 문단속 다시 하려고 내려갔었어."

도연은 표정을 지워 낸 무미건조한 얼굴로 아주머니를 바라보았다. 아주머니는 담담한 목소리로 말하고 있었지만 맞잡은 손끝이 파르르 떨리는 게 눈에 들어왔다. 그게 신경이 쓰였던 탓일까? 도연은 죄인처럼 서 있는 아주머니에게 앉아서 이야기하자며 의자를 권했다.

그러자 아주머니가 아주 엷은 미소를 한 번 머금으며 고맙다고 말하고는 도연의 맞은편에 자리를 잡고 앉았다.

작은 테이블 위에는 아주머니가 들고 온 주스 두 잔이 놓여 있었다. 두 사람 모두 주스 잔에는 손도 대지 않았다.

"그래서요?"

거기서 아버지랑 무슨 일이 있었는데요? 뒷말은 묻지 못한 채로 도연은 입을 꾹 다물었다.

"문단속을 다시 하고 올라가려는데, 교수님이 내려오셨어. 어차피 보안 시스템이 있어서 문이 잠기지 않았더라도 경보가 울리면 보안팀이 나섰을 텐데, 내가 괜히 한 번 더 내려갔구나 싶어."

아주머니의 눈가에 눈물이 고이는 게 보였다. 도연의 미간이 대번에 일그러졌다.

쓰레기 같은 인간.

심장이 철렁 내려앉았다. 차 교수가 무슨 짓을 했는지 직감적으로 알 수 있었다.

"설마 아버지가 아주머니를……."

차마 질문을 다 이을 수가 없었다. 아주머니는 고개를 가로저었다.

"차 뒷좌석에 뭐가 떨어진 것 같은데, 찾을 수가 없다고 도와 달라고 하셨어."

도연은 저도 모르게 안도의 한숨을 내쉬었다. 자신이 상상했던 그악한 상황은 아닐지도 모른다는 생각에 한편으론 안심이 되었다.

"그래서 차 교수님이 출퇴근하실 때 타시는 차로 함께 갔지."

그런데 뒤이은 아주머니의 말에 다시금 심장이 덜컹거렸다.

"조수석 밑으로 들어간 것 같은데, 보이질 않는다며 찾아 달라고 하셨어."

"그래서 찾으셨어요?"

의미 없는 질문이 이어졌다. 아주머니는 고개를 끄덕거렸다.

"그게 뭐였는데요?"

아주머니는 입술을 한 번 짓씹고는 입을 열었다. 일을 치르고 난 뒤에 끝이 묶인 채로 버려진 피임 도구였다고 했다. 역겨움에 구역질이 날 것만 같아서 도연은 숨을 참았다.

"그리고."

더 중요한 말이 남았다는 듯이 아주머니가 입을 뗐다.

"일주일에 한 번 차고로 내려와 주면, 보상을 해 주겠다고 하시더라고."

도연은 저도 모르게 이마를 짚었다.

"그래서 일주일에 한 번 차고로 가셨어요?"

아주머니는 고개를 내저었다.

"없이 산다고 해서 자존심도 없는 건 아니야, 도연 학생."

아주머니는 부드럽지만 단호한 말투로 대답했다.

"때마침 사모님이 깨어나셔서 전화를 주셔 가지고 나는 먼저 부엌으로 올라갔어. 교수님은 차고에 한참 동안 계시다가 다른 문으로 올라오셨고."

한숨이 흘러나왔다. 머리가 지끈지끈했다. 저런 일을 겪고도 아직 이 집에서 아주머니가 일하고 있다는 사실이 의아하기도 했다.

"나는 갈 데가 없어, 도연 학생."

담담하지만 비굴하지 않은 말투였다. 홀로 키운 딸을 사고로 보낸 이후로 잠시 정신을 놓았었다고 했다. 그러다가 깨어나 보니 오갈 데 없는 신세가 되었다는 게 아주머니의 설명이었다.

"여기서 나가게 되면 나는 길바닥에 나앉아야 하는 사람이야."

차 교수는 그런 제안을 해 놓고도 아무 일도 없었다는 듯이 굴었다고 했다. 다른 이의 이목을 제 목숨만큼이나 신경 쓰는 사람이었으니, 티를 내며 질척거리지는 않을 것 같았다.

되면 좋고, 아니면 말고.

그런 식으로 비열하게 접근했을 터였다.

그런데 불현듯 생각 하나가 머릿속을 스치고 지나갔다. 이 여사가 증거를 잡을 수 없었던 이유가 이런 것 때문이었을까.

등잔 밑이 어둡다는 점을 십분 활용해서 미꾸라지처럼 움직였을 가능성이 컸다. 어쩌면 이 집 안에 차고를 드나드는 다른 이가 있을지도 모른다는 생각이 들었다.

어쩌면 이제껏 이 여사가 잡지 못했던 차 교수의 약점을 도연이 잡아낼 수 있을지도 모른다는 생각이 들었다.

"말씀해 주셔서 감사해요. 혹시 무슨 일 생기면 저한테 꼭 말씀해 주세요."

아주머니가 고개를 끄덕거리고는 덧붙였다.

"고마워, 도연 학생."

아주머니는 이야기를 털어놓고 나니 마음이 편하다고 했다. 자신은 죽은 딸에게 부끄러운 짓은 하지 않았다며 고개를 내젓기도 했다. 그러고는 뜻밖의 말을 이어 붙였다.

"그때 그 남학생 참 듬직해 보이더라."

승재를 말하는 듯했다. 뜻하지 않은 순간에 나타난 승재의 존재감에 가슴이 뭉클 차올랐다. 도연은 그저 웃어 보일 뿐이었다.

아주머니가 나가고 난 뒤, 긴 한숨이 흘러나왔다. 승재는 지금 모처럼 만에 외박을 허락받아 집에 있다고 했다.

보고 싶다.

차 교수가 귀가하지 않았다는 이야기를 아침에 전해 들었을 때, 오늘 승재의 얼굴을 보기는 글렀다는 생각이 들었었다. 집 안 분위기가 좋지 않아서 나갈 수 없다는 말에 승재는 다음을 기약하자며 도리어 도연을 달래 주었다.

목소리라도 들어야겠다 싶어서 도연은 휴대전화를 집어 들었다. 신호가 채 한 번도 다 울리기 전에 승재의 목소리가 흘러나왔다.

— 누나랑 고스톱 쳤는데, 5만 원 넘게 잃었어.

여보세요, 조차 하지 않고 대뜸 돈을 잃었다며 시무룩하게 떠드는 목소리에 웃음이 새어 나왔다.

"너도 못하는 게 있어?"

도연이 신기하다는 듯이 물었다.

— 우리 누나 고스톱 진짜 잘 친다. 밥 먹고 고스톱만 쳤나 봐.

누나와 단둘이 명절을 보내고 있는데도 불구하고 승재는 전혀 외롭지 않아 보였다. 상대적으로 가슴이 텅 비어 버리는 것 같아서 도연은 크게 숨을 들이마셨다.

"나는 고스톱 칠 줄 모르는데."

— 와, 나중에 명절에 우리 누나 상대하려면 너 고스톱 배워야 해.

"내가 왜 나중에 명절에 너희 누나랑 고스톱을 쳐야 하는데?"

뻔뻔하게 너스레를 떠는 승재에게 장난스럽게 물었다.

— 나한테 시집오면 명절 같이 보내야지.

"너는 어떻게 그런 말을 아무렇지도 않게 해?"

— 그럼 울면서 해?

어이가 없어서 웃음이 터져 나왔다.

"누가 너한테 시집간대?"

— 와, 차도연. 와! 못돼 먹었어. 와! 나랑 막 키스도 해 놓고. 와! 내 점퍼 지퍼도 막 내려 놓고, 와!

누가 들으면 큰일이라도 치른 줄 알겠다. 끊임없이 장난을 쳐 대는 승재의 생기발랄한 목소리에 깊게 가라앉았던 기분이 금세 나아졌다.

— 나한테 고스톱 배울래?

승재가 사뭇 진지한 말투로 물었다.

"고스톱? 지금?"

— 어.

만날 수도 없는데 고스톱을 가르쳐 주겠다는 건 무슨 소린가 싶었다.

— 인터넷으로 하면 돼. 게임 까는 법 알려 줄게.

도연에게 할 일을 만들어 주려는 듯했다. 도연이 오늘 집 밖으로 나가지 못한다는 사실만으로 힘든 시간을 겪고 있다는 것을 알아차린 눈치였다. 그럼에도 승재는 무슨 일이 있었느냐고 캐묻지 않았다.

— 일단 전화 끊지 말고, PC 메신저부터 접속해 봐.

도연은 승재가 시키는 대로 순순히 PC 앞에 앉았다. 곧 승재가 PC 메신저로 온라인 고스톱을 칠 수 있는 게임 사이트의 URL을 보내 주었다.

"이거 막 불법 도박 사이트 같은 거 아냐?"

— 왜, 내가 차도연한테 작업 쳐서 한탕 크게 해 먹고 튈까 봐 겁나?

웃음이 터져 나왔다. 평소보다 훨씬 더 잔망스럽게 구는 승재의 얼굴이 눈앞에 아른거렸다.

— 일단 회원 가입부터 하시죠, 사모님.

"그러지 마, 징그러워."

도연이 깔깔거리며 질색했다.

— 사모님, 저는 사모님을 위해 모든 것을 다 드릴 준비가 되어 있습니다.

"그럼."

잠시 뜸을 들이자, 휴대전화 너머에서도 아무런 말이 없었다.

"무슨 일이 있어도 흔들리지 마, 승재야."

진지한 당부였다. 앞으로 무슨 일이 있더라도 제 곁을 지켜 달라는 이기적인 부탁이기도 했다.

잔설이 담장 밑에 남아 있었고, 뺨을 스치는 바람은 여전히 매서웠다. 도연은 차가운 공기가 폐부 깊숙한 곳까지 시원하게 스치는 것을 느끼며 발을 동동 굴렀다.

2월 둘째 주 토요일이었고, 밸런타인데이를 앞두고 있었다. 초콜릿을 사러 가자는 신애의 말에 도연은 아무 생각 없이 약속 장소로 나왔다.

그런데 난데없이 웬 초콜릿이지?

작년 가을까지만 해도 승재에게 고백을 하지 못하게 되었다며 눈시울을 붉혔던 신애였는데, 그새 다른 남자가 생겼나 싶었다.

"야, 왜 이렇게 추워?"

등 뒤에서 들려온 목소리에 도연은 얼른 고개를 돌려 신애를 바라보았다.

"추운데 왜 이렇게 늦었어!"

"뭐 좀 알아보느라고 그랬어."

"뭘 알아봐?"

대뜸 심오한 표정을 짓는 신애와 나란히 걸으며 도연은 의심스럽다는 듯이 물었다.

"너 나한테 완전 고마워해야 할 거다."

대체 뭘 고마워해야 한다는 건지 모르겠다며 도연은 고개를 절레절레 내저었다. 처음에는 같은 부류라고 생각했는데, 신애와 가깝게 지낼수록 자신과는 다른 부류의 사람이라는 것을 도연은 절감했다.

오늘만 해도 그렇다. 대뜸 연락을 해서는 밸런타인데이 초콜릿을 사러 가자고 했다. 그걸 또 묻지도 따지지도 않고 나오기는 했지만, 신애는 항상 뭔지 모를 꿍꿍이를 숨기고 있는 것처럼 보였다.

신애가 도연을 이끌고 향한 곳은 호텔 베이커리도 아니고, 쇼콜라티에가 운영하는 초콜릿 전문점도 아닌, 홍대 앞에 자리한 베이킹 스튜디오였다.

신애의 꿍꿍이가 이제야 드러났다. 힘든 일정이 될지도 모르니 점심을 든든하게 먹고 나오라던 신애였다.

"여기 뭐 하는 데야?"

이곳이 뭐 하는 곳인지는 묻지 않아도 알 것 같았지만, 신애에게 직접 설명을 듣고 싶어서 물어보았다.

"오늘 수제 초콜릿 원데이 클래스 있거든. 그래서 내가 미리 신청해 놨어."

신애는 의기양양하게 떠들어 댔다.

"나 약속 있었으면 어쩌려고?"

"그럴 리가. 유승재도 전지훈련 가서 한국에 없는데."

신애가 눈을 가늘게 뜨고는 야릇한 미소를 머금으며 고개를 절레절레 내저었다.

"너는 어떻게 승재 스케줄을 다 꿰고 있는 것 같다?"

"팬심이야. 말리지 마. 남자 친구는 사귀다가 헤어지면 그만이지만, 팬심은 영원한 거거든."

도연이 승재와 사귀고 있는 것을 뻔히 알면서도 저렇게 구는 게 얄밉지가 않았다. 신애는 미움받을 법한 말도 귀염성 있게 하는 특출난 재주를 갖고 있었다. 그래서 가끔은 그런 신애가 부럽기도 했다.

똑같이 교수인 부친과 예술을 하는 모친을 두고 있었지만, 신애의 집안 분위기는 사뭇 달랐다. 건축학을 가르치는 부친은 갤러리를 운영하는 모친을 존중했고, 두 사람 사이의 신뢰는 신애를 구김살 없이 예쁜 아이로 자라게 했다.

이런 가정은 하고 싶지 않았지만, 신애 같은 아이가 승재의 곁에 선다면 훨씬 더 좋을지도 모른다는 생각이 들었다.

운동선수는 경기에 영향을 줄까 싶어서 부모의 부고조차 늦게 알리는 경우가 종종 있다고 들었다. 축구에만 전념해야 하는 승재에게 자신이 너무 큰 짐이 되는 건 아닐까 하는 걱정도 되었다. 신애처럼 밝고 맑은 아이가 곁에 머문다면 승재도 맘 편히 축구에만 집중할 수 있을 것 같았다.

스스로 파 놓은 구덩이에 몸을 누인 도연은 따사로운 빛을 받고 서 있는 듯 보이는 신애를 가만히 바라보았다.

"뭐지? 나한테 반한 것 같은 그 눈빛은?"

도연은 품 하고 바람이 새는 소리를 내며 웃었다.

"왜 유승재 버리고 나한테 오려고?"

신애가 눈을 게슴츠레 뜨며 제 어깨로 도연의 어깨를 툭 건드리고는 잔망스럽게 웃었다.

"안 버려."

도연은 아랫입술을 한 번 꾹 깨물었다가 놓고는 덧붙였다.

"승재 못 버려. 절대 안 버려."

삶을 영위할 수 있게 해 주는 유일한 존재였다. 승재가 떠난다고 하면 도연이 바짓가랑이를 붙들고 매달려야 할 판국이었다. 감히 자신의 인생에서 먼저 승재를 지워 버리는 것은 상상조차 할 수 없었다.

밸런타인데이를 위한 초콜릿 원데이 클래스는 프랑스에서 유학했다는 쇼콜라티에가 진행했다. 수려한 외모와 훤칠한 키, 섬세한 손놀림과 부드러운 음성에 클래스에 참석한 대부분의 여자들이 홀린 듯했다. 그건 도연의 옆에 있는 신애도 마찬가지였다.

"멋있어."

신애가 도연에게만 들릴 만큼 작은 목소리로 속삭였다.

"세상에 멋있는 남자가 너무 많아서 큰일이네."

도연이 놀리듯 말하자, 신애는 별꼴을 다 보겠다며 눈을 뾰족하게 떴다.

"세상에 멋진 놈 많으면 좋은 거지, 그게 왜 큰일이냐?"

키득거리는 웃음이 터져 나왔다. 쇼콜라티에의 날 선 눈빛이 잠시 두 사람을 향했다가 이내 다른 수강생들에게로 옮겨 갔다.

원데이 클래스를 마치고 나오자 오후 4시가 넘어가고 있었다.

"자, 이제 이거 주러 가야지. 같이 갈 거지?"

신애가 초콜릿이 담긴 상자를 흔들어 보이며 빙그레 웃었다.

"네가 어딜 가는 줄 알고, 같이 가?"

도연이 심드렁하게 물으며 수제 초콜릿이 든 봉투를 물끄러미 내려다보았다. 직접 만들었다는 데 의미가 있기는 하지만 아무래도 이건 버려야겠다.

둘 다 처음 해 보는 작업이었는데, 결과물은 천지 차이였다. 기가 막히게 잘 만든 신애와는 달리 도연이 만든 초콜릿은 마치 어린애가 찰흙 주물러 놓은 듯한 모양새였다. 이런 걸 직접 만들었다며 승재에게 주는 상상만으로도 창피했다.

"인천공항."

신애가 의기양양하게 말했다.

"너 외국인 만나?"

도연이 이 봉투를 어디다 버리고 들어갈까 고민하며, 생각 없이 물은 말에 신애가 혀를 끌끌 찼다.

"오늘 승재 귀국하는 날이잖아."

내내 흰색 봉투를 향해 있던 도연의 시선이 대번에 신애에게로 옮겨 갔다.

"그래서 지금 인천공항에 가겠다고? 가면 걔를 만날 수나 있고?"

"와. 이게 바로 가진 자의 여유야."

생뚱맞은 대꾸에 도연은 고개를 절레절레 내저었다. 아무래도 오늘 신애는 정상이 아닌 것 같다. 뭐 평소에도 평범한 친구는 아니지만 말이다.

"너는 유승재 여자 친구니까 언제든 하고 싶을 때 승재랑 통화하고, 승재가 외박 나오면 만날 수 있고. 그렇잖아? 근데 팬들은 안 그래. 그라운드에서 보는 거 말고는 볼 기회가 별로 없어. 개인적으로 선물을 전하고 대화를 나눌 수 있는 가장 좋은 루트가 선수단 이동할 때야. 특히 공항에서 선수단 버스로 이동할 때는 틈이 많아서 선물 전해 주기 얼마나 좋은데."

도연은 잠시 입을 벌린 채로 신애를 바라보았다.

"넌 그런 걸 어떻게 알았어?"

"유승재 팬카페에 다 올라와 있던데?"

할 말이 없어져 버렸다. 자신은 생각지도 못한 부분이 이미 인터넷 팬카페에 널리 퍼져 있었다.

"나도 거기 가입해야겠다."

"지금은 가입 못 해. 가입 기간 따로 있어. 내가 카페 열리면 말해 줄게."

도연은 문화적 충격을 받은 얼굴로 신애를 바라보았다.

"설마 거기 가입하려면 뭐 테스트도 봐?"

그냥 해 본 질문이었다.

"당연하지. 승재 팬인 척하면서 안티가 가입하는 걸 미연에 방지하기 위해서. 등업도 얼마나 까다로운데. 나 오늘 승재 사진 찍어서 올리고 특별 회원으로 등업 할 거야."

아무리 팬심이라고는 하지만 대체 뭘 위해서 신애가 이렇게까지 하는 건지 궁금했다.

"왜 그렇게 열심히 해?"

"글쎄. 내가 왜 그렇게 열심히 하는 걸까?"

신애가 음절마다 길게 늘이며, 눈을 가늘게 뜨고는 도연을 바라보았다. 둘은 어느새 인천공항으로 향하는 모범택시 안에 있었다.

"나중에 나의 깊은 뜻을 알게 될 날이 올 거야."

신애는 도연의 어깨를 툭툭 치고는 차창 밖으로 시선을 옮겼다.

"테스트는 뭐 봐?"

"와, 공부 잘하는 차도연. 이제 미리 공부하려고?"

그게 아니라는 말은 할 수 없었다. 승재 팬카페에 가입하는데, 승재 여자 친구인 자신이 떨어지면 자존심이 상할 것 같았다.

"문제가 무작위로 나오는데, 내가 푼 문제는 이거였어. 승재가 에버턴 FC 입단 테스트 받으러 출국하던 날 신고 있었던 축구화의 모델명과 사이즈는?"

마치 신애가 외계어를 하는 것처럼 생경한 질문이었다. 신발 사이즈도 모르는 판에 모델명을 읊으라니, 그 팬카페 가입하기는 글러 먹었다.

"너는 그걸 맞췄어?"

신애는 당연하다는 듯이 고개를 끄덕거렸다.

"어떻게?"

"아무리 축구 선수라도 출국하면서 축구화를 신었을 리가. '축구화를 신지 않았다!' 가 답이었어."

도연은 입을 쩍 벌린 채로 신애를 바라보았다.

"보통 신발 사이즈는 260mm를 신고, 양발이 짝짝이라 축구화 신는데 애를 좀 먹는다고 했어. 왼발이 257이고 오른발이 261이랬나? 그날 인천공항에서는 나이키 에어맥스 97 흰색을 신고 있었고."

벌어진 입이 다물어질 기미가 보이지 않았다. 하마터면 도연은 신애에게 박수를 쳐 올릴 뻔했다.

신애는 거기서 그치지 않고 팬카페에서 일어나고 있는 일들을 대충 브리핑해 주었다.

"승재가 누나한테 되게 애틋하대. 누나 이야기 들어 본 적 있어?"

"어."

도연은 가만히 고개를 끄덕거렸다.

"그래서 카페에서 승재 누나 이야기 하는 건 금기야. 혹시나 승재 심기 건드리는 말 나올까 봐."

"승재도 그 카페에 있어?"

"어. 승재가 가입한 유일한 팬카페야."

와, 유승재 나한테도 가입하라고 말 좀 해 주지. 나빴다.

도연은 저도 모르게 입술을 샐쭉 내밀었다. 팬카페에 관한 이야기를 나누는 동안 어느새 택시가 인천공항에 도착했다.

강산 FC 선수단이 귀국할 예정이라는 게이트 앞은 이미 인산인해를 이루고 있었다. 신애는 팬카페 회원들이 모여 있는 곳으로 도연을 이끌었다.

"내가 우리 승재 선수 때문에 산다, 진짜."

뒤에서 들려온 목소리에 도연은 얼른 고개를 돌려 소리가 난 곳을 바라보았다. 글래머러스한 체형에 청초한 얼굴을 한 20대 초반으로 보이는 여자가 선물을 한 아름 들고 서 있었다.

"저도요."

"진짜 승재 선수 보기만 해도 힘 나."

삶의 이유가 승재인 여자들이 이렇게 많을 줄은 꿈에도 몰랐다.

이들은 그냥 팬일 뿐이고, 자신은 승재의 여자 친구였다. 그런데도 엄청난 라이벌들을 만난 것 같은 묘한 기분에 휩싸였다.

팬들은 하나같이 집요한 눈빛으로 게이트를 쏘아보고 있었다. 강산 FC 선수들이 타고 왔다는 비행기는 10분 전에 인천공항에 도착했고, 지금쯤 입국 수속을 밟고 있을 터였다.

도연은 팬카페 회원들을 살피며 새삼 위기의식을 느꼈다.

예쁜 여자가 왜 이렇게 많아?

세상엔 멋진 놈도 많았지만, 예쁜 여자도 너무 많았다. 도연이 한숨을 폭 내쉬는데, 손에 쥐고 있던 휴대전화가 진동하는 게 느껴졌다. 전화를 걸어 온 이는 승재였다. 화면에 하필 유승재라는 이름 석 자가 떠 버려서 도연은 허둥지둥 전화를 받았다.

"여보세요?"

— 나 한국 도착했어.

안다. 너무도 잘 알고 있다.

"어, 그래?"

도연은 시치미를 뚝 떼고 물었다.

촉 좋은 팬카페 회원들 사이에 둘러싸여서, '너 기다리고 있어.' 할 수는 없지 않은가?

— 어디야, 밖이야? 되게 시끄러운 것 같다.

"잠깐 신애 만나러 나왔어."

— 추운데, 옷 잘 챙겨 입고 나왔어?

"그럼."

사실은 날이 조금 풀렸다고 해서 얇은 재킷을 입고 나왔다가 고생을 좀 하는 중이었다.

— 나 오늘은 구단 복귀했다가 외박 나올 건데.

심장이 콩콩 뛰기 시작했다.

"외박?"

그래서 저도 모르게 외박이라는 말을 입에 올리고 말았다. 일부 팬카페 회원들의 시선이 도연을 향했다.

"어, 그래? 나중에 내가 면회 가도 되는데."

마치 군대 간 남자 친구에게 말하는 것처럼 도연이 덧붙였다. 등줄기를 타고 식은땀이 주르륵 흘러내렸다.

— 무슨 헛소리를 하는 거야.

지금은 무슨 헛소리를 하는 건지 설명할 길이 없었다.

"나중에 말해 줄게."

— 차도연, 너 설마 나 말고 딴 놈 만나? 지금 헷갈린 거야?

"그럴 리가 있겠어?"

도연이 어금니를 꾹 깨물며 읊조렸다.

— 그럼, 방금 그건 뭔데?

"아냐, 아무것도."

오늘따라 승재가 집요하게 굴었다.

— 그럼, 승재야 사랑해! 하고 말해 봐.

미쳤네, 얘가.

승재의 목소리로 '사랑해'라는 단어를 듣는 순간, 하마터면 심장이 멎을 뻔했다. 승재는 저런 말을 내뱉어 놓고도 아무렇지 않은 듯 보였다.

"나중에 얼굴 보고 해 줄게."

— 얼굴 보고 그것만 할 거야?

깊게 가라앉은 목소리로 승재가 속삭이듯 말했다.

"그럼 또 뭐 다른 걸 해야 해?"

— 키스하고 싶어 미치겠어.

옆에 있는 이들에게 들릴세라 승재가 송화구에 입을 바짝 붙이고 속삭였는지, 마치 옆에서 속삭이는 것처럼 들렸다. 능청스럽게 이런 말을 잘도 떠드는 승재 때문에 심장이 두근두근했다.

— 안고 싶어서, 미쳐 버리겠다고.

도연은 잠시 숨을 멈추었다. 이미 정염에 젖은 듯 낮게 쉰 승재의 목소리 때문에 갑자기 몸 안에 열기가 고여서 더운 숨이 훅 하고 터져 나올 것만 같았다.

"이따 어디서 볼까?"

간신히 숨을 고른 도연이 조용히 물었다.

— 이따 다시 전화할게.

전화가 급하게 끊어졌다. 도연은 손등으로 빨갛게 달아오른 제 뺨을 찍어 냈다. 솟아오른 열기가 쉽사리 가라앉지 않았다.

"승재야?"

신애가 목소리를 낮추며 도연의 귀에 대고 물었다. 도연은 고개를 끄덕이는 것으로 대답을 대신했다. 그러자 신애는 눈을 가늘게 뜨며 특유의 잔망스러운 표정을 짓고는 엄지를 척 들어 보이며 말했다.

"너 진짜 뻔뻔하다."

"내가 뭘?"

신애가 주변을 한 번 살피더니 다시 도연의 귀에 대고 속삭였다.

"여기서 어떻게 유승재 전화를 그렇게 아무렇지 않게 받냐? 그게 유승재 전환 줄 알았으면, 아마 이 여자들 다 네 휴대전화 빼앗으려고 달려들었을걸?"

"설마."

도연은 말도 안 되는 소리 하지 말라며 대꾸했다.

"너 어디 있는지 말했어?"

신애가 흥미진진해 죽겠다는 얼굴로 물었다.

"아니."

도연은 고개를 가로저었다.

"잘했어. 깜짝 놀라겠네. 유승재 팬 서비스 박하기로 유명한데, 오늘 여기 온 애들 완전 내 덕에 계 탔다."

그게 왜 내 덕이 아니고, 네 덕이 되는 거니, 신애야?

도연은 그리 묻는 눈빛으로 신애를 바라보았다.

"내가 너 여기 데려왔잖아."

눈치 빠른 신애가 얼른 덧붙이듯 대꾸했다. 한편으론 일리가 있는 말이라며 도연이 고개를 끄덕거린 순간이었다.

"어! 선수들 나온다!"

누군가의 외침이 들려옴과 동시에 게이트에서 강산 FC 선수들이 쏟아져 나왔다. 오늘은 공식 기자 회견이 없었기에 선수들은 구단 관계자의 안내에 따라 차로 이동하기 시작했다.

"유승재, 저기 있다!"

앞에 있던 발 빠른 누군가가 먼저 움직이기 시작했고, 팬카페 회원들이 우르르 그 뒤를 따랐다. 많아 봐야 삼사십 명이 모여 있다고 생각했는데, 다른 팬카페 회원들도 모인 건지 갑자기 사람들이 기하급수적으로 많아지기 시작했다.

아마 도연 혼자 이곳에 있었더라면 인파에 밀려 뒤로 쑥 빠졌을 것이다. 하지만 지금은 신애가 곁에 있었다. 신애는 도연의 손을 잡고 용의주도하게 선수단 바로 앞까지 다가갔다.

그런데 승재는 무슨 생각을 그렇게 골똘히 하는 건지 고개를 푹 숙인 채로 걷고 있었고, 좀처럼 이쪽으로는 시선 둘 생각을 하지 않았다. 그렇다고 목청 높여 부를 용기는 나지 않을뿐더러, 그렇게 부른다고 한들 다른 이들이 내지르는 비명에 묻힐 게 뻔했다.

도연이 승재를 망연한 시선으로 바라보고 있을 때였다.

"엄마야!"

새된 비명이 절로 튀어나왔다. 신애가 도연의 등을 있는 힘껏 떠밀었고, 속절없이 몸이 튕겨 나간 도연은 정신을 차리고 보니 선수단 한가운데 서 있었다. 황망한 마음으로 고개를 들자 눈앞에 낯익은 얼굴이 있었다. 시선이 맞닿은 순간, 승재가 눈을 커다랗게 뜨며 입을 열었다.

"어……?"

승재도 적잖이 당황한 표정이었다. 눈을 여러 번 빠르게 깜빡인 승재가 주변을 두리번거리기 시작했다. 눈앞에 서 있는 도연이 실재인지 아닌지 가늠하는 눈치였다. 이목이 쏠리는 게 느껴져서 도연의 얼굴이 새빨갛게 달아올랐다.

윤신애! 진짜 어쩌려고!

대책이 없어도 너무 없는 애였다.

세상에 내가 저런 걸 친구라고 믿었다!

민망해진 도연이 아무것도 하지 못한 채로 발걸음을 돌리려는 순간, 신애가 끼어들었다.

"유승재 선수, 이거 직접 만든 초콜릿이에요."

신애가 승재를 처음 만나는 것처럼 능청스럽게 연기하며 초콜릿이 담긴 봉투를 내밀었다. 그러고는 제 어깨로 도연의 어깨를 툭 건드렸다.

"너도 얼른 드려."

이어진 말에 도연은 얼결에 봉투를 내밀며 말했다.

"직접 만든 초콜릿……. 이에요."

도연은 제 연기력에 혀를 내둘렀다. 위악적인 가면을 쓰고 살았던 평생이었지만, 이런 능청스러운 종류의 연기는 해 본 적이 없었다.

내가 진짜 윤신애 때문에!

카메라 셔터가 빠르게 눌리는 소리가 들려왔다. 여기저기서 두 여자 앞에 멈춰 선 유승재의 사진을 찍고 있나 보다. 이런 걸 미리 대비한 건지 신애는 공항에 들어서면서 도연에게 검은색 볼캡과 마스크를 건네주었다. 따라서 사진이 찍힌다고 한들 도연의 얼굴이 팔릴 일은 없었다.

승재는 뚫어져라 도연을 내려다보기만 했다. 평소 승재는 팬들이 주는 선물을 잘 받지 않는다고 들었다. 그런데 만인이 모인 자리에서 도연이 선물을 내밀고 있으니, 승재가 얼마나 당황스러울까 싶었다. 하지만 이대로 승재가 도연을 그냥 스치고 지나간다면 그건 그것대로 또 굴욕일 터였다.

"고마워요."

승재가 자상하게 말하며 웃어 주었다.

"근데 이렇게 뛰어들면 위험해요."

그러곤 도연과 신애의 손에 들린 초콜릿 봉투를 차례로 받아 들고 두 사람 곁을 스치고 지나갔다.

뭐야, 쟤.

심장이 쿵쾅쿵쾅 뛰었다.

너무 멋있잖아!

도연은 하마터면 꺅 하고 비명을 지를 뻔했다. 남자 친구로서 승재를 만나는 것과 축구 선수인 승재를 대면하는 것은 그 느낌이 미묘하게 달랐다.

내 남자인데, 뭔가 새로운 그런 거?

저도 모르게 도연은 두 손으로 입을 틀어막고 눈을 동그랗게 뜬 채로 멀어져 가는 승재의 뒷모습을 응시했다. 도연과 신애가 선수단 안쪽으로 뛰어든 이후로 경호가 강화되었고, 더는 무모한 짓을 하는 팬들이 있을 수가 없었다.

"대박. 유승재 대박. 존멋. 대박 존멋! 웃는 거 봤어? 와, 씨! 대박!"

신애는 연거푸 대박을 외치며 승재가 멋있다고 호들갑을 떨어 댔다.

안다. 유승재가 멋있는 거는 누구보다도 내가 잘 안다!

하지만 오늘 보여 준 승재의 모습은 신선하게 멋있었다.

두 사람은 넋이 나간 채로 승재의 뒷모습을 하염없이 바라보았다.

멍하니 서 있는 두 사람을 일깨운 것은 무시무시한 팬카페 회원들이었다.

"저기요. 유승재 선수가 착해서 받아 준 거지 원래 그렇게 하시면 안 되거든요?"

"유승재 선수 그러는 거 되게 싫어해요."

"우리 선은 좀 지키죠?"

신애는 죽을죄를 지었다는 얼굴로 호들갑을 떨어 댔다.

"어머! 죄송해요. 몰랐어요. 이렇게 선물 전해 줘도 되는 건 줄 알았어요. 죄송합니다."

연신 죄송하다는 말을 하는 신애를 따라 도연도 여러 번 고개를 숙여 사과했다. 대체 왜 팬들에게 사과해야 하는지 그 이유는 모르겠지만.

죄가 있다면, 내가 유승재의 여자 친구라는 거 정도? 중죄겠구나.

이쯤 하면 됐다 싶었는지 날카롭게 쏘아보는 눈초리들을 뒤로하고 신애가 도연을 이끌었다.

"지들이 뭐라고 유승재 여자 친구한테 고나리질이야."

신애가 이를 앙다문 채로 복화술을 하듯이 읊조렸다. 승재에게서 또다시 전화가 걸려 온 것도 그때였다.

— 놀랐잖아.

놀랐다는 승재의 목소리에는 웃음기가 배어 있었다. 도연도 덩달아 웃었다.

"구단 복귀했다가 나오는 거지?"

— 아니. 나 내렸어.

"뭐?"

도연은 그 자리에서 딱 멈춰 섰다.

— 지금 보자.

승재의 한숨 소리가 이어졌다.

— 아까 너 안아 보고 싶은 거 참느라 얼마나 힘들었는지 알아?

심장이 두근거렸다.

— 근데 어디서 보지?

승재가 난감하다는 듯이 말했다. 인천공항을 벗어나자마자, 승재는 마치 병원 검진을 위해서 빠지는 것처럼 팀 닥터와 함께 버스에서 내렸다고 했다.

— 팀닥 형 집이 인천이라서 내린다고 하더라고. 그래서 나도 따라 내리기는 했는데……. 그냥 서울 가서 볼까?

마땅한 장소가 떠오르지 않는지 승재가 답답해했다.

"나 알아."

— 뭘?

"우리 만날 만한 곳 알아."

도연의 심장이 더 큰 박자로 쿵쿵 울리기 시작했다.

"10분 후에 문자로 알려 줄게. 거기로 와."

빠르게 통화를 마친 도연은 신애를 향해 돌아섰다. 신애는 무슨 꿍꿍 인지 대충 눈치를 챘다는 얼굴이었다.

"이 근처에서 만나기로 했구나?"

눈치 빠른 신애의 질문에 도연은 그저 고개를 끄덕일 뿐이었다. 수제 초콜릿을 만들어 가자는 둥, 팬카페 열혈 회원이라는 둥 했던 건 전부 도 연을 위한 신애의 배려인 듯했다. 비슷한 또래 여자 둘이 팬인 듯 따라다 니고 있으니 다들 별 의심 없이 두 사람을 대하고 있었다.

만약 도연 혼자 이 자리에 와서 초콜릿을 전해 줬다든지, 그래서 승재 가 좀 특별한 반응을 보였다든지 했다면 의심을 받았을지도 모를 일이다.

"고마워, 신애야."

눈물이 핑 돌 것만 같았다.

대체 내가 뭐라고, 네가 이렇게까지 날 챙겨.

도연이 내뱉지 못한 말을 삼키며 우물쭈물했다.

"뭘 이런 걸 갖고 그렇게 감동을 하고 그래? 나도 좋아서 한 일인데, 괜히 기분 이상하게."

신애가 소탈하게 웃었다. 화장을 전혀 하지 않은 얼굴이었지만 갓 스 무 살이 된 신애는 막 꽃봉오리를 터뜨리려는 목련꽃처럼 예뻤다. 청초한 얼굴과 늘씬늘씬한 팔다리로 인해 길쭉한 선을 지닌 매력적인 아이였다. 비단 외모뿐만이 아니라 바라는 것 없이 친구에게 마음을 베푸는 마음씨 또한 신애의 매력이었다.

"그렇게 고마우면, 나중에 나 괜찮은 축구 선수 하나 소개해 주든지."

그리 말한 신애가 검지를 쫙 펼치고는 입가에 가져다 대며 비밀스러운 말을 내뱉을 것처럼 목소리를 낮추었다.

"허벅지는 굵어야 한다, 알지?"

"미쳤나 봐."

도연이 까륵 웃음을 터뜨리며 신애를 나무랐다.

"근데 너 나랑 한 약속 잊어버린 거 아니지?"

"무슨 약속?"

"유승재 키스 잘해?"

갑자기 훅 치고 들어온 질문에 도연은 저도 모르게 얼굴을 붉히고 말았다.

"와, 잘하나 보네. 개는 못하는 게 뭐야."

이렇다 할 대답을 내놓은 것도 아닌데, 달아오른 도연의 얼굴만 보고도 알겠다는 듯이 신애가 혀를 내둘렀다.

"이제 스무 살이고, 졸업도 했는데."

신애가 고개를 주억거리며 말을 이었다.

"진도 더 빼도 되겠다, 이제. 내가 허락해 줄게."

능청스러운 신애의 말에 도연의 얼굴이 터질 듯 새빨개졌다.

"나 먼저 간다."

작별 인사가 길어지면 도연이 더 미안해할 거라고 생각했는지 신애는 깔끔하게 돌아섰다. 도연은 신애가 사라진 반대 방향으로 빠르게 걸음을 옮기기 시작했다. 일단 택시부터 타야 했다. 10분 후에 문자를 주겠다고 했으니 서둘러야 했다.

10분 후에 문자를 주겠다고 했던 도연에게서 연락이 온 건 정확히 20분 후였다. 혹시라도 무슨 일이 생긴 건 아닌지 초조해져서 막 전화를 걸려던 찰나에 문자 메시지가 도착했다.

[호텔 I 에어포트, 2001호로 와.]

오늘 여러 가지로 승재를 놀라게 하는 도연이었다. 승재는 도연이 보낸 문자를 읽고 또 읽었다. 혹시나 스팸 문자가 도연의 번호로 잘못 들어왔나 싶은 생각마저 들 정도였다.

갑자기 공항에 나타나서 사람을 놀라게 하지를 않나, 게다가 지금은 호텔방으로 오라는 문자까지 보내왔다.

이게 대체 무슨 뜻일까?

아까 도연의 얼굴을 본 이후부터 쿵쿵 뛰어 대던 심장이 이제 곧 터질 것처럼 박동 수를 높여 갔다. 승재가 있는 곳에서 멀지 않은 거리에 위치한 호텔인 듯했지만, 길을 모를뿐더러 한시라도 빨리 도연이 있는 곳으로 가고 싶어서 택시를 잡아탔다.

매스컴에 몇 번 등장하기는 했지만 아직 본격적인 프로 데뷔 무대를 갖지 않았기에 승재를 알아보는 사람은 거의 없었다. 공항이나 연습 구장 근처에 팬들이 모이기는 했지만, 그뿐이었다.

택시에 탄 지 겨우 5분 만에 호텔 앞에 도착했다. 신호 대기에 걸려서 5분이 걸린 거지 그렇지 않았다면 더 일찍 도착할 수 있었을지도 모른다. 승재는 좁은 로비를 성큼성큼 가로질러서 컨시어지로 향했다.

"2001호 카드 키를 여기 맡겨 놨다고 하던데요."

놀라울 정도로 덤덤한 목소리가 흘러나왔다. 전지훈련이나 구단 테스트를 목적으로 국외에 나가 호텔에 머물렀던 일을 제외하고는 개인적으로 호텔에 방문하는 것은 처음이었다.

"투숙객 성함이요."

도연은 제 이름으로 예약을 하지 않았다고 했다.

"연주희요."

도연의 조부가 급한 일이 있을 때 사용하라고 준 신용 카드에 새겨진 이름이라고 했다. 조부께서 일일이 사용 내용을 감시하지는 않는다며, 도연은 안심하라는 말도 덧붙였다.

"확인 감사합니다."

컨시어지 직원이 사무적인 미소를 지으며 은회색 카드 키 하나를 내밀었다. 카드 키를 움켜쥔 승재는 곧장 엘리베이터로 향했다. 엘리베이터 숫자 버튼 아래에 있는 공간에 카드 키를 밀어 넣었다가 뺀 뒤 20층 버튼을 누르는데, 손끝이 파르르 떨렸다.

컨시어지 직원을 대할 때 여상한 목소리가 흘러나와서 당연히 떨고 있지 않다고 여겼었다. 그런데 손끝에서 시작된 떨림이 갑자기 온몸을 휘감는 듯했고, 단전 아래에 묵직한 열기가 고이는 게 느껴졌다.

차도연, 겁도 없이.

차오르는 열기를 발산할 수가 없어서 승재는 연신 한숨을 몰아쉬었다.

마침내 호텔 방문 앞에 도착한 승재는 조심스럽게 카드 키를 밀어 넣었다. 좁은 공간으로 은빛 카드 키가 빨려 들어가는 모습이 은밀하게 느껴졌다. 다시 카드 키를 조심스럽게 잡아 빼자 새끼손톱보다 작은 빨간 램프가 초록색으로 바뀌었다.

승재는 얼른 방문을 열어젖혔다. 등 뒤에서 문이 닫히는 소리를 들으며 방 안으로 성큼성큼 발걸음을 옮겨 갔다. 노을이 지는 풍경이 기억 자로 된 통유리 창을 통해 내려다보였다. 도연은 노을에 붉게 물든 방 한가운데 서 있었다.

노을이 비치는 탓에 도연의 얼굴이 붉은 것인지, 아니면 승재와 같은 이유로 열기가 고여 붉어진 것인지 알 수 없었다.

"빨리 왔……!"

도연이 뭐라 말을 더 내뱉기 전에 승재는 성큼성큼 다가가 그녀의 얼굴을 감싸 쥐고는 입술을 집어삼켰다. 목구멍까지 메말랐던 사람처럼 승재는 달콤한 타액을 허겁지겁 빨아 마셨다.

"으음."

승재의 팔목을 움켜잡는 작은 손이 파르르 떨리는 게 느껴졌다. 승재는 도연의 귀뺨을 감싸고 있던 손을 풀어 그녀의 등허리를 휘감아 안았다. 품 안으로 쏙 들어오는 작은 몸이 무척이나 사랑스러웠다.

도연은 숨이 가빠 오는지 연신 몸을 바르작거렸다. 승재는 그녀가 꼼짝도 하지 못하도록 더욱 꽉 끌어안았다. 품 안 가득 안고 있는데도 안달이 났다. 입술을 맞대고 있는데도 애틋해서 안타까울 지경이었다.

키스만으로 차오른 열기를 터뜨리기에는 턱없이 부족했다.

승재가 조심스레 맞물려 있던 입술을 떼어 내고는 이마를 붙인 채로 말했다.

"겁이 없어도 너무 없잖아."

한숨 쉬듯 흘린 말에 도연이 웃었다.

"어? 웃어?"

승재의 속은 새까맣게 타들어 가고 있는데, 그걸 아는지 모르는지 도연은 웃기만 했다.

"너 내가 아까 한 말 뭐로 들은 거야?"

"무슨 말?"

도연이 무구한 목소리로 물었다.

"너랑 키스하고 싶어서 미치겠다는 말."

"그래서 지금 했잖아."

그럼 된 거 아니냐며 도연이 새침하게 굴었다. 아무래도 오늘 승재의 속을 바짝 태우려고 작정을 한 모양이었다.

"내가 너랑 키스하는 상상만 했을 것 같아?"

승재의 목소리가 낮게 쉬어 가라앉아 있었다.

"그럼, 무슨 상상을 더 했는데?"

도연은 차분한 목소리로 물었지만, 그녀의 입에서는 더운 숨이 흘러나오고 있었다. 승재가 도연의 목덜미에 입술을 묻었고, 도연은 고개를 살짝 비틀어 올리며 승재의 입술이 쉽게 닿을 수 있도록 움직였다.

"그것보다 더한 걸 하는 상상."

하얀 목덜미 위로 승재의 목소리가 쏟아졌다.

"그것보다 더한 게 뭔데?"

마치 승재가 내뱉는 목소리로 직접 듣고 싶다는 듯 도연이 집요하게 캐물었다. 그 목소리가 아까보다 조금 달떠 있는 게 느껴졌다. 승재는 그런 도연을 더욱 달아오르게 하고 싶어서 새하얀 목덜미를 쭉 한 번 빨아들이고는 말했다.

"널 갖는 상상."

"흐읏."

도연이 여린 신음을 흘리며 목을 한껏 뒤로 젖혔다. 아랫도리가 욱신거릴 정도로 열기가 차올랐다. 승재는 도연의 등허리를 꽉 끌어안으며 그녀의 배 위에 자신이 닿도록 자극했다.

"그래서?"

이런 상황에서도 능청스럽게 도연이 대꾸했다.

얘가 이런 여우 짓을 할 줄 알았던 애였던가?

승재는 새삼 도연의 모습이 낯설게 느껴졌다. 그런데 그 낯선 모습이 싫지 않았다. 적극적으로 다가오는 모습에 홀려서 정신이 나갈 것만 같았다.

"남자를 호텔방으로 부른다는 게 무슨 뜻인지 몰라?"

"무슨 뜻인데?"

꼭지가 돌 정도로 약을 올릴 생각인가 보다.

"너 이렇게 나 약 올리면 너만 손해야."

승재가 경고하듯 말하자, 도연의 몸이 흠칫 떨리는 게 느껴졌다. 잔뜩 도발을 해 놓고선, 자신이 한마디 했다고 움츠러드는 모습에 정수리가 쭈뼛 설 정도로 짜릿한 전율이 흘렀다.

"그런 뜻으로 부른 거 맞아."

도연이 발꿈치를 들어 올리는가 싶더니 승재의 어깨에 바짝 매달렸다. 자연스레 승재는 도연을 감싸 안고, 도연의 두 다리가 승재의 허리를 휘감았다.

"그게 무슨 뜻인데……."

이번에는 승재가 질문했다.

"나도 너 갖고 싶어, 지금."

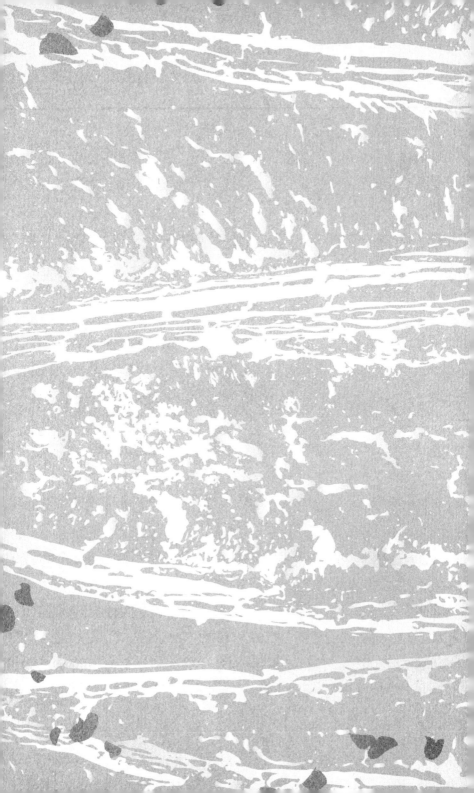

Round. 7

눈이 멀어서

입술이 깊게 맞물렸다. 승재는 도연을 끌어안은 채 침대로 성큼성큼 발걸음을 옮겨 갔다. 도연의 입술을 처음 맛본 이후로 승재의 밤은 언제나 도연의 차지였다. 작은 손이 몸을 어루만졌을 때의 떨림, 혀끝에서 느껴졌던 감미로움, 아래가 욱신거리도록 차오르던 열기까지 전부 승재를 미치게 만들었다.

그런데 그보다 더한 것을 허락하겠다는 도연의 말에 걷잡을 수 없는 지경이 되어 버렸다. 승재는 도연을 침대에 눕히고는 몸을 일으켜 세운 뒤 두꺼운 점퍼부터 벗어 던졌다. 그러고는 상의를 완전히 탈의한 뒤, 다시 입술을 겹치며 벨트 버클을 풀어 내렸다.

"으음."

도연이 여린 신음을 내뱉으며 작은 손으로 승재의 맨 등을 어루만졌다. 떨리는 손길이 살갗을 스칠 때마다 열기가 고였다가 흩어지기를 반복했다.

승재는 도연의 허리를 어루만지던 손으로 니트 끝자락을 들춰 올렸다. 손끝에 매끄러운 도연의 피부가 닿자 심장이 멈출 것만 같았다. 입술로 목덜미를 탐할 때도 느끼기는 했지만, 도연의 피부는 놀랍도록 부드러웠다.

마치 생크림 덩어리를 만지고 있는 것 같은 착각이 일었다. 뜨거운 손의 열기로 인해 피부가 녹아 없어지면 어쩌나 하는 걱정이 될 정도였다. 그래서 그런지 승재의 손놀림이 점점 조심스러워졌다.

그러자 도연이 고개를 비틀어 입술을 떼어 내고는 승재의 손을 잡아 가슴 위로 이끌었다.

"더 애틋하게 만져 줘."

그리 말하는 도연의 눈가가 빨갛게 달아올라 있었다. 승재는 속옷을 밀어 올리며 부드러운 살덩이를 움켜잡았다.

"흐음."

도연이 눈을 질끈 감고 신음을 흘리며 읊조렸다.

"더 꽉 잡아도 돼."

"차도연."

승재가 낮게 가라앉아서 곧 사라질 것 같은 목소리로 도연의 이름을 불렀다.

"너 오늘 어쩌려고 이래."

존재만으로도 충분한 자극이 되고 있는데, 도연은 마치 승재를 더 달아오르게 만들기 위해 안달이 난 것처럼 굴었다. 승재의 팔뚝을 오르내리던 도연의 손길이 승재의 목을 와락 끌어안았다.

"빨리 갖고 싶어. 갖게 해 줘, 응?"

달콤한 숨결과 함께 애틋한 목소리가 승재의 귓가에 울렸다. 이제 더는 재고 따질 겨를이 없었다. 승재는 도연의 목덜미에 입술을 묻으며 손안에 가득 감겨 있는 부드러운 살덩이를 꽉 움켜잡았다.

벌써 밤 10시가 넘은 시각이었다. 첫 정사를 끝내고 두 사람은 누가 먼저랄 것도 없이 잠이 들었다. 도연은 승재의 두꺼운 가슴 위에 얼굴을 기댄 채로 눈을 떴다. 긴 비행이 고됐는지 승재는 깊은 잠에 빠져 있는 듯했다.

승재가 처음 방으로 들어섰을 때는 붉은 노을이 하늘을 뒤덮고 있었다. 마치 두 사람의 열기를 대변해 주는 듯한 붉음에 미쳐서 서로를 거침없이 탐했다. 승재는 처음에는 세게 쥐면 닳아 없어질 것처럼 굴더니 나중에는 스스로를 감당하지 못하는 사람처럼 내달렸다.

처음이었기에 고통도 따랐지만, 자신에게 미쳐 있는 남자의 모습을 마주하는 것만으로도 형용하기 어려운 감동이 차올랐다. 도연은 승재의 매끈한 가슴팍에 얼굴을 기댄 채로 오늘 이 방에서 일어난 일들을 되짚고 또 되짚었다.

승재가 자신을 어떻게 어루만졌는지, 어떻게 입술을 겹쳐 왔는지, 처음 결합했을 때의 통감과 열감, 빠르게 몸을 움직이던 승재의 턱끝에 맺혀 있던 땀방울까지 전부 소중했다. 한 장면도 잊어버리고 싶지 않아서 끊임없이 되풀이하다 보니, 또다시 생경한 열기가 치솟았다.

도연이 어쩔 줄 몰라서 몸을 바르작거리자 등허리를 감싼 손에 힘이 들어가는 게 느껴졌다.

"지금 몇 시야?"

승재가 깊게 잠긴 목소리로 물었다. 잠에서 막 깨어난 날것 그대로의 목소리는 충분히 매혹적이었다.

"이제 8시쯤 됐으려나?"

시간이 늦었다고 하면 승재가 얼른 자리를 털고 일어날까 싶어서, 거짓말이 술술 잘도 흘러나왔다.

"거짓말, 아까 9시 넘어서 잠들었는데?"

장난스럽게 되물은 승재가 도연의 정수리에 입을 한 번 맞추고는 손을 뻗어 휴대전화를 집어 들었다.

"너무 늦었다. 벌써 10시 지났어. 서울 들어가면 11시 넘겠는데?"

도연은 단단한 몸을 꽉 끌어안았다. 품에서 벗어나고 싶지 않다는 지극히 본능적인 움직임이었다.

"나 오늘 안 들어가도 돼."

승재가 도연을 품에 안은 채로 상체를 일으켜 세워 침대 헤드에 비스듬히 기대앉았다. 덩달아 도연의 몸도 비스듬히 세워졌다. 빠르게 뛰는 승재의 심장 고동이 왼쪽 귀뺨에서 느껴졌다. 나와는 다른 살아 숨 쉬는 존재에게 곁을 내주었다는 사실이 신기했다.

"차도연, 오늘만 살기로 작정했어?"

나무라는 목소리에는 장난기가 배어났다.

"그런 거 아니야."

"그럼?"

차 교수가 싱가포르에서 열리는 경제 포럼에 참석하기 위해 출국한 게 일주일 전이었다. 그리고 차 교수가 출국한 지 하루 만에 무슨 소리를 들었는지 이 여사도 싱가포르로 날아가 버렸다. 아마 또 차 교수 밑에서 일하는 조교에게서 거슬리는 이야기를 전해 듣고선 달려간 듯했다.

차 교수는 3일 뒤에 귀국하기로 되어 있었고, 이 여사 또한 차 교수와 함께 귀국하겠다고 했다. 텅 빈 집 안을 도연은 홀로 지켰다.

차 교수와 이 여사가 없는 집은 고요하고 평안했다. 그악한 비명을 지르며 히스테리를 부리는 사람도 없었고, 위압적인 얼굴로 모두를 계산하듯 바라보는 사람도 없었다.

올 초부터 병적인 모습을 심각하게 드러내던 이 여사의 모든 관심은 차 교수에게 쏠려 있었고, 차 교수는 이 여사를 따돌리며 그걸 즐기는 듯한 형국이었다.

따라서 집 안 그 누구도 도연에게 관심을 두지 않고 있었다. 부모가 집을 비운 틈을 타 하루쯤 외박을 한다고 한들, 아무도 알아차리지 못할 게 분명했다. 또 이 여사의 히스테리에 염증을 느끼고 있는 고용인들이 도연의 부재를 일러바칠 일도 없었다. 혹시 몰라서 친구 신애 집에서 자고 오겠다며, 아주머니에게 연락을 해 두었다.

"어떡하지? 난 들어가야 하는데."

승재가 곤란하다는 듯이 읊조렸다. 하룻밤을 온전히 함께 보낼 수도 있다는 기대감에 가슴이 잔뜩 부풀어 오르는 한편, 머릿속으로 승재가 집에 들어가야 할지도 모른다고 생각은 하고 있었다. 미리 짐작을 하지 못했던 것도 아닌데, 그게 현실이 되려고 하자 가슴이 삽시간에 무겁게 가라앉았다.

"그럼, 어쩔 수 없지. 뭐."

저도 모르게 뾰로통한 목소리가 흘러나와서 도연은 얼른 입을 꾹 다물었다.

"붙잡으면 안 갈 수도 있고."

승재가 어울리지 않게 거들먹거리는 투로 말했다. 도연은 당황스러워서 승재에게 기대고 있던 몸을 일으켜 앉으며 침대 헤드에 비스듬히 등을 대고 있는 승재를 내려다보았다. 황당해서 뭐라고 말해야 할지 모르겠다.

몸에 감고 있던 이불이 스르륵 흘러내리려고 해서, 도연은 이불 끝을 잡아다가 얼른 가슴께까지 올렸다.

"가야겠는데."

승재의 시선이 여체를 아슬아슬하게 휘감고 있는 이불 위에 머물렀다.

"어떻게 하면 안 갈 건데?"

약이 오른 나머지, 머릿속으로 한번 정제하기도 전에 날것 그대로의 질문이 튀어나와 버렸다.

"그러니까 재주껏 붙잡아 보라니까."

매혹적인 미소가 승재의 얼굴에 머물렀다. 도연은 승재의 머리끝부터 시선을 훑어 내려오기 시작했다. 자고 일어났는데도 불구하고 결점 하나 없이 잘생긴 얼굴, 남자답게 도드라진 목울대, 떡 벌어진 어깨와 탄탄한 가슴, 잘 짜인 복근을 지나자 이불을 경계로 아슬아슬하게 거웃이 드러났다.

그저 승재가 이렇게 눈앞에 존재하는 것만으로도 자신은 기꺼이 하룻밤을 보낼 수 있을 것 같은데, 승재는 태연하게 웃으며 붙잡아 보라고 도연을 도발했다.

"대신 조건이 있어."

다시금 승재의 매혹적인 시선을 마주하며 도연이 입을 열었다.

"무슨 조건?"

"붙잡히면 내가 하자는 대로 해야 한다?"

승재는 눈을 가늘게 뜨더니 입술을 뾰족하게 모아 내밀었다. 뭐가 더 이득인지 계산을 하는 듯한 얼굴이었다.

"그러지 뭐."

생각보다 계산이 빨리 끝난 듯했다. 승재가 어깨를 으쓱거리더니 팔짱을 끼며 웃었다. 도드라진 팔근육에 도연의 시선이 잠시 머물렀다가 이내 승재의 얼굴로 향했다.

"붙잡는다는 사람 어디 갔나."

승재가 또다시 거들먹거리는 틈을 타 도연은 냉큼 승재의 배 위에 올라타 앉았다. 승재가 '헉' 하는 소리를 내며 상체를 들썩거렸다. 승재의 고동색 눈동자가 금세 달아오른 열기로 빛났다.

도연은 승재의 눈을 가만히 내려다보았다. 조금 전까지만 해도 승재가 우위에 서 있는 듯했지만, 지금은 마치 도연이 승재를 지배하는 것처럼 전능해진 기분이었다.

고압적인 눈빛으로 턱을 치켜든 채, 도연은 제 가슴께를 가리고 있는 이불을 천천히 끌어 내렸다. 이불이 내려가는 속도에 맞추어 승재의 눈빛이 시시각각 깊어졌다.

마침내 허리께까지 이불이 내려갔을 때, 도연은 제 몸에 감겨 있던 이불을 완전히 털어 냈다.

승재가 홀린 듯한 시선으로 도연의 몸을 더듬고 있었다.

"갈 거야?"

도연의 목소리가 정염으로 깊게 쉬어 있었다. 열감 어린 목소리만으로도 자극이 되었는지 승재가 숨을 헉 들이마시고는 입을 열었다.

"아니. 절대 못 가겠는데?"

"그럼."

도연은 숨을 한 번 고르고는 입을 열었다.

"붙잡혔으니까, 내가 하자는 대로 해야겠네?"

도발적인 질문에 승재는 어떻게 하면 되는 거냐고 묻는 듯한 시선으로 도연을 바라보았다. 도연은 상체를 숙이며 승재의 귓가에 입술을 갖다 댔다. 말랑말랑한 여체가 단단한 근육에 닿으며 부드럽게 뭉개졌다.

"내가 널 갖는 동안, 넌 아무것도 안 하고 가만히 있는 거야."

승재의 손이 도연의 허리께를 부드럽게 움켜잡았다. 그러자 도연이 승재의 손을 떼어 내며 비스듬히 웃었다.

"아무것도 하면 안 된다니까."

생각보다 자극이 거셌는지, 승재가 깊어진 시선으로 도연을 바라보았다. 부드러운 손길로 뺨부터 시작해서 목덜미를 지나 단단한 어깨 근육이 솟아 있는 곳까지 어루만지자, 승재의 몸이 눈에 띄게 긴장했다.

그런 승재의 모습만으로도 세상 전부를 가진 것처럼 기분이 좋아졌다. 자신이 주는 자극에 열렬한 반응을 보이는 승재의 모습은 온몸에 전율이 일 만큼 사랑스러웠다. 도연은 승재가 했던 것처럼 승재의 목덜미에 입술을 묻었다.

보드라운 살결과 단단한 근육이 입술 끝에서 동시에 느껴졌다. 한 번 깊게 빨아들이자, 승재가 탄식하는 소리가 들려왔다.

"하아."

정염이 묻어나는 더운 숨소리가 듣기 좋았다. 더 안달하는 모습을 보여 줬으면, 당장 갖지 않으면 미쳐 버리겠다는 반응을 보여 줬으면 했다. 유승재가 차도연에게 미쳐 버렸으면 좋겠다는 열망이 가슴을 가득 채웠다.

도연은 맞닿아 있는 몸을 뒤틀었다. 그러자 승재가 한숨을 몰아쉬며 도연의 머리카락을 쓸어 넘겨 주었다. 머리카락을 쓸어 넘기던 승재의 손이 도연의 동그란 어깨를 움켜잡으려는 순간, 도연은 손을 뻗어 승재의 손에 깍지를 끼었다. 손가락이 하나하나 얽히는 동작 역시도 충분한 자극이 되었다.

그러고는 다리를 움직여 이불을 털어 냈다. 맨살이 닿는 느낌에 기분이 좋았다. 가슴이 들끓었다. 도연은 승재의 목덜미를 머금고 있던 입술을 움직여 턱선을 따라 옮겨 갔다. 까끌까끌하게 돋아난 수염을 머금었다가, 열기를 뱉어 내느라 살짝 벌어져 있는 승재의 입술을 쭉 빨아들였다.

승재가 기다렸다는 듯이 도연의 입 안을 차지하고 들어왔다. 도연은 승재의 목 아래로 팔을 받쳐 넣으며 더욱 깊숙이 키스했다.

그러자 승재가 도연의 등허리를 감싸 안으며 단숨에 자세를 반전시켰다. 순식간에 도연의 등허리가 매트리스에 닿았고, 승재가 우위를 차지했다. 갑작스러운 자세 변화에 놀란 심장이 쿵쿵 울렸다. 맞물린 입술은 여전히 떨어질 줄을 몰랐다.

아무것도 하지 말고, 가만히 있으라는 깜찍한 도발성 경고를 했는데도 불구하고 승재는 고작 이 정도의 자극에 더는 참지 못하겠다는 듯이 움직였다. 도연은 한 번 더 승재를 도발해 보고 싶은 마음에 승재의 가슴을 슬쩍 밀어 내며 고개를 비틀어 입술을 떼어 냈다.

"가만히, 있으라고, 했잖아."

숨이 차오른 탓에 말이 토막 난 채로 흘러나왔다. 승재는 대꾸 없이 도연은 가만히 들여다보기만 했다.

"차도연."

승재의 목소리가 낮게 쉬어 있었다. 평소 듣기 좋은 저음인 승재의 목소리가 주는 울림도 좋았지만, 이렇게 정염에 긁혀서 쉬어 버린 목소리도 좋았다.

"그만 까불어. 너 자꾸 이러면 내가 여기 평생 가둬 버리는 수가 있어."

승재의 입술이 뭐라 대꾸하려는 도연의 입술을 먹어 치우듯 빨아들였다. 차라리 그랬으면 좋겠다는 대꾸가 하고 싶었다.

아무런 걱정도 없이 유승재 품에 안긴 채로 이곳에 갇혀 버렸으면 좋겠다고.

아무런 걱정도 없이 유승재 곁에 있을 수 있는 것.

바람은 그것뿐이었다.

그라운드를 내려다보는 도연의 눈빛은 깊게 가라앉아 있었다. 강산 FC의 응원 구호를 연호하는 소리가 경기장을 가득 메우고 있었고, 유승재의 데뷔 무대를 기대하는 이들의 반응 또한 뜨거웠다.

하지만 도연의 가슴은 시릴 정도로 얼어붙어 있었다.

"강산 FC에 있는 유승재라는 선수가 우리 도연이 친구라지?"

유리 벽 앞에 서서 그라운드를 바라보고 있는 도연의 곁으로 다가온 사람은 도연의 조부인 차일준 회장이었다.

"오셨어요? 맞아요. 고등학교 동창이에요."

차 회장이 운영하는 금융지주회사가 K리그 타이틀 스폰을 맡으면서 개막 경기 중 하나를 관람하게 되었고, 그중 도연의 친구가 뛰게 되었다는 강산 FC의 개막 경기를 가족 모두가 함께 보게 되었다.

'내일 경기 어디서 볼 거야?'

승재의 물음에 도연은 거짓말을 했다.

'인터넷 중계로 볼게.'
'그래. 경기장 오는 건 무리겠다.'

내심 실망하는 눈치였지만, 온 가족을 비롯해 K리그 관계자와 대한축구협회 관계자 그리고 K리그 타이틀 스폰에 관한 긍정적인 기사를 내는 데 힘을 실어 줄 언론사 데스크들과 함께 VIP 전용 스카이박스에 모여 경기를 관람할 예정이라는 말은 할 수 없었다.

"아버님, 오셨어요?"

이 여사가 세상에서 유일하게 두려워하는 이가 아마 차 회장일 것이다. 결혼 당시 별 볼 일 없는 집안의 여식이었던 이 여사와 차 교수의 결혼을 흔쾌히 허락해 준 차 회장이었다. 또 별 볼 일 없던 음대생이었던 이 여사를 촉망받는 피아니스트로 포장해 준 것도 차 회장이었다. 그 때문인지 결혼 후, 이 여사는 차 회장에게 충성을 다했다.

그 충성심이 진심에서 우러나온 것인지, 아닌지는 알 수 없었지만, 차 회장을 두려워하는 것만큼은 사실이었다. 이 여사가 가진 모든 것을 단번에 빼앗을 수 있는 이가 세상에 존재한다면, 아마도 그것은 차 회장이라고 생각하는 듯했다.

"오셨습니까?"

관계자와 이야기를 나누고 있던 차 교수도 다가와 인사를 건넸다. 차 교수의 표정이 전에 없이 딱딱했다. 집에서는 늘 고압적인 가장의 모습을 하고 있는 차 교수이지만, 그 역시도 차 회장 앞에서는 표정이 딱딱하게 굳을 정도로 긴장했다.

"그래, 오래 살고 볼 일이구나. 내가 축구장엘 다 와 보고."

차 회장은 너털웃음을 터뜨리며 손녀인 도연에게로 시선을 옮겨 갔다.

"이게 다 우리 손녀딸 덕분이지."

사람 좋은 미소를 머금은 차 회장이 도연의 어깨를 두어 번 토닥거렸다. 심장이 바짝 오그라들었다. 순간 눈이 마주친 차 교수의 눈빛에서 그악스러운 감정이 읽혔다. 차 교수는 유승재의 존재를 차 회장에게 알린 이가 자신이라고 생각하는 것 같았다. 이제 어쩔 거냐고 묻는 듯한 눈빛이 역겹기까지 했다.

도연은 시선 끝을 길게 끌며 조부에게로 시선을 옮겨 왔다. 차 교수는 차 회장을 많이 닮아 있었다. 숱이 많은 짙은 눈썹이랄지, 선이 분명하고 도드라진 인중이랄지, 얼굴에 비해 큰 귀랄지. 하지만 그중에서 가장 많이 닮은 건 치밀하고 계산적인 성격이었다.

"할아버지, 식사부터 하세요."

애교 섞인 목소리로 말하며 조부에게 팔짱을 끼자, 조부가 눈에 띄게 기뻐하며 고개를 끄덕거렸다.

스카이박스 안은 출장을 나온 호텔 조리장이 세미 뷔페를 연출해 놓은 상태였다. 분위기는 비교적 자유로웠고, 스스럼없이 자연스럽게 경기를 관람할 수 있었다.

강산 FC의 2017 K리그 개막 경기이자, 승재의 데뷔 경기가 막 시작되려고 했다. 심장이 쿵쿵 뛰었다. 승재는 프로 데뷔 경기에서 당당히 선발

명단에 이름을 올렸다. 승재의 데뷔와 관련한 긍정적인 기사들이 쏟아져 나오는 것도 당연했다.

"우리 도연이 친구가 몇 번이지?"

테이블에 둘러앉은 열 명 남짓한 이들의 시선이 도연에게로 향했다. 도연은 여기서 선뜻 알은척을 해야 하나 고민이 되었다.

"16번입니다."

도연이 잠시 머뭇거리는 찰나, 강산 FC의 구단 운영 관계자라는 사람이 대답했다. 그러자 축구 협회 관계자가 관심을 보이며 말했다.

"강산 FC에서 유승재 선수에게 등 번호 16번을 배정할 정도면 거는 기대가 큰가 봅니다."

흔히 최종공격수가 받는 번호가 7번이었고, 그 뒤를 잇는 번호가 16번이었다. 1+6=7이라는 뜻으로 주요한 공격수라는 의미였다. 강산 FC에서 신인인 유승재에게 16번을 부여한 의미가 그만큼 크다는 뜻이기도 했다.

"유승재 선수 같은 기대주가 흔하게 나오는 건 아니니까요."

강산 FC 구단 관계자가 흐뭇한 얼굴로 대꾸했다. 승재가 강산 FC에 입단해 주어서 무척이나 기쁘다는 말도 덧붙였다.

"나는 스포츠로 사람들 선동하는 게 참 별로였어."

차 회장이 고개를 가로저으며 말했다. 모두의 시선이 자연스레 차 회장에게로 향했다.

"회사 이미지 말아먹은 다음에 가장 손쉽게 회복할 수 있는 루트가 바로 올림픽이나 월드컵 같은 경기에 후원 업체로 등장하는 거거든. 만인이 열광하는 스포츠에 투자해서 이미지를 세탁하는 거지. 당신네들이 좋아하는 그 운동 경기를 볼 수 있는 게, 바로 우리 덕이요, 하면서."

다들 차 회장의 목소리에 귀를 기울인 채로 입을 열지 않았다.

"사회주의 선전 작업하고 다를 바가 없지 않아? 스포츠 영웅을 우러르는 마음이 선수가 속한 공동체를 후원하는 기업에게도 전염되기를 바라는 거잖아. 기업 이미지의 영웅화 작업이라고 볼 수 있지."

차 회장은 내내 회의적인 얼굴로 말을 이었다. 차 회장과 도연의 가족을 제외하고는 모두 축구와 관련한 일에 종사라는 사람들이었기에, 차 회장의 말을 듣고 있는 표정이 밝지는 않았다.

"그런데 차 교수가 끈질기게 설득해서 내 마음을 바꿔 먹었지."

모두의 시선이 이번에는 차 교수에게로 건너갔다. 도연의 심장이 불안한 박자로 날뛰었다. 좋은 의미에서 차 회장을 설득했을 리 만무했다.

"유승재 선수가 우리 딸 동창이거든요. 학교 때 꽤 친하게 지낸 터라, 조금이나마 도움이 되고 싶었을 뿐입니다."

차 교수는 딸의 친구까지도 챙기는 자상한 아버지의 모습을 연기하고 있었다.

"우리 도연 양 남자 친구예요?"

언론사 데스크 자리에 있다는 사람이 도연에게 질문을 던졌다. 그러자 이번에는 이 여사가 끼어들었다.

"아뇨, 우리 도연이가 워낙 착해서 형편이 어려웠던 승재에게 마음을 좀 써 주었나 봐요."

"아, 유승재 선수 집안 형편이 그리 넉넉지 못하다고는 들었어요. 어린 나이에 사고로 부모님을 모두 여의고 누나가 키웠다죠?"

축구 협회 관계자가 던진 질문에 언론사 데스크가 덥석 미끼를 물었다.

"실력도 출중한 선수가 스토리까지 갖추고 있네요. 누나 혼자 유승재 선수를 키웠다고요?"

그리 질문하는 소리를 듣는 중에 차 교수와 눈이 마주쳤다. 일이 뜻대로 돌아간다고 여겼는지 비열한 웃음이 차 교수의 얼굴 위로 언뜻 드러났다가 금세 사라졌다.

언론사 데스크에 있다는 남자는 승재의 누나에게 지극한 관심을 보였다. 화제성이 있는 이야기라고 생각하는 모양이었다. 대중은 개천에서 용 나는 스토리에 열광하기 마련이었다. 그런 맥락에서 승재의 가정 환경은 화제성이 다분했다.

하지만 대중이 열광하는 것이라고 해서, 그게 언제나 옳은 방식은 아니었다. 승재의 누나는 아킬레스건이었다. 승재는 누나를 자랑스럽게 여겼지만, 누나가 대중의 중심에 서서 사람들의 입에 오르내리는 것은 원하지 않는 눈치였다.

대중에게 얻을 수 있는 인기와 환멸은 한 끗 차이였다. 그런 짐을 누나에게 씌울 수는 없다고 여기는 것이었다. 고등학교 때에도 누나에 관해 헛소리를 떠들어 대는 축구부원과 다툼이 일어서 한바탕 난리가 났었던 적이 있다. 그때 정말 승재가 축구를 그만두게 되는 건 아닌지 마음을 졸였었다.

만약 누나의 이야기가 세상에 공개되어 사람들의 입에 오르내리는 것을 보게 된다면, 그게 누나에게 부정적으로 작용하게 된다면 승재는 걷잡을 수 없이 무너져 내릴지도 모른다.

"아마 누나 이야기는 지금 옆방에 있는 유승재 선수 에이전트가 더 잘 알 겁니다. 저는 별로 아는 게 없네요."

데스크의 질문을 받은 당사자는 강산 FC 구단 관계자였다. 그는 이런 종류의 떠보기식 질문에 익숙하다는 듯이 대답을 회피했다. 그러고는 승재의 선수 생활뿐 아니라 사생활 전반에 걸친 부분을 담당하고 있다는 에이전트 한지윤을 언급했다.

"아, 그 메이저리거들 전담하다가 이번에 처음으로 축구 선수인 유승재 선수랑 계약한 디어프렌즈 한지윤 대표 말입니까?"

데스크는 그리 물으며 미간을 찌푸렸다.

"네, 맞습니다. 유능한 에이전트죠. 구단으로서는 뒤통수 맞는 경우도 더러 있지만, 선수들은 열광하더라고요. 철저히 선수 대리인 입장으로 움직이니까요."

"그 친구라면 뭐 캐내기는 글러 먹었네요."

중간에 말을 가로챈 이는 K리그 협회 관계자였다. 한지윤은 선수 사생활과 관련하여서는 절대 침묵을 고수하는 에이전트라고 했다. 그런 한지윤 대표의 입에서 유승재 선수의 누나와 관련한 이야기가 나올 리가 없다며 고개를 내저었다.

그러자 이번에는 차 교수가 말을 가로챘다.

"에이전트는 선수가 주는 수수료로 먹고사는 사람 아닙니까? 선수가 버는 만큼, 에이전트의 수익률도 높아질 텐데요. 제가 만약 에이전트라면 대중이 열광하는 스토리는 공개할 것 같습니다만. 유명인의 인기와 수익은 비례하는 법이니까요."

어지간히 마음이 급해진 모양이었다. 차 교수는 데스크를 은근히 자극하며 에이전트 한지윤과 접촉해 보라는 듯이 말했다.

"그럴 수도 있겠네요."

데스크는 무슨 말인지 알아들었다는 듯이 고개를 끄덕거리며 대꾸했다. 도연은 분위기에 동요하지 않으려 애쓰며 식사하는 데 집중하는 척했다. 그러면서 에이전트 한지윤에 관해 알아봐야겠다고 생각했다.

누가 됐건, 무엇이 됐건, 승재의 신변에 위협이 될 만한 요소는 없어야
했다.

전반전이 끝나고 난 뒤, 분위기는 강산 FC 쪽으로 확연히 기울었다. 승
재가 데뷔전에서 선취골을 뽑아냈고, 전반전은 1:0으로 마무리가 되었다.

"어, 그래. 유승재 선수 가족 관계랑 자란 환경 그리고 학교 담임 선생
님 인터뷰 좀 미리 따 놓도록 해. 특히 누나랑 어떤 관계에 있었는지 좀
알아보고."

스카이박스 안에 있는 화장실에 사람이 있어서 공용 화장실에 다녀오
는 길이었다. 승재 누나에게 관심을 보였던 언론사 데스크의 목소리가 모
퉁이 안쪽에서 들려왔다.

"아니, 당장 내보낼 기사는 아니고. 미리 좀 확보해 놓자, 이거지. 때
되면 풀게."

도연은 숨을 죽인 채로 벽에 기대서서 통화 소리를 엿들었다.

"그래? 누나 일로 학교에서 난리가 난 적이 있어? 누나가 뭘 어쨌는
데?"

축구부 동기였던 치열이 누나가 몸 팔아서 네 뒷바라지를 하는 거 아
니냐며 승재를 도발했던 사건을 말하는 듯했다. 그 일로 축구부에서 쫓겨
나고 징계받을 위기에 처했다가 에이전트의 도움으로 축구를 계속할 수
있게 되었다고 들은 적이 있었다.

"김치열이? 재미있게 돌아가네."

저 남자가 통화하고 있는 다른 기자는 이미 승재와 치열 간의 관계를

알고 있는 듯했다.

"아, 그래? 나도 지금 강산 FC 경기 보러 와 있는데, 자네 어딘가?"

남자가 움직이려고 해서 도연은 얼른 스카이박스 쪽으로 걸음을 옮겨갔다. 그때 저쪽에서 휴대전화를 붙든 채로 다가오는 남자가 보였다. 얼굴 한쪽을 일그러뜨린 채로 웃고 있는 남자의 표정에는 비열함이 가득했다.

"저 여기 스카이박스 복도인데요? 디어프렌즈 한지윤 대표 초대로 와 있었습니다. 어디 계십니까?"

도연의 미간이 살포시 구겨졌다. 언론사 데스크라는 남자가 통화하고 있는 기자인 듯했다. 그의 말에 따르면 디어프렌즈 한지윤 대표가 지척에 있었다.

'에이전트는 선수가 주는 수수료로 먹고사는 사람 아닙니까?'

차 교수가 내뱉었던 말이 귓전을 맴돌았다. 확인해 보고 싶었다. 과연 한지윤 대표가 승재를 끝까지 지켜 줄 사람인지, 아니면 돈을 받고 팔아먹을 치인지 궁금했다. 전자라면 승재의 누나를 지켜 줄 사람 역시 그가 될 터였고, 후자라면 승재와 그의 누나를 보호할 방법을 찾아야만 했다.

가슴이 쿵쿵 울리기 시작했다. 불과 몇 달 전까지만 해도 도연은 우물 안에 갇혀서 좁은 하늘조차도 올려 보지 않던 사람이었다. 자신에게 주어진 현실에 안주하며 변화를 거부했다. 그렇기에 누군가를 곁에 두는 것도 그 사람을 위해 무언가를 하려고 주도적으로 움직이는 것도 불가능한 일이었다.

그런데 지금은 곁에 있는 승재뿐 아니라 승재가 소중히 여기는 하나뿐인 가족인, 그의 누나까지도 지켜 내고 싶은 열망이 가슴속 깊은 곳에서 끓어오르기 시작했다.

삶의 이유인 승재였다. 모든 것을 걸고 지켜 내야 하는 이유로 충분했다.

그로부터 정확히 3일 뒤, 도연은 디어프렌즈 한지윤 대표를 만날 수 있었다. 승재의 고등학교 동창이니 긴히 만나 달라는 말에 한 대표는 너무도 흔쾌히 약속에 응해 주었다.

도연은 미리 약속 장소에 나가서 한 대표를 기다렸다. 재벌가 자제들의 모임부터 시작해서 차 교수가 데려갔던 교수 가족 모임, 그룹 계열사의 공식 행사 등, 어린 나이지만 도연이 접한 사회는 꽤 넓은 편에 속했다.

하지만 넓고 얕고 세속적인 자리만 있었을 뿐, 이처럼 진심으로 사람을 살피고 설득해야 하는 자리는 처음이었다. 강단 있게 한 대표에게 연락하고, 이 자리에 나오기는 했지만 일을 그르칠까 싶어서 가슴이 떨렸다.

"오래 기다렸어요? 차도연 씨 맞죠?"

호텔 I 정원 조경은 무척이나 아름다운 편에 속했다. 굳이 따지자면 프랑스식 정원에 가까운 모습이었다. 카페 유리창 밖으로 보이는 정원에 돋아나는 연둣빛에 시선을 두고 있는데, 나직한 목소리가 들려왔다.

승재의 목소리가 낮고 청아한 편에 속한다면, 이 남자는 음성에서부터 지적인 아우라가 느껴졌다. 도연은 남자 쪽으로 고개를 돌리며 자리에서 일어났다.

"처음 뵙겠습니다. 차도연입니다. 오래 기다리지는 않았어요."

대면한 남자의 모습을 보고 도연은 흠칫 놀랐다. 이 자리에 나오기 전 한지윤이 어떤 사람인지 알아보기 위해 인터넷에서 찾아본 정보는 그악스러웠다.

[메이저리그 구단, 한지윤을 악마로 칭한다]

[올해도 프로 야구 이적 시장을 혼란에 빠뜨린 단 한 명의 에이전트]

[다저스 감독, 에이전트 한 맹비난]

그에 대한 언론의 평가는 대충 이러했다. 그는 말 그대로 선수를 사고파는 장사꾼의 부류에 속하는 사람이었다. 선수가 오랫동안 소속되어 있던 팀을 저버리고 라이벌 팀으로 이적하는 것을 도와서 구단의 맹비난을 받은 것은 물론이거니와 돈이 되지 않을 때는 절대 움직이지 않는다는 악평을 달고 사는 남자였다.

평이 좋지 않았기 때문일까? 심술궂게 생긴 아저씨가 나올 거라고 예상했었는데, 한지윤은 의외로 특출나게 근사한 외모를 가지고 있었다.

"앉죠."

그는 사무적인 미소를 머금으며 도연에게 앉을 것을 권했다. 도연은 묵례로 대답을 대신하고는 자리에 앉았다.

"날 보자고 한 특별한 이유가 있는 것 같은데."

주문을 마치자마자, 그는 단도직입적으로 본론을 꺼내 들었다. 유승재 친구가 한가로이 노닥거리자고 자신을 불러냈을 리는 없으니 어서 할 말을 하라는 투였다. 어떤 말부터 꺼내야 할지 고심했었다. 그러다 결국 진심을 호소하는 방법이 가장 잘 통할 거라는 결론을 내렸다.

"승재가 어떤 환경에서 축구 선수 생활을 해 왔는지 아세요?"

도연은 최대한 조심스럽게 질문을 던졌다. 그러자 그가 눈을 가늘게 뜨며 도연을 가늠하듯 바라보았다.

"어떤 의미의 환경을 말하는 거죠?"

그는 에둘러 말할 필요 없다는 듯이 되물었다.

"승재 누나가 승재를 어렵게 키워 왔어요. 승재도 누나를 무척 아끼고요. 만약 승재에게 아킬레스건이 있다면 그건 누나일 거예요."

이쯤에서 적당한 경고가 필요했다. 승재의 누나에게 위해가 가해지면 당신의 돈줄인 승재가 단번에 무너져 내릴 수도 있다는 뜻을 전하기 위해 입을 떼려는 순간이었다.

"승현이 아니, 유승재 선수 누나가 유승재 선수에게 어떤 의미인지는 나도 잘 알고 있고. 선수 가족을 보호해서, 선수가 경기에 전념할 수 있게 하는 것도 에이전트의 역할 중 하나죠. 그런데."

그의 눈빛이 형형하게 빛나는가 싶더니 돌연 목소리 톤이 변했다.

"에이전트로서 내 자질을 의심하는 건지, 에이전트가 무슨 일을 하는 사람인지 모르는 건지, 아니면 나를 그냥 장사꾼으로 취급하는 건지 모르겠지만. 유승재 아킬레스건이 누나라고 경고하는 차도연 씨는 누구죠?"

"말씀드렸다시피 고등학교 동창이에요."

그가 웃었다. 그 웃음은 마치 다 알고 있는데 이러지 말라는 의미 같았다.

"올 초에 승재가 나한테 개인적인 부탁을 하나 했어요."

어떤 부탁이냐고 묻는 대신 도연은 잠자코 그의 말이 이어지기를 기다렸다.

"휴대전화 번호를 하나 알려 주더라고요. 묻지도, 따지지도 말고 이 번호로 연락이 오면 무조건 도와주라고. 누군지도 알려 주지 않고, 그냥 도와주라는 말만 했어요."

그는 더 진한 미소를 머금으며 도연을 응시했다.

"그런데 정확히 3일 전에 그 번호로 전화가 걸려 왔어요, 차도연 씨. 지금은 그 당사자가 내 앞에 앉아 있고."

지난 1월 1일 새벽녘에 집 앞에서 승재가 했던 말이 머릿속을 스쳤다.

'내 에이전트야. 내 신변과 관련된 모든 일을 도맡아 해 주는 사람이야. 무슨 일 생겼는데, 혹시 내가 훈련 중이라 연락 안 되거나 하면 여기로 전화해. 알겠지?'

에이전트의 연락처를 알려 주며 승재는 그렇게 말했었다. 에이전트 한지윤의 연락처를 도연이 알고 있었던 것도 이런 이유에서였다.

"단순한 고등학교 동창이라면 나한테 연락처를 알려 줬을 리가."

승재는 에이전트 한지윤을 전적으로 믿고 있는 듯한 눈치였다. 하지만 도연은 아직 그를 믿어야 하는지, 말아야 하는지 판단이 서질 않았다. 그악한 언론 보도가 판단을 보류하는 데 크게 작용했다.

"유승재 선수 에이전트로서 물을게요. 승재하고는 어떤 사이예요?"

에이전트인 그가 승재의 여자 친구에 대해 어떤 반응을 보일지 알 수 없어서 대답을 내놓기가 꺼려졌다.

"그럼, 승재의 에이전트가 아니라 유승현 그러니까 승재 누나를 지켜야 하는 남자로서 물을게요. 승재하고는 어떤 사이예요?"

뒤통수를 한 대 얻어맞은 듯 어안이 벙벙했다.

유승재의 에이전트가 아니어도……. 유승재의 누나를 지켜야 하는 남자?

그는 확고하고 단호한 시선으로 도연을 바라보았다. 도연이 부러 언급하지 않아도 승재의 누나는 자신이 지켜야 하는 여자라고 말하고 있었다. 그가 얼굴에 미소를 머금은 채로 말을 이어 나갔다.

"오늘 나 만나러 온 거 승재는 모르죠? 내가 모른 척해야 하는 것도 맞죠?"

도연은 저도 모르게 얼른 고개를 끄덕거렸다.

나는 유승재와 사귀고 있고, 저쪽은 그러니까 유승재 누나랑 만나고 있는 사이면……?

우리 잘하면 가족이 될 수도 있는 사인가? 이렇게 동시에 사귀고 있으면 결혼은 나이가 많은 쪽이 먼저 하게 되나? 나도 빨리하고 싶은데…….

도연의 지나친 상상력이 이 순간 갑자기 모습을 드러냈다. 그리고 순간 얼굴이 화르륵 달아오르고 말았다. 미쳤나 보다. 심각한 이야기를 하는 순간에까지 유승재와의 알콩달콩하고, 야릇 미묘한 상상을 해 버렸다.

그리고 불확신과 확신 사이에서 저울질하던 도연의 마음이 단번에 확신 쪽으로 기울었다. 단순한 에이전트로서의 자질을 어렵게 가늠해야 하나 싶었는데, 승재의 누나를 사랑하는 입장이라면 절대 승재에게 해가 되는 행동을 할 리가 없었다.

그가 도연의 표정을 한 번 살피더니 크게 터져 나올 것 같은 웃음을 간신히 참는 듯한 얼굴로 입을 열었다.

"모른 척할 테니까 걱정하지 말고요. 근데 날 일부러 만나면서까지 누나 이야기를 할 만한 이유가 따로 있었어요?"

뒷말을 물을 때는 그의 표정이 다소 진지해졌다. 도연은 자신이 누군지, 이름뿐 아니라 출신 배경도 밝혀야겠다는 생각이 들었다. K리그를 후원하는 금융지주회사 회장의 손녀이며, 아버지가 언론사를 움직이려 하고 있다는 말에 그의 미간에 미세한 주름이 잡혔다. 자신이 예상했던 것보다 문제가 심각하다고 여기는 듯했다.

"그래서 차도연 씨 때문에 유승재 선수를 뒤흔들어 놓을 수도 있다?"

도연은 고개를 끄덕거렸다.

"그럼 차도연 씨가 유승재 선수 곁에서 물러날 생각은 안 해 봤어요?"

이제까지도 다정하거나 자상한 목소리는 아니었지만, 이렇게 차가운 목소리를 내지는 않았었다. 그는 날 선 목소리로 질문했고, 도연은 잠시 머뭇거렸다.

그런 생각을 단 한 번도 하지 않았다고 하면 거짓일 것이다. 자신이 승재의 곁을 떠나기만 한다면 승재는 굳이 차 교수에게 괴롭힘당할 이유가 없었다. 하지만 도연은 승재가 없는 삶을 상상할 수가 없었다. 이제는 삶의 전부가 되어 버린 승재의 곁을 떠나서 사는 것은 죽은 것과 다름없었다.

마치 승재에게 있어 가장 큰 위협 요소를 바라보는 것처럼 그의 시선이 날카로웠다. 따갑게 찔러 오는 그의 시선을 오롯이 받아 내며, 도연은 조심스레 입을 열었다.

"그럴 수가 없어요. 이기적이라고 생각하셔도 어쩔 수 없어요."

목울대를 타고 뜨거운 기운이 왈칵 밀려 올라와서 도연은 잠시 숨을 골랐다. 물기 어린 목소리를 내고 싶지는 않았다. 이제 갓 스무 살이 된 여자애가 사랑에 눈이 멀어서 철없이 구는 것처럼 보이고 싶지도 않았다.

절박하게 승재의 곁을 지키고 있다는 사실을 그가 알아주었으면 했다. 승재에게 문제가 생긴다면, 혹은 승재의 곁에 있는 동안 자신에게 문제가 생긴다면 도움을 요청할 수 있는 사람은 에이전트 한지윤뿐이었다.

"승재가 없으면, 제가 못 살거든요."

그는 한숨을 한 번 몰아쉬더니, 가슴 앞으로 팔짱을 끼고는 의자에 깊숙이 기대어 앉았다. 복잡한 내용을 정리하는 듯 그는 골몰한 표정이었다. 잠시간의 침묵이 흐르는 동안 도연은 갈증이 일다 못해 목구멍이 바짝 타들어 가는 듯했다.

"겁이 없다고 해야 하나, 용감하다고 해야 하나. 내가 선수들 팔아먹는 나쁜 놈이면 어쩌려고 그랬어요?"

도연은 입 안쪽 말랑한 살을 짓씹었다.

"나쁜 놈이었으면, 승재한테 조심하라고 경고하려고 했죠."

"이제 내가 나쁜 놈이 아니라는 확신은 들고요?"

"나쁜 놈이 아니라는 확신이 드는 게 아니라……. 승재 누나에 대한 대표님의 마음을 믿는 거예요."

차분하게 내뱉은 대답에 그가 동요하는 듯 눈썹을 꿈틀거렸다.

"그러니까 나도 유승재 선수에 대한 차도연 씨의 마음을 믿어 달라?"

도연은 고개를 끄덕이는 것으로 대답을 대신했다. 그는 한숨을 한 번 폭 내쉬더니 이제껏 봐 온 얼굴 중에서 가장 편안한 미소를 지으며 말을 이었다.

"에이전트는 원래 선수와 관련한 언론 관리도 하는 사람이에요. 그리고 승재 누나에 관한 이야기가 팬들 사이에서 퍼지고 있는 건 알지만, 굳이 그게 언론에까지 보도되는 건 나도 원하지 않고."

점점 그가 믿음직스러워졌다.

"거기에 더해서 유승재 선수 여자 친구와 관련한 보도가 나오는 것도 지금은 곤란하겠죠?"

도연은 그렇다며 고개를 끄덕거렸다.

"나는 내 선에서 최선을 다할 거예요. 근데 차도연 씨는 괜찮겠어요?"

그는 도리어 도연의 처지를 걱정했다.

"걱정 마세요. 제 쪽은 제가 알아서 해 볼게요."

심장이 쿵쿵 울렸다. 마주 앉은 남자에게서 느껴지는 아우라에 조금 위축이 되기는 했으나, 도연은 굳게 마음을 먹으려 애썼다.

"내가 도울 일 있으면 연락 주고요."

"네."

"그리고 하나만 약속해요."

그가 웃음기를 걷어 낸 진지한 얼굴로 도연을 마주했다.

"나는 승재를 무너뜨릴 수 있는 사람이 승재 누나라고 생각했어요. 그런데 차도연 씨도 그럴 수 있다는 거 알죠?"

"무슨 뜻이에요?"

"차도연 씨랑 헤어지면 승재가 많이 힘들어할 거라고. 그러니까 우리 처남 잘 부탁한다는 의미랄까?"

능청스럽게 말하는 모습이 그의 이미지와 퍽 어울리지 않아서 도연은 잠시 벙찐 표정을 짓고 말았다.

승재가 저 남자한테 처남이 되면, 나는 저 남자를 뭐라고 불러야 하는 거지?

도연이 미간을 찌푸리며 열심히 가족 관계도를 그리고 있을 때였다.

"웃으라고 한 얘긴데, 좀 웃죠?"

그가 안타깝다는 얼굴로 도연을 바라보았다. 그제야 도연도 잔뜩 굳었던 표정을 풀고 어슴푸레한 미소를 머금었다. 우려했던 것과는 달리 에이전트 한지윤이 좋은 사람인 것 같아서 다행이었다. 승재를 지켜 줄 수 있는 이가 한 명 더 있다는 사실에 안심이 되었다.

그리고 문득 승재가 사무치게 그리웠다.

한지윤과 헤어진 도연은 호텔 앞에서 모범택시에 올랐다. 살면서 이토록 충동적인 행동을 한 건 처음이었다. 당장에 승재를 보지 않으면 못 견딜 것처럼 심장이 두근거리고, 저미고, 욱신욱신했다.

"강산 FC 구장으로 가 주세요."

도로가 막히지 않으면 서울에서 구장까지는 한 시간이 걸리는 거리였다. 기사가 도연을 흘끗 한 번 보고는 고개를 끄덕거렸다.

신애가 팬카페 가입 일정을 귀띔해 준 덕분에 도연도 팬카페에 가입해 조용히 활동 중이었다. 그렇다고 게시물을 자주 올리거나, 댓글을 다는 등의 활발한 활동을 하지는 않았다. 단지 등업을 위한 최소한의 글만을 올렸을 뿐이었다. 혹시나 나중에라도 자신이 팬카페에서 활동했다는 사실을 들키면 곤란해질 수도 있으니 말이다.

만약을 위해 대비해야 할 것이 너무도 많았다. 그만큼 조심스러워졌고, 애틋해졌다. 도연은 자신의 존재가 승재에게 어떤 위해도 되지 않기를 바랐다.

서울을 떠난 택시는 1시간 20여 분이 지나서야 강산 FC 홈구장에 도착했다. 홈구장 근처에는 연습구장과 선수들의 숙소가 있었고, 도연은 팬카페에 올라와 있는 안내도를 보며 기사에게 연습구장으로 가 달라고 부탁했다.

　연습구장에 다다르자, 삼삼오오 모여 있는 팬 무리가 보였다. 다들 철망으로 된 펜스에 게딱지처럼 다닥다닥 붙어 서서 선수들이 연습하는 모습을 구경하는 데 여념이 없었다.

　"유승재 대박! 찍었어? 방금 그거 찍었어?"

　커다란 망원렌즈가 달린 전문가용 카메라를 들고 있는 무리가 호들갑을 떨어 댔다. 그런데 그때 승재가 이쪽으로 시선을 확 돌렸다. 그러고는 고개를 갸우뚱 기울이더니 성큼성큼 다가왔다.

　팬들은 새된 비명을 지르기 시작했고, 도연은 마른침을 넘기느라 목이 욱신거렸다.

　다가오는 승재의 시선이 정확히 도연을 향해 있었다.

　쟤가 미쳤다고, 지금! 여기가 어디라고 와!

　도연이 인상을 팍 구기며 승재를 응시했지만, 승재는 아랑곳하지 않는 듯했다.

　"야, 사진 어떡해?"

　"유승재 졸라 열받은 거 같은데?"

　도연의 앞에 서 있던 두 명의 팬이 우왕좌왕하기 시작했다. 언뜻 이야기를 들어 보니 팬들끼리 승재의 미공개 연습 사진을 거래하는 과정에서 문제가 생긴 적이 있었다고 했다. 사진을 찍는 무리가 승재의 사진을 팔았는데, 사진을 사 간 쪽에서 미공개 사진이 아니라며 사기꾼으로 몰았고, 일이 커져서 경찰서에까지 들락거리게 되었다고 했다.

"지난번에 유승재 선수가 팬카페 운영진한테 사진 찍는 거 자제해 달라고 부탁했었대."

"어떡하지? 사진 잘 찍혔어?"

"졸라 예술이야."

카메라를 들고 있던 여자가 옆에 선 여자에게 사진을 보여 주며 혀를 내둘렀다. 승재가 티셔츠를 걷어 올려 얼굴의 땀을 닦는 순간에 찍힌 사진이라며 여자들이 떠들어 댔다.

"복근 봐! 와, 장난 아냐!"

도연의 눈썹이 꿈틀 움직였다. 그러니까 이 여자들은 승재의 벗은 몸을 찍은 사진에 환장하는 거였다.

나도 환장하겠다!

아무리 남자 친구가 운동선수라고 한들, 일면식도 없는 이들이 남자 친구의 몸을 보고 침을 흘리고 있다면 당연히 기분이 나쁜 법이다.

"어떡하지? 유승재 이쪽으로 오는데?"

"사진 보여 달라고 하면 어떡해? 지워?"

"야, 그걸 왜 지워!"

그리 말하며 주위를 두리번거리던 여자와 도연의 시선이 딱 마주쳤다.

"저기요. 여기 처음 오셨죠? 저희 매일 오는데, 처음 보는 얼굴이라."

정성이 참 갸륵한 팬들이었다. 도연은 겨우 한 달에 두어 번 승재의 얼굴을 볼까 말까인데, 이들은 매일같이 이곳에 와서 승재의 얼굴을 보고 있었다.

나도 유승재 여자 친구 하지 말고, 팬질이나 할까 보다.

"네, 처음 왔어요."

도연의 대답에 여자가 친구의 카메라를 뺏어 들고는 SD 메모리카드를 빼내서 도연에게 건넸다.

"이것 좀 맡아 주세요. 유승재 선수가 처음 보는 사람한테는 말 잘 안 걸거든요. 은근 낯을 가리는 성격이라서요."

서로 알몸까지 본 마당에, 승재가 도연에게 낯을 가리면 미친놈인 거다. 승재와 도연의 관계를 알 리 만무한 팬들에게 도연은 어색하게 웃어 보인 뒤 메모리카드를 받아 들었다.

그러니까 이 메모리카드 안에 유승재 복근 사진이 있다? 이걸 확 부숴 버릴까?

잘생긴 외모 때문에 유독 여자 팬들이 많은 승재였다. 승재가 입단하고 난 뒤 강산 FC는 여성 팬들을 위한 이벤트를 따로 열 정도였다.

팬들이 아무 일도 없었다는 듯이 대열 정비를 마쳤을 즈음, 승재가 펜스 가까이로 다가왔다. 도연은 본능적으로 승재에게 가까이 가기 위해 펜스가로 다가섰다. 순간 봄바람이 살랑 불어왔고, 바람결에 실려 온 승재의 진한 체취가 코끝을 스쳤다. 숨이 턱 막힐 만큼 관능적이고 매혹적인 체취에 도연은 잠시 숨을 멈추었다.

"죄송한데, 사진은 자제해 주셨으면 해서요."

그리 말하는 승재의 시선이 도연을 흘끗거렸다. 그러고는 승재가 엷은 미소를 머금으며 입술을 비틀었다. 멀리서는 도연의 존재를 긴가민가해 하는 눈치였는데 가까이에 와서 도연의 존재를 확인하고 나자 표정 관리가 되지 않을 정도로 좋아 죽겠다는 얼굴이었다.

멍청아, 너 지금 얼굴 다 티 나잖아!

그런데 팬들은 자신들을 향해 친근한 미소를 보여 주고 있다고 생각했는지, 덩달아 좋아 죽겠다는 얼굴로 승재에게 카메라를 보여 주며 말했다.

"죄송해요. 근데 제가 깜빡하고 메모리카드를 놓고 와서 오늘 사진 하나도 못 찍었어요."

거짓말을 어찌나 잘하는지 손안에 메모리카드를 숨기고 있던 도연도 하마터면 깜빡 속을 뻔했다.

"그래요? 내가 괜한 오해를 했네요. 앞으로도 연습구장 사진은 자제 부탁드릴게요."

"어머! 연습하시는 사진 찍는 거 싫어하시는 줄 몰랐어요. 주의할게요! 죄송합니다!"

여자가 과장된 말투로 사과를 하며 연신 고개를 조아렸다.

"죄송해요. 저희 정말 몰랐어요."

급기야 옆에 있는 여자는 눈물까지 글썽거렸다. 그러자 승재가 당혹스러운 얼굴로 두 사람을 번갈아 보았다가, 도연을 흘끗거렸다. 자신이 못되게 군 건 아니라고, 도연에게 항변하는 것처럼 보였다.

굳이 나한테 그럴 필요는 없는데.

승재는 이 순간에도 도연에게 미운털이 박힐까 봐 노력하는 듯 보였다. 도연은 그 모습을 그저 흐뭇하게 바라보았다.

저 남자가 내 남자구나.

겨우 복근에 놀라는 여자들에게 말해 주고 싶었다.

복근보다 더 훌륭한 건 올라붙은 엉덩이라고.

진짜 미쳤나 보다. 순간 승재의 아랫도리를 상상하고 말았고, 갑자기 열기가 훅 올라왔다. 도연이 남모르게 더운 숨을 몰아쉬는 사이, 승재가 곤란한 얼굴로 입을 열었다.

"그렇게 사과하실 일은 아니고요. 괜찮아요. 여기까지 찾아와 주셨는데, 도리어 제가 이런 부탁 드려야 해서 죄송하죠."

승재가 예의 바르게 사과의 말을 건넨 순간이었다.

"그럼요. 오빠, 죄송하시면요."

오빠? 오오빠아? 딱 보기에도 20대 중반은 넘어 보이는 외모인데, 무리는 뻔뻔하게 승재를 오빠라고 불렀다. 승재가 웃음기를 머금은 얼굴로 짧게 되물었다.

"네?"

누가 그랬다. 남자들은 '오빠'라는 호칭에 환장한다고.

웃음기를 머금은 승재를 지켜보는 도연도 미치고 환장할 지경이었다.

오빠 소리가 그렇게 좋냐, 유승재? 너 죽었어!

갑자기 배알이 꼬이기 시작했다. 어릴 때부터 인기가 많았던 승재였고, 연습구장 펜스에 팬들이 매달려 있는 건 어제오늘 일이 아니었다. 고등학교 때도 여자애들을 몰고 다니던 승재였다.

하지만 그때는 이렇게 폭풍 질투가 휘몰아치지 않았다. 도연은 끓어오르는 감정을 누그러뜨리려 애쓰며 승재를 쏘아보지 않기 위해 노력했다. 정말이다. 노력했다. 그런데 눈가가 저절로 뾰족해졌고, 입술은 샐쭉 튀어나왔다.

"그거 저 주시면 안 돼요?"

여자가 손가락으로 가리킨 건 승재의 목에 둘러 있는 일회용 스포츠 타월이었다.

"다 젖은 것 같은데, 어차피 일회용이라 버리실 거잖아요. 제가 버려 드릴게요!"

지랄을 하고 자빠졌네, 진짜.

도연은 어울리지 않게 속으로 욕지거리를 내뱉었다. 아무리 일회용이라고 한들, 승재의 체취가 잔뜩 묻어 있는 스포츠 타월을 저들이 버릴 리가 없었다. 아마 신줏단지 모시듯 모시고 살 게 분명했다.

냄새 맡으면서 이상한 짓 하는 변태들은 아니겠지?

승재는 제 목에 둘린 스포츠 타월에 손을 올리고는 만지작거렸다. 승재도 이런 일은 처음 겪는지 당황한 눈치였다.

주지 마, 승재야! 더럽다고 하고, 주지 마! 이 아줌마들 변태 같아! 네 벗은 몸 찍은 사진도 나한테 있단 말이야!

그런데 승재는 도연이 고요 속에서 외치는 소리를 듣지 못하고 목에 두른 타월을 풀어내기 시작했다.

아, 유승재 저거 안 되겠네?

승재는 머쓱한 얼굴로 카메라를 들고 있던 여자에게 풀어낸 타월을 내밀었다. 뒤에서 그 모습을 바라보고 있는데, 여자에게서 음흉한 아우라가 마구 샘솟았다.

너는 이 변태스러운 아우라가 안 보이니, 승재야?

도연이 한숨을 집어삼켰다.

"감사합니다! 정말 감사합니다."

두 여자가 고개를 깊이 숙이며 감사 인사를 건네는 순간이었다. 승재가 도연이 서 있는 쪽을 흘끗 바라보며 입 모양으로 말했다.

'전화할게.'

도연이 얼른 고개를 끄덕거리는데, 누군가 연습구장 안쪽에서 승재에게 빨리 오라며 소리쳤다. 승재는 팬들에게 인사를 한 뒤 다시 구장 안으로 뛰어 들어갔다.

"대박. 이거 완전 대박이다."

혹시나 했던 게 역시나였다. 두 여자는 승재의 체취가 짙게 배어나는 수건에 번갈아 가며 코를 박은 채로 크게 숨을 들이켰다.

"미쳤어, 진짜 미쳤다!"

"진짜 유승재 졸라 섹시해. 어떻게 땀 냄새도 섹시하지?"

도연은 매서운 눈빛으로 두 여자가 어디까지 하나 지켜보았다.

"유승재랑 자 보면 소원이 없겠다."

"졸라 잘할 것 같지 않냐? 저 허벅지 봐. 허리 힘도 대박일 텐데!"

"아, 맞다! 사진."

타월에 정신이 팔려 있던 이들은 그제야 메모리카드 생각이 났는지 도연을 돌아보았다.

"저기요, 아까 맡긴 거 주실래요?"

어떡하지? 주기 싫은데.

도연은 잠시 머뭇거리다가 입을 뗐다.

"저한테 그 수건이랑 이 메모리카드 파실래요?"

"네?"

여자가 황당하다는 듯이 되물었다.

"사례 충분히 할게요."

"싫은데요."

여자들은 이래서 뜨내기는 싫다는 둥, 같이 팬질하는 처지에 양심도 없다는 둥, 룰도 모른다는 둥 도연에게 훈계를 퍼부었다.

이것들이 어디서 유승재 여자 친구를 고나리하고 지랄이야!

이와 비슷하게 외치던 신애의 목소리가 귓전을 스쳤다.

"이 정도면 될까요?"

제 입으로 액수를 말하는 것이 좀 겸연쩍어서 도연은 휴대전화 메모장에 액수를 찍어서 보여 주었다. 그들은 도연이 내민 휴대전화를 한 번 보고는 서로의 얼굴을 바라보았다.

"진짜 이만큼 줄 거예요?"

"네."

도연이 단호하게 대꾸하고는 말을 이었다.

"계좌 번호 주세요. 바로 입금해 드릴게요."

대기업 회사원 두 달 치 월급은 되는 액수였다.

도연은 돈으로 일을 무마시키는 것을 그리 좋아하지 않았다. 돈 많다고 유세 떠는 이들도 정말 싫었다. 그런데 그 돈지랄을 지금 도연이 하고 있었다.

유승재의 벗은 사진과 유승재의 체취가 묻은 일회용 타월이 화근이었다. 두 여자는 저들끼리 속닥거리더니 고개를 끄덕이고는 도연 쪽을 바라보며 입을 열었다.

"좋아요."

"계좌 주세요."

도연이 둘 중 한 명의 계좌에 돈을 입금한 뒤 메모리카드와 타월을 손에 넣은 직후였다. 스마트 뱅킹 화면이 순식간에 통화 수신 화면으로 바뀌었다. 발신인은 당연히 승재였다.

멍청이. 죽었어, 너!

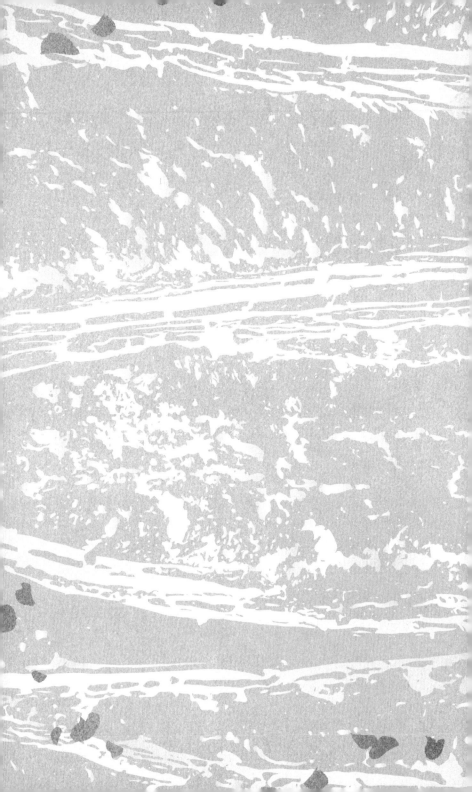

Round. 8

이별을
말하는
방법

"여보세요."

늘 반가워 죽겠다는 목소리로 전화를 받던 도연이었다. 그런데 오늘은 서슬 퍼런 목소리가 흘러나왔다.

— 아, 아직 거기……. 팬들이랑 같이 있어?

도연 앞에서 자신이 저지른 엄청난 잘못을 알고 있는 건지, 승재의 목소리는 평소보다 많이 누그러들어 있었다. 도연은 승재의 연습이 끝났다는 주위 팬들의 말을 듣고 그들이 움직이는 방향으로 정처 없이 걸음을 옮기는 중이었다.

"아니."

— 그럼?

"이제 집에 가려고."

뾰로통한 목소리가 저절로 흘러나왔다. 지금은 승재와 전화 통화를 하는 것도 신경질이 났다.

너는 여자 친구가 보는 앞에서, 어?

마구 소리를 지르며 따져 묻고 싶은 마음이 굴뚝같았지만, 도연은 우아하게 삐지는 방법을 택했다.

— 나 외출증 끊었어.

그런데 뒤이은 승재의 대답에 도연의 심장이 물색없이 콩닥거리기 시작했다.

"그게 뭔데?"

도연은 외출증이 의미하는 바를 뻔히 알고 있으면서 되물었다.

— 외출했다가, 0시까지 구단 숙소로 복귀하면 돼.

아까부터 콩콩거리는 심장 때문에 떨리는 목소리가 나올 것만 같아서 도연은 잠시 숨을 골랐다. 분명 삐진 내색을 해야 하는데, 당장 승재가 자신을 보러 나온다고 하니까 좋아서 미쳐 버릴 것만 같았다.

나 참 속도 없다.

도연은 목소리를 죽인 채로 입을 열었다.

"이 동네에서 너 모르는 사람 있어? 너 어떻게 돌아다니려고."

대한민국의 수도가 서울이라면, 대한민국의 축구 수도는 강산시라고 외치는 시민들이었다. 그만큼 축구에 대한 열정이 높은 도시였고, 지난 개막 경기에서 선취골과 도움을 기록하며 팀을 승리로 이끈 승재는 강산시의 떠오르는 스타였다.

— 그러니까. 내가 데리러 갈게.

알아보는 사람이 많다고 하자 데리러 온다는 소리를 하는 건 대체 무슨 뜻인가 싶었다.

"어디로?"

인적이 드문 곳이 있나 싶어서 도연은 약속 장소를 물었다.

— 구장 건너편에 보면 강산 초등학교로 들어가는 큰 골목이 있어. 거기로 들어가서 나오는 첫 번째 버스 정류장에서 기다려. 금방 갈게. 너랑 아마 비슷하게 도착할 거야.

"버스 정류장이면 사람 많을 텐데?"

— 괜찮아. 못 알아보도록 하고 갈게. 나 인제 준비하고 나간다. 끊어.

못 미더워서 돌아가실 지경이었다. 팬들이 타월 달란다고 타월 주고, 오빠 소리에 실실 웃었던 놈이 못 미더워서 미치고 환장하겠다. 그런데 별수가 없었다. 강산시 지리를 잘 모르는 도연으로서는 다른 방법을 찾기가 어려웠다.

도연은 하는 수 없이 승재가 알려 준 곳으로 걸음을 옮겼다. 구장 정문에서 8차선 도로를 건너니 강산 초등학교라고 쓰인 표지판이 보였다. 승재는 골목이라고 말했지만, 차량 통행이 많은 4차선 도로였다.

초등학교 저학년 아이들이 학원 수업을 마치고 귀가할 시간이었고, 중학생 아이들은 수업을 마치고 나올 때였다. 당연하게도 버스 정류장은 교복을 입은 무리로 북새통을 이루고 있었다. 대체 이 많은 인파가 몰려 있는 곳에 어떻게 오겠다는 것인지 한숨이 비어져 나왔다.

도연은 버스 정류장 바로 옆에 서서 승재가 오기만을 초조하게 기다렸다. 사람들이 많이 오가는 보도블록 위를 샅샅이 뒤져 봐도 승재의 모습은 코빼기도 보이질 않았다. 키가 크고 덩치가 좋아서 모자를 눌러쓴다고 한들 승재는 확연히 눈에 띄었다.

하지만 눈을 씻고 찾아봐도 비슷하게 생긴 또래 남자조차 없었다.

어떻게 된 거야, 대체.

승재를 만날 수 있다는 사실에 가슴이 두근거리는 한편, 너무 대책 없이 나오는 것 같아서 불안해졌다.

도연이 끊임없이 주변을 두리번거리고 있을 때였다. 도연이 서 있는 도로 앞으로 비상등을 켠 검은색 세단 한 대가 멈춰 섰다.

아주 짧게 경적 소리가 울렸다. 도연은 차에 한 번 시선을 두었다가 이내 다시 보도블록 쪽으로 시선을 옮겨 갔다.

"왜 안 와."

도연이 시간을 확인하려 휴대전화를 꺼내 든 순간, 승재에게서 전화가 왔다.

"너 왜 안 와?"

— 얼른 타.

왜 안 오냐는 질문에 동문서답을 하는 승재 때문에 도연은 잘못 걸려 온 전화를 승재로 착각했나 싶어서 휴대전화 화면을 한 번 확인했다.

— 이상한 의심 하지 말고, 얼른 타라고.

"뭐? 버스 타라고? 지금 오는 거? 5426번?"

— 멍청이.

누가 누구보고 멍청이래!

승재가 키득키득 웃는 소리가 들려왔다. 곧이어 앞에 선 차에서 짧은 경적 소리가 한 번 더 울렸다.

— 여기 얼른 타라고.

앞에 서 있는 차에 승재가 타고 있는 듯했다.

"검은색 차?"

— 어. 빨리 타. 시간 없어.

도연은 성큼성큼 다가가 뒷좌석 문을 열고 얼른 차에 올라탔다. 승재가 당연히 뒷좌석에 있을 거라고 생각했다.

"누가 부잣집 아가씨 아니랄까 봐. 뒤에 타네?"

승재의 목소리가 들려온 곳은 운전석 쪽이었다. 도연이 휘둥그레진 눈으로 승재를 바라보았다. 룸미러를 통해 시선이 마주쳤고, 웃음을 머금고 있는 승재의 눈가가 보였다.

"차를 샀어?"

도연이 화들짝 놀라서 물었다. 경제학 교수인 부친에게 아주 어릴 적부터 경제 교육을 받아 온 도연이었다. 아무리 프로 데뷔를 했다고 한들, 승재가 차를 몰고 온 걸 이해할 수가 없어서 나무라는 목소리가 튀어나왔다.

"아니. 리스야. 에이전시에서 해 준 거. 필요할 때 쓰라고."

"아."

그나마 다행이었다. 그런데 다른 걱정거리가 스멀스멀 고개를 들기 시작했다.

"너 운전할 줄 알아?"

"왜, 내가 설마 무면허로 운전할까 봐?"

"면허증만 있다고 운전해? 너 진짜 운전할 줄 알아?"

승재가 대답은 하지 않고 빙그레 웃으며 차를 출발시켰다.

"얼른 대답해."

도연이 승재를 채근하는 투로 말했다.

"벨트부터 매."

그러자 승재 또한 도연을 나무라는 투로 대꾸하고는 말을 이었다.

"나 몸으로 하는 건 다 잘하잖아. 그래서 운전도 잘해."

승재가 한 말에 도연의 얼굴이 화르르 달아올라 버렸다. '몸으로 하는 건 다 잘한다'는 의미를 도연은 또 제멋대로 확대 해석 해 버렸다.

축구도 잘하고, 운전도 잘하고, 그것도 잘하고.

갑자기 훅 열기가 치솟아서 더운 숨을 참아 내느라 도연의 미간이 살포시 일그러졌다.

"몸으로 하는 것 중에서 내가 제일 잘하는 게 뭐야?"

승재가 은근한 목소리로 물어 왔다. 도연은 조수석 뒷좌석에 앉은 채로 입을 꾹 다물어 버렸다. 또 뭐라고 대답했다가는 승재한테 말려 버릴 것만 같아서 가만히 있는데, 승재가 웃음기 섞인 목소리로 나무랐다.

"차도연, 상상 그만하고."

"상상 안 했거든!"

"근데 얼굴이 왜 그렇게 빨개? 내가 축구할 때가 그렇게 멋있어?"

아, 진짜 못 당해 내겠다. 가끔 승재가 작정하고 도연을 놀려 먹겠다고 덤비면 당해 낼 재간이 없었다.

"유승재 진짜 못돼 처먹었어!"

"야, 나 오늘 진짜 욕 많이 먹으면서 외출증 끊어 왔거든!"

승재가 억울함을 토로하며 한숨을 내쉬었다.

"아까 그건 뭐야? 그 타월은 왜 주냐?"

도연이 타월 이야기를 꺼내자 승재의 어깨가 움찔 떨렸다.

그래, 네 잘못을 네가 알겠지?

도연은 팔짱을 끼며 등받이에 등을 깊숙이 기대어 앉았다. 진짜 몸으로 하는 건 다 잘하는 건지, 운전한 지 얼마 되지 않은 것 같은데도 불구하고 승재의 운전 실력은 거슬리는 게 없었다.

"차도연."

승재가 나직한 목소리로 도연의 이름을 불렀다.

저런 목소리로 이름을 부르면 도연이 꼼짝도 못 한다는 사실을 승재는 알까?

도연은 부러 퉁명스러운 목소리를 내기 위해 노력했다.

"왜?"

아, 유치해서 미쳐 버릴 것만 같다!

사실 따지고 보면 그까짓 타월은 아무것도 아닌 거였다. 거기에 밴 체취는 곧 사라질 게 뻔했고, 그 여자들이 타월을 가지고 이상한 짓을 한다고 해 봤자, 그건 타월일 뿐 승재가 아니었다.

"너 질투해?"

승재의 목소리가 반쯤 들떠 있었다. 도연은 잠시 할 말을 잃어버렸다.

질투? 지일투우?

그래, 까짓것 질투인지 뭔지 그 유치한 거 한번 해 보자!

"그 사람들 우리보다 나이도 훨씬 많아 보였는데, 오빠라고 부르는 게 그렇게 좋았냐? 좋았어? 아주 입이 귀에 걸려서 내려오질 않더라? 왜, 나도 오빠라고 불러 줄까?"

"그러든지."

이 자식이 진짜!

능청스럽게 대꾸하는 승재는 여유가 흘러넘쳤다. 반면 도연은 숨을 씩씩 몰아쉬어야 할 만큼 약이 오른 상태였다.

"승재 오빠! 우리 어디 가? 도연이 배 많이 고픈데. 도연이 거기서 많이 기다렸어."

"알아보는 사람 많아서 차에서 못 내려. 여기 사거리 지나면 맥도날드 DT점 있어. 차에서 햄버거 주문할 거니까 운전석 뒤로 잘 숨어."

뻔뻔하게 대꾸하는데, 기가 막혀서 입이 떡 벌어졌다. 사거리를 지난 승재의 차는 맥도날드 DT점으로 진입했다.

"뭐 먹을래?"

"빅맥."

그래도 배는 고프니까 묻는 말에 대꾸는 해야 했다.

"빅맥 세트 두 개 주세요."

승재가 그리 주문하고는 주머니를 뒤지더니, 뒷좌석을 향해 고개를 돌렸다.

"야, 나 급하게 나오느라 지갑을 두고 왔어."

도연은 5만 원권 지폐 한 장을 꺼내서 승재의 손바닥 위에 올려 주었다.

내가 오늘 이놈 사진이랑 이놈이 버린 타월 사자고 얼마를 썼더라?

갑자기 계산 욕구가 치솟았다. 승재가 뒷좌석으로 빅맥 세트 하나를 넘겨주었다.

"일단 먹어."

도연은 꾸역꾸역 햄버거를 먹어 치웠다. 이 순간 더 기가 막힌 건, 화가 나는데도 배가 고파서 햄버거가 기가 막히게 맛있다는 거였다.

승재는 순식간에 햄버거를 먹어 치우고는 말없이 운전에만 집중했다. 도연이 햄버거를 거의 다 먹었을 무렵, 차가 으슥한 숲길을 지나 호숫가 앞에 멈춰 섰다. 잠시 침묵이 흐르는가 싶더니, 승재가 뒷좌석 쪽으로 고개를 돌리며 물었다.

"앞으로 올래, 내가 뒤로 갈까?"

그리 묻는 승재의 눈가가 붉었다. 처음 키스를 나누었을 때처럼, 그날 인천 그 호텔방에서처럼.

순식간에 반전된 분위기에 도연은 말없이 승재의 얼굴을 바라보기만 했다. 차창 밖으로 그날 인천 호텔에서처럼 노을이 깔리고 있었다. 평소 무채색을 띠고 있는 호수에 붉은 노을이 반영하여 반짝거렸다.

도연은 주변을 한 번 둘러보았다. 승재의 차를 제외하고는 차가 한 대도 없었다. 심장이 쿵쿵거리기 시작했다. 조금 전까지 유치한 대거리를 했던 걸 까맣게 잊을 정도로 차 안 공기가 밀도 높게 차올랐다.

"우리 도연이 많이 삐졌나 보네. 내가 뒤로 갈게."

그리 말한 승재가 벨트 버클을 풀고는 운전석에서 내려 뒷문을 열고 뒷좌석에 올라탔다. 극도로 긴장한 나머지 도연은 엉덩이를 뒤로 물리며 조수석 뒷좌석 문에 바짝 붙어 앉았다.

"어떻게 하면 풀릴까?"

승재는 도연의 곁으로 바짝 다가와서는 깊은 시선으로 도연의 얼굴을 빤히 들여다보았다. 따져 물을 말이 대단히 많았는데, 하나도 생각이 나질 않았다. 그새 샤워를 마치고 나왔는지, 승재에게서는 느른한 휴양지 바다 풍경을 연상케 하는 라임 향이 났다.

"아까 내가 얼마나 놀랐는지 알아? 너무 보고 싶어서 헛것 보는 줄 알았잖아."

승재가 다정한 목소리로 말을 이었다. 그냥 영원히 이렇게 차 안에서 마주 보고 앉아 승재의 목소리만 듣고 있어도 좋을 것만 같았다. 그 정도로 듣기 좋은 목소리였다.

"닮은 사람인가? 차도연이 여기 진짜 왔나? 여기 올 리가 없는데? 연락도 없이 무슨 일이지?"

떠올렸던 생각들을 말하는 승재의 미간이 좁아져 있었다.

"얼마나 걱정했는데."

이번에는 은근히 나무라는 말투였다. 도연은 승재가 말을 끝낼 때까지 일단 기다리기로 했다. 다정하고 다감하게 자신을 달래 주는 승재의 모습을 계속 보고 싶었다.

"아닌가 싶었는데, 정말 차도연이잖아?"

승재가 과장되게 놀란 표정을 지었다. 그러고는 두 손을 왼쪽 가슴 위에 포개며 고개를 비스듬히 기울였다.

"심장 터지는 줄 알았어."

그 말을 듣는 도연의 심장도 터질 듯이 뛰었다.

"너한테 말 걸고 싶은데. 그럴 수도 없고. 이러지도 저러지도 못하는데, 네 앞에 서 있는 여자들이 들고 있는 카메라가 눈에 보이더라고. 전에 사진 때문에 문제가 좀 있었거든."

승재는 그걸 다 이야기하려면 복잡하다며 고개를 내저었다.

"진짜 메모리카드가 없었던 건지, 아님 숨긴 건지."

도연은 얼른 주머니에 손을 넣어서 아까 그 여자들에게서 산 메모리카드를 내밀었다.

"이게 뭐야?"

"아까 그 여자들이 숨긴 메모리카드."

승재의 얼굴에 의문이 깃들었다. 이걸 왜 네가 갖고 있느냐고 묻는 듯했다.

"내가 샀어."

"뭐?"

승재가 웃음을 터뜨리며 물었다.

"여기에 네 복근 사진 찍혔다고 변태같이 떠들잖아. 그래서 내가 사 버렸어. 아무도 못 보게 하려고. 너 막 연습할 때 티셔츠 올려서 얼굴 닦고 그러지 마."

"그런다고 그걸 샀어?"

"너라면 안 그러겠어? 내 벗은 사진 찍었다는 남자가 있으면, 그거 안 사겠어?"

순간 승재의 눈빛이 흉흉하게 변했다.

"안 사겠는데?"

목소리 또한 무섭게 가라앉았다.

"안 사? 왜?"

도연이 이해할 수 없다는 듯이 물었다. 그러자 마치 그런 놈이 눈앞에 있는 것처럼 무시무시한 목소리로 승재가 읊조렸다.

"죽은 새끼한테 사진을 왜 돈 주고 사?"

"그러니까 내 벗은 몸을 찍은 남자가 있으면, 죽여 버리겠다고?"

승재는 당연한 거 아니냐는 듯이 고개를 끄덕거렸다.

"나도 아까 그냥 돈 주고 사지 말고, 그 여자들 죽여 버릴 걸 그랬나."

도연이 혼잣말처럼 떠들자, 승재가 웃음을 터뜨렸다. 전에도 느꼈지만, 승재의 웃음은 전염성이 있었다. 도연도 승재를 따라 키득키득 웃기 시작했다.

"그리고."

한참을 웃어 젖힌 도연이 아직 할 말이 남았다는 듯이 먼저 입을 열었다.

"나 이것도 샀어."

그러고는 가방 속에 넣어 두었던 타월을 꺼내 들었다. 그러자 승재가 뜨악한 얼굴로 도연을 바라보았다.

"야, 이 더러운 걸 왜 샀어?"

도무지 이해할 수 없다는 얼굴로 승재가 재차 물었다.

"변태같이 이런 쓰레기를 왜 사?"

이게 누구한테 변태래?

그 여자들한테는 실실 웃으면서 풀어 줬으면서?

"아니거든! 그 여자들이 변태같이 굴어서 내가 산 거거든!"

"이걸 돈 주고 산 네가 더 이상해."

승재가 배를 쥐고 웃기 시작했다.

그래, 너는 웃어라.

도연은 씁쓸한 얼굴로 승재를 쏘아보았다. 잠시나마 마음이 풀렸던 게 싹 가셨다. 다시 옹졸해지는 기분이 들었다.

쌀쌀맞은 도연의 목소리를 들은 승재가 웃음을 멈추고는 헛기침을 두어 번 했다.

"제가 잘못했네요, 승재 오빠. 다시는 이런 짓 안 할게요. 변태 같아서 정말 죄송하네요. 승재 오빠."

도연은 일부러 오빠를 말할 때 스타카토로 끊어서 발음하며 강조했다. 그러자 승재가 고개를 뒤로 젖히며 차 천장을 올려다보았다. 터져 나오려는 웃음을 참기 위해 안간힘을 쓰는 모습이었다.

한참을 그러고 있던 승재가 한숨을 몰아쉬며 고개를 내리고는 도연을 바라보았다.

"우리 도연이 단단히 삐졌나 보다. 말로는 안 풀리는 거 보니까."

그러고는 한층 더 낮아진 목소리로 덧붙였다.

"내가 잘하는 걸로 풀어 줘야겠네?"

"네가 잘하는 게 뭔데?"

승재가 도연의 허리를 바짝 끌어당겨 안아서는 제 무릎 위에 앉혔다. 단단한 허벅지에 올라앉자 순식간에 기분이 묘해졌다. 승재가 달아오른 도연의 뺨에 부드럽게 입술을 가져다 대었다가 떼고는 귓가에 속삭였다.

"몸으로 하는 거."

그새 달아오른 정염으로 낮게 쉰 승재의 목소리는 지극히도 자극적이었다. 아직 본격적으로 무언가를 시작하지도 않았는데, 뜨거운 열기가 흘러내리는 듯했다.

순식간에 뜨겁게 달궈진 공기로 인해 차창이 뿌옇게 변해 있었다. 승재의 입술이 천천히 다가왔고 도연은 당연하다는 듯이 눈을 감았다. 입안을 가득 채우는 승재에게서는 민트 향이 났다.

아, 나쁜 자식.

도연은 얼른 승재의 가슴을 밀어 내며 입을 떼어 내고는 손등으로 제 입을 막았다.

"너 혼자만 껌 씹었어?"

도연이 입을 가린 채 뾰족한 목소리로 물었다.

"어."

"나도 줘."

"지금?"

승재가 짜증이 묻어나는 투로 물었다.

"햄버거 먹었잖아. 입에서 냄새날 거란 말이야."

얼굴이 새빨개진 채로 도연이 투덜거리자 승재가 그녀의 입을 가리고 있는 작은 손을 끌어 내리며 말했다.

"괜찮아."

"내가 안 괜찮은데."

승재가 다시금 입술을 붙일 것처럼 다가와 도연이 고개를 빼려 하자, 커다란 손이 도연의 귀뺨을 부드럽게 감쌌다.

"차도연은 어떻게 해도 맛있으니까 괜찮아."

심장이 덜컥 내려앉았다가 터질 듯이 뛰기 시작했다. 그러고는 마치 자신이 한 말을 증명이라도 하는 것처럼 승재는 도연의 입술을 먹어 치울 듯이 빨아들였다.

"으음."

목울대에서 저절로 신음이 울렸다. 커다란 손이 도연의 재킷을 벗겨 내고는 블라우스 단추를 풀어 내려가기 시작했다. 숨이 턱 밑까지 차올랐다. 좁은 차 안에 앉아 있을 뿐인데, 마치 물속에 잠겨 있는 것처럼 귓속이 멍해지는 기분이었다. 세상에 오직 두 사람만 남아 있는 것처럼 절박하고, 간절했다.

도연은 승재가 입고 있는 트레이닝복 상의 지퍼를 조심스럽게 잡아 내렸다. 지퍼를 내리는 손길이 평소보다 다급했다. 블라우스 단추를 풀어 내려가는 승재의 손길도 급하게 움직이기는 마찬가지였다.

블라우스 단추를 모두 풀어 내린 승재는 도연의 목덜미로 입술을 옮겨 가며 더운 숨을 내뱉었다.

"으음."

목덜미를 배회하던 승재의 입술이 더 아래로 움직이자, 도연은 더운 숨을 내뱉으며 고개를 뒤로 젖혔다. 해가 빠르게 져 버려서 사위는 벌써 어둑어둑해져 있었다. 호숫가 바람이 거센지 나뭇잎 사이를 지나는 바람 소리가 매서웠다.

매서운 바람 소리만큼이나 두 사람의 숨소리가 거칠게 울렸다.

"너 여긴 어떻게 알았어?"

승재의 가슴에 기대앉은 채로 도연이 물었다.

"선배들이 여자 친구 오면 여기로 차 끌고 온다고 하더라고. 어떤 날은 차 두 대가 들어올 때도 있어서 서로 눈치 보기도 한대."

승재가 심각하게 한 말에 도연이 키득키득 웃었다.

"그럼 후배가 차 빼야 해?"

"아니, 나중에 온 사람이 차 빼는 걸로 정했대."

그리 대답하는 승재도 키득키득 웃었다.

"승재야."

"응."

"너랑 같이 있는 순간에는 세상에 우리 둘만 있는 것처럼 편안한데, 너랑 떨어져 있으면 세상 전부가 우릴 잡아먹으려고 하는 것 같아서 가끔 무서워."

이런 말을 하려고 미리 준비했던 건 아닌데, 마음속에 꼭꼭 숨기고 있던 감정이 흘러나왔다.

"도연아."

승재가 품 안으로 도연을 바짝 끌어당기며 말했다.

"응."

"날 믿어."

갑자기 가슴이 뜨끔 달아올랐다.

"네가 생각하는 것만큼 나 약하지 않아. 무슨 일이 있더라도 난 흔들리지 않으니까 날 믿어. 그리고 너는."

승재가 말을 잠시 멈추고는 고개를 비스듬히 기울여서 제 품에 안긴 도연의 얼굴을 들여다보았다.

"조금 무디게 사는 게 좋을 것 같아. 사서 하는 걱정 그만해. 만약 무슨 일이 생긴다면, 일이 터지고 난 뒤에 수습해도 늦지 않아."

요 며칠 긴장감으로 내달리던 가슴이 고요해지는 기분이었다. 승재는 마음을 편안하게 해 주는 재주가 있는 사람이었다.

"그래, 너 믿어."

도연이 승재의 목덜미에 얼굴을 묻은 채로 속삭였다.

제발 아무 일도 일어나지 않기를 바라는 건, 너무 큰 욕심일까?

너무 이른 바람일까?

한차례 폭풍우가 지나갈 것처럼 나무에 스치는 바람이 거셌다.

생각지도 못한 곳에서 일이 터졌다. 경기 중에 그라운드 위에서 승재가 도무지 믿기 어려운 행동을 하고 말았다. 승재가 자신을 전담 마크하던 선수에게 주먹을 날리고 퇴장을 당한 것이었다.

제 방에 홀로 앉아 인터넷 중계로 TV를 보고 있던 도연은 너무 놀라서 한동안 아무것도 할 수가 없었다. 레드카드를 받고 퇴장하는 승재의 얼굴은 여태껏 단 한 번도 본 적 없는 분노의 기운이 그득 차올라 있었다.

승재가 이유 없이 주먹을 날렸을 리가 없다. 상대편 수비수가 김치열이었기에 더더욱 그 정황이 의심스러웠다.

아무리 전화를 해도 승재는 연락이 되질 않았다. 혹시나 해서 에이전트 한지윤에게 연락을 해 보았지만, 그도 승재의 일을 수습하느라 바쁜지 전화를 받지 않았다.

심장이 기분 나쁜 박자로 덜컹거리기 시작했다. 앉아 있을 수도, 그렇다고 서 있을 수도 없어서 방 안을 이리저리 왔다 갔다 하던 도연은 혹시 팬카페에 올라온 정보가 있나 싶어서 PC 앞에 앉았다.

승재가 퇴장당한 이후에 올라온 게시글 중, 가장 조회 수가 높은 글을 먼저 클릭했다. 글의 제목은 센스포츠 기자가 썼다는 기사의 제목을 그대로 가져온 것이었다.

[프로 무대에서 만난 학창 시절 라이벌의 희비]

기사 제목에서부터 불길한 기운을 풍기는가 싶더니 내용은 더욱더 가관이었다. 고등학교 시절 김치열과의 주먹 다툼을 언급하며, 마치 승재가 상대 팀 선수뿐 아니라 같은 팀 동료들에게도 상습적으로 폭력을 행사해 온 것처럼 날조되어 있었다.

해당 기사의 댓글란에는 하나같이 유승재를 비난하며 김치열을 옹호하는 댓글로 도배가 되어 있다고 했다. 물론 팬카페의 댓글 분위기는 달랐다. 김치열이 제주 원정 경기부터 승재를 자극했다는 내용부터 시작해서, 요즘 김치열이 더티 플레이로 이름을 날리고 있다는 내용들이 주를 이루고 있었다.

그런데 왜 센스포츠에서 나온 기사만 이렇게 승재를 비난하고 있을까?

도연은 기사를 작성한 기자의 이름을 인터넷에 검색해 보았다. 2017 K리그 개막전을 분석해 놓은 기사에 해당 기자의 얼굴이 함께 실려 있었다. 어딘지 낯이 익은 얼굴이라고 생각되는 순간, 조부와 함께 관람했던 강산 FC 경기에서 언론사 데스크와 통화하는 듯 보였던 기자의 얼굴이 머릿속을 스치고 지났다.

심장이 덜컥 내려앉았다. 입술이 바짝 마르고, 손끝이 덜덜 떨려서 마우스 스크롤을 움직일 수조차 없었다. 도연은 혼이 나간 사람처럼 천천히 자리에서 일어났다. 언제나 불길한 예감은 기가 막히게 맞아떨어졌다.

하지만 이번만큼은 아니길 바랐다. 이번에도 일을 실제보다 심각하게 바라보는 버릇이 빚어낸 지나친 걱정이기를 바랐다.

도연은 PC 전원을 끄고는 서재로 향했다. 주말인 오늘 모처럼 만에 차 교수가 외출도 하지 않고, 서재에 틀어박혀 있었다. 덕분에 이 여사는 오늘따라 드물게 기분이 좋아 보이기도 했다.

설마 모든 걸 예상하고, 도연이 오기를 기다리고 있는 것일까?

도연은 결연한 얼굴로 서재 방문을 두드렸다.

"저예요, 도연이."

잠시 기다려 보았지만, 안에서 기척이 없어서 도연은 일부러 목소리를 냈다. 이윽고 안에서 들어오라는 짧은 대답이 들려왔다. 서재 문을 열고 들어가자, 이 여사와도 막역하게 지내는 조교의 얼굴이 보였다.

도연은 조교에게 묵례한 뒤에 차 교수를 향해 단도직입적으로 말했다.

"여쭤볼 게 있어요."

차 교수는 성가신 일이 생겼다는 듯이 미간을 구겼다가, 다소곳이 앉아 있는 조교를 성마른 시선으로 흘끗 보았다. 차 교수의 야릇한 시선을 따라 도연도 조교의 눈치를 살폈다. 언뜻 본 조교의 미간에도 미세한 실금이 그어져 있었다. 순간 도연은 뒤통수를 세게 얻어맞은 듯한 기분이었다.

아까 노크를 했을 때, 대답이 바로 흘러나오지 않은 게 신경 쓰였다. 그리고 자세히 보니 조교의 블라우스 단추가 잘못 끼워져 있었다. 대담하게도 이 여사가 밖에서 콧노래를 부르며 저녁 식사를 준비하는 동안, 둘은 이곳에서 더러운 짓을 하고 있었나 보다.

이 여사가 자신의 사람이라고 생각하며 신뢰하는 조교는 이제 막 20대 중반을 넘긴 여자였다. 딱히 예쁘다고 말할 수는 없었지만, 특유의 친화력으로 모든 이와 잘 어울리는 모나지 않은 성격이 매력적인 사람이었다.

그래, 모든 이와 잘 어울리는……. 이게 문제였던 거다.

이 여사가 꼬리를 잡으려야 잡을 수가 없었던 이유를 이제야 알 것 같았다. 자신의 심복이라고 생각한 여자와 놀아나고 있었으니, 서사를 1차원적인 요소로만 구성해 버리고 마는 이 여사는 절대 알아차리지 못할 터였다.

역겨워서 헛구역질이 날 것만 같았다. 도연은 마른침을 삼키며 차 교수를 물끄러미 응시했다. 어서 이 구역질 나는 여자를 치워 버리고, 차 교수와 독대하고 싶었다.

"이 조교는 그만 가 봐. 내일 다시 논문 들고 와."

내일 다시 오라는 말에 그녀는 빙긋이 웃어 보이고는 서재 방을 나섰다. 미처 닫히지 않은 서재 방문 틈 사이로 벌써 가느냐고 수선을 떨어 대는 이 여사의 목소리가 들려왔다. 이 여사의 아둔한 모습이 안쓰러울 지경이었다.

도연은 조교를 붙들고 시끄럽게 떠들어 대는 이 여사의 목소리가 듣기 싫어서 서재 방문을 닫아 버렸다.

"무슨 일인데, 아버지 제자를 다 물리게 하지?"

감히 무슨 권리로 내연녀와의 정사를 방해하느냐는 구역질 나는 질문으로 들렸다. 도연은 자꾸만 속이 메스꺼워져서 마른침을 한 번 삼켰다.

"무슨 짓을 하신 거예요?"

구토기를 억누르기 위해 애쓰고 있는 탓에 목소리가 평소와 다르게 가라앉았다.

"무슨 질문을 하는 건지 모르겠구나."

차 교수는 만면에 미소를 띠며 눈을 가늘게 떴다. 무슨 말을 하는지 정말 모르겠다는 듯이 고개를 내젓는 모양새에 치가 떨렸다.

"센스포츠 기사, 아버지께서 그러신 거죠?"

도연의 질문에 차 교수는 재미있다는 듯이 웃었다.

"아버지를 그 정도 인간으로 봤다니, 실망이구나."

진심으로 실망했다는 듯이 차 교수가 어깨를 축 늘어뜨렸다.

"생각이 거기까지밖에 미치지 못해서야."

그러곤 고개를 가로저으며 혀를 끌끌 차고는 말을 이었다.

"날 어떻게 상대할 수 있겠니?"

비열한 웃음이 어린 얼굴을 바라보고 있는데, 심장이 쿵쿵 뛰기 시작했다.

"유승재, 그 아이보다는 김치열 쪽이 더 똘똘하더구나."

잠시 심장이 멎은 듯했다. 현기증이 이는 것처럼 어지러워서 도연은 잠시 눈을 감았다가 떴다. 다시 마주한 차 교수의 얼굴에는 내내 맴돌던 웃음기가 사라지고 없었다. 더티 플레이는 김치열이 하고 있는 게 아니라, 차 교수가 하고 있었다.

"돈 좀 쥐여 줬더니, 시키는 대로 잘 움직여 줬어. 세상은 그렇게 살아야지. 어느 손을 잡고, 어느 손을 뿌리쳐야 하는지를 알아야 성공하기 쉬운 법이다."

"비열해."

도연이 혼잣말처럼 읊조렸다.

"합리적인 거지. 적은 비용으로 큰 효과를 얻었으니 말이다. 유승재 선수가 유능한 에이전트를 곁에 두기는 했더구나."

약속했던 것처럼 한지윤 대표는 언론을 효율적으로 통제하는 듯했다. 그동안 승재와 관련한 악의적인 기사가 나오지 않은 것만 해도 그러했다.

하지만 지금은 경우가 달랐다. 승재와 관련한 부정적인 기사가 나온다고 해도 이상할 게 없는 상황이었다. 센스포츠는 그것을 계산하고 움직였을 것이다. 철저히 타이밍을 계산한 기사라는 걸 증명하듯이 승재가 퇴장 판정을 받은 후 불과 10분도 지나지 않아서 기사가 업로드 되었다.

"유승재 군은 겨우 퇴장 카드로 끝난 걸 다행이라고 여겨야 할 거다."

"그게 무슨 뜻이에요?"

원래 계획은 이게 아니었다는 듯이 차 교수가 안타까운 표정을 지었다.

"뭐 서서히 목을 조여 가는 것도 나쁘지는 않지만."

잠시 뜸을 들인 차 교수는 도연의 표정을 한 번 살피고는 말을 이었다.

"실은 김치열 선수가 백 태클을 하기로 했거든. 정확히 발목을 분지를 수 있는 쪽으로."

태연하게 떠드는 차 교수가 경악스러워서 도연은 저도 모르게 숨을 멈추었다.

"못 믿겠니?"

차 교수가 미소를 머금으며 물었다. 지난번 아주머니와 관련한 일로 이미 바닥을 쳤다고 생각했는데, 아직도 더 떨어질 곳이 남아 있었나 보다.

"왜 이러시는 건데요?"

"내가 왜 이러는지 알면서 묻는구나. 어리석은 질문이라는 것도 알겠지?"

도연이 제 곁에서 승재를 떼어 놓기를 바라는 거였다. 안 그러면 승재가 더는 선수 생활을 할 수 없도록 만들 모양이었다.

"만약 제가 물러나지 않으면요? 만약 김치열이 계획대로 움직이지 않으면요? 여유로운 척하고는 계시지만, 사실은 계획이 틀어진 거겠죠. 안 그래요?"

이대로 물러서고 싶지 않았다.

"세상에 널리고 깔린 게 돈에 눈이 먼 치들이다."

심장이 떨어져 나가는 듯했다. 가슴속이 텅 비어 버렸다. 선택지가 없었다. 도연은 한숨을 내쉬며, 차 교수와 마주하고 있던 시선을 떨어뜨렸다.

"제가 왜 승재 옆에 있으면 안 되는 건데요?"

"정말 몰라서 묻는 거니?"

차 교수는 그럴 리가 없다는 얼굴로 도연을 응시하고 있었다. 승재의 조건이 차 교수가 세워 놓은 기준에 한참 미치지 못한다는 것은 알고 있었다. 승재와 한 그날의 약속을 지키는 일이 없도록 방해하리라는 것은 진작부터 눈치챘었다.

그런데 이토록 비열하고 저열한 방법을 쓰리라고는 상상조차 하지 못했다. 승재에게는 전부나 다름없는 것을 앗아 간다니, 잔인하고 극악무도 했다.

"그럼, 제가 그만두면요?"

도연의 목소리가 깊게 가라앉았다.

"그럼, 유승재 선수는 축구를 계속할 수 있겠지."

너무도 간단한 이치가 아니냐는 듯이 차 교수가 대답했다.

"아버지를 너무 미워하지 않았으면 좋겠구나. 넌 내 딸이잖니? 아마 시간이 좀 흐르고 나면, 나한테 감사할 날이 올 게다."

차 교수는 도연에게 결국 너도 나와 똑같은 부류의 인간이라고 말하고 있었다.

"송충이는 솔잎을 먹어야지. 유승재 선수가 네 모친과 같은 삶을 살길 바라는 건 아니겠지?"

차 교수의 지리멸렬하고, 비열한 훈계가 끝도 없이 이어졌다.

"네 모친하고는 평생 사랑으로 살 줄 알았다. 사랑이 전부라고 생각했지. 그런데 그게 아니라는 걸, 네 모친이 몸소 증명하고 있잖니? 평생을 자존감이 바닥난 사람과 산다는 게 얼마나 괴로운 일인지……. 그런 일을 내 딸이 똑같이 겪게 하고 싶지는 않구나."

승재는 절대 이 여사와 비교될 수 없는 대상이라는 말을 할 수가 없었다. 그런 말을 해 봤자 이제 소용이 없었다. 승재를 위해서는 도연 자신이 물러날 수밖에 없는 상황이었다. 돈으로 선수를 매수해서 태클을 종용하는 마당에 도연이 물러나지 않는다면 더 험한 일도 할 수 있어 보였다.

개막 경기 날 스카이박스에 모였던 사람들의 얼굴이 하나씩 떠올랐다. 한국프로축구연맹 관계자, 대한축구협회 관계자, 강산 FC 구단 관계자……. 이들을 모두 매수했다면, 승재의 선수 생활은 끝난 거나 다름없었다.

도연이 꿈을 꾸는 이유라고 말했던 승재였다. 하지만 축구는 승재의 전부였다. 평생 축구만을 해 온 승재에게 축구를 못 하게 한다면 그것은 인격 살인이나 다름없었다.

또 평생 승재의 뒷바라지를 하다가 이제야 조금 편한 생활을 하고 있다는 승재의 누나가 머릿속을 스쳤다. 승재가 축구 선수 생활을 끝내게 된다면, 그건 두 사람의 인생을 망치는 거나 마찬가지인 일이었다.

"돌아올게요, 제자리로."

감정을 비워 낸 도연의 목소리는 고저 없이 잠잠했다. 비어져 나오려는 한숨을 집어삼킨 도연은 덤덤하게 덧붙였다.

"그러니까 아버지도 승재를 그 자리에 있게 해 주세요."

"약속하마."

열심히 뛰던 심장이 멈추었다.

살아 숨 쉬고 있어도, 살아 있지 않은 날들이 시작되려 했다.

마주 앉은 승재의 얼굴이 까칠했다. 승재는 내내 연락이 되지 않다가, 어제 오후가 되어서야 도연에게 연락을 해 왔다. 그리고 그날 오전 두 경기 출장 정지라는 징계 결과를 통보받았다고 전해 주었다.

"미안해."

두 사람이 마주 앉아 있는 곳은 안목해변이 내려다보이는 강릉의 한 카페였다.

도연은 시리도록 푸른 바다가 펼쳐진 창밖으로 시선을 고정한 채였다.

승재는 집 앞까지 도연을 데리러 왔고, 바다가 보고 싶다는 말에 곧장 이곳으로 달려와 주었다.

집 앞에서 바로 이별을 고했어도 될 일이었다. 그런데 비겁하게도 멀리 오고 싶었다. 어디론가 이동하는 그 시간 동안은 전과 변함없는 관계일 테니 말이다. 비겁하게 이별의 순간을 유예하는 것으로 도연은 승재와 함께할 수 있는 시간을 더했다.

도연이 심각한 얼굴로 입을 꾹 다물고 있자, 이곳으로 오는 내내 승재는 안절부절못하는 눈치였다. 티 내지 않기 위해 노력하는 듯했지만, 이따금 조수석을 흘끗거리는 승재의 눈빛에는 불안한 감정이 깃들어 있었다.

테이블 위에 놓인 커피에서 김이 모락모락 올라오고 있었다. 이렇게 데이트다운 데이트를 해 본 게 얼마 만인가 싶다.

그날 승재는 도연을 품에 안은 채로 '내가 정말 잘할게'라고 말했었다.

"지겨워."

승재가 한 사과에 대한 답을 내놓는 도연의 목소리에는 고저가 없었다.

"지루해? 나갈까? 바닷가 산책할래?"

도연의 눈치를 살피며 승재가 던진 다정한 물음에 도연은 고개를 내저었다. 도연은 승재를 만나면서 잠시 벗어 두었던 위악적인 가면을 꺼내 썼다. 앞에 앉은 이가 승재가 아니라고 여기기로 했다.

승재의 마음을 헤아리며 감정 이입을 해 봐야 좋을 게 없었다.

"너, 지겨워."

내내 푸른 바다를 바라보고 있던 도연의 시선이 대번에 승재에게 향했다. 승재의 표정은 예상했던 것과 사뭇 달랐다. 놀라거나, 당황한 기색 전혀 없이 그저 죽을죄를 지은 듯한 죄인의 얼굴을 하고 있었다.

"미안해. 걱정 많이 했지? 징계 결과 나오기 전까지는 연락을 못 하겠더라."

승재는 고개를 푹 숙인 채로 말을 이어 나갔다.

"너한테 잘하겠다고 약속했는데……. 실망하게 해서 미안해."

진심 어린 사과에 가슴이 저며 왔다. 승재가 도연에게 이렇게 사과할 이유가 없는데도 불구하고, 승재는 자신이 다 잘못했다며 끊임없이 미안하단 말만 되풀이했다.

"걱정 많이 했어?"

그걸 말이라고 해?

"아니."

마음과는 정반대의 말이 잘도 흘러나왔다. 자신이 내뱉은 대답이 긴 칼이 되어 가슴에 창상을 남긴 듯 아려 왔다.

"우리 도연이 화 많이 났나 보네? 미안해. 응?"

승재가 손을 뻗어 도연의 뺨을 어루만지려 했다. 도연은 몸을 비틀며 승재의 손길을 피했다. 커다란 손이 주는 안온함이 얼마나 달콤한지 알고 있었다. 그 보드라운 손길이 그리워서 가슴이 타들어 갈 지경이었다. 그런데 이제는 두 번 다시 그 손길을 느낄 수 없을 터였다.

"어떻게 하면 우리 도연이 화가 풀리려나?"

만약 평범한 연인 사이에 이런 일이 벌어졌다면 어땠을까?

다시는 경기 중에 그런 무모한 짓 하지 말라며 나무라고, 맘고생한 승재를 달래 주었을 것이다.

아니, 차라리 잘 때렸다고. 네가 퇴장당하지 않았다면, 큰 부상을 당했을지도 모른다고 울며불며 일러바칠 수 있었을까.

둘 다 말도 안 되는, 부질없는 가정이었다.

도연이 한숨을 몰아쉬자 맞은편에 앉아 있던 승재가 자리에서 일어나 도연의 옆자리로 와서 앉았다. 대놓고 자리를 피하는 우스꽝스러운 장면을 연출할 수는 없어서 도연은 자연스레 창밖으로 시선을 옮겼다.

"차도연."

승재가 나지막이 가라앉은 목소리로 도연을 불렀다. 가라앉은 목소리였지만 충분히 다정하고 애틋한 음성이었다.

"내가 너무 무모하게 굴어서 많이 화난 거 알아. 네 마음 풀릴 때까지 나한테 마음껏 화내도 돼. 내가 잘하겠다고 해 놓고, 너 힘들게 해서 미안해."

김치열이 어떻게 도발했는지, 도연은 알고 있었다. 그런 소리를 듣고도 가만히 있었다면 승재에게 더욱 실망했을 것이다. 그런데 승재는 도연에게 전후 관계도 제대로 설명하지 못한 채 사과만 해 댔다. 아니, 설명할 기회조차 도연이 주지 않았다.

"맛있는 거 먹으러 갈까? 여기 초당두부 맛있는 데 있대. TV에도 여러 번 나온 곳이라고 하더라?"

도연은 가타부타 대답하지 않고 잠시 침묵했다. 쉬울 거라고 생각했다. 시작보다 끝이 훨씬 더 간단할 거라고 여겼다. 시작할 때는 이것저것 재고 따지게 되지만 끝내는 마당에는 그럴 필요가 없을 거라고 생각했다.

그런데 승재의 얼굴을 마주한 순간 결심이 와르르 무너져 내렸다. 승재에게 최대한 상처 주지 않고, 이별을 말할 수 있는 방법은 없는지 고심해 보기도 했다.

결론은, 없었다. 차라리 승재에게 상처가 되는 말을 잔뜩 퍼붓고 난 뒤, 자신에게 질리도록 만드는 게 승재를 위해서 더 나은 방법 같았다. 훗날 승재가 차도연을 떠올렸을 때, 세상에 그런 쌍년이 없었다고 여기기를 바랐다.

사랑하지만, 헤어질 수밖에 없다는 말로 승재를 뒤흔들어 놓을 수는 없었다. 에이전트 한지윤이 한 말이 떠올랐다.

'나는 승재를 무너뜨릴 수 있는 사람이 승재 누나라고 생각했어요. 그런데 차도연 씨도 그럴 수 있다는 거 알죠?'

자신 때문에 승재가 무너지는 모습을 볼 수는 없었다. 그렇기에 더더욱 스스로 나쁜 사람이 되기로 마음먹었다. 상처를 받을 게 아니라, 화를 내라고. 나 같은 년 잊고 보란 듯이 잘 살라고.

"그만하자. 이런 거 지겨워, 이제."

스스로가 듣기에도 퍽 재수 없는 말투가 흘러나왔다.

"도연아."

"처음엔 나랑 좀 달라서 신기했거든? 근데 신기한 것도 한두 번이지. 질린다, 너."

도연은 옆에 앉은 승재에게로 시선을 옮겨 갔다.

"왜 그래, 도연아."

승재가 당황스럽다는 듯이 어색한 미소를 머금으며 도연의 손을 끌어다 잡았다. 승재의 손이 미세하게 떨리고 있었다. 그 떨림에 가슴이 저미며 도연은 얼른 손을 뿌리쳤다. 손을 뿌리치면서 언뜻 본 승재의 오른 손등 위에 심한 상처가 나 있었다. 김치열에게 주먹을 날리며 생긴 상처인 듯했다.

당장에 승재의 다친 손을 끌어다가, 살펴보고 싶은 충동이 일었다. 도연은 제멋대로 손이 움직일 것만 같아서 주먹을 꽉 움켜쥐었다.

"네가 말했던 것처럼 나 우리 엄마, 아빠 닮아서 염세적인 애야. 그래서 그런지 너랑 노는 거 이제 지겨워."

승재가 잠시 자세를 고쳐 앉았다가 이내 다시 도연에게로 몸을 기울이며 말했다.

"너 무슨 일 있지?"

승재는 눈치가 빠른 편이었다. 여기서 조금이라도 실수한다면 일을 그르치게 될 터였다.

"일? 무슨 일?"

도연은 비웃음을 머금은 채로 고개를 돌려 승재와 시선을 마주했다. 고동색 눈동자가 이리저리 흔들렸다. 도연의 진심을 가늠하듯 미간을 찌푸린 채로 승재가 입을 열었다.

"무슨 일인지 말해."

승재의 목소리가 깊게 가라앉아 있었다. 강수를 두어야 할 것 같았다.

"너네 누나 말이야."

누나 이야기를 꺼내자 대번에 승재가 동요하는 듯했다.

"에이전트 한지윤이랑 그렇고 그런 사이라며?"

비꼬는 듯한 말투로 질문을 던지자, 승재의 표정이 확연히 굳어 가는 게 눈에 들어왔다.

이제 정말 끝이구나.

나중에 용서를 빈다고 해도 그때는 소용이 없을 것 같았다.

"설마 했는데, 고등학교 때부터 떠돌던 소문이 진짜였나 봐?"

"차도연, 적당히 해."

이제까지와는 온도가 다른 승재의 차가운 목소리에 도연은 하마터면 움찔할 뻔했다. 승재는 진심으로 화가 난 것처럼 보였다. 도연은 자리에서 일어나며 재수 없는 말투로 읊조렸다.

"내가 우리 엄마, 아빠 닮은 것처럼 너는 너네 누나 닮았겠지. 나한테 정말 바라는 거 아무것도 없이 그런 거 아니지? 누나는 몸 팔아서 동생 축구 시키고, 동생은 몸 팔아서……."

"차도연!"

승재가 버럭 소리를 지르며 도연의 말을 끊어 냈다. 심장이 갈기갈기 찢어졌지만, 아파할 수도 없을 만큼 승재의 표정이 안타까웠다.

"그러니까 그만하자고."

도연은 더는 이야기를 나눌 이유조차 없다는 듯이 차갑게 돌아섰다.

따라 나오지 마. 나 붙잡지 마, 승재야.

카페 입구로 향하는 발걸음이 뒤엉킬 것만 같아서 도연은 발끝에 힘을 바짝 주었다. 빠르게 걸음을 옮겼다고 생각했는데, 금세 승재에게 손을 붙잡히고 말았다.

"도연아, 우리 얘기 좀 해."

승재가 한숨을 몰아쉬며 다급한 목소리로 말했다.

"무슨 얘기? 지금까지 우리가 한 건 뭔데?"

"너 무슨 일 있잖아! 말해!"

도연의 손목을 잡은 승재의 손에 힘이 가해졌다.

"아픈데. 이것 좀 놔 줄래?"

미간을 찌푸리며 승재의 손을 쏘아보았다. 손등에 난 상처는 아까 보았던 것보다 훨씬 심해 보였다.

멍청이, 주먹 쓸 줄도 모르면서. 대체 어떻게 했기에 손이 이 모양이

됐어?

승재에게 평생 잊지 못할 만한 상처를 주고 있으면서, 도연은 승재의 손등에 난 상처를 걱정했다.

"미안해."

승재가 도연의 손목을 놓으며 조용히 읊조렸다. 손목을 휘감고 있던 승재의 손이 떨어져 나가는 순간, 심장도 함께 떨어져 나가는 듯했다. 이제 다시는 닿을 수 없는 손길이었다. 조금 더 붙잡혀 있을 걸 하는 후회가 들었다.

"네가 이렇게 해도 소용없어. 어차피 적당히 놀고 끝내려고 했으니까. 설마 내가 너한테 진심이었다고 착각하는 건 아니지?"

승재는 묵묵부답이었다. 이제 승재도 멀어질 준비가 된 것처럼 보였다. 승재가 더 악에 받치도록 도연은 매섭게 입을 열었다.

"나중에 정 도움 필요하면 연락해. 나도 덕분에 잠깐 즐거웠으니까."

승재를 등지고 돌아서자마자 눈앞이 흐려졌다. 마음에도 없는 독설을 잔뜩 쏟아부은 주제에 뭘 잘했다고 눈물이 솟구쳤다. 이번에는 승재도 도연을 붙잡지 않았다.

완전히 끝이 났다. 도연은 카페를 나서자마자, 택시를 잡아탔다. 울먹이며 서울로 가자고 말하자 택시 기사는 도연에게 말없이 휴지를 건네주었다. 지금 울어야 할 사람은 자신이 아니라 승재였다. 그런데 속절없이 눈물이 흘러내렸다.

잘한 것도 없으면서…….

오늘만 울어야겠다고, 도연은 다짐했다.

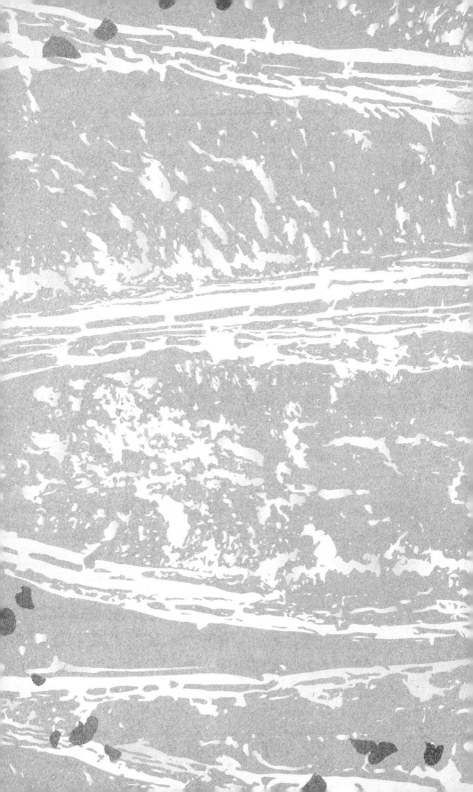

Round. 9

밤새도록
생각났고

다짐은 쉽게 무너졌다. 진짜 나쁜 년이 된 것처럼 뻔뻔하게 살아 보려고 했는데, 그럴 수가 없었다. 일부러 적성에 맞지 않는 대학교 생활도 열심히 해 보았지만, 허사였다. 차 교수의 뜻에 따라 경제학부에 진학했지만, 뜻이 없는 학업이 수월할 리 없었다.

멀쩡히 살아가는 것처럼 보였지만, 가슴속은 썩어 문드러졌다. 입맛도 뚝 떨어져서 하루에 한 끼조차 제대로 먹지 않는 날이 허다했다. 도연의 식사 상태를 신경 쓰는 이는 아주머니뿐이었다. 세상에서 가장 효과적인 다이어트는 실연이라는 우스갯소리가 와닿을 만큼 살이 많이 내리기도 했다.

도연이 승재와의 관계를 완전히 정리한 이후, 차 교수는 승재와 관련한 일에서 깔끔하게 손을 뗐다. 승재는 징계를 받은 이후로 오히려 승승장구하고 있었다. A매치 경기에 차출되어 득점을 올리는 등 활약이 두드러져서 언론에 오르내리는 일이 잦았다.

그럴수록 도연은 괴로웠다. 뜻하지 않은 곳에서 자꾸만 승재의 이름과 승재의 소식을 접해야 했기에 힘에 부쳤다. 잘 지내고 있는 듯한 승재의 소식을 들을 때마다, 자신이 괜한 걱정을 했다고 생각했다. 헤어지고 나서 승재가 흔들리면 어쩌나 걱정했는데, 정작 정신없이 흔들리고 있는 사람은 도연이었다.

어쩌면 당연한 결과였다. 도연에게 있어 삶의 이유인 승재였으니까, 승재와의 이별은 도연을 살아도 죽은 것과 마찬가지인 상태로 만들었다. 다시 도연의 주변에 높은 돌담이 쌓이기 시작했다.

다시 예전의 삶으로 돌아가는 것은 어렵지 않다고 여겼었다. 그런데 승재가 알려 준 인생의 달콤함 때문인지 다시 무미건조한 삶으로 돌아가는 게 쉽지만은 않았다.

이별의 아픔은 시간이 해결해 줄 거라는 말도 굳게 믿었다. 하지만 하루가 지나고, 일주일이 지나고, 한 달이 지나고, 계절이 바뀌어도 침잠한 마음은 나아지질 않았다.

"이러다 골병들겠어요, 도연 학생."

아주머니가 도연을 안타깝게 바라보았다. 승재와 헤어졌다는 말을 전하며, 도연은 아주머니 앞에서 펑펑 울었었다. 유일하게 자신의 처지를 잘 알고 있는 사람이었기에 가능한 일이었다.

승재와 헤어지고 3개월쯤 지났을 때, 도연은 신애에게도 소식을 전했다. 날마다 승재 이야기를 하는 걸 가만히 듣고 있다가, 도저히 견딜 수 없는 상황이 되었을 때 입을 연 것이었다.

'유승재 대박! 얘 진짜 내년에 월드컵 갈 것 같아. 이러다 승재 EPL 같

은 데 가면 어떡할 거야? 너도 그냥 따라가. 영국으로 유학 가면 되겠다,
그치?'

'나 이제 승재 안 만나.'

덤덤한 도연의 목소리에 신애는 한동안 말이 없었다. 언제 헤어졌느냐
는, 왜 헤어졌느냐는 질문도 하지 않았다. 도연의 표정이 심각하다고 느
꼈는지 신애는 도연의 등을 한 번 쓸어내려 주었을 뿐이었다.

누군가에게 이별을 말할 때마다, 어디선가 뜻하지 않게 승재의 소식을
접할 때마다, 도연은 홀로 이별을 계속하는 중이었다. 이별은 순간이 아
니라, 연속이었나 보다.

"동창이라고 했지?"

조부의 물음에 도연은 그저 고개만 끄덕일 뿐이었다.

다시는 승재와 대면하는 일이 없을 거라고 여겼었다. 그런데 생각지도
못한 곳에서 승재가 나타났다.

조부가 운영하는 금융지주회사의 연말 자선 행사가 열리는 자리였다.
매해마다 차 회장의 자손들이 그 자리에 참석하는 것은 당연한 일이었다.
그런데 올해부터는 K리그 관계자들도 참석하는 것을 도연은 알지 못했다.

승재는 첫 시즌을 마무리하면서 K리그의 신인상 격인 영플레이어상을
받았고, 그 자격으로 자선 행사에 참석한 것이라고 했다. 승재가 슈트를
입은 모습을 처음 보았다. 검은색 슈트에 검은색 보타이를 맨 승재는 가

슴이 두근거릴 정도로 근사했다.

"오랜만이다."

승재가 덤덤한 인사를 건네 왔다. 갑작스러운 만남이 당황스러운 나머지 도연은 가면을 쓰는 것을 잠시 잊은 채로 인사를 나누었다.

"그래, 오랜만이네."

도연의 건조한 대꾸에 승재가 은은한 미소를 머금으며 물었다.

"다이어트 다시 했나 봐?"

"어."

도저히 음식이 넘어가질 않아서 의사의 처방을 받기도 했었다. 신경정신과 전문의가 내린 진단명은 신경성 식욕 부진증이었다. 그로 인해 신경안정제를 복용해 보았지만, 소용이 없었다.

동창이라는 사실을 알고 배려한 것인지, 행사장에서 마련한 두 사람의 자리가 나란히 배치되어 있었다. 얼마 만에 승재와 나란히 앉는 것인지 헤아릴 수조차 없었다.

곁에 있는 승재에게서 익숙한 향기가 느껴졌다. 여전히 같은 향수를 쓰는지 라임 향이 은은하게 배어났다. 승재가 움직일 때마다 코끝을 스치는 향기 때문에 심장이 덜컹거렸다. 도연은 부러 숨을 참았다가 몰아쉬기를 반복하며 자극을 최소화하기 위해 노력했다.

"왜 이렇게 못 먹어?"

코스요리가 차례대로 앞에 놓였지만 도연은 손도 대지 못했다. 승재가 그런 도연을 걱정스레 바라보며 물었다. 연인 사이가 아니라도 충분히 해 줄 수 있는 염려였다.

"좀 입맛이 없네."

도연은 오늘만 특별히 그런 것처럼 대꾸했다. 그러자 승재가 곁을 지나는 웨이터를 붙잡고 무언가를 요청했다. 무슨 말을 하는 건지 귀를 기울이고 싶었지만, 자꾸만 가슴이 두근거려서 현기증이 이는 것도 같았다. 승재의 존재감이 너무도 커서 버거웠다. 빨리 이 자리를 벗어나고 싶은 생각만이 간절했다.

이윽고 웨이터가 흰색 도자기 그릇에 담긴 양송이 수프와 흰 쌀밥을 내왔다. 승재는 수프에서 양송이 덩어리를 건져 내고는 거기에 흰쌀밥을 말아서 도연의 앞에 놔 주었다. 도연은 이게 뭐냐는 눈빛으로 승재를 바라보았다.

"속에 부담되는 음식 못 먹는 것 같아서. 이거라도 천천히 먹어 봐. 약 구해다 줄까?"

자상하고 다정한 말투가 마치 예전으로 돌아간 듯한 착각을 불러일으켰다. 도연은 한숨을 훅 몰아쉬고는 아니라며 고개를 내저었다.

"고마워, 잘 먹을게."

"고맙기는. 이거 너희 할아버지가 돈 내는 거 아냐?"

장난기 어린 승재의 목소리에 가슴이 저몄다. 자꾸만 가슴이 울컥울컥 차올라서 견디기가 힘들었다. 도연은 울음을 집어삼키기 위해 숟가락을 집어 들고는 수프에 만 밥을 꾸역꾸역 입 안으로 집어넣었다.

승재가 신경 써 준 음식이었기 때문인지 그릇이 순식간에 비워졌다. 승재와 헤어진 이후로 가장 많은 양의 음식을 섭취한 듯했다.

"잘 먹네."

승재는 그리 말하며 도연에게 물 잔을 건네주었다.

헤어진 지 얼마나 됐더라?

늦봄에 헤어졌으니 대략 7개월이 지난 셈이었다. 그런데도 마치 어제 만난 사이처럼 승재는 스스럼이 없었다.

너는 다 잊었구나, 나를 아무렇지 않게 친절하게 대할 수 있을 만큼.

도연이 시선을 멀리 둔 채로 멍하니 생각에 잠겨 있을 때였다.

"여기 있었네, 우리 딸."

자상하게 꾸민 차 교수의 목소리가 등 뒤에서 울려 퍼졌다. 미리부터 자리가 배정되어 있었기에 차 교수와 이 여사는 도연과 다른 테이블에 앉아 있었다.

"인사해요. 여긴 하나밖에 없는 내 귀한 딸, 차도연."

누군가를 소개하려는 듯한 뉘앙스여서 도연은 예의를 차리기 위해 자리에서 일어났다. 차 교수의 옆에는 20대 중반쯤 되어 보이는 남자가 서 있었다. 아버지는 그를 같은 학교에 재직 중인 동료 교수의 아들이라고 소개했다. 현재 하버드 경영대학원에서 석사 과정을 밟고 있다고 했다.

차 교수는 보란 듯이 도연과 그 남자를 끼워 맞추려고 했다. 도연은 차 교수의 뒤를 따라 자리를 옮길 수밖에 없었다. 하필 승재와 동석하고 있었기에, 지금은 최대한 차 교수의 비위를 맞춰야만 했다.

걸음을 옮기던 중에 문득 뒤를 돌아보게 되었다. 심장이 철렁 내려앉았다. 차라리 돌아보지 말 걸 그랬다. 원망스러운 시선으로 도연을 바라보고 있는 승재와 눈이 마주쳤다. 삽시간에 시야가 흐려질 것만 같아서 도연은 얼른 고개를 돌려 버렸다.

러시아 월드컵이 끝나고, 지독한 무더위가 기승을 부렸다. 승재는 러시아 월드컵에서도 두각을 드러냈고, 그다음으로 치러질 아시안게임을 통해 군 문제가 해결된다면 다음 이적 시장에서 해외 리그도 충분히 노려 볼 수 있을 것 같았다.

세컨드 시즌 신드롬이라는 말이 무색하리만큼 승재는 강산 FC에서의 두 번째 시즌도 훌륭하게 소화해 내고 있었다. 경쟁 팀의 공격수와 득점왕을 다툴 만큼 많은 골을 쏟아 내기도 했다. 말 그대로 승승장구였다.

그런데 여전히 가슴은 공허했다. 작년 겨울 K리그 후원사의 자선 행사에서 도연을 만난 이후로 더욱 그랬다. 다른 남자의 곁에 서 있는 도연의 모습이 낯설었지만, 그림처럼 어우러지는 모습에 심장이 쩔려 나가는 듯했다.

일부러 못되게 군 것 같았지만, 도연이 대체 왜 그랬는지에 대해 알아낼 방법이 없었다. 붙잡으려 할수록 더욱 극악무도하게 구는 통에 승재는 도연을 놓아줄 수밖에 없었다. 못된 말을 내뱉는 도연의 표정이 더 아파 보여서, 더는 그런 모습을 보고 있을 수가 없었기 때문이다.

그렇게 하루하루가 지나갔다. 전보다 더 열심히 뛰려고 노력했다. 잘하는 뉴스가 많이 보도될수록 도연이 자신의 소식을 더 자주 접하게 될 테니, 열심히 뛰는 것밖에는 할 수 있는 일이 없었다.

"왜 보자고 했어?"

외박을 나온 것을 어떻게 알았는지, 뜻밖의 연락이 왔다. 전화를 걸어 온 이는 도연의 절친인 신애였다.

"오랜만이라는 인사도 있고, 반갑다는 인사도 있는데, 멋대가리 없이 '왜 보자고 했어'가 뭐냐?"

만나자마자 쏘아붙이는 신애의 말에 승재는 맥없이 웃어 버렸다. 도연과는 확연히 다른 성격을 가진 신애였다.

"나 외박 나온 줄은 어떻게 알고?"

승재의 질문에 신애는 눈을 가늘게 뜨며 승재를 한 번 흘겨보고는 대꾸했다.

"팬카페에 올려놓은 글 봤다. 왜?"

"너 내 팬카페 회원이야?"

승재가 다소 놀랐다는 듯이 물었다. 그러자 신애가 빨대로 아이스아메리카노를 한 번 쪽 빨아들이고는 고개를 끄덕거렸다.

"포기해. 너 내 스타일 아냐. 너 나 아직도 좋아하냐?"

장난기 어린 목소리로 빈정거리자, 신애가 신경질을 부렸다.

"무슨 개소릴 하는 거야!"

"와, 입 걸다, 너."

놀리는 말에 신애가 씩씩거리며 아이스아메리카노에 있는 얼음을 건져 먹었다.

도연아, 너랑 나랑 그냥 친구로 지냈다면…… 만약 그랬다면 우리도 지금쯤 이렇게 마주 앉아서 아무렇지 않게 장난을 주고받을 수 있었을까?

승재는 괜히 입 안에서 쓴맛이 나는 것 같아서 크랜베리주스를 한 모금 머금었다.

"으, 이게 크랜베리주스야, 크랜베리 씻은 물이야?"

"여기 원래 주스는 더럽게 맛없어. 그냥 커피 마시지 그랬어. 아, 너 몸 관리 해야 해서 카페인 들어간 음료 안 마시지?"

"야, 너 어지간히 해. 할 거면 그냥 팬질만 해라. 다시 사귀자고 고백해도 안 받아 줄 거니까."

신애는 금방이라도 눈물을 쏟아 낼 듯한 얼굴로 승재를 쏘아보았다.

갑작스러운 신애의 감정 변화가 승재는 적잖이 당황스러웠다. 얘가 진짜로 고백을 하려나 싶었다.

"윤신애. 너 왜 그래?"

승재가 진지한 목소리로 묻자, 신애가 한숨을 한 번 몰아쉬고는 고개를 절레절레 내저었다.

윤신애랑 사귀면, 차도연 볼 수 있나?

악랄한 생각이 순간 머릿속을 스쳤다.

"너 내가 지금 사귀자면, 사귈래?"

승재는 머릿속에 떠오른 생각을 그대로 내뱉었다.

"나 네 스타일 아니라며?"

신애가 뾰족하게 되물었다.

"너랑 사귀면 차도연 볼 수 있을 것 같아서."

그리 내뱉은 승재의 표정이 딱딱하게 굳어 버렸다. 오랜만에 도연의 소식을 알고 있는 사람을 만나서 그런지 감정 관리가 힘들었다. 알아서 도연의 소식을 전해 주었으면 좋겠는데, 신애는 도연에 관한 이야기는 일절 하지 않았다.

"유승재."

신애가 진지한 목소리로 승재를 불렀다.

"왜?"

"나랑 어디 좀 같이 가자."

"어딜?"

"그냥 묻지 말고, 따라와."

신애를 자주 본 것은 아니었지만, 이렇게 심각한 모습은 처음이었다.

이번에도 따라나서지 않으면 또 금방 울 것 같은 얼굴을 하고 있었다. 승재는 알겠다며 고개를 끄덕거렸다.

　신애가 승재를 이끈 곳은 신림동에 있는 허름한 고시원 건물 앞이었다.
　"여긴 왜?"
　승재가 낡아 빠지다 못해 다 쓰러져 가는 건물을 올려다보며 물었다.
　"들어가자."
　"여길 내가 너랑 왜 들어가?"
　대체 무슨 꿍꿍인지 알 수가 없었다. 예전에 도연이 전지훈련 다녀오는 승재를 인천공항으로 찾아온 날이 있었다. 밸런타인데이라며 직접 만든 초콜릿을 들고 왔던 날, 그날의 깜짝 쇼는 신애가 꾸민 일이라고 했었다.
　그날 처음으로 도연을 안았었는데…….
　갑자기 치고 들어온 기억에 승재는 슬쩍 머리를 털어 냈다. 그저 신애가 축구장만 한 오지랖을 부리며 가끔 제멋대로 움직이는 사람이라는 사실을 상기하고 싶을 뿐이었다.
　"아, 좀 그냥 따라와 봐."
　신애는 승재를 한 번 흘겨보고는 고시원 안으로 성큼성큼 들어섰다. 승재도 신애의 뒤를 따라 고시원 안으로 들어섰다. 마치 영화에서 보던 풍경처럼 복도에 작은 문이 즐비했다.
　제대로 방음이 되지 않는지, 안에서 말하는 소리가 복도까지 다 울렸다. 조용할 때는 안에서 숨 쉬는 소리도 들릴 것만 같았다. 복도 끝에는 남녀 공용 샤워실과 남녀 공용 화장실이 있었다.
　어떻게 샤워실이 공용일 수가 있나 싶어서 승재는 앞에 붙어 있는 안

내문을 유심히 보았다. 시간대별로 남자와 여자가 쓸 수 있는 시간이 구분되어 있었다. 시간을 착각한 척 샤워실을 들락거리는 남자들에 대한 경고문도 눈에 들어왔다.

이렇게 열악한 환경에서 고시 공부를 하는 사람들도 있구나.

승재는 새삼 이곳에 머무는 사람들에게 마음이 쓰였다. 어려운 시기를 보내 봤기에 쉽게 동화될 수 있는 감정이었다. 복도 끝에 있는 계단을 끝까지 오른 신애는 숨을 몰아쉬며 복도 중간쯤에 있는 방문 앞에 섰다.

겨우 4층 계단을 올랐을 뿐인데, 땀이 비 오듯 쏟아졌다. 유난히 더운 여름이기도 한 데다가 환기가 되지 않는 실내 공기는 숨이 턱 막힐 정도로 푹푹 쪘다.

"다 왔어. 여기야."

신애가 거친 숨을 내뱉으며 말했다. 여기가 어디냐고 묻기도 전에 신애는 허술한 번호 자물쇠를 꾹꾹 눌러서 방문을 열었다. 그러자 복도보다도 더 탁한 공기가 훅 밀려 나왔다.

방에는 작은 창문 하나조차 없어서 햇볕 한 점 들지 않아 어둑어둑했다. 금방 어둑서니가 튀어나온다고 해도 어색하지 않을 만큼 을씨년스러운 풍경이었다. 겨우 한 평이나 될까 말까 한 공간에는 간이 책상이 놓여 있었고, 그 아래로는 세면도구와 가재도구들이 가지런히 놓여 있었다.

"내가 돌겠어, 아주."

급기야 신애가 울음을 터뜨렸다. 승재는 도무지 속을 알 수 없는 신애 때문에 이제는 짜증이 다 나려고 했다.

"나도 돌겠다. 여기가 대체 어딘데?"

"도연이 방."

순간 잘못 들었나 싶어서 승재가 미간을 구기며 물었다.

"뭐?"

"여기서 차도연이 산다고."

옆 방문을 열고 나온 남자가 술 냄새를 풍기며 시끄럽다고 욕설을 내뱉고는 복도를 지나갔다. 머릿속이 복잡해지기 시작했다.

"여기 산 지 얼마나 됐는데? 왜 여기 사는데?"

"석 달 전쯤에 집 나왔어, 도연이."

가슴이 꽉 막히는 듯 답답해졌다.

"근데 왜 그걸 이제야 말해?"

"너 월드컵 때문에 바빴잖아. 돌아와서는 바로 팀에 복귀했고. 네가 몇 달 만에 나오는 외박인지는 알아?"

그동안 눈코 뜰 새 없이 바쁘게 지낸 건 사실이었다. 하나밖에 없는 가족인 누나의 얼굴을 보는 것도 어려울 정도였다.

"그리고 네가 도연이 어떻게 생각하는지 모르니까, 전화로 이런 얘기 할 수는 없었어. 얼굴 보고 말하려고 너 외박 나오기만 기다렸어. 아까 너 봤을 때, 너는 아무렇지 않게 잘 사는 것 같아서 말하지 말까 했는데. 네가 나랑 사귀면 차도연 볼 수 있다는 말 하는 거 듣고."

신애가 울음 섞인 목소리로 말을 이었다.

"차도연 고집 엄청 센 거 알지? 얘 내 말은 곧 죽어도 안 들어. 내가 돈 빌려줄 테니까 다른 데 가서 살자고 해도 싫대. 어떻게 된 애가 집에서 돈 한 푼 안 들고 나와?"

"집에서는 어떻게 나온 건데?"

절대로 아무런 이유 없이 그 집에서 도연을 내보냈을 리가 없었다.

"너 도연이 어떻게 살았는지…… 알고 있었지?"

신애가 조심스럽게 물었다.

"어느 정도는. 일단 다 얘기해 봐. 무슨 일이 있었는지."

신애는 그날의 기억을 회상하듯 미간을 찌푸렸다.

수업을 마치고 집으로 향하는 길에 도연에게서 전화가 걸려 왔다.

"야, 너 왜 이렇게 연락이 안 되냐?"

— 미안, 잘 지냈어?

"나야, 똑같지. 뭐."

승재와 헤어진 이후로 유독 힘들어한 도연이었다. 일부러 약속을 잡아서 불러내는 것에도 한계가 있었다. 도연은 날로 수척해져 갔고, 말수도 적어졌다. 스스로 벽을 세우고 고립되어 가는 것처럼 보여서 안타까울 따름이었다.

한 발짝 다가가면 도연은 열 걸음쯤 멀어지며 신애를 피했다. 승재와 헤어지면서 깊은 상처를 받은 탓에 사람을 피하는 건 아닌가 하는 생각도 했었다. 그러면서 유승재 죽일 놈이라고 속으로 욕도 많이 했다.

그런데 몇 개월 만에 얼굴을 보여 준 도연에게서 뜻밖의 이야기를 들을 수 있었다. 도연이 처음 내뱉은 이야기부터가 신애에게는 충격이었다.

"나 집 나왔어, 신애야."

그리 말하는 도연의 표정이 어딘지 모르게 홀가분해 보였다. 사춘기 소녀도 아니고 미쳤다고 집을 나오냐는 말은 나오질 않았다. 걱정을 싸매고 사는 성격을 가진 도연이었다. 그런 도연이 아무런 이유 없이 집을 나왔을 리 없다는 생각이 들었다.

그리고 머리카락으로 아슬아슬하게 가린 도연의 목덜미에 시퍼런 멍 자국이 보였다.

"야, 너 이거 뭐야?"

신애의 목소리가 한없이 떨렸다. 도연은 대수롭지 않다는 듯이 목덜미를 어루만지며 웃었다.

"맞았어."

"누구한테!"

"엄마."

엄마라고 말하는 도연의 목소리가 어색했다. 마치 그렇게 부르고 싶지 않은 사람을 억지로 부르는 듯한 말투였다.

"너희 엄마가 이렇게 때렸다고?"

도연은 대꾸 없이 고개만 끄덕거렸다.

"나 오늘 하루만 재워 주라."

평소와 다를 바 없는 은은한 미소를 머금으며 도연이 말했다. 집으로 데려가면 모친을 통해 도연에 관한 소식이 새어 나갈 것 같아서 신애는 사촌이 운영하는 비즈니스호텔로 도연을 데리고 갔다.

호텔방 안에 들어서자마자, 신애는 도연의 옷을 들추기 시작했다.

"어디 봐 봐. 여기만 그래? 다른 데는 괜찮아? 너 병원 가 봐야 하는 거 아냐?"

그저 셔츠를 들어 올렸을 뿐인데 멍 자국이 군데군데 선연했다.

"너 처음 맞은 거 아니지?"

신애의 울음 섞인 물음에 도연은 대꾸도 하지 않은 채로 가만히 있었다.

"그래서 나왔어? 맞기 싫어서?"

도연은 가만히 고개를 가로저었다.

"우리 신고하자. 이거 경찰에 신고해야 해. 나쁘다. 어떻게 부모가 자식을 이렇게 때려? 미친 거 아냐?"

"고마워, 욕해 줘서."

그저 해맑게 웃으며 고맙다고 말하는 도연 때문에 신애는 복장이 터져 버릴 것만 같았다.

"너 찾아오면 어떡해? 이제 어떡하지?"

신애가 고심하듯 미간을 찌푸리자, 도연이 걱정 말라는 듯이 입을 열었다.

"나 안 찾을 거야, 아마. 서로 없는 셈 치고 살자고 했어."

"어떻게 부모가 딸을 안 찾아?"

도무지 이해할 수 없는 말만 계속하는 도연을 신애는 답답하다는 듯이 바라보았다.

"내가 나 찾지 말라고 아버지 협박하고 나왔거든."

"협박?"

"어, 협박."

신애는 잠시 침묵했다. 대체 어떤 종류의 협박이면 부모가 자식을 없는 셈 치고 살 수가 있는지 가늠이 되질 않았다.

"우리 아버지 되게 오래전부터 외도 중이었어. 엄마가 계속 물증을 못 잡고 있었는데, 그걸 내가 잡았다?"

도연은 뿌듯하다는 듯이 말을 이었다.

"가족을 기만하는 것도 정도가 있지. 엄마랑 내가 집에 있는 시간인데도, 서재로 조교를 불러서 그 짓을 하더라고."

"엄마는 그걸 눈치 못 채셨어?"

"그건 정확히 모르겠어. 눈치를 못 채신 건지. 그 사실을 알고 정신을 놓으신 건지."

도연은 한숨을 한 번 내쉬고는 말을 이었다.

"서재에다가 인터넷에서 파는 초소형 카메라를 설치했어. 며칠 안 돼서 바로 덜미를 잡았지."

"그래서 그걸로 차 교수님 협박하고 나온 거야?"

"어. 앞으로 인연 끊고 살자고. 날 찾아오면 이걸 세상에 공개하겠다고 했어. 그 시간에 엄마가 거실에서 차를 마시는 영상까지 같이 보여줬지. 집에 가족이 있는 상태에서 외도를 저지르는 교수의 불륜 동영상으로 인터넷에 퍼뜨리겠다고 했더니 기겁을 하더라. 그 표정도 녹화해뒀어야 했는데."

"근데 엄마는 너한테 왜 이런 거야?"

"내가 다 망쳤대. 본인 인생도, 우리 가족도 내가 다 망친 거래. 그러면서 손에 잡히는 대로 집어 던지더라고."

신애가 걱정스러운 눈빛으로 바라보자, 도연이 빙긋이 웃었다.

"나 이제 괜찮아. 너무 홀가분해. 단지 마음에 걸리는 게 있다면……."

"마음에 걸리는 게 뭔데?"

이제껏 담담했던 도연의 목소리에 물기가 어리는 듯했다.

"승재야."

작년에 헤어졌다는 승재의 이름을 입에 올리는 도연의 눈가에 눈물이 가득했다.

"승재가 왜?"

도연이 더는 참을 수 없다는 듯이 서러운 눈물을 터뜨렸다. 오랜 시간 쌓였던 서글픔을 이제야 토해 내는 듯한 도연의 모습이 너무도 안쓰러워서 신애의 눈가에도 눈물이 맺혔다.

"아버지가 승재를 건드리겠다는 거야. 축구 못 하게 만들겠다고. 작년에 김치열 때문에 퇴장했던 일도 아버지가 꾸민 거였어. 원래 그 경기에서 승재 다치게 하려고 했는데, 김치열이 심하게 도발해서 승재가 퇴장당하는 바람에 못 한 거라고 하는데."

도연이 울음을 간신히 삼켜 가며 말을 이었다.

"내가 무슨 자격으로 승재 옆에 있어. 내가 무슨 염치로 승재 곁을 지키겠다고 고집을 부릴 수가 있겠어."

제 가슴을 쳐 가며 울어 대는 도연을 신애가 와락 끌어안았다. 아무런 잘못도 하지 않은 도연이 모든 아픔을 끌어안고 있는 것 같아서 안타까웠다.

"그래서 네가 먼저 헤어지자고 한 거야?"

그동안 신애는 도연이 왜 승재와 헤어졌는지 묻지 않았었다. 도연이 풍기는 복잡한 분위기 때문에 물을 수 없던 것도 사실이었다. 그저 승재가 유명세를 치르기 시작하면서 도연에게 깊은 상처를 줬겠거니 짐작할 뿐이었다.

도연은 대답 대신 고개를 끄덕거리기만 했다.

"그럼, 이제 승재한테 연락하면 되겠다, 그치? 우리 승재한테 연락하자, 도연아."

승재와 헤어지고 나서 도연이 얼마나 망가졌는지를 신애는 잘 알았다. 도연이 예전 모습의 반만큼이라도 회복할 수 있다면, 승재와 다시 만나는 편이 좋겠다고 여겼다.

"못 해. 나 승재한테 절대 연락 못 해."

도연이 또다시 울음을 터뜨리며 간신히 말을 내뱉었다.

"나 승재한테 되게 못되게 굴었다? 걔네 누나가 걔한테 어떤 의민지 뻔히 알면서…… 너네 누나가 몸 팔아서 너 키운 거 아니냐고 했어. 그 말 듣던 승재 표정이 아직도 눈에 선해. 너무 아파 보여서 가슴이 막 찢어지는 것 같았어."

한숨을 한 번 몰아쉰 도연이 신애의 품을 벗어나며 허망한 목소리로 읊조렸다.

"작년 겨울에 한 번 봤어."

"어디서?"

"연말마다 하는 자선 행사에 왔더라고. 할아버지가 승재랑 나랑 동창이라는 거 아시고 자리를 붙여 주셨더라? 내가 뭘 제대로 못 먹으니까, 승재가 수프에 밥을 말아 줬는데. 승재가 직접 준 거라 그런지 너무 잘 넘어가는 거야. 그러다가 아버지가 불러서 자리를 뜨는데, 승재랑 눈이 마주쳤어. 내내 아무렇지 않게 대해서 차라리 다행이라고 생각했는데. 엄청 원망스러운 눈으로 날 보고 있더라고."

"승재도 너한테 미련 남아서 그런 거 아니고?"

"너라면 그런 말 듣고 미련이 남을 수가 있겠어? 나 게다가 그날 보란 듯이 승재 앞에서 아버지한테 다른 남자 소개도 받았다? 나 되게 나쁜 년이지?"

도연이 눈물범벅이 된 얼굴로 허탈하게 웃었다.

"아냐, 안 나빠. 하나도 안 나빠. 네가 뭘 했다고 나빠?"

"승재한테 상처 줬잖아. 그것도 걔가 제일 아파하는 부분 건드리면서. 걔는 내가 힘들어할 때마다 위로해 줬는데."

도연은 그렇게 울다가 지쳐 잠이 들었다.

그 후로 한동안은 힘들어할 거라고 생각했는데, 그다음 날부터 도연은 아무 일도 없었다는 듯이 아르바이트 자리를 구하러 다녔고 선금으로 받은 아르바이트비로 고시원을 계약했다.

"하여간 차도연 독해서."

신애의 말을 전해 들은 승재가 조용한 목소리로 읊조렸다. 아주 조금은 힘들어했을 거라 생각했지만, 생각했던 것보다 훨씬 더 아파했을 도연을 떠올리자 가슴이 아렸다.

"그럼 이제 내가 차도연 데리고 살면 되는 거야?"

승재의 너스레에 그날 일을 떠올리며 눈물을 훔치던 신애가 반색했다.

"그럴 수 있어?"

"당장은 어렵기는 한데, 일단 여기서는 나오게 해야지."

시계를 한 번 확인한 승재는 시간을 가늠하듯 미간을 찌푸리며 입을 열었다.

"오늘부터 들어가서 쓸 수 있는 오피스텔 구해 볼게. 구해지는 대로 주소 알려 줄 테니까, 거기로 도연이 데리고 와."

"뭐라고 하고 데리고 가? 걔 죽어도 안 움직일 텐데."

"너도 집 나왔다고 해. 오피스텔 집들이한다고."

신애는 감탄스럽다는 듯이 승재를 우러러보았다.

"알았어! 내가 도연이 데리고 갈게. 꼭 오늘 안으로 옮길 수 있는 데 구해야 한다?"

알겠다고 대답하는 승재의 입가에 엷은 미소가 걸렸다. 이제껏 고생한 게 안타깝기는 하지만, 다시 도연을 볼 수 있다는 생각에 심장이 다시 뛰기 시작했다.

"진심이야?"

도연은 걱정스러운 목소리로 신애를 바라보았다. 패스트푸드점 아르바이트가 끝나 갈 무렵 찾아온 신애는 집을 나왔다며 심각한 얼굴을 했다.

"어, 진심이야. 그래도 나는 너처럼 대책 없이 나오지는 않아. 오피스텔도 미리 구해 뒀거든."

"이열. 윤신애 능력 좋다?"

도연이 빙그레 웃으며 신애를 치켜세워 주었다. 신애의 성격상 이번 가출은 일주일도 가지 못할 게 뻔했지만 말이다. 신애는 집을 떠나서는 절대 살 수 없는 캐릭터였다. 겉으로는 강한 척하고, 남 등 떠미는 것도 잘하지만, 정작 본인 일에는 쉽게 나약해졌다.

"오늘 집들이할 거야. 너 무조건 나랑 같이 가야 해."

어쩐지 낌새가 이상해서 도연은 신애를 슬쩍 떠보았다.

"나 이사시키려고 거짓말하는 거면 죽여 버린다."

"혼자 자기 무섭단 말이야! 오늘 하루만 나랑 같이 자 줘."

"혼자 자기 무서운 애가 집은 왜 나왔어? 대책은 네가 더 없거든? 겁도 많은 게 어쩌려고."

"아, 몰라. 오늘 나랑 같이 잘 거지?"

그렇지, 이렇게 막무가내로 굴어야 윤신애다.

"내가 독립 선배로서 가르칠 게 많아 보이니까, 하루만 같이 자 줄게."

신애가 음흉한 미소를 지으며 눈을 가늘게 뜨고는 도연을 쏘아보았다. 신애는 도연이 POS 마감을 하고, 청소를 마칠 때까지 계속 아까와 같은 묘한 눈빛으로 바라보았다.

패스트푸드점을 나오자마자 택시를 타겠다는 신애를 끌고, 도연은 버스에 올라탔다.

"독립했으면, 돈도 좀 아껴. 버스 타도 금방인데."

신애가 얻었다는 오피스텔은 도연이 일하는 패스트푸드점에서 버스로 불과 세 정거장 거리에 있었다. 강남 한복판에 있는 오피스텔은 월세가 어마어마할 것 같았다.

"여기 월세 얼마야?"

도연이 묻는 말에 대답은 하지 않고, 오피스텔 안으로 들어선 신애가 겸연쩍은 표정을 지으며 입술을 달싹거렸다.

"왜, 뭐 할 말 있어?"

신애는 뭐 마려운 강아지처럼 어중된 얼굴로 들어가지도 나가지도 못한 채 현관에 서 있었다.

"왜 그래, 신애야. 갑자기 집 생각 나서 그래? 집까지 데려다줄까?"

역시 신애는 집을 나와서 독립할 깜냥은 아니었나 보다.

"도연아."

가까스로 입을 연 신애가 결연한 얼굴로 도연을 바라보았다.

"집들이한다고 해 놓고 아무것도 못 샀네. 나 밑에 편의점 좀 내려갔다 올게."

"같이 가, 그럼."

"아냐. 뭐 배달 온다고 했거든. 그것 좀 대신 받아 주라. 얼른 갔다 올게."

신애가 손사래를 치며 잠깐만 기다리라고 하더니 나가 버렸다.

"정신이 없을 만도 하지."

도연은 신애가 나간 현관문을 잠시 멍하니 바라보다가 이내 시선을 옮겨 실내를 한 번 둘러보았다. 복층형 오피스텔 안은 여자 혼자 살기에 딱 알맞도록 꾸며져 있었다. 1층에는 작은 부엌과 거실이 있었고 거실에서 올려다보이는 2층에는 침대가 놓여 있었다.

부엌에는 2인용 식탁을 비롯해 전기포트, 밥솥, 전기레인지 등 부엌 가전이 적당하게 들어차 있었고, 부엌과 공간을 나누기에 조금 모호한 거실에는 2인용 소파와 TV가 자리했다. 대책 없이 나온 거 아니라고 큰소리 친 게 틀린 말은 아니었나 보다.

"욕실이 어딘가?"

도연은 아르바이트하면서 미처 다 닦아 내지 못한 손에 묻은 기름 때를 씻어 내려 욕실을 찾았다. 욕실은 현관문 바로 옆인, 침실 아래에 위치해 있었다.

"새벽에 화장실 왔다 갔다 하기 좀 불편하겠다."

자신은 공용 화장실이 달린 고시원에서 생활하면서 도연은 오피스텔에 대한 꼼꼼한 품평을 내리는 데 여념이 없었다.

"좋겠네, 윤신애. 독립도 이렇게 좋은 데서 시작하고. 근데 이런 게 무슨 독립이야? 경제적으로 완전히 벗어나야 독립이지."

차 교수가 내뱉었던 말과 궤를 같이하는 말을 스스럼없이 내뱉으며 도연은 자신의 처지를 위안 삼았다. 뽀득뽀득 소리가 나도록 깨끗이 씻은 손을 수건에 닦아 내는데, 현관문이 열리는 소리가 났다.

신애가 돌아왔는지, 냉장고 문을 열었다 닫는 소리와 싱크대 물을 트는 소리가 들려왔다.

"뭐 맛있는 거 사 왔어? 배달은 아직 안 왔어."

욕실을 나온 도연이 부엌에 서 있는 사람을 발견하곤 그 자리에 그대로 굳어 버렸다. 당연히 그곳에 있어야 할 신애의 모습이 아닌 웬 남자의 뒷모습이 눈에 들어왔다. 볼캡을 눌러쓰고 검은색 트레이닝복을 입은 그의 뒷모습은 누군가와 지독히도 닮아 있었다.

혹시나 하는 생각이 들어서 가슴이 철렁 내려앉은 순간, 그가 뒤를 돌아보았다. 이쪽을 바라보는 승재의 시선은 여상했다. 마치 도연이 여기 있다는 사실을 미리부터 알고 있던 사람처럼 당황한 기색이 전혀 없었다.

하긴 신애와 승재 역시 고등학교 동창이었고, 연락을 하던 사이였다. 도연과 승재가 사귀다가 헤어졌다고 해서 두 사람의 우정까지 끊어 낼 수는 없었을지도 모른다.

그런데 둘이 그렇게 친했었나? 독립해서 처음 들어오는 집 현관문을 열고 찾아올 만큼?

아주 가끔 구김살 없이 밝은 신애가 승재의 곁에 선다면 어떨까 하는 가정을 해 본 적이 있었다. 상상만으로도 무척이나 잘 어울린다고 생각했었다.

신애는 도연이 승재와 헤어진 이후에도 승재의 소식을 꼬박꼬박 찾아보는 듯했다. 도연이 승재를 만나는 동안 신애는 곁에서 아무렇지 않은 척했지만, 속앓이를 꽤 했을지도 모른다는 생각이 들었다.

그래서 승재와 헤어졌다는 말에 아무것도 묻지 않았을까, 승재한테 다 들어서?

아니지, 승재와 헤어진 과정을 이야기했더니 승재에게 연락을 하자고 했었는데…….

그때 도연은 분명 자신은 다시 승재의 곁에 서기 어려울 거라 단정 지었었다.

그 이후일까, 두 사람이…….

짧은 시간 동안 많은 생각이 오갔지만, 그중에서 분명한 건 당장 이 공간을 벗어나야 한다는 것이었다. 자신이 불청객이라는 생각이 강하게 들어서였다.

"신애 밑에 편의점 간다고 나갔어. 뭐 배달 온다고 나한테 대신 받아 달라고 했는데 네가 대신 받아 주면 되겠다. 나 갈게."

도연이 현관으로 발걸음을 옮기려는 순간이었다.

"신애 안 와."

승재의 나직한 목소리가 잔잔하게 울렸다.

"저녁 먹자. 밥 못 먹었지?"

그리 말한 승재는 도연의 대답을 들을 생각이 없다는 듯이 개수대 쪽으로 돌아서서 무언가에 열중하기 시작했다.

"유승재."

도연이 조심스레 승재의 이름을 불렀다. 그러자 승재가 돌아보지도 않고 대꾸했다.

"네가 무슨 상상을 했는지 알겠는데, 나랑 신애 그런 사이 아냐."

단호하게 부정하는 소리에 내심 안심이 되는 건 왜일까? 마음이 이기적으로 기울었다. 도연은 당장에 달려가 승재의 허리를 끌어안고 싶은 충동을 참아 내며 붙박인 것처럼 서 있었다.

"그렇구나. 내가 괜한 오해를 했네. 난 그만 가 볼게. 저녁 맛있게 먹어."

가고 싶지 않았다. 승강이를 해도 좋으니 승재를 아주 조금이라도 더 바라보고 싶었다. 자신에게 등을 돌린 채로 심드렁한 대답만 내놓는 태도일지라도 좋았다.

헤어진 이후 우연히 마주쳤을 때도, 도연은 승재를 기만하는 행동을 했다. 그러니 욕이나 저주를 퍼붓지 않는 게 다행이었다.

그저 무심하기만 한 승재의 태도가 고맙기까지 했다.

"어딜 가? 저녁 먹고 가라니까."

포장 음식의 비닐을 뜯어내던 승재가 고개를 돌려 도연을 바라보았다.

"근데 신애는 왜 안 와?"

독립한다더니 지레 겁을 먹고 벌써 집에 간 건가 싶었다.

"신애 집에 갔어."

역시나 예상했던 게 맞아떨어졌다.

"그럼 유승재, 너는 여기 왜 왔어?"

도연의 질문에 승재가 답답하다는 듯이 한숨을 내쉬었다.

"여기 차도연이 있으니까."

"뭐?"

도연은 그게 무슨 뜻이냐는 듯이 되물었다.

"여기 차도연이 있으니까, 내가 온 거라고. 그리고 앞으로도 나는 여기 계속 올 거야. 차도연이 여기 계속 있을 거니까."

무슨 소리를 하는 건가 싶어서 도연은 가늘게 뜬 눈으로 승재를 바라보았다. 이제야 포장 비닐을 다 풀었는지, 승재가 식탁 위에 음식을 늘어놓으며 말했다.

"나 오늘 종일 돌아다니느라 크랜베리 씻은 물밖에 못 먹었어. 그러니까 앉아. 일단 먹고 이야기하자."

승재가 사 온 음식은 전복이 듬뿍 들어간 전복죽이었다.

"일단 앉으라고, 나 지금 말할 기운도 없어. 우리 되게 오랜만에 보는 것 같은데, 먹고 나서 제대로 된 이야기 좀 해 보면 안 될까?"

도연은 묵묵부답으로 제자리에 서 있었다.

"안아다가 앉혀 줘?"

승재가 진심이라는 듯이 물었다. 도연은 슬쩍 고개를 내저으며 식탁 앞에 앉았다. 식탁이 좁은 탓에 도연이 마주 앉자 두 사람의 무릎이 아슬아슬하게 부딪쳤다. 승재는 도연이 불편하지 않도록 긴 두 다리를 옆으로 쭉 뻗었다.

어쩐지 승재의 두 다리 사이에 도연이 앉아 있는 식탁이 갇혀 버린 기분이었다. 승재와 처음으로 이야기를 나누었던 그때 그 옥상에서처럼 말이다. 그때도 승재는 곤경에 처한 자신을 도와주며 마주 앉아서는, 의자 옆으로 긴 다리를 쭉 뻗었었다.

"아직도 소화 잘 못 시키지?"

승재의 목소리에서 걱정이나 염려는 묻어나지 않았다. 도연은 어떻게 알았냐는 듯이 승재를 빤히 바라보았다.

"얼굴에 다 쓰여 있어. 못 먹고 다닌다고."

승재는 가만히 있는 도연의 손에 숟가락을 쥐여 주며 먹으라고 채근했다. 눈물이 핑 돌 것만 같아서 도연은 고개를 푹 숙인 채로 먹는 데만 집중했다. 수프에 말아 주었던 밥처럼 전복죽이 목구멍으로 술술 잘도 넘어 갔다. 헤어진 지 오래인데도 승재가 곁에 있다는 사실을 몸이 먼저 알아 차리는 듯했다.

도연이 용기에 차 있는 전복죽의 반도 채 비우지 못하는 동안, 승재는 벌써 식사를 끝내고 도연을 바라보고 있었다. 도연은 몇 술 더 뜨다 말고 숟가락을 내려놓았다.

"먹는 양도 많이 줄었네. 그러니까 그렇게 비쩍 말랐지."

승재는 아까부터 계속 도연이 먹는 모습을 지켜보더니 못마땅하다는 듯이 말했다.

"나 그만 가 볼게. 너무 늦어서."

"차도연."

다소 차가운 목소리였다.

"너 내가 아까 한 말 뭐로 들었어?"

승재가 딱딱한 말투로 물었다.

"무슨 말?"

"너 앞으로 여기 계속 있을 거라는 말."

"내가 왜 여기 있어야 하는데?"

심장이 쿵쿵 울리기 시작했다. 승재와 마주 앉아서 이야기를 나누는 게 얼마 만인지 모르겠다. 승재는 앳된 소년의 이미지를 완전히 벗어 내고 이전보다 훨씬 성숙해져 있었다. 목소리는 더 낮게 울렸고, 어깨도 더 크게 벌어져서 각이 분명했다.

"내가 오늘 한 끼도 못 먹고 뛰어다니면서 꾸민 곳이니까."

"왜?"

그리 묻는 도연의 목소리가 파르르 떨렸다.

"못된 차도연 여기 가둬 놓고 벌줄까 싶어서."

대꾸하는 승재의 눈가와 목소리에 물기가 어리는 듯했다. 승재는 감정의 변화를 들키는 게 싫었는지 얼른 고개를 돌리며 목을 한 번 가다듬었다.

"나는 네가 주는 벌 받을 자격도 없는 것 같은데, 어떡하지?"

이번에는 도연의 눈가와 목소리가 젖어 들었다. 도연 역시 고개를 모로 돌리며 숨을 멈추었다. 잘못은 다 자신이 해 놓고 울음이 터져 나올 것만 같아서 도연은 눈을 꼭 감았다. 앞에 앉아 있던 승재가 몸을 일으키는 기척이 느껴지는가 싶더니, 도연이 앉아 있는 의자가 뒤로 쭉 밀려났다.

그리고 눈을 떴을 때 도연에게 눈높이를 맞추려 무릎을 꿇고 앉아 있는 승재의 모습이 보였다.

"도연아."

승재의 부름이 전처럼 애틋해서 도연의 뺨을 타고 눈물방울이 주르륵 흘러내렸다.

"무슨 일이 생기면 나한테 다 말해 주기로 했었잖아. 나한테 말했어야지. 둘이 같이 해결했어야지. 너 혼자 다 짊어지면 어떡해."

"나 때문에 일어난 일이었으니까."

승재가 허벅지를 세우며 도연에게로 성큼 다가왔다. 무릎 위에 가지런히 놓인 도연의 손을 잡는 승재의 손은 전처럼 부드럽기만 했다.

도연은 헤어진 이후 처음으로 본심을 드러냈다.

"그날 네 손이 너무 신경 쓰였어. 약도 제대로 못 바르고 곪은 것 같아서, 너무 아파 보여서……!"

말을 다 내뱉기도 전에 입술이 맞닿았다.

도연이 먼저 승재의 목덜미를 제 품으로 꼭 끌어당겨 안았는지, 아니면 승재가 먼저 도연의 등허리를 휘감았는지 알 수 없었다. 누가 먼저랄 것도 없이 서로를 품에 안은 두 사람은 오래도록 거친 숨결을 나누어 마셨다.

"흐음."

"음."

신음이 흐르자, 승재는 입술만을 살짝 떼어 낸 채로 목소리를 냈다.

"차도연."

부드럽게 흘러나오는 승재의 달콤한 숨결이 도연의 입술 위를 간지럽혔다.

"응."

도연은 가쁜 숨을 몰아쉬며 간신히 대꾸했다.

"갈 거야, 여기 있을 거야?"

대답을 할 수가 없었다. 자신의 존재가 이제 승재에게 위협이 될 리는 만무했다. 차 교수의 약점을 잡은 이상, 더는 차 교수가 제멋대로 날뛰며 고집을 피울 수 없기 때문이었다.

"나한테 안 미안해?"

"미안해. 많이 미안해. 너무…… 미안해."

그리 말하는 도연의 목소리에 울음기가 배어났다.

"미안하면 여기 있어. 내가 찾을 때마다 여기 있어. 나만 기다리고 있어, 알겠어?"

승재 역시도 울음기 섞인 목소리로 강조했다. 도연은 눈을 꼭 감으며 고개를 끄덕거렸다. 그러자 몸이 허공으로 번쩍 들렸다. 승재는 도연을 안은 채로 걸음을 성큼성큼 옮겨 2층으로 향했다.

저지할 틈도 없이 도연의 등이 침대에 닿았다.

"나 일하느라 땀 많이 흘렸어."

도연이 그리 말하는 소리에도 아랑곳하지 않고 승재가 트레이닝복 상의를 벗어 던졌다. 오랜만에 마주하는 승재의 상체 근육은 예전보다 훨씬 옹골진 모습이었다. 예전에는 선이 고운 소년의 모습도 아주 약간 가지고 있었다면, 지금은 소년티를 완전히 벗어 낸 남자의 모습이었다.

그 모습만으로도 흥분이 되어 숨이 턱까지 차오르는 듯했다. 승재는 도연이 입고 있는 티셔츠 밑단을 잡아서 위로 쭉 잡아당겼다. 단번에 티셔츠가 벗겨졌다. 도연을 내려다보는 승재의 눈가가 빨갛게 충혈되어 있었다.

"헤어지고 나서 단 하루도, 네 생각 안 했던 적이 없었어."

승재가 도연의 목덜미에 얼굴을 묻으며 속삭였다.

"어떤 날은 네 목소리가 밤새도록 생각났고."

목덜미를 간질이던 입술이 도연의 입술을 살포시 덮었다가 떨어졌다.

"어떤 날은 네 눈빛이 밤새도록 생각났고."

승재의 입술이 도연의 눈꺼풀 위에 잠시 머물렀다.

"그리고 매일 밤, 차도연 안고 싶어서 미치는 줄 알았어."

낮게 쉰 목소리가 몹시 외설적이었다.

"넌 나 안 보고 싶었어?"

애절한 목소리가 탁하게 울렸다. 도연은 간신히 숨을 고르고 목소리를 냈다.

"보고 싶었어."

"그냥 보고 싶기만 했어?"

이번에는 정염에 휩싸인 승재의 목소리가 야릇하게 울렸다. 승재가 어떤 대답을 원하는지 알고 있었다. 지금만큼은, 아니, 앞으로도 영원히 도연은 승재가 원하는 대답을 해 주겠다고 다짐했다.

"갖고 싶었어. 매일 밤 네가 그리워서 미치는 줄 알았어."

도연은 자신을 내려다보는 고동색 눈동자를 들여다보며 속삭였다. 기다란 눈매가 보기 좋게 휘어졌다. 이 방에서 만난 이후 처음으로 승재가 미소를 머금었다.

"뭐가 특히 그리웠는데?"

승재는 아예 작정하고 묻는 듯했다. 우물쭈물 대답을 내놓는 도연의 모습을 즐기는 듯도 했다. 아무렴 좋았다. 승재가 원하는 건 뭐든지 할 수 있었다.

"네가 나 꽉 끌어안아 줄 때 느껴지던 단단한 가슴이랑, 등허리 맨살에 닿았던 부드러운 손길이랑, 기분 좋게 내리누르던 무게감이랑."

아직 원하는 대답이 나오지 않았다는 듯이 승재가 고개를 비스듬히 기울이며 도연을 내려다보았다. 도연이 하나하나 대답을 내놓는 사이 어느새 옷이 다 벗겨져 있었다.

"내가 널 오롯이 가질 때의 느낌."

도연이 속삭임과 동시에 승재가 그녀의 품을 파고들었다.

"아앗."

"하아."

탁한 신음이 동시에 흘러나왔다. 잠시 숨을 고른 승재가 자상한 목소리로 물었다.

"이렇게?"

도연은 고개를 끄덕거리며 승재의 목덜미를 꼭 끌어안았다.

열기가 점점 치솟았다. 헤어져 있던 순간은 아무것도 아니었다는 듯이 승재는 다정하고 격렬하게 도연을 안아 주었다.

인천의 호텔에서 그랬던 것처럼, 도연은 승재의 가슴에 머리를 기댄 채로 이런저런 이야기를 했다.

"월드컵 봤어. 너 되게 잘하더라."

"그러니까 날 믿었어야지. 김치열 그 병신이 나한테 태클을 한다고 그게 먹힐 것 같아? 내가 그 새끼 수를 뻔히 아는데?"

승재는 신애에게서 모든 이야기를 전해 들었다고 했다. 창피하게 신애를 붙들고 눈물 콧물 다 빼 가며 울었다는 이야기까지 빠짐없이 들었단다.

"나 진짜 이 악물고 했어."

승재가 한숨 쉬듯 말했다.

"내가 너무 못되게 굴어서? 나 보란 듯이 잘 살려고?"

도연이 건넨 질문에 승재는 '아니'라고 대답하고는 잠시 뜸을 들였다.

"너한테 분명히 무슨 일이 있는 것 같은데…… 내가 못 미더워서 말 못 하는 것처럼 느껴졌어. 내가 못나서 감당 못 할까 봐 말 못 하는 너는 얼마나 괴로울까 싶어서."

승재가 도연의 어깨를 힘주어 안았다. 도연은 승재의 옆구리로 더욱 깊숙이 파고들었다. 승재의 품 안은 예전과 똑같이 안온했다.

"아니야. 네가 못 미더워서 말 못 했던 거."

"아니긴 뭐가 아니야? 내가 돈에 매수당한 선수들한테 당할까 봐? 협회 농간에 놀아날 만큼 내가 부족해 보였어?"

다소 울분에 찬 목소리였다.

"나 때문에 네가 정말 축구를 못 하게 되면 내가 너무 괴로울 것 같았어. 내가 이기적이어서 도망친 거야."

"차도연."

"응?"

"계속 나쁜 년 하고 싶어?"

"……."

"나한테는 예쁘다, 예쁘다 소리만 들으면서 살고 싶지 않아?"

"그러고 싶어."

"그러면 그렇게 자꾸 너한테만 잘못이 있는 것처럼 말하지 마."

승재가 하는 말에 도연은 눈물이 핑 돌았다.

"내가 말했었지? 네가 잘못하지 않은 거에 미안하다고 사과하지 말라고."

"응, 그래."

"네가 나한테 사과해야 할 건 딱 하나야. 아무리 심한 말 하려고 작정한 거였어도, 나랑 누나 가지고 못된 말 한 거. 그것만 사과하면 돼."

도연은 승재의 가슴을 꼭 끌어안으며 입을 열었다.

"미안해, 승재야. 나 그거 진심 아니었어. 그 말 듣고 있는 네 표정이 너무 힘들어 보여서, 나 정말 미치는 줄 알았어."

"그래, 진심 아닌 거 알고 있기는 했어. 알겠어. 근데."

승재의 목소리가 스산하게 들렸다.

"머리로는 이해했는데, 영 마음이 안 풀리네?"

그리 말하는 목소리에 미묘한 장난기가 묻어났다.

"내가 너 삐졌을 때, 어떻게 풀어 줬더라? 기억나?"

호숫가에 차를 세워 두고 서로를 탐했던 날을 말하는 것 같았다.

"응."

도연은 그리 대답하며 얼른 승재의 배 위로 올라탔다. 지난번에 이렇게 했을 때는 '헉' 소리를 내며 놀라던 승재가 이번에는 조용했다. 오히려 노골적인 시선으로 어떻게 하나 두고 보자는 듯이 도연을 올려다보고 있었다.

자신을 바라보는 승재의 외설적인 눈빛만으로도 도연은 온몸에 짜릿한 열감이 오르는 듯했다. 도연은 고개를 숙여 승재의 목덜미에 입술을 묻었다. 매끈하게 뻗은 쇄골에 입을 맞추고, 잘 짜여진 근육 줄기에 입을 맞추면서 입술을 점점 아래로 옮겨 갔다.

"차도연, 너 뭐 하는 거야!"

점점 아래로 향하는 도연의 입술에, 골려 주려던 제가 더 어찌할 바를 모르고 승재는 밭은 신음을 내뱉었다.

승재가 사 들고 온 음식 중에는 아이스크림도 있었다. 도연이 기분을 풀지 않고 꼿꼿하게 나오면 아이스크림을 먹일 작정이었다고 했다.

"내가 애냐? 아이스크림에 기분이 풀리게?"

도연은 어이가 없다는 듯 말하면서 분홍색 숟가락으로 아이스크림을 푹 퍼 먹었다. 달콤하고 차가운 크림이 입 안 가득 퍼지는 느낌이 나쁘지 않았다.

"와, 차도연. 아이스크림 완전 좋아하면서? 너 고등학교 때, 여름에는 쉬는 시간마다 아이스크림 달고 살았어. 기억 안 나?"

"그땐 애였고."

"그럼, 지금은 어른이야?"

"지금은 당연히 어른이지."

도연이 당연하다는 듯이 대꾸하자, 승재가 눈을 가늘게 뜨며 놀려 댔다.

"어른이 애처럼 아이스크림을 먹네."

"그럼, 어른처럼 먹는 법 가르쳐 줘?"

새침하게 묻자, 승재가 '보여 줘 봐!' 하고 대꾸했다. 도연은 먹고 있던 아이스크림 컵을 숟가락으로 휘휘 저어서 적당히 흐르도록 녹였다.

"이것 봐. 완전 애네. 먹을 거로 장난이나 치고."

승재가 그리 말하며 키득키득 웃었다.

어디 이래도 웃나 한번 볼까?

도연은 가슴께까지 끌어 올리고 있던 이불을 끌어 내린 후, 컵을 뒤집어서 적당히 녹은 아이스크림을 가슴 위로 부어 버렸다. 마주한 승재의 눈빛이 순간 음험하게 빛났다.

"먹어 볼래?"

승재가 두말없이 달려들었다.

기진맥진해서 잠이 든 건 동이 튼 이후였다. 그것도 눈만 잠깐 붙이고 깨어났다. 승재가 도연의 몸을 꼭 끌어안은 채로 자꾸 몸을 바르작거려서 잠을 잘 수가 없었다.

"잠 좀 자자."

도연이 잠투정을 하자, 승재가 '응, 자, 자!' 라고 말로만 도연을 달래 주었다. 승재의 손은 도연의 다른 곳을 달래고 있었다. 결국, 잠이 다 깨어 버린 도연은 승재의 품에 또다시 안겼다.

두 사람이 소스라치게 놀라서 침대에서 몸을 일으킨 건 도연에게 걸려 온 전화 한 통 때문이었다.

"할아버지?"

전화를 받는 도연의 목소리가 깊게 가라앉았다. 발신인은 평소 도연에게 개인적인 연락이라고는 단 한 번도 한 적이 없었던 조부, 차 회장이었다.

"네, 지금요?"

도연의 눈빛이 불안함으로 물들었다.

도연이 계획했던 독립 시나리오에 차 회장은 없었다. 차 교수가 도연을 협박할 때 차 회장을 끌어오기는 했지만, 차 교수는 차 회장의 다섯 아들 중 넷째였다. 그리고 도연은 차 회장의 수많은 손자, 손녀들 중에 한 명일 뿐이었다.

이미 그룹 승계 구도는 잡혀 있었고, 차 교수의 말처럼 도연이 굳이 한 자리 차지하고 들어가야 할 이유도 없었다. 차 회장이 도연에게 개인적인 관심을 보였던 적은, 도연의 기억 속에 존재하지 않았다. 그저 말썽 없이 착실하게 잘 자라고 있는 손녀딸 정도로 여기는 줄로만 알았다.

그런데 독립을 하고, 하필 승재를 만난 지금, 차 회장이 도연을 찾는 연락을 해 왔다. 비서실을 통한 것도 아니었고, 그룹 실무를 맡으면서 차 회장을 근거리에서 보좌하고 있는 큰아버지의 전화도 아니었다.

— 지금은 시간이 너무 이르지. 점심때쯤 봤으면 싶은데, 시간 괜찮겠니?

금융지주회사 회장의 목소리가 아닌, 자상한 조부의 물음이었다.

"네, 점심때면 괜찮아요."

— 그래, 그럼. 그때 지금 같이 있는 청년도 함께 만났으면 싶구나.

이어진 차 회장의 말에 도연은 심장이 얼어붙는 것만 같았다.

"승재…… 말씀하시는 건가요?"

질문하는 도연의 목소리가 미세하게 떨렸다.

— 그래, 그때 봤던 유승재 선수 말하는 게다.

도연이 무슨 짐작을 하는지 다 아는 듯, 차 회장은 부정 못 할 만큼 콕 집어 승재를 가리키고 있었다.

옆에서 전화 내용에 집중하고 있던 승재의 얼굴이 덩달아 심각해졌다.

"오늘은 일단 저만 보시는 게 나을 것 같은데요."

차 회장과의 독대는 해 본 적이 없었다. 부전자전이라고, 만약 차 회장이 차 교수와 비슷한 목적으로 둘을 불러내는 거라면 승재를 굳이 그 자리에 내보이고 싶지 않았다. 그런데 도연이 말을 마치자마자, 승재가 도연의 휴대전화를 빼앗아 갔다.

"안녕하세요, 할아버님. 유승재입니다."

승재가 특유의 다정함이 묻어나는 목소리로 깍듯하게 인사했다.

"네, 그럼 거기서 12시 반에 뵙겠습니다."

도연에게는 전화기를 다시 돌려주지도 않고 승재는 통화를 마무리해 버렸다.

"미쳤어, 유승재?"

"멍청이."

"뭐?"

미쳤느냐고 물었더니 멍청하다는 대답이 되돌아왔다. 황당하고 어이가 없어서 도연은 천장을 한 번 올려다보고는 한숨을 내쉬었다.

"야, 너 우리 할아버지가 어떤 사람인 줄 알고."

"어떤 사람인데?"

승재가 여유 만만한 미소를 머금은 채로 물었다. 도연은 말문이 탁 막혀 버렸다. 사실 차 회장이 어떤 사람인지 도연도 잘 모르겠단 생각이 들었다.

"그럼, 나는? 나는 어때, 차도연?"

여전히 미소를 머금고는 있었지만, 승재의 눈빛은 형형하게 빛났다.

"네가 뭐?"

도연은 그리 되물으며 불퉁스러운 표정을 지었다. 차 회장을 만나 어떤 이야기를 듣게 될지, 또 어떤 이야기를 하게 될지 머릿속이 복잡했다. 짧은 독립생활을 끝내고 지옥 같은 집 안으로 다시 걸어 들어가야 하는 건 아닌지 가슴이 갑갑해졌다.

죽어도 그 집에는 다시 들어가고 싶지 않았다. 모든 것을 계산하고 움직여도 모자랄 판에 승재가 깜빡이도 켜지 않고 끼어들었다.

"너 내가 밤새도록 한 말은 귓등으로도 안 들었구나?"

기분이 적잖이 상한 얼굴이었다. 승재는 잔뜩 미간을 좁힌 채로 도연을 노려보았다.

"내가 무슨 얘기를 귓등으로도 안 들었는데?"

"내가 못 미더워?"

도연은 아랫입술을 한 번 짓씹고는 입을 열었다.

"이건 믿고 말고의 문제가 아니잖아."

"왜 그런 문제가 아닌 건데? 너희 할아버지가 뻔히 너랑 나랑 같이 있는 거 알고 부르셨는데, 난 왜 쏙 빼놓고 가려고 했어? 왜, 회장님 눈에 내가 안 찰까 봐 겁났어?"

정곡을 훅 찌르고 들어오는 승재였다. 그렇지만 승재가 생각하는 것과 도연이 의도한 바는 달랐다.

"그래, 할아버지 눈에 안 찰까 봐 걱정됐어. 근데 그건 네가 못 미더워서가 아니라, 우리 집안사람들이 이상해서란 말이야!"

안 그래도 미안한 마음에 도연이 저도 모르게 버럭 소리를 지르고 말았다. 씩씩거리는 숨을 내뱉고는 금세 미안해서 어쩔 줄 몰라 했다.

"미안해, 소리 질러서."

"됐어. 네가 하는 말이 무슨 뜻인지는 알겠어. 근데."

승재가 도연의 붉어진 뺨을 부드럽게 어루만졌다. 화르르 달아올랐던 분노가 승재의 손길 한 번에 맥없이 누그러졌다.

"이번에는 나를 좀 믿어 보는 게 어때?"

고개를 비스듬히 기울인 승재가 마치 도연에게 허락을 구하는 것처럼 말했다. 더 기분 나빠해도 될 상황인데, 승재는 살갑게 굴며 도연의 비위를 맞추려고 노력하는 듯 보였다. 상황을 심각하게 바라보던 뾰족한 마음이 스르륵 둥글려지는 기분이었다.

그렇지만 도연은 대답 없이 승재를 올려다보기만 했다. 믿는 건 믿는 거고, 차 회장과 얽히는 문제는 여전히 다르다고 생각하는 도연이었다.

"나 이래 봬도 국가 대표야. 너 국가 대표 되기가 얼마나 힘든지 알아? 나 대한민국 대표 했던 남자다? 그런데도 내가 못 미더워?"

미간을 구긴 채로 스스로를 칭찬하는 낯간지러운 말을 뻔뻔하게 잘도 떠드는 승재의 모습에 도연은 피식 웃음이 났다.

"그래, 믿어. 믿을게."

한번 터진 웃음이 가라앉질 않았다.

"사람 참 안 변해, 그치?"

승재가 그리 말하며 도연을 꼭 끌어안았다.

"뭐가?"

"넌 무슨 일만 터지면 심각하게 굴러갈까 봐 걱정부터 하잖아. 내가 그렇게 걱정 싸매고 살지 말라고 했는데."

"평생 이러고 살았는데, 뭐."

"겨우 만으로 20년 살아 놓고, 뭐."

승재가 장난스러운 말투로 되받아쳤다. 괜히 약이 올라서 끌어안고 있던 승재의 등을 주먹으로 살짝 내리쳤다.

"내가 백년해로해 줄게. 죽기 전에는 그 버릇 고치자."

"세 살 버릇 여든까지 간댔어. 이게 쉽게 고쳐지냐? 성격인데."

도연이 툴툴거리자 승재가 그녀를 품 안 깊숙이 안았다. 자연스럽게 도연의 귀가 승재의 가슴에 맞닿았다. 도연 역시 승재의 허리를 더 꼭 끌어안았다.

"걱정거리가 없으면 되는 거잖아. 앞으로 네가 할 걱정은 별거 없다? 어떻게 하면 유승재랑 더 재미있게 놀까, 유승재랑 맛있는 거 뭐 먹을까, 오늘은 밤에 몇 번 할까?"

마지막 질문을 듣고 도연은 심각한 이 와중에도 못 말린다 싶어 승재의 옆구리를 아프지 않게 꼬집었다.

"아프다. 꼬집지 마라."

승재는 웃음을 참으며 진지한 말투로 도연을 나무랐다.

"아프라고 꼬집은 거야."

"앙탈은."

웃음 섞인 목소리로 나무라는 승재가 좋았다. 도연은 쿵쿵 울리는 승재의 가슴에 얼굴을 기댄 채로 말했다.

"승재야, 나 너 믿어. 알지? 너 못 미더워 그러는 거 아냐."

"알아. 이따 할아버님 뵙고 나면, 나 정말 믿게 될 거야."

"이건 대체 어디서 나오는 자신감이지?"

웃음을 머금은 도연이 승재를 올려다보며 물었다.

"여기서."

승재가 제 중심을 도연의 배에 비벼 대며 능청스럽게 웃었다.

"가기 전에 한 번만 더 하자."

도연을 답삭 안아 든 승재는 곧장 침대로 향했다. 상황이 어찌 되었건 갑자기 기분이 산뜻해진 듯했다. 걱정을 싸안지 말라는 승재의 말이 끊임없이 머릿속을 맴돌았다.

차 회장이 일러 준 약속 장소는 경복궁 근처에 있는 작은 한식당이었다. 예상했던 것과 달리 소담한 외관의 한식당 2층은 경복궁 경내가 훤히 들여다보이는 전망 좋은 곳이었다.

일찍 서둘렀는데도 불구하고, 차 회장은 먼저 자리를 잡고 앉아서 도연과 승재를 기다리고 있었다.

"늦어서 죄송합니다."

약속 시각보다 일찍 도착했음에도 승재는 어른을 기다리게 만들어 죄송하다며 머리를 조아렸다. 도연은 묵례를 한 번 하는 것으로 인사를 대신했다.

"여기 경관이 좋아서 생각 정리하기 좋거든. 그래서 좀 일찍 왔네. 마음 쓰지 마시게."

출퇴근 시 착용하는 검은색 슈트 차림이 아닌, 미색 반소매 피케셔츠에 베이지색 면바지를 입은 차 회장은 동네 멋쟁이 노신사 같은 이미지였다.

"도연이는 그간 고생 많았다고 들었다."

어떻게 알았는지 물을 수가 없었다. 자신들의 잇속을 차리기 위해서는 자손들 뒷조사야 당연하게 생각하는 집단이었다. 갑자기 입 안이 썼다. 그 바람에 도연의 미간이 살포시 일그러졌다.

"승재 군이 알려 줘서 알았어. 안 그랬으면 귀한 손녀딸이 고생하는 것도 모르고 살 뻔했지, 뭐야."

차 회장이 흐뭇한 눈으로 승재를 바라보았다. 도연은 다소 당황스럽다는 시선을 승재에게 보냈으나, 승재는 잠자코 있으라는 듯 선선하게 웃어 보일 뿐이었다.

"도연아."

차 회장이 도연의 이름을 다정하게 말했다.

"왜 할아비한테 일러바칠 생각을 하지 않았니? 이 할아비가 진작 알았으면 혼쭐을 내 줬을 텐데."

주름진 차 회장의 눈가에 물기가 어려 있었다.

도연은 이게 다 무슨 상황인지 아리송하기만 했다. 그녀가 묵묵부답으로 자리만 지키고 있자 차 회장이 승재를 향해 고개를 돌렸다.

"승재 군, 잠깐 자리 좀 비켜 줄 수 있나?"

"네, 할아버님."

승재가 자리에서 일어나 고개 숙여 깍듯이 인사한 뒤, 도연의 어깨를 다정하게 한 번 잡았다가 놓고는 자리를 피해 주었다. 차 회장의 시선이 승재가 사라진 곳에 오래도록 머물렀다. 긴히 따로 할 말이 있는 듯했던 차 회장은 의외로 승재의 이야기로 말문을 열었다.

"부모 여의고 고생을 많이 했다고 하더니, 일찍 철이 든 건지. 아니면 타고난 심성이 고운 데다, 그 누나도 고와서 동생을 잘 키운 건지."

차 회장의 눈가에 흐뭇한 기색이 감돌았다.

"바른 청년이더구나. 내 손자였으면 싶을 만큼."

"언제 처음 만나셨어요?"

"흐음."

차 회장은 한숨을 한 번 몰아쉬고는 대답했다.

"내가 승재 군을 처음 본 건, 강산 FC 개막 경기가 있던 날이었고."

승재가 차 회장을 처음 만난 날이 따로 있었나 보다.

"승재 군이 나를 처음 찾아온 건, 자선 행사를 앞두고서였다."

그때는 승재와 도연이 헤어져 있던 시간이었다. 도연은 무슨 이유에서 승재가 차 회장을 찾아갔는지 궁금했다.

"사실 K리그 영플레이어상 수상을 위해서 잠깐 행사장에 들렀었거든. 거기서 승재가 알은척을 하더구나. 그리고 맹랑한 부탁도 했지."

"무슨 부탁이요?"

도연의 심장이 쿵쿵 울렸다.

차 회장은 그때 일을 떠올리는지 만면에 미소를 띠었다.

"자선 행사에 참석하게 되었는데, 거기 혹시 네가 오면 네 옆에 앉게 해 달라고 하더구나. 고등학교 동창이어서 그런 자리에서 만나면 어색하지 않게 시간을 보낼 수 있을 것 같다고 능청을 떨면서 말이다."

지금 생각해도 기가 막힌다는 듯이 차 회장이 소리 내 웃었다.

"그래서 승재가 제 옆에 앉은 거였어요?"

차 회장은 그렇다며 고개를 끄덕거렸다.

"어떻게 하나 멀리서 지켜봤는데, 네가 그날 속이 안 좋았는지 제대로 먹질 못하니까 녀석이 수프에 밥을 말아서 건네는 것도 봤다."

도연은 그날의 일이 떠올라서 뭉클했다. 차 회장에게 좌석 지정까지 부탁하고, 승재가 어떤 마음으로 그 자리에 나왔을지 헤아리니 가슴이 시렸다.

"내내 그 모습이 마음에 걸렸다. 솔직히 말하자면 도연이 너는 손주 중에 특출나지도 그렇다고 모나지도 않은 아이여서 크게 신경을 써 본 적이 없었는데, 그날 유독 그 녀석이 널 챙기던 모습이 머릿속에 남아서 떠나질 않더구나."

도연은 묵묵히 차 회장이 하는 말에 귀를 기울였다.

"그 후로 녀석이 나를 따로 찾거나 하는 일은 없었다. 저가 나를 찾는다고 해서 쉽게 만날 수 있는 것도 아니었지만 말이다. 그런데 우스운 일이지. 저 녀석이 언제 또 날 찾아오나, 내가 내심 기다리게 되더라니까."

차 회장은 신기하다는 듯이 말을 이어 갔다.

"그러다 어제 승재 군이 비서실로 연락을 해 왔다. 너와 관련해서 긴히 할 이야기가 있으니 꼭 들어 달라고. 보통의 경우는 안 만나 주는 게 자연스럽지 않겠니?"

도연은 저도 모르게 고개를 끄덕거렸다.

"그런데 만나고 싶더구나. 녀석이 무슨 이야기를 할지 궁금하기도 하고, 녀석이 어떻게 지냈는지 궁금하기도 하고."

차 회장은 무언가 퍼뜩 떠오른 얼굴로 대뜸 화제를 돌렸다.

"월드컵은 봤니?"

"네, 봤어요."

"녀석, 잘 뛰더구나."

차 회장은 마치 제 손주라도 되는 것처럼 뿌듯하게 웃었다. 그러고는 한숨을 한 번 몰아쉬더니 안색을 바꾸며 입을 열었다.

"녀석이 어제 나를 찾아와서는 그간 있었던 일을 전부 털어놓았다. 학교에서 너를 어떻게 만나게 되었는지부터 네가 홀로 나와 생활하고 있다는 이야기까지."

조부에게 보여서는 안 되는 모습을 보인 것 같아서 도연은 고개를 푹 수그렸다.

"도연아, 네가 잘못한 건 하나도 없다. 죄인처럼 고개 숙이고 그러면, 할아비 마음도 아파."

"죄송해요, 할아버지."

"녀석이 그러더구나. 너는 네가 잘못하지 않은 것에도 사과하는 버릇이 있다고. 이런 걸 말하는 거지?"

도연은 아랫입술을 말아 문 채로 대꾸하지 못했다.

"네가 오갈 데 없이 다 쓰러져 가는 고시원에서 지낸다고, 도와 달라고 하더구나. 제힘으로 돕고 싶은데, 아직 그럴 능력이 되질 않는다고. 이번만 널 도와주라고. 그래서 녀석한테 그랬지, 내가 그럼 돈을 빌려줄 테니

당장 도연이가 들어가 살 수 있는 곳을 구하고, 오늘 안으로 준비도 싹 마쳐 놓으라고. 어제 그 오피스텔에 나도 갔었다."

어제 전복죽 포장을 뜯으며 온종일 돌아다니느라 한 끼도 먹지 못했다고 했던 승재의 말이 사실이었나 보다. 하지만 그 집을 구하기 위해 차 회장에게까지 찾아갔을 줄은 몰랐다.

도연은 어쩌면 승재가 생각 이상으로 강한 사람일지도 모르겠다는 생각이 문득 들었다. 물론 그만큼 엉뚱하기도 했지만 말이다.

"한데 그 녀석이 거참…… 믿음직스러워서 어깨 두어 번 토닥여 줬더니, 손자사위 삼아 달라고 조르는 게야."

"그래서 허락하셨어요?"

차 회장을 어림도 없다며 고개를 내저었다.

"도연이 네 마음 움직여 오면 허락해 준다고 했다."

승재가 가진 자신감의 원천은 여기에 있었나 보다.

"근데 어떡하지. 우리 도연이 보니까 할아비가 심술이 나서, 심통을 좀 부리고 싶은데. 그래도 되냐?"

장난스러운 웃음기를 머금고 있는 차 회장을 향해 도연은 고개를 끄덕거렸다. 그러자 차 회장은 이제 어려운 이야기가 남았다는 듯이 얼굴을 굳혔다.

"어미는 치료를 받게 될 게다. 먼 훗날에는 어떻게 될지 모르겠지만, 도연이 네가 보고 싶지 않으면 더는 안 보고 살아도 될 게야."

속이 후련하기도 하고, 섭섭하기도 하고, 서글프면서도 한편으로는 다행이지 싶기도 하고.

도연은 바라 오던 일이면서도 마음이 복잡해졌다.

"그리고 네 아버지는."

차 회장은 고개를 떨어뜨리고는 잠시 아무 말도 없었다.

"어릴 때부터 욕심이 많은 아이였다. 5형제 중에서도 유독 밉살스럽게 심술을 부리는 일이 많았다. 네 할미랑 나는 네 아비가 절대 사업에는 뛰어들면 안 된다고 생각했다. 그리고 커 갈수록 몸집을 부풀려 가는 탐욕을 긍정적으로 발산하게 하고 싶었지. 그래서 네 아비한테는 교수가 되라고 했다. 운이 좋게도 부모와 뜻이 잘 맞는다고 생각했지."

도연은 이어질 말을 가만히 기다렸다.

"아마 차 교수 때문에 세상이 좀 시끄러워질 게다."

"혹시 선수들 매수한 것 때문에 그런 건가요?"

"그건 빙산의 일각일 뿐이지. 굳이 마음만 복잡하게 알 필요 없다. 그 일은 내가 알아서 처리하마."

차 회장은 인자한 미소를 지으며 고개를 끄덕거렸다.

"자, 이제 승재 군 좀 불러 볼까? 내가 심술을 부릴 수 있는 타이밍인 것 같은데?"

차 회장은 마치 이 시간을 기다려 왔다는 듯 굳혔던 얼굴을 확 펴고는 기대에 차 종업원을 불렀다.

잠시 1층에 내려가 있던 승재가 다시 2층으로 올라왔다.

"유승재 군."

승재의 얼굴을 다시 대면하자마자, 차 회장이 입을 열었다.

"우리 도연이가 말일세. 어릴 때부터 영국 문학을 무지하게 좋아했어. 그리고 내가 제일 좋아하는 가수는 비틀즈일세."

생뚱맞게 영국 문학과 비틀즈를 논하는 차 회장을 도연은 물끄러미 바라보았다. 도연이 영국 문학을 좋아하는 것은 사실이었다. 그리고 유명한 가수인 만큼 성인 대부분이 비틀즈의 노래 한 곡쯤은 좋아하고 있을 것이다. 그러니 차 회장이 비틀즈를 논하는 것도 굳이 거짓은 아닐 거라 볼 수도 있지 않을까 싶었다.

"나는 우리 도연이가 영국으로 유학을 다녀왔으면 하네만. 원하는 공부 원 없이 하고, 마음 편하게 지낼 수 있는 곳으로 보내 주고 싶어."

차 회장이 너스레를 떨었다.

"그럼 우리 승재 군은 어떻게 할 생각인가? 도연이 혼자 영국으로 보낼 게야?"

승재는 차 회장이 말하고자 하는 바가 무엇인지 알아들었다는 얼굴이었다.

"저는 맨체스터가 좋을 것 같습니다."

"이를 어쩌나, 나는 리버풀이 좋은데."

"그럼 저랑 라이벌 하셔야겠네요."

승재가 차 회장에게 농까지 걸었다. 손주인 도연조차 한 번도 해 본 적 없는 종류의 장난이었다. 그렇다고 해서 차 회장과 다른 장난을 쳐 본 적이 있는 건 아니었다.

"그래? 그럼 우리 도연이는?"

"저는 옥스퍼드가 좋아요."

"옥스퍼드 FC는 1부 리그에 없어. 안 쳐 줘."

차 회장이 혀를 끌끌 차며 도연을 놀리고는 또다시 너털웃음을 터뜨렸다.

"이제 갓 스무 살을 넘긴 나이이지만, 승재 군은 예전 같았으면 갓을

썼을 나이지."

승재는 예의 바른 시선으로 차 회장을 바라보았다.

"우리 도연에 곁에 쭉 있어 주게."

"네, 할아버님."

"도연이도 승재 군 너무 괴롭히지 말고."

"할아버지는. 제가 언제 승재를 괴롭혔다고 그러세요?"

"많이 괴롭혔더구만. 못된 말도 많이 하고."

차 회장이 눈을 가늘게 뜨며 손녀딸을 나무랐다. 이건 누가 핏줄인지 구분이 되질 않는다.

"얘기가 많이 길어졌구만. 나이를 먹으면 입은 닫고 지갑은 열어야 대접을 받는다고 하는데 말일세. 내가 오피스텔 해 준 만큼만 떠들려고 노력했네."

"그럼 제가 그 돈 갚으면, 저도 그만큼 할아버님 찾아뵙고 말씀 올려도 되는 건가요?"

승재가 겁도 없이 토를 달았다. 얘는 참 알다가도 모를 캐릭터라고 생각하며 도연은 혀를 내둘렀다.

"그러든지. 얼른 벌어서 갚으시게."

자신감 하나는 알아줘야 했다. 승재가 벙긋 웃으며 '네'라고 대답했다.

집을 나오면서 가족을 완전히 잃었다고 여겼었는데, 도연은 이제야 온전한 가족이 생긴 것 같은 기분이었다.

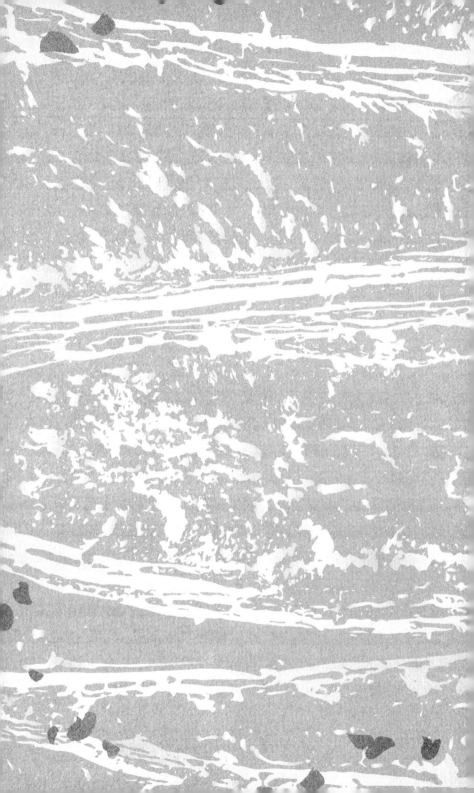

Round. 10

내가 너의 일상이
되어 줄게

"내일, 우리 누나 만나 볼래?"

차 회장과 만나고 온 뒤 얼마 지나지 않아 승재는 어색한 얼굴로 머리를 긁적이며 물었다. 무더위가 지겹도록 계속되던 날이었다. 심지어 일기예보를 보며 태풍이 한반도를 비껴가는 게 아쉽다고 할 정도였다.

K리그 경기뿐 아니라 아시안게임 준비로 정신이 없던 승재가 오랜만에 외박을 나온 날이었다. 오피스텔에 마주 앉아서 아이스크림을 퍼 먹고 있는데, 마치 '내일 치맥 할래?' 하고 묻는 것처럼 승재가 누나 이야기를 꺼내 들었다.

"나는 괜찮은데, 누님께는 말씀드려 놨어? 갑자기 약속 잡는 거 실례잖아."

"그냥 내일 시간 되면 밥 같이 먹자고 말해 뒀어."

"그럼, 그러든지."

도연이 긍정적인 대답을 내놓자마자 승재의 표정이 대번에 밝아졌다.

"우리 누나 너랑 성격 좀 비슷하다?"

"야, 누님 성격 완전 더럽다고 욕하더니? 내 성격 더러워?"

승재가 당황한 얼굴로 손사래를 쳤다.

"아니! 그게 아니라!"

도연이 눈을 가늘게 뜨고 아랫입술을 말아 물며 승재를 쏘아보았다.

"우리 누나도 걱정 싸안고 살거든."

"야, 이건 걱정을 싸안고 사는 게 아니야. 삶에 대한 계획과 준비가 철저한 거지. 알아?"

"그 계획과 준비가 한 번만 더 철저했다가는 우주 정복이라도 할 수 있을 것 같다."

승재가 고개를 절레절레 저어 대며 혀를 끌끌 찼다.

"이게 진짜!"

도연이 자리에서 벌떡 일어나 승재의 등허리에 매달려 간지럼을 태웠다.

"차도연, 하지 마!"

승재는 유독 겨드랑이 간지럼을 심하게 탔다. 그래서 경기장에서 몸싸움을 하다가 누군가 겨드랑이를 훑으면 신경질이 난다고도 했다. 승재는 단번에 도연의 두 손을 제압해서 높이 올려 버렸다.

도연은 두 손을 위로 번쩍 치켜든 채로 벌을 서는 꼴이 되어 버렸다. 겨드랑이에 간지럼을 잘 타기는 도연도 마찬가지였다.

"잘못했어요. 다시는 안 그럴게요."

한번 시작하면 눈물을 쏙 뺄 정도로 간지럼을 태우는 것을 알기에 도연은 대뜸 사과했다. 승재의 시선이 도연의 양쪽 겨드랑이를 번갈아 쏘아 보았다. 시선만으로도 간지러운 것 같아서 도연은 까르륵 웃음을 터뜨렸 다.

"아니 뭐 하지도 않았는데, 자지러지냐?"

"보는 것만으로 간지러워! 그만해."

"알았어, 그만할게. 대신 우리 간지럼 태우는 거 말고 딴거 할까?"

승재는 커다란 덩치와 어울리지 않게 깜찍하게 굴 때가 있었다. 바로 도연을 안기 전에 허락을 받을 때였다. 고개를 갸우뚱 기울이며 딴거 하 는 게 어떻겠냐고 묻는 얼굴이 귀여웠다.

어떡하지, 귀여우면 놀려 주고 싶은데……?

도연은 갑자기 인상을 구기며 대뜸 허리를 굽혔다.

"아!"

"왜?"

승재가 심각한 얼굴로 움찔하며 도연의 손을 놓아 주었다. 도연은 두 손으로 배를 감싸며 아픈 시늉을 했다.

"갑자기 어디 아파? 배? 아이스크림 먹다가 배탈 났나?"

"너는 괜찮아? 안 아파?"

"나는 전혀. 아무렇지도 않아. 병원 갈래? 어떡하지?"

"아니, 병원은 안 가도 될 것 같은데, 다른 데 가야 할 것 같아."

"병원 말고 어딜 가? 배가 아픈데. 화장실 가고 싶어? 화장실 데려다줄 까?"

도연은 힘겨운 척 고개를 가로저었다.

"그럼, 어디?"

급기야 승재가 발을 동동 구르기 시작했다. 덩치도 커다란 놈이 도연이 조금만 아프다고 해도 안달을 냈다. 그 모습이 귀여워서 도연은 가끔 아픈 척을 하며 승재를 놀려 댔다. 이제 장난이라는 걸 알아차릴 법도 한데, 승재는 매번 똑같이 속아 넘어갔다.

그럴 때마다 '차도연, 진짜 나쁜 년이었어!' 라는 욕도 서슴지 않았다. 그럼 도연은 나쁜 년 맞는 것 같다며 승재를 더 약 올렸다. 이번에도 그런 시퀀스로 진행될 거라 생각했다.

그런데 발을 동동 구르던 승재가 한숨을 폭 내쉬더니 고래를 절레절레 내저었다.

"차도연."

"응?"

"이제 속아 주는 데도 한계가 있다."

홀, 이게 아닌데? 승재가 얼굴을 굳힌 채로 차갑게 쏘아붙이기 시작했다.

"내가 한번은 말하려고 했어. 너 처음에 이 장난 쳤을 때, 내가 얼마나 놀랐는지 알아? 너 진짜 아픈 줄 알고 나 완전 가슴이 철렁했단 말이야. 어떻게 너는 아픈 걸로 장난을 치냐?"

네가 맨날 바보같이 속으니까. 너만 속아. 너 말고는 이런 어설픈 환자 연기에 아무도 안 속을걸……?

도연이 속으로만 구시렁거리며 승재를 올려다보았다. 승재는 정말 화가 났는지 도연과 눈도 마주치지 않았다.

"미안해."

승재의 팔에 팔짱을 끼며 몸을 살랑살랑 흔들어 보았다. 보통 이러면

'다신 그러지 마' 하고 승재의 기분이 풀렸다.

그런데 오늘은 모든 게 생각했던 것과 다른 방향으로 흘러갔다.

"한두 번이지? 너는 내가 네 걱정 하면서 발 동동 구르는 게 재미있냐? 재미있어?"

도연은 꿀 먹은 벙어리라도 된 것처럼 입을 꾹 다물었다.

"대답 안 해, 차도연? 내 말이 우스워? 재미있냐고! 아니면 재미도 없는데 사람 갖고 놀아? 대답해 봐. 재미있어?"

이거 재미있다고 대답할 수도 없고 미칠 노릇이었다.

"너 나 무시하냐, 지금? 대답하라고. 재미있어?"

"……어."

도연이 들릴락 말락 한 소리로 대꾸했다. 그러자 승재가 대뜸 받아쳤다.

"나도."

어안이 벙벙했다. '나도'의 의미를 모르는 건 아닐 테고, 승재가 대뜸 '나도'라고 대답해서 당황스러웠다.

"진지병 걸린 차도연한테 심각하게 굴면서 쩔쩔매는 모습 보는 게 제일 재미있어."

승재가 미간을 찌푸린 채로 심각하게 읊조리더니, 박장대소했다.

아, 나. 이 자식이 진짜.

도연이 어이가 없어서 헛웃음을 터뜨렸다.

"차도연 지 꾀에 지가 넘어갔어."

별로 웃기지도 않은데 승재가 바닥을 데구루루 구르며 웃었다. 그 모습이 얄미워서 도연이 나지막이 경고했다.

"나 딴거 안 한다?"

그랬더니 승재가 자리에서 벌떡 일어나 도연의 허리를 감싸 안았다.

"이러면 할 거야?"

도연은 고개를 기울이며 못 이기는 척 끄덕거렸다. 승재의 고개가 비스듬히 내려오는가 싶더니 도연의 입술을 부드럽게 머금었다. 심장이 쿵쿵 날뛰기 시작했다.

서로의 장난과 서로의 생활과 서로의 성격에 이제 익숙해질 만큼 익숙해졌는데, 서로의 열기는 언제나 다르게 뜨거워서 익숙해질 겨를이 없었다.

"안녕하세요, 차도연입니다."

"반가워요. 나 승재 누나, 유승현이에요."

도연과 승현이 서로 어색하게 인사를 나누자 승재의 입이 귀에 걸렸다.

"하던 대로 해. 왜 이렇게 내숭이야, 둘 다."

승재가 도연과 승현을 향해 장난을 걸었다. 긴장한 탓에 되지도 않는 장난이 흘러나왔다. 사실 지금 이 상황이 가장 어색하고, 가장 떨리는 사람은 승재였다.

삶의 바탕인 누나와 꿈을 꾸는 이유인 도연이 처음 만나는 자리였다. 처음이 좋기를 바랐다. 처음이 좋으면 나중도 좋을 것 같았다. 두 여자가 제발 친하게 지냈으면 하는 게 승재의 바람이었다.

"내가 좀 늦었지? 에이전시에 일이 생겨서."

"못 온다면서요?"

에이전트 한지윤의 등장에 누나가 화들짝 놀라 그를 향해 물었다.

"어, 일이 생각보다 일찍 해결돼서."

누나가 당황스러워하는 만큼이나 승재도 당황스러웠다. 자신의 에이전트와 누나가 연인 관계라는 사실을 도연에게 어떻게 말해야 하나 싶어서 고민이 되었다. 오늘은 일단 누나와 안면을 트고 다음에 한지윤 대표를 소개할 생각이었다.

그런데 한 대표의 갑작스러운 등장에 승재의 머릿속이 꼬여 버렸다.

"잘 지냈어요? 오랜만이네요."

한 대표가 도연에게 구면인 듯 인사를 건넸다. 승재는 눈을 휘둥그렇게 뜨고 도연과 한 대표를 번갈아 보았다. 한 대표에게 도연의 전화번호를 알려 주며 무슨 일이 생기면 도와주라는 말을 하기는 했지만, 그게 도연이라는 말은 하지 않았었다.

"두 분 굉장히 잘 어울리세요. 한 대표님 처음 뵀을 때, 되게 멋있다고 생각했는데, 언니도 너무 예쁘세요. 언니라고 불러도 되죠?"

도연은 마치 두 사람 사이를 알고 있는 것처럼 물었다. 게다가 도연이 이렇게 친화력이 있는 성격도 아닌데, 생글생글 웃으며 누나의 비위를 맞추고 있었다.

"그럼요. 편하게 불러요."

누나는 이 상황이 전부 이해가 간다는 듯이 스스럼없이 받아들였다. 지금 이해를 못 하는 사람은 자신뿐인 듯했다.

"저기요. 지금 이게 무슨 상황인지, 설명 좀 해 주실 분?"

승재가 오른손을 들어 보이며 물었다. 그러자 도연이 입술을 달싹거리다 조심스럽게 목소리를 냈다.

"내가 예전에 한 대표님 찾아뵌 적 있어."

"네가? 왜?"

도연이 미안하다는 듯이 애틋한 미소를 지었다.

왜 그런 표정인 건데?

좀 전에 분명 도연이 한지윤 대표보고 멋있다고 했었다.

너 설마!

승재가 애먼 상상에 골머리를 앓고 있을 때였다.

"너랑 승현이 기사 잘못 터질까 봐 걱정된다고 차도연 씨가 날 찾아왔었어. 처음에 날 어찌나 의심하던지."

한 대표가 혀를 내둘렀다.

"좀 의심스럽기는 해, 그치?"

승재가 너스레를 떨며 웃었다. 그러자 한 대표가 승재를 향해 까분다며 핀잔을 주었다.

"처음에 좀 의심을 하기는 했는데, 에이전트가 아니더라도 남자로서 누님 지켜야 하는 위치에 있다고 하셔서."

그 말에 누나의 눈동자 위로 하트가 동동 떠올랐다.

"그랬어요?"

한 대표는 고개를 끄덕거리는 것으로 대답을 대신했다.

식사 자리 분위기는 화기애애했다. 누나도 도연을 꽤 마음에 들어 하는 눈치였다. 한 대표와 누나의 관계에 대해 어떻게 말해야 하나 걱정했는데, 도연이 그것을 미리부터 알고 있었다는 사실에 한편으론 안심이 되었다.

식사를 마치고 오피스텔로 돌아오는 길, 두 사람은 그리 멀지 않은 오피스텔까지 차를 타지 않고 걷기로 했다. 여름밤의 공기가 아직 후텁지근했지만, 두 사람은 손을 꼭 붙잡은 채로 걸었다.

"도연아."

"응?"

"나는 네 할아버지한테 지원 요청하고, 너는 한 대표를 찾아갔네?"

승재의 말에 도연이 피식 웃었다.

"그때 너를 온전히 지켜 줄 수 있는 사람은 한 대표라고 생각했거든."

그것도 맞는 말이라며 승재는 고개를 끄덕였다.

"근데, 우리 앞으로 그러지 말자."

도연이 무슨 의민지 알겠다며 고개를 끄덕거렸다. 앞으로 가야 할 길이 먼 두 사람이었다. 함께 걷다 보면 모진 풍파와 수난을 만나지 않으리라는 법이 없었다. 늘 평탄한 길만 가는 삶은 세상에 존재하지 않았다.

어떤 이유에서건 사람들은 저마다 행복했고, 저마다 불행했다.

행복은 나누면서, 불행이 닥쳐왔을 때는 다른 쪽으로 눈을 돌리는 관계는 이상한 것이었다.

"앞으로 무슨 일이 생기면 무조건 승재 너한테 제일 먼저 말할게. 너도 무슨 일 생기면 나한테 제일 먼저 말해 줘."

"응."

"만약에 내가 힘든 일을 겪게 되었는데, 네가 해결 방법을 찾을 수 없다고 해서 괴로워하지는 마. 나는 네가 내 이야기에 귀를 기울여 주는 것만으로도 힘이 날 거야."

도연이 가만히 읊조린 말에 승재가 '나도'라고 대답하며 웃었다.

"오래 만나다 보면 상대방에게 귀를 기울이는 걸 소홀히 한대. 그 사람에 대해서 전부 알고 있다고 착각해서, 새로울 게 없다고 여기고 이야기를 듣지 않는 거지. 우리는 날마다 새로운 날을 살고 있는데 말이야. 그건 모순이잖아."

"도연아."

승재가 밤길 한가운데 멈춰 섰다. 가로수가 울창한 보도블록 위에는 가로등 불빛이 잎사귀 사이로 아스라이 내려오고 있었다. 밤이라도 날이 더워서 그런지 길을 돌아다니는 사람도 도연과 승재 둘뿐이었다.

마치 온 세상이 두 사람을 위해서만 존재하는 것 같은 밤이었다. 짙은 녹음의 내음도, 뺨을 스치는 더운 바람도, 드물게 길을 오가는 차들의 헤드라이트와 백라이트가 그리는 빛줄기도.

"너와 함께하는 매일이 새로운 것처럼 귀 기울여 줄게. 절대 너한테 소홀히 하지 않을게."

"고마워."

열 마디를 해도 한 마디도 안 통하는 사람이 있는가 하면, 한 마디를 해도 열 마디가 통하는 사람이 있었다. 도연과 승재는 서로에게 후자에 속했다.

"나는 언제나 널 응원하는 사람이 될게."

도연은 빙그레 웃으며 까치발을 들고 승재의 입술에 쪽 소리가 나도록 입을 맞췄다.

"네 응원만 있으면, 난 뭐든 할 수 있을 것 같아."

승재 역시 허리를 숙여 도연의 입술에 가만히 입을 맞췄다.

"내가 너 꼬시면서 했던 말 기억나?"

도연은 빙그레 미소를 머금으며 고개를 끄덕거렸다.

"내 일탈이 되어 주겠다고 했던 말?"

이번에는 승재가 고개를 끄덕이며 대꾸했다.

"이제는, 내가 너의 일상이 되어 줄게."

도연은 촉촉하게 젖은 눈빛으로 승재를 올려다보았다. 승재 역시도 까맣게 젖은 눈으로 도연을 바라보았다.

먼 길을 돌아 이제야 제자리를 찾은 두 사람이었다.

승재가 모처럼 만에 얻은 휴가였다. K리그 일정도 만만치 않을뿐더러, 아시안게임 소집을 코앞에 두고 있는 와중에 나온 귀한 휴가였다. 어제 대뜸 연락이 와서는 내일부터 이틀간 휴가라며 오피스텔로 오겠다기에 그러라고 했었다.

아침 일찍부터 오피스텔로 들이닥친 승재의 손에는 대형마트 장바구니가 들려 있었다.

"너 나 없으면 진짜 안 챙겨 먹더라? 그새 또 해쓱해진 것 봐."

지금 도연은 자신의 몸무게와 몸 상태에 더없이 만족하는 중이었다. 승재와 헤어지고 마음고생을 하면서 살이 빠진 덕분에 배도 쏙 들어가고 볼에 남아 있던 젖살도 빠져서 날카로운 턱선을 갖게 되었다. 동그랬던 눈은 아몬드형으로 변해 고혹적인 이미지를 띠었고, 콧잔등도 오똑하게 솟아서 더욱 도도해 보였다.

단지 그간 고생을 조금 해서 몸이 상했을까 염려되어 균형 잡힌 식단을 섭취하기 위해 애썼고, 운동도 게을리하지 않았다. 따지고 보면 조금 통통했던 시절보다 도연은 훨씬 더 건강한 상태였다.

그런데 승재는 뭐가 불만인지 도연에게 늘 '살이 너무 빠졌다, 말라도 너무 말랐다, 이게 사람 팔뚝이냐?' 며 도연을 타박했다.

"뭐 하려고? 같이하자."

도연이 팔을 걷어붙이며 개수대 앞에 서 있는 승재의 곁으로 바짝 다가섰다. 그러자 승재가 물기 젖은 손을 키친타월에 슥슥 닦아 내더니 도연의 어깨를 잡고는 획 돌렸다.

"가서 앉아 있어. 내가 알아서 할 테니까."

그러더니 도연의 어깨를 거실 쪽으로 슬쩍 밀어 내며 마음에 들지 않는다는 투로 덧붙였다.

"어깨 마른 것 좀 봐. 꽉 쥐면 부서지겠네."

승재는 도연을 걱정하는 말을 입에 달고 살았다. 그중 대부분은 도연이 너무 말랐다며 투덜대는 내용이었다.

"너는 내가 다시 예전처럼 통통해졌으면 좋겠어?"

도연이 허리에 손을 올리고는 인상을 팍 구기며 물었다. 승재는 묵묵부답이었다. 격렬한 다이어트 때문에 건강이 극도로 나빠진 것도 아닌데, 승재는 도연의 마른 몸을 걱정하고, 타박했다.

"대답 좀 해 봐. 나는 지금 내 상태가 너무 좋은데, 너 자꾸 나 말랐다고 뭐라고 하잖아. 왜 그러는 건데, 대체?"

승재는 깨끗이 손질한 생닭을 냄비에 넣으며 대꾸했다.

"아, 그냥 그렇다고."

승재의 어중된 대답 때문에 안 그래도 더운 날씨에 열이 확 오르기 시작했다. 자신은 승재의 외모에 대해 단 한 번도 불만을 토로하거나, 지적했던 적이 없었다.

하긴 뭐 지적할 만한 흠결이 티끌만큼도 없을 정도로 승재는 완벽한 외양을 지니고 있었다. 얼굴이야 말할 것도 없을뿐더러, 프로 무대를 뛰기 시작하면서부터 승재의 근육은 날이 갈수록 단단해졌고, 몸은 더욱 날렵해졌다.

그렇게 완벽한 승재의 몸을 바라보고 있노라면 도연은 누가 뭐라고 한 것도 아닌데도 괜히 어깨가 움츠러들곤 했다. 그걸 승재는 아는지 모르는지, 옆구리 살이 튀어나오고 젖살이 오동통했던 시절이 그립다고 했다. 도무지 이해할 수가 없어서 속이 갑갑했다.

'그러는 너는 복근이 너무 단단하더라! 허벅지는 왜 점점 두꺼워지냐?' 며 구박할 수도 없는 노릇이었다.

집 안 가득 삼계탕을 끓이는 구수한 냄새가 퍼져 나갔다. 초복 무렵 승재는 삼계탕을 직접 끓여 주겠다며 압력 밥솥을 사 왔었다. 중복이 가까워지고 있는 지금 승재는 또 삼계탕을 끓여 주겠다며 부산을 떨고 있다.

누구 삼계탕 못 먹어서 한 맺힌 사람 있나?

도연은 승재가 움직이는 모습을 물끄러미 바라보았다. 도연의 따가운 시선을 느꼈는지 승재가 이쪽으로 고개를 돌리더니 움찔했다.

"왜 그러고 보고 있어?"

승재는 눈을 가늘게 뜨고는 뭔가 미심쩍다는 투로 물었다.

"왜 또 삼계탕이야?"

도연의 물음에 승재의 귓등이 붉게 물들었다.

"그냥 중복도 다가오고. 내가 할 수 있는 보양식이 이것밖에 없으니까."

"꼭 보양식을 먹어야 해?"

충분히 균형 잡힌 식단을 섭취하고 있다고 여러 번 말했었다. 승재는 또다시 입을 꾹 다물어 버렸다.

그래, 대답하기 싫으면 말아라.

도연은 2인용 소파 팔걸이에 다리를 걸치고 누워 TV 전원을 켰다. 요즘 유행하는 여행 프로그램에서는 한창 주가를 올리고 있는 아이돌 여가수가 나와서 신곡을 홍보하는 데 여념이 없었다.

쟤는 나보다 더 말랐네, 뭐.

하얀색 민소매 원피스를 입고 있는 여가수는 도연보다 키가 훨씬 커 보이는데도 불구하고 쭉쭉 뻗은 늘씬한 팔다리를 갖고 있었다.

와, 내 팔뚝으로 걸어 다니는 것 같네. 저 여자는?

도연은 팔을 허공으로 들어 올려 자신의 팔뚝을 한 번 바라보고는 TV 속에 나오는 여가수의 다리를 바라보았다.

"저 봐. 저 가수는 내 팔뚝으로 걸어 다니거든? 말랐다는 건, 저런 걸 보고 말랐다고 하는 거야."

도연이 참다못해서 한마디 하자, 승재가 '누군데?' 하고 물으며 거실로 나왔다. 커다란 덩치의 승재가 국자를 들고 있으니 꼭 숟가락을 들고 있는 것 같아서 웃음이 나왔다.

승재의 시선이 TV를 향하는 순간, 화면이 전환되었고 민소매 원피스를 입고 있던 여가수의 복장이 바뀌었다.

여가수가 풍만한 가슴과 잘록한 허리를 드러내며 해변을 걷고 있는 모습이 화면에 잡혔다. 화면을 잠시 바라보던 승재는 소파에 널브러져 있는 도연에게로 시선을 옮겨 왔다. 빤히 바라보는 시선에 무슨 의미가 담겨 있는지 알 수 없었지만, 분명 무슨 할 말이 있는 얼굴이었다.

"왜, 뭐?"

도연이 왜 그런 눈으로 보느냐고 물으니, 승재는 그저 가만히 고개를 내젓고는 다시 부엌으로 향했다.

기분이 이상했다. 도연은 얼른 몸을 일으켜 앉았다. 승재는 요란한 소리를 내는 압력 밥솥 옆에 서서 김치를 썰고 있었다. 그런 승재를 물끄러미 바라보던 도연은 다시금 TV로 시선을 옮겼다. 그리고 문득 양손을 올린 도연은 제 가슴을 한 번 움켜잡아 보았다.

이거였나……?

신은 여자가 아닌 게 분명했다. 그렇지 않고서야 이렇게 억울한 신체 변화 양상이 나타나도록 여자를 창조하지는 않았을 것이다.

살이 빠지면 가슴부터 빠지고, 살이 찌면 얼굴부터 찌는, 그런 억울한 현상 말이다.

속옷 사이즈를 바꿔야 할 만큼 살집이 없어지기는 했다.

그래서 이게 불만이었던 거야?

도연은 자신보다 많이 말랐음에도 불구하고 풍만한 가슴을 드러내고 있는 여자와 행주로 식탁 위를 훔치고 있는 승재를 번갈아 보았다. 도연이 기분 나빠할까 봐 말은 못 하고 이런 식으로 표현하는 건가 싶었다.

"먹자, 이제."

저게 진짤까, 가짤까?

TV를 바라보며 믿기지 않을 정도로 완벽한 몸매의 진위를 판단하고 있는데, 승재의 목소리가 들려왔다.

"먹자고, 도연아."

승재의 목소리에서 짜증이 묻어났다. 생전 도연에게 짜증 내는 일이 없는 승재였다. 그런데 짜증까지 내는 모습에 기분이 묘했다.

왜, 저 여자랑 나랑 비교해 보니까 짜증 나?

도연은 괜히 심통이 나서 뾰로통해진 얼굴로 식탁 앞에 앉았다. 사실 승재는 지금 도연에게 걱정스러운 말투로 '말랐다'고 했을 뿐, 저 여가수에 대해서는 일언반구도 하지 않았다. 그런데 뭔가 자꾸 켕기는 것만 같은 이상한 기분에 사로잡혔다.

알 수 없는 께름칙한 스트레스를 받은 나머지 도연은 저도 모르게 닭한 마리를 게 눈 감추듯 해치우고 말았다.

미쳤나 봐, 이걸 다 먹으면 어떡해!

도연이 허망한 눈빛으로 텅 빈 그릇을 내려다보고 있을 때였다.

"잘 먹으니까, 얼마나 예뻐."

승재가 기름진 도연의 입술에 쪽 하는 소리가 나도록 입을 맞추고는 웃었다. 가벼운 뽀뽀 한 번에 뒤틀렸던 심사가 스르륵 풀어져 버렸다. 생각해 보니 승재는 오피스텔에 들어서자마자, 도연을 한 번 안아 주기는커녕 대충 알은체를 하고 곧장 부엌으로 향했었다.

아, 욕구 불만이었나?

승재는 시도 때도 없이 애정을 표현해 주었고, 도연도 딱히 그런 승재를 말리지 않았다. 그런데 오늘따라 무심히 도연을 대하는 승재의 평소같지 않은 태도 때문에 잡생각이 많아졌나 보다.

"설거지 내가 할게, 그냥 둬."

도연이 빈 그릇을 가지고 일어나려고 할 때였다.

"괜히 힘 빼지 말고, 앉아서 쉬어."

오늘 아침에 일어나서 한 거라고는 승재가 오기 전에 샤워한 것밖에 없었다. 힘 뺄 겨를조차 없었다는 의미였다. 승재는 단호한 눈빛으로 도연을 바라보고는 식탁 위를 말끔히 치운 뒤, 설거지를 시작했다.

도연은 식탁 의자에 앉아서 승재의 뒷모습을 물끄러미 바라보았다. 가슴 설레도록 선명한 각이 드러나는 떡 벌어진 어깨, 에어컨을 틀어 놨는데도 불구하고 불 앞에 서 있어서 그랬는지 땀에 젖은 티셔츠가 달라붙은 단단한 등, 그리고 개수대에서 건조대로 그릇을 옮길 때마다 불거지는 팔근육까지 빈틈없이 멋졌다.

도연은 본능적으로 자리에서 일어나 승재의 뒤로 바짝 다가섰다. 그러고는 승재의 셔츠 안으로 손을 집어넣으며 등 뒤에서 와락 끌어안아 버렸다.

"차도연."

물 흐르는 소리가 멈추었다. 고요해진 틈으로 승재의 목소리가 잔잔히 울렸다. 등에 귀를 대고 있는 탓에 도연에게 전달되는 낮은 음성이 주는 떨림은 더욱 은밀했다.

"응?"

도연은 티셔츠 안에 넣은 손을 꼼지락거리며 대꾸했다.

"너 내가 계속 봐준 거 알아?"

낮게 가라앉은 승재의 목소리가 퍽 외설적이었다. 봐줬다는 말이 왜 야하게 들리는지 알 수 없었다.

"뭘 봐줬는데?"

되묻는 도연의 목소리도 떨리기는 마찬가지였다. 승재의 손이 도연의 손을 잡아 내리는가 싶더니 커다란 몸이 돌아섰다.

"이제 아시안게임 끝나기 전까지는 얼굴 보기 힘들어, 알아?"

끈적끈적한 무더위처럼 승재의 목소리가 살갗에 달라붙는 듯한 착각이 일 정도로 농밀했다. 도연은 고개를 끄덕이는 것으로 대답을 대신했다. 그러자 승재가 쉬어 버린 목소리로 경고했다.

"그래서 오늘은 못 봐줘."

몸을 숙이는가 싶더니 승재가 도연을 답삭 안아 들었다.

심장이 콩닥콩닥 뛰기 시작했다. 승재는 꽤 낭만적이고 세심한 편이었다. 아마도 세심한 성격을 가진 누나가 키워 준 배경이 한몫하는 듯했다. 그의 누나를 딱 한 번 보았을 뿐이었지만, 무척이나 다정하고 다감하며 따뜻한 성격을 가진 사람이었다.

온순한 누나의 안온한 보살핌을 받으며 승재도 자상한 성격을 가진 이로 자라난 것 같았다. 또 어린 나이에 동생을 돌보면서 누나가 몸소 보여 준 책임 의식을 승재는 고스란히 물려받았다.

당연히 그 책임감은 자신을 돌봐 주었던 누나에게 향할 줄 알았지만, 오롯이 도연에게로 향했다. 그의 누나 곁에 있는 에이전트 한지윤이 '이제 내 여자한테 신경 끄고, 네 여자한테나 신경 써라'라고 말했다고 한다. 여러모로 바람직한 에이전트가 아닐 수 없다.

승재의 듬직한 책임감 곁에는 은근한 소유욕도 따라붙었다. 가끔 승재가 저돌적인 지배욕을 몸소 보여 줄 때면 도연의 심장은 터질 듯 두근거렸다. 바로 지금과 같은 순간이었다.

승재는 도연의 등허리와 무릎 뒤에 팔을 대고 번쩍 안아 든 채로 2층

침실로 향했다. 승재가 이런 자세로 자신을 안아 들 때마다 도연은 그날 보건실로 향하던 복도에서의 떨림이 떠올랐다.

도연은 시선을 들어 올려 그날처럼 승재의 얼굴을 바라보았다. 그때는 몰래 훔쳐보는 처지였다면, 지금은 마음만 먹으면 언제든지 승재의 잘생긴 얼굴에 입술을 가져다 댈 수 있었다. 승재의 얼굴은 그때나 지금이나 굴욕적인 각도에서도 미운 구석 하나 찾아볼 수 없을 정도로 잘생겼다.

영원토록 질리지 않을 승재의 얼굴을 바라보는 동안, 도연의 등이 침대에 닿았다. 승재의 입술이 도연의 입술을 겹쳐 온 것도 당연했다.

"하아."

고개를 꺾었던 방향을 바꾸려고 잠시 떨어졌던 입술 사이로 더운 숨이 짙게 흘러나왔다. 도연은 승재의 목에 팔을 두르며 꽉 끌어안았다.

"으음."

그러자 승재의 목울대에서 나직한 신음이 울렸다. 자신으로 인해 열기가 고이고, 참지 못한 나머지 발산하는 진득한 소리가 듣기 좋았다. 그 소리가 더 듣고 싶어서 도연은 승재를 대담하게 자극하기 시작했다.

승재의 목을 끌어안고 있던 손을 미끄러뜨리며 어깨 근육을 슬며시 쓸어내리자, 단단한 근육이 긴장하는 게 손끝에서 느껴졌다. 좀 더 대범하게 손을 움직이려는 순간 입술이 떨어졌다. 본능적으로 도연의 입술이 승재의 입술을 따라가려고 애썼다.

보통 이런 경우에는 승재의 입술이 도연의 입술을 다시 거칠게 집어삼키곤 했었다. 그런데 아무런 움직임도 느껴지지 않아서 도연은 꼭 감고 있던 눈을 살며시 뜨고는 승재를 올려다보았다.

승재가 미간을 좁힌 채로 도연을 내려다보고 있었다. 깊은 시선은 그 안에 담긴 감정이 무엇인지 가늠할 수 없을 정도로 음험하게 가라앉아 있었다.

"왜?"

도연이 거칠어진 호흡을 간신히 가다듬으며 물었다.

"차도연."

정염에 젖어 낮게 쉰 승재의 목소리는 지독히도 관능적이었다. 그 목소리로 부르는 이름을 듣는 것만으로도 신음이 터져 나올 것만 같아서 도연은 숨을 집어삼켰다.

"나 이제 들어가면 앞으로 한 달은 얼굴 보기 힘들지도 몰라."

승재가 귀뺨 위로 흐트러진 도연의 머리카락을 부드러운 손길로 정리해 주며 말했다. 헤어져 있는 기간에는 그 이상의 시간 동안 얼굴을 보지 못했었다. 도연은 그깟 한 달쯤이야 얼마든지 견딜 수 있다고 생각했다.

"알아."

도연이 조심스러운 목소리로 대꾸했다. 승재만을 바라보면서 충분히 견딜 수 있는 시간이라고 말해 주고 싶었지만, 혹여 승재가 그것을 불쾌하게 받아들일까 봐 두려워서 도연은 말을 아꼈다.

그깟 한 달이라고 여긴다 치더라도, 떨어져 있는 시간은 당연히 힘들 것이다. 그런데 그것을 떠나는 승재에게 내색하고 싶지는 않았다. 힘들어하는 모습을 보이면, 도연을 두고 먼 길을 떠나는 승재로서 신경 쓰일 게 뻔하기 때문이었다.

하지만 그렇다고 해서 쿨하게 다녀오라고 웃어 보일 수도 없는 노릇이었다. 그러면 떨어져 있는 시간을 너무 가벼이 여기는 것처럼 보일까 봐 두려웠다.

이래저래 감정을 드러내기가 어려운 순간이었다. 앞으로도 축구 선수로 살아갈 승재와 이런 헤어짐은 자주 일어날 터였다. 그럴 때마다 이렇게 신경을 곤두세우게 될 거라 여기니, 마음을 단단히 먹어야겠다는 생각이 들었다.

"알긴 뭘 알아. 전혀 모르겠다는 표정인데."

아쉬운 감정을 드러내지 않았더니, 승재가 투덜거리는 투로 도연을 나무랐다.

"알아, 왜 몰라. 그걸."

"나 혼자만 몸 닳고, 나 혼자만 걱정하고, 나 혼자만……."

승재가 하던 말을 멈추고 얼굴을 내렸다. 점점 가까이 다가오는 승재의 입술을 도연은 가라뜬 눈으로 응시했다.

"이렇게 애가 타는 것 같잖아."

승재의 입술이 도연의 목덜미를 머금었다.

"훗."

도연은 짧은 신음을 흘리며 승재의 어깨를 감싸 안고는 말했다.

"아니야. 나도 똑같아. 나도 너처럼 몸 닳고, 걱정되고, 애타고, 그래."

승재의 입술이 끊임없이 움직이는 바람에 호흡을 잃은 도연의 목소리가 토막 났다.

"그럼, 뭐 해. 오늘 또 봐줘야 하는걸."

도연의 목덜미에 대고 말하는 승재의 목소리가 낮게 쉬었다.

"뭘 봐줘?"

대체 아까부터 뭘 봐주고, 뭘 안 봐주겠다고 하는 건지 알 수 없어서 도연의 목소리가 살짝 튀어 올랐다. 목덜미에 입술을 대고 있던 승재가 천천히 고개를 들어 올리는가 싶더니 도연의 옆으로 비스듬히 누우며 도연을 내려다보았다.

"차도연."

"어?"

"너 오늘 못 자."

이제 겨우 아침 겸 점심을 먹은 시각이었다. 수면 여부를 논하기에는 조금 부적절한 시간이지 싶었다. 도연이 의문을 품은 눈길로 승재를 쏘아보는데, 승재의 입술이 도연의 귓가에 닿았다. 입술이 부드럽게 스치는 느낌에 귓속 솜털이 와르르 일어나는 듯했다.

"내일 아침까지 내 손에서 못 벗어날 줄 알아."

나지막이 가라앉은 승재의 목소리에 흠칫 놀란 순간, 입술이 맞물렸다. 갑자기 깊게 치고 들어오는 뜨거운 감각에 머릿속이 아득해졌다.

동이 튼 지 오래였다. 승재의 말마따나 도연은 지난밤 한숨도 이루지 못했다. 절대 제 손에서 벗어날 수 없을 거라고 경고했던 승재는 밥 먹는 시간과 화장실 가는 시간을 제외하고는 도연을 제 품에 두었다.

아침 일찍부터 일이 있어서 나가 봐야 한다는 승재가 샤워하러 욕실로 향하고 나서야, 도연은 승재의 품을 벗어날 수 있었다. 온몸이 욱신욱신했다. 손가락을 까딱할 힘조차 없어서 도연은 승재가 제 품에서 내려 둔 모양 그대로 침대 위에 널브러져 있었다.

샤워를 하고 나온 승재가 그때까지 몸을 추스르지 못하고 축 늘어져 있는 도연의 곁으로 성큼 다가왔다. 눈을 감고 있다가 갑자기 인기척을 느낀 도연은 흠칫 놀라서 이불을 끌어당겨 안았다. 다분히 방어적인 태도였다.

"하지 마."

"뭘?"

"이제 못 해. 힘들어서."

도연이 죽겠다는 말투로 읊조렸다.

"그러니까 너 너무 말랐다고 했잖아. 나 없는 동안 운동해서 체력 좀 키워. 보양식 좀 많이 먹고."

그러니까 말랐다는 의미가, 보양식을 해 먹인 이유가 이런 거였어?

"난 아직도 몇 번은 더 할 수 있는데."

머리에 있는 물기를 털어 내며 승재가 음흉하게 속삭였다.

"짐승이 따로 없네."

도연은 제 뺨에 입을 맞추는 승재를 내버려 둔 채로 혼잣말처럼 읊조렸다.

"좋아 죽는다고 할 때는 언제고?"

승재가 도연의 뺨을 입술로 간질이며 물었다.

"야, 좋은 것도 한두 번이지."

도연이 볼멘소리를 내자, 승재가 도연의 붉어진 뺨에서 입술을 떼어 내고는 시무룩한 얼굴로 물었다.

"진짜 한두 번만 좋아?"

승재의 얼굴이 난데없이 침울해져 있었다.

"대답해, 차도연. 정말 한두 번만 좋은 거야?"

그렇게 단도직입적으로 물으면 참 난감하다. 할 때마다 좋은 건 또 사실이니까. 그렇지만 너무 오래, 많이 하면 힘에 부치는 것도 사실이었다. 도연은 어떻게 대답해야 할지 곤란해서 아랫입술을 깨물었다.

"너는 싫은데……. 나만 좋아서……. 진짜 내가 짐승 새끼처럼 덤빈 거야?"

승재의 얼굴에 미안한 기색이 어렸다. 마치 죽을죄를 지은 것만 같은 얼굴을 하고 있어서 도연은 얼른 일어나 앉으며 침대 헤드에 몸을 비스듬히 기대고 있는 승재를 와락 끌어안았다.

"무슨 소리를 하는 거야. 나도 좋았어. 나도 다 좋았어."

"근데 왜 그렇게 말해? 좋은 것도 한두 번이라는 말, 그 말뜻은 뭔데?"

승재가 딱딱한 목소리를 냈다. 도연은 한숨을 훅 몰아쉬고는 대꾸했다.

"내 말은. 너무 많이 하면 내가 체력이 달려서 힘드니까. 그래서 한 말이었어."

도연이 승재의 등을 다독이며 말했다. 그러자 승재가 도연의 등을 꼭 끌어안으며 대꾸했다.

"그러니까 너무 말랐다니까. 잘 좀 먹어. 체력 좀 키우고."

여태껏 너무 말랐다며 잔소리한 이유가, 보양식 챙겨 먹이며 부산을 떨었던 이유가, 괜히 힘 빼지 말고 가만히 있으라고 핀잔을 줬던 이유가……. 이런 거였어?

승재의 등을 토닥거리던 도연의 손짓이 멈추자, 승재가 거리를 벌리며 도연을 바라보았다.

"알았어? 나 없는 동안 운동 열심히 하고, 잘 챙겨 먹고, 씩씩하게 지내면서 체력 비축해 놓고 있으라고."

잘 지내라는 말을 꼭 이렇게 야한 뉘앙스로 해야 한단 말인가?

도연의 얼굴이 괜스레 붉어졌다.

"대답해, 차도연. 요즘 너 자꾸 대답을 안 하더라?"

"알았어. 운동 열심히 하고, 잘 챙겨 먹고, 씩씩하게 지내면서 체력 비축해 놓을게."

도연이 또박또박 대꾸하자 승재가 빙그레 웃었다.

"근데 너 내일 복귀라며? 왜 오늘은 같이 못 있어?"

승재가 겸연쩍다는 듯이 우물쭈물하다가 입을 열었다.

"나 오늘 광고 찍어."

도연의 눈이 커다랗게 뜨였다. 갑작스레 휴가를 나오기에 무슨 일이 있는 것 같기는 했다. 그런데 이런 어마어마한 일이 있으리라고는 상상조차 하지 못했다.

"무슨 광고?"

쑥스러워하는 승재와 달리 도연은 신이 나서 들뜬 목소리로 물었다.

"아시안게임 홍보하는 공익 광고 같은 건가 봐. 나도 자세히는 몰라. 갑자기 일정이 잡혀서 나온 거라."

"대박이다."

"돈 되는 상업 광고였으면 더 좋았을 텐데."

승재가 아쉽다는 얼굴로 한숨을 훅 몰아쉬었다.

"공익 광고가 얼마나 좋은 건데. 돈은 천천히 벌면 되지."

도연이 승재의 팔에 팔짱을 끼며 생글거리자, 승재가 심각해진 얼굴로 대꾸했다.

"빨리 돈을 벌어야……."

잔머리가 부드럽게 돋아난 도연의 동그란 이마 선에 승재가 입을 맞추며 말을 이었다.

"그래야 너 데리고 살지."

가슴이 뭉클했다. 지금 이대로도 좋다고 말하고 싶었지만, 승재의 목소리가 너무도 간절해서 차마 범박한 문장으로 그의 마음을 어루만질 수가 없었다.

잠시 침묵이 흘렀다. 그 무엇으로도 침묵을 메꿀 수 없을 만큼, 승재가 말한 순간은 두 사람이 절실하게 희원하고 있는 시간이었다. 무엇으로도 바꿀 수 없는 두 사람의 미래였다. 반드시 온다고는 하지만, 언제 다가올지 모르는 순간이기도 했다. 현재와 미래의 아득한 간극이 주는 공허함에 침묵은 더욱 짙어졌다.

오랜 침묵 끝에 도연은 승재의 커다란 손가락 사이에 제 손가락을 끼워 넣으며 말했다.

"조급하게 생각하지 말자."

간절히 꿈꾸는 사람에게는 조언이나 위로도 쉽지 않은 법이다. 도연은 승재가 꿈을 꾸는 이유가 자신인 것을 알기에 더욱 조심스러웠다. 도연 자신도 가슴을 졸이고 있으면서, 최대한 따뜻한 어조로 말을 이었다.

"너무 서두르면 체해. 천천히 가도 돼, 승재야."

목구멍을 타고 뜨거운 감정이 왈칵 차올라서 도연은 숨을 한 번 고르고는 말을 이었다.

"나, 기다릴 수 있어. 반대의 상황이 되면, 너도 나 기다려 줄 거잖아, 그치?"

도연의 물음에 승재는 가만히 고개를 끄덕거렸다.

"나, 너 믿어. 승재야."

그리 말하는 도연의 목소리가 낮게 울렸다. 일부러 나지막이 말하려고 한 건 아니었다. 울음을 삼키려고 하다 보니 절로 가라앉은 목소리가 흘러나왔다. 믿는다는 말을 들은 승재의 얼굴에 화색이 돌았다.

정말 듣고 싶은 말은 이거였다는 듯이 승재가 도연을 꽉 끌어안았다.

공익 광고를 찍으러 간다는 승재를 내보내고 난 뒤, 도연은 책상 앞에 앉았다. 승재와 꼬박 하루를 붙어 있었던 탓에, 오늘 공부해야 할 양이 배로 늘어나 있었다. 승재가 종국에는 EPL을 목표로 하는 것처럼 도연 역시도 영국 유학을 준비하고 있었다.

승재가 영국에서 축구 선수 생활을 시작하는 시기와 비슷하게 영국으로 떠나서 함께 생활하는 게 도연의 목표였다. 대학교에 입학할 당시만 해도 아버지의 뜻을 따르고 있었기에 경제학부에 입학했다.

하지만 이제는 굳이 경제학 공부를 계속할 이유가 없었다. 도연에게 뜻이 있다면 유학 생활을 적극적으로 지원해 주겠다는 조부인 차 회장의 약속도 받았다. 당연히 차 회장을 만난 이후로 고된 아르바이트는 전부 그만두었다.

경제적 자립을 하고 싶다는 도연의 고집에 차 회장은 이제라도 할아버지 노릇을 하게 해 달라고 부탁해 왔다. 더 고집을 부리는 것은 아둔한 짓이라며 도연을 나무라기도 했다. 꼿꼿하게만 살면 어디선가 부러지게 될지도 모른다며, 갈대가 바람에 몸을 누이는 것에는 이유가 있다는 말씀도 하셨다.

이는 바람에 몸을 맡기는 것이 도연에게는 여간 어려운 일이 아니었다. 언제나 이 여사가 정해 놓은 길로만 걸으며 선을 벗어나지 않기 위해 노력하며 살아온 탓에 매사에 융통성을 갖는다는 것 자체가 도연에게는 큰 도전이나 마찬가지였다.

도연이 원서를 뒤적이며 책에 시선을 두기 위해 애쓰고 있을 때였다. 책상 위에 올려 둔 휴대전화가 요란하게 진동했다. 발신인은 승재가 외박이나, 휴가를 나왔다 하면 귀신같이 알고 연락하는 신애였다.

"여보⋯⋯."

— 야, 차도연 너 뭐 해?

'여보세요'라는 말을 채 끝마치기도 전에 신애가 다급하게 쏘아붙였다.

"나 책 봐."

— 네가 지금 한가롭게 책이 봐지냐?

신애가 씩씩거리며 대번에 화를 냈다.

애가 또 왜 이래.

가끔 팬심이 너무 짙은 신애가 당황스러웠다.

— 야, 유승재 지금 뭐 하고 있는지 알아?

이럴 때 말이다.

"광고 찍고 있을걸?"

— ⋯⋯.

휴대전화 너머에서 침묵이 흘렀다. 어색한 침묵 끝에 먼저 입을 연 건 신애였다.

— 너 알고 있었어?

"어, 승재가 말해 줬어. 공익 광고 찍으러 간다고."

— 그럼, 누구랑 찍는지도 말해 줬어?

"아니, 누구 유명한 사람이랑 같이 찍는대?"

그렇지 않고서야 신애가 이렇게 호들갑을 떨 리가 없었다.

— 너 누구랑 찍는지도 모르고 있었단 말이야? 유승재 안 되겠네. 광고 찍는다는 말은 했으면서, 왜 누구랑 찍는지는 말을 안 해 줘?

"누군데? 누구랑 같이 찍는데, 이 난리야?"

도연이 심드렁한 목소리로 물었다.

— 연휘민이랑 찍는대!

연휘민? 이름이 하도 낯설어서 도연은 속으로 되물었다. 그 순간 어제 TV에서 신곡 홍보에 여념이 없었던 제 팔뚝만 한 다리로 걸어 다니던 아리따운 얼굴의 아이돌 가수가 퍼뜩 떠올랐다.

"이번에 신곡 나온 연휘민?"

— 어, 지금 안 고독한 유승재 방 난리야.

"안 고독한 유승재 방?"

그건 또 뭐야? 이어진 질문은 던지지 못하고 도연이 아랫입술을 짓씹었다.

— 오픈 채팅방이야. 안 고독한 유승재 방이라고, 유승재 정보 올라오는 방인데. 오늘 거기 촬영장 스태프라는 애가 둘이 같이 광고 찍는다고 흘렸나 봐. 그래서 그거 누가 물고 와서 난리 났어, 지금.

"연휘민이랑 광고 찍는다는데, 그게 난리 날 일이야?"

사실 도연도 아주 조금 불안하기는 했다. TV로 봐도 그렇게 예쁜데,

실물은 오죽할까 싶었다. 그리고 어제 TV를 보면서 승재와 있었던 일이 파노라마처럼 머릿속을 훑고 지나갔다.

'저 봐. 저 가수는 내 팔뚝으로 걸어 다니거든? 말랐다는 건, 저런 걸 보고 말랐다고 하는 거야.'

'누군데?'

TV 속에 나오는 연휘민을 바라보던 승재는 아무런 말도 없이 그대로 부엌으로 가서 제 할 일에 열중했다.

그 반응은 대체 뭐지? 차라리 그때 '나 내일 저 가수랑 광고 찍어!'라고 말해 줬어야 하는 거 아닌가?

갑자기 기분이 묘해지기 시작했다.

— 나 지금 그래서 촬영장 가려고.

"네가 촬영장을 뭐 하러 가?"

진심으로 의구심이 들어서 던진 질문에 신애가 답답하다는 듯이 되물었다.

— 너 진짜 유승재 여자 친구 맞냐? 유승재 관리 안 해?

"유승재 관리는 유승재 에이전트가 해야지."

— 아오, 이 답답한 년!

급기야 신애가 답답한 년이라며 쌍욕을 해 댔다.

"말이 심하다."

지금 누구보다 가슴이 갑갑한 사람은 도연이었다. 그런데 조급함을 숨기려다 보니 어설픈 느긋함이 배어 나왔다.

— 너 당장 나와. 나랑 스튜디오 가자.

"거긴 가서 뭐 해?"

연휘민이랑 나란히 서서 그림처럼 어우러지는 모습을 굳이 실사하고 싶지는 않았다.

— 연휘민이 월드컵 끝나고 나서 지 이상형이 유승재라고 겁나 떠들고 다녔어. 그년 운동선수 잡아먹는 데 선수야. 촬영 끝나고 뒤풀이에서 들이대는데 안 넘어간 놈이 없대.

심장이 쿵쿵거리기 시작했다. 이런 말에 동요되고 싶지 않았다. 오늘 아침에 애틋하게 자신을 안아 주며 이마에 입을 맞추던 승재의 온기를 도연은 오롯이 기억하고 있었다.

"승재는 안 그래."

— 승재는 안 그러는데, 그년이 그래. 너 교통사고가 나만 잘한다고 안 나는 줄 알아? 나는 아무것도 안 하고 가만히 있는데, 막무가내로 들이받는 경우도 있다니까? 그년이 그런 경우야. 아무 사이도 아닌 걸, 무슨 사이인 것처럼 만들어서 별그램에 올리고, 그걸로 실검 오르고 막 그랬었어. 걔 이번에 신곡 나왔다며? 이번에 백퍼 유승재랑 얽히고 싶어 할걸? 그래야 실검 장악할 테니까.

도연은 아랫입술을 말아 문 채로 잠자코 있었다. 대체 가서 뭘 어쩌겠다는 건지. 너무 대책이 없는 거 아닌가 싶었다.

— 빨리 나와. 오피스텔 앞으로 데리러 갈게.

"가서 뭘 어쩌게?"

— 유승재한테 너 들이밀 거야.

"뭐?"

전지훈련을 마치고 인천공항으로 들어온 강산 FC 선수단 사이로 도연을 밀어 넣었던 신애였다. 그때를 떠올리면 지금도 아찔하다. 하지만 그날 승재와 그렇게 조우한 덕분에 잊지 못할 첫 밤을 보낼 수 있었다.

"어떻게 들이밀려고? 또 촬영장에 냅다 등 떠밀려고?"

― 아니, 일단 나와 봐. 다 생각이 있으니까.

신애는 막무가내였다. 딱 20분 줄 테니 준비하라는 말과 함께 팬처럼 보여야 하니까 승재의 이름이 쓰인 경기복이 있으면 입고 나오라는 말도 덧붙였다. 승재가 K리그 데뷔 경기 때 입었던 경기복이라며 준 게 있기는 했지만, 그걸 입기에는 너무 아까웠다.

그래도 다들 경기복 입고 올 텐데 너만 안 입고 오면 안 고독한 유승재 방 멤버가 아닌 게 들통날지도 모른다며, 신애는 꼭 경기복을 입고 나오라고 신신당부했다.

결국, 도연은 승재가 K리그 데뷔 경기에서 입었던 경기복을 입고 신애의 차에 올라탔다.

"너 면허 딴 지 얼마나 됐어?"

도연의 질문에 신애가 헛웃음을 흘렸다.

"너 지금 그게 중요한 게 아니야."

신애가 눈을 가늘게 뜨고는 고개를 절레절레 내저었다. 안 고독한 유승재 방의 멤버들을 더 태워야 한다며 신애는 서둘러 차를 몰았다. 삼성역에서 한 명, 선릉역에서 한 명, 총 두 명이 더 신애의 차에 올라탔다.

"우리 오빠가 그 공익 광고 맡은 AE거든요. 스튜디오 들어갈 수 있게 해 준댔어요."

선릉역에서 신애의 차에 올라탄 여자가 전투적인 눈빛을 빛내며 도연에게 인사를 건넸다.

"맞죠? 연습구장 그 메모리카드?"

왠지 망했다는 생각이 들었다.

"맞네, 연습구장에서 메모리카드랑 그 타월 사신 분 맞죠?"

기억력도 참 좋다. 딱 한 번 연습구장으로 승재를 찾아간 적이 있었는데, 그걸 기억하는 승재의 팬을 만나리라고는 생각도 하지 못했다.

"내가 사실 걔들 되게 주시하고 있었거든요. 이상한 사진만 찍어다가 자꾸 팔아먹으려고 하는 것 같아서. 근데 그쪽이 그거 사는 것 같아서, 그쪽도 되게 이상하다고 생각했는데. 그날 찍힌 사진은 안 올라오더라고요?"

유승재가 벗은 사진을 남이 보는 게 싫어서 내가 산 건데…… 그걸 딴 데 올릴 리가.

"네, 그냥 폐기했어요."

"아……. 폐기."

여자의 눈빛에 아쉬운 기색이 어렸다가 사라졌다.

"뭐, 하긴. 유승재 선수 웃통 깐 사진이야 이제 너무 많으니까요."

뭐라고라. 순간 도연의 눈에 섬광이 이는 듯했지만, 그 미세한 변화를 눈치챈 이는 아무도 없었다.

"근데 스튜디오에 가서 뭘 어떻게 하실 건데요?"

도연의 조심스러운 질문에 대꾸한 건 삼성역에서 올라탄 팬 1이었다. 이제부터 삼성역에서 올라탄 여자는 팬 1, 선릉역에서 올라탄 사람은 팬 2로 부르기로 하겠다. 안 고독한 유승재 방은 철저히 익명으로 유지되는 방이었기에 서로 만나더라도 통성명은 하지 않기로 했다고 한다.

"유승재 팬이 거기 와 있고, 안 와 있고의 차이인 거죠. 우리가 두 눈 시퍼렇게 뜨고 지켜보고 있는데, 연휘민 너 들이대면 가만 안 둔다…… 뭐 이런?"

"근데 그렇게 해서 들이대는 거 막은 경우가 있었어요?"

팬 1의 설명에 도연이 하고 싶었던 질문을 던진 건 팬 2였다.

"있었어요. 팬이랑 이야기가 길어지니까 연휘민이 못 기다리고 그냥 간 경우가 있대요."

팬 1의 대꾸에 모두 의미심장하게 고개를 끄덕거렸다.

선릉역에서 팬 2를 태운 후, 30분이 지나서야 압구정동 스튜디오에 도착할 수 있었다. 차가 막히지 않을 때는 10분이면 닿을 수 있는 거리지만, 낮에는 언제나 차량 통행량이 많은 구간이기에 서행할 수밖에 없었다.

팬 1, 2가 차에서 먼저 내리고 난 뒤, 조수석에 앉아 있던 도연이 신애에게 나무라는 투로 말했다.

"이거 좀 미친 짓 같지 않아? 나 그냥 갈래."

"차도연."

신애가 평소 같지 않은 사뭇 진지한 목소리로 도연을 불렀다. 도연은 짐짓 당황한 눈길로 신애를 바라보았다. 신애가 이런 목소리를 내는 것은 처음이라 어떻게 대꾸를 해야 좋을지 판단이 서질 않았다.

"내가 이렇게까지 판을 깔아 줬으면."

신애가 도연에게 눈을 부라렸다.

"네 남자는 네가 지켜."

아니 굳이 이게 이렇게까지 심각하게 나서야 하는 상황인가 싶어서 도연은 아리송할 지경이었다. 팬심이 너무 두터운 나머지 다소 오버하고 있는 건 아닌가 싶었다.

그런데 팬 2의 도움으로 스튜디오에 들어선 도연은 피가 거꾸로 솟는 것만 같았다.

저년이 지금 어디서, 누구 앞에서 저런 교태를 부리고 자빠진 거지?

험한 말이 절로 흘러나올 것만 같았다.

승재와 연휘민은 딱 붙어 서서 축구공을 맞잡고 있었다. 연휘민은 왼손으로, 승재를 오른손으로 공의 한쪽을 잡은 채로 스포츠가 세상을 바꾸네, 어쩌네 하는 멘트를 연방 읊어 댔다. 처음에는 30cm 정도 떨어져 있던 두 사람이었는데, 영상을 모니터한 연휘민이 영 그림이 나오지 않는다며 승재 쪽으로 바짝 붙어 섰다.

"아오, 저 여우 같은 년."

도연이 내뱉고 싶은 말을 팬 1이 읊조렸다. 연휘민은 승재에게 붙어 서는 것도 모자라, NG가 날 때마다 승재의 팔뚝을 묘하게 쓸어내리며 미안하다고 사과했다. 그럴 때마다 승재는 그저 웃으며 괜찮다고 대꾸할 뿐이었다.

괜찮기는 뭐가 괜찮아?

도연은 화딱지가 나서 눈을 질끈 감아 버리고 싶었다. 이건 마치 공포 영화를 보기 싫은데, 손가락으로 어설프게 눈을 가린 채로 봐야 하는 것과 같은 상황이랄까? 보면 짜증 나는 상황만 되풀이돼서 보기 싫은데, 대체 무슨 일이 벌어질지 궁금해서 보게 되는 그런 거 말이다.

도연이 한숨을 몰아쉬었다. 가슴이 갑갑해서 한숨을 쉬는 거 말고는 할 수 있는 게 없었다. 물론 팬 1, 2 역시도 한숨을 몰아쉬고 있었다.

신애는 미동도 하지 않은 채로 촬영에 여념이 없는 두 사람을 쏘아보기만 했다. 어떻게 하면 저들 사이로 도연을 밀어 넣을까 고민하는 것 같아서, 도연은 허튼 생각 하지 말라며 신애의 어깨를 제 어깨로 툭 한 번 건드렸다.

"여기는 공항 상황하고 완전 다르다."

도연은 복화술을 하듯이 이를 앙다문 채로 신애의 귓가에 속삭였다.

"알아. 그래서 나도 지금 짜증 나 뒤질 것 같아."

그러자 신애도 어금니를 꽉 문 채로 도연의 귓가에 읊조렸다.

촬영이 막바지에 이르자, 연휘민이 잠시만 쉬었다가 하자며 양해를 구했다. 승재의 스케줄상 촬영 날짜를 넉넉하게 잡지 못한 탓에 여러 컷의 공익 광고 촬영이 한꺼번에 이루어졌다. 힘이 들 만도 할 텐데, 연휘민은 프로 의식을 발휘해 촬영에 집중하고 있었다. 그 점은 높이 살 만했다.

"15분만 쉬었다 가겠습니다!"

스태프의 목소리가 울려 퍼지자마자, 승재는 주변에 서 있는 사람들에게 깍듯이 인사를 하고는 대기실로 들어가 버렸다. 그런데 연휘민이 제 대기실이 아닌 승재의 대기실로 따라 들어가서는 문을 닫아 버렸다.

팬 1, 2와 신애 그리고 도연은 벙찐 얼굴로 닫힌 대기실 문을 바라보았다. 신애가 도연의 옆구리를 툭 건드리며 속삭였다.

"유승재한테 전화해 봐."

"지금?"

도연이 소리 낮춰 되묻자 신애가 밖으로 나가자며 비상계단으로 도연을 이끌었다.

"얼른 해 봐. 저 대기실에 지금 두 사람만 있잖아."

신애의 목소리가 낮게 가라앉았다. 도연은 가방에 넣어 두었던 휴대전화를 꺼내 들었다. 승재에게 전화를 걸려는 순간, 전화가 걸려 왔다. 발신인은 기가 막히게도 승재였다. 신애가 얼른 받으라며 손짓을 해 댔다.

"여보세요?"

— 뭐 하고 있어?

"어, 그냥."

차마 광고 찍는 데 따라와서 보고 있다는 말을 할 수가 없었다. 이건 자신이 생각해도 너무도 비정상적이고 미저러블한 상황이었다.

옆에서 언뜻 연휘민이 떠드는 소리가 들려왔다. '유승재 선수, 오늘 끝나고 바로 구단으로 복귀해요?' 라고 묻는 듯했다.

그리고 뒤이어 승재의 목소리가 들렸다.

— 보고 싶어.

연휘민이 하는 말에는 대꾸도 하지 않고, 승재는 도연을 향해 말을 걸고 있었다. 그것도 보고 싶다는 말로 도연의 존재를 명확히 하는 듯했다.

"나도 보고 싶어."

이제껏 보고 있었으면서 능청스러운 말이 잘도 흘러나왔다.

— 촬영 금방 끝날 것 같은데, 끝나고 너한테 들를게.

"알았어. 출발할 때 연락 줘."

전화를 끊으려는 건 줄 알았다. 그런데 승재가 말을 계속 이었다.

— 점심은 먹었어? 나 없다고 또 굶지 말고.

일부러 들으라고 그러는 건지, 누구랑 통화하는 거냐고 묻는 연휘민의 목소리가 들려왔다. 그 물음에도 승재는 대꾸조차 하지 않았다.

"옆에 누구 있어?"

누가 있는지 뻔히 아는 상황이었지만, 여자 목소리가 들리니 묻는 척은 해야 할 것 같았다.

— 같이 촬영하는 사람.

"누구랑 촬영하는데?"

— 몰라. 나도 누군지. 오늘 처음 봤어.

거짓말, 어제 TV에 나오는 거 같이 봤으면서.

너스레를 떠는 승재가 귀엽기도 하고, 얄밉기도 했다.

— 아시안게임에서 골 넣으면 네 생각 하면서 세리머니 할게, 꼭.

왜 이런 이야기를 지금 하는지 모르겠지만, 기분은 좋았다.

"어떻게 할 건데?"

그만큼 소중한 사람이 곁에 있다는 것을 승재는 보여 주고 싶어 하는 눈치였다. 연휘민이 대놓고 들이대면, 단칼에 거절할 승재였다. 하지만 질척이며 이도 저도 아니게 구는 태도에 잘라 말하지는 못하고, 도연에게 전화 거는 방법을 택했을 것이다.

— 어떻게 할 거냐면.

승재가 목소리를 죽이며 조용히 속삭였다. 마치 승재가 옆에서 속삭이는 것처럼 귀가 간지러웠다. 심장도 콩닥거리기는 마찬가지였다. 승재가 제 세리머니 포부를 밝히고는 웃었다. 전염성 짙은 승재의 웃음을 따라 도연도 함께 웃었다.

"골이나 넣어."

— 걱정하지 마. 경기당 한 골씩 꼭 넣을 거니까.

휴대전화 너머에서 곧 촬영이 시작될 거라는 소리가 들려왔다. 스태프가 대기실 문을 열고 말하는 소리 같았다.

— 촬영 다시 시작한대. 이따 전화할게.

승재는 다급하게 전화를 끊었다.

"지금 촬영 다시 시작한대."

신애가 신이 난 얼굴로 떠들어 댔다.

"연휘민이 달라붙을 것 같으니까, 너한테 전화한 거 맞지?"

도연은 그런 것 같다며 고개를 끄덕였다.

"역시 유승재."

신애가 너스레를 떨며 도연을 다시 촬영장으로 이끌었다.

촬영은 속행되었으나, 쉬는 시간을 갖기 전보다 훨씬 NG가 많이 났다. 집중을 못 하는 건지, 아니면 일부러 그러는 건지 NG는 대부분 연휘민이 내고 있었다.

"쟤 일부러 시간 끄는 것 같은데?"

신애가 고개를 절레절레 내저었다.

'촬영 금방 끝날 것 같은데, 끝나고 너한테 들를게.'

그리 말했던 승재의 목소리가 귓전을 맴돌았다. 아마도 승재가 어디론가 가는 것을 방해하려고 일부러 그러는 것처럼 보였다.

"진짜 세상 미친년들 많다니까."

팬 1이 그렇게 떠들었고.

"유승재 선수가 미친년 짓 해서라도 차지하고 싶을 만큼 매력적이긴 하잖아요."

팬 2가 대꾸했다.

"그렇다고 저렇게 재수 없게 굴면 역효과 나지 않나?"

신애가 물었고.

"저런 거 좋아하는 정신 나간 놈들도 있기는 하더라고요."

팬 1이 대꾸했다.

"유승재 선수는 안 그러길 바라야지."

마지막으로 팬 2가 대꾸했고, 이후 촬영이 끝날 때까지 기묘한 침묵이 계속되었다.

오후 6시면 끝날 거라고 했던 촬영은 밤 10시가 다 되어서야 끝이 났다. 도연은 팬 1, 2 그리고 신애와 함께 스튜디오 밖에서 승재를 기다렸다. 여기까지 왔는데, 사인은 받고 가야 하지 않겠느냐는 팬 1, 2의 말에 기다리기로 했다.

사실 사인은 핑계였다. 유승재의 광고 촬영 퇴근길 사수대라도 결성한 것처럼 그들은 비장한 얼굴이었다. 마침내 검은색 볼캡을 푹 눌러쓴 승재가 스튜디오 계단을 내려오고 있었다. 그런데 승재의 등 뒤에 바짝 따라붙은 연휘민이 승재의 옷깃을 잡아끌었다.

"유승재 선수, 사인해 주세요."

본능적인 움직임이었다. 누가 먼저 움직이기 전에 도연이 가장 먼저 목소리를 내게 될 줄은 꿈에도 몰랐다. 여자의 손이 승재의 허리춤을 잡아당기는 순간, 도연은 저도 모르게 소리를 치고 말았다.

스튜디오 건물 외부에 있는 계단을 내려오던 승재의 시선이 가로등 아래에 있는 도연에게로 향했다. 볼캡을 눌러쓴 탓에 승재의 표정이 어떤지 분간할 수는 없었지만, 승재의 어깨가 움찔하는 모습은 분명히 보았다.

"사인해 주세요. 저희 종일 기다렸어요."

팬 1이 도연의 외침에 힘입어 목소리를 냈다. 연휘민의 시선이 가로등 아래에 옹기종기 모여 있는 여자들의 면면을 훑으며 멀리서도 한심한 눈빛을 보내고 있는 게 느껴졌다. 축구 선수 뒤꽁무니나 쫓아다니면서, 인생을 왜 그러고 사느냐고 묻는 듯했다.

그러는 너는 왜 그러고 사느냐고 되묻고 싶었지만, 도연은 시선을 고정한 채로 승재의 반응을 기다렸다. 승재는 묵묵부답이었다. 도연을 발견한 이후로 얼어붙은 것 같기도 했다.

"유승재 선수, 나랑 잠깐 이야기 좀 할 수 있어요? 오늘 찍은 광고 때문에."

연휘민이 일 핑계를 대며 승재를 붙잡았다. 그러자 승재가 연휘민이 잡고 있는 제 옷을 잡아당기며 대꾸했다.

"일 이야기는 제 에이전트 통해서 하시죠. 그럼, 들어가세요."

분명히 선을 긋는 태도였지만, 승재의 말투는 고깝거나 무례하지 않았다.

"저는 보시다시피 종일 기다린 팬분들이 계셔서요."

그리 덧붙여 대꾸하고는 승재가 빠른 속도로 계단을 뛰어 내려왔다. 연휘민은 닭 쫓던 개 지붕 쳐다보는 얼굴로 승재의 뒷모습을 바라보고 있었다.

승재가 네 사람 앞에 서자마자, 팬 1이 제일 먼저 등을 보였다.

"저 여기에 사인해 주세요."

경기복 위에 사인을 해 달라는 의미였다. 팬 1이 내민 매직을 건네받은 승재는 그녀의 등에 멋지게 사인을 해 주었다. 뒤이어 팬 2와 능청스럽기로는 둘째가라면 서러운 신애가 줄지어 등에 사인을 받았다.

그리고 마침내 도연의 차례가 되었을 때, 승재가 깊게 숨을 들이마셨다.

"오래 기다리셨네요."

승재는 빙그레 웃으며 너스레를 떨었다.

"네, 좀 오래 기다렸어요."

도연도 승재에게 장단을 맞춰 주며 웃었다. 승재에게 등을 내주면서도 여기에 사인을 받아도 되나 싶은 생각이 들었다. 그리고 먼 훗날 자신의 존재가 세상에 드러나고 나면, 여기 있는 팬 1, 2는 이 상황을 어떻게 기억할까 싶어서 걱정도 되었다.

도연은 또다시 걱정을 싸안고 혼자 골머리를 앓기 시작했다. 그런데 그렇게 골머리를 앓았던 게 무색하도록 승재가 혼잣말하듯이 읊조렸다.

"여기에 사인을 받고 싶었으면 진작 말을 하지. 여기서 종일 기다렸어?"

승재가 평소와 같은 친근한 말투로 도연에게 말을 걸어왔다. 도연의 어깨가 툭 건드리면 먼지가 되어 사라질 것처럼 바삭하게 굳어 버렸다. 도연은 슬쩍 고개를 돌려 신애를 바라보았다. 당황스러운 얼굴을 하고 있는 건 신애도 마찬가지였다.

"이분들 매 경기마다 챙겨 보시고, 연습 경기도 자주 오시고, 오늘 같은 촬영이나 행사장에도 매번 오시는 분들이야."

승재는 팬 1, 2를 기억한다는 듯이 말을 이어 나갔다.

"맞죠? 연습구장에도 자주 오시잖아요."

그러자 팬 1, 2는 감격해 마지않는 얼굴로 고개를 끄덕거렸다.

"얘가 제 여자 친구예요."

승재가 도연을 돌려세우면서 말했다. 그러고는 신애를 턱짓으로 가리키며 소개하는 것도 잊지 않았다.

"애는 오지랖이 축구장만큼 넓은 고등학교 동창이면서, 제 여자 친구 절친이고요."

팬 1, 2처럼 승재를 바짝 쫓아다니는 조용한 팬들은 진작부터 승재에게 여자 친구가 있다는 사실을 알고 있었다고 했다. 단지 승재가 밝히기를 꺼리는 것 같아서 쉬쉬하는 중이었다고도 했다.

"여자 친구도 있는 거 뻔히 아는데, 오늘 촬영장 분위기가 좀 그럴 것 같아서⋯⋯. 걱정 많이 했어요."

팬 1이 한숨을 몰아쉬며 고개를 절레절레 내저었다. 도연에게 어떻게 감쪽같이 속일 수 있느냐며 따질 줄 알았는데, 팬 1, 2의 반응은 의외로 따뜻했다. 마치 위 아 더 월드를 외쳐야 할 것 같은 상황이라고나 할까?

"두 분 비밀 지켜 주실 수 있죠?"

승재가 이제 우리만 아는 비밀이 생긴 거라며 깊은 시선으로 팬 1, 2를 굽어보았다. 그러자 마치 은혜라도 입은 듯 팬 1, 2는 감격한 얼굴로 고개를 끄덕거렸다. 오늘 있었던 일은 절대 아무한테도 발설하지 않겠다며 몇 번이고 강조하기까지 했다.

"저 유승재 선수가 지난봄에⋯⋯. 새벽에 올렸다가 지운 글, 그거 봤어요."

팬 2가 대뜸 한 말에 승재가 당황스럽다는 듯이 대꾸했다.

"조회수 1의 주인공을 드디어 찾았네요."

"보고 싶은데, 볼 수 없다고 했던 분이⋯⋯."

팬 2의 시선이 도연에게로 향했다.

"맞죠?"

승재는 고개를 끄덕이는 것으로 대답을 대신했다. 팬 2가 아무한테도 말하지 않았는지, 골수팬인 팬 1과 축구 선수 유승재에 관해선 모르는 것이 없다고 자부하는 신애도 모르는 눈치였다.

"처음 사랑을 알려 준 사람이었기에 처음 이별도 배워 가고 있다고. 너무 보고 싶은데, 볼 수가 없어서 그 사람이 생각나는 새벽이면 무척 힘들다고. 차라리 교복을 입던 시절로 돌아갔으면 좋겠다고 했었죠? 아까 친구면서 동창이라고 하는 말에, 그분인 것 같아서⋯⋯."

팬 2는 마치 자신이 가슴 아픈 이별이라도 겪은 것처럼 눈시울을 붉히기까지 했다.

"그맘때 유승재 선수 진짜 무뚝뚝했어요. 웃지도 않고, 팬들이 불러도 쳐다보지도 않고. 사람이 너무 공허해 보여서, 세컨드 시즌 신드롬(선수가 두 번째 시즌에 슬럼프를 겪는 일)이라도 겪나 걱정했는데, 그 글 보고 개인적으로 힘든 일이 있었구나 싶었어요. 요즘 좀 밝아진 것 같다 했더니, 다시 만나서 그런 거죠?"

단순한 팬이 아니라 승재를 많이 아끼는 사촌 누나라도 만난 기분이었다. 승재는 고개를 가만히 끄덕일 뿐이었다. 도연은 마치 대역죄를 저지른 죄인이 된 듯한 기분으로 그 사이에 서 있었다.

"고개 들어요. 무슨 잘못을 했다고, 그렇게 고개를 푹 숙이고 서 있어요?"

팬 1이 도연에게 살갑게 말하며 팔뚝을 쓸어내려 주었다.

"죄송해서요. 제가 팬이라고 거짓말을 한 게 돼 버려서."

"팬 맞잖아요. 혹시 유승재 선수랑 사귀면서 다른 선수 응원해요?"

"아뇨!"

도연은 정색하며 손사래를 쳤다.

"뭐 우리는 유승재 선수 팬질하는 게 취미인 사람들이지. 유승재 선수랑 개인적으로 어떻게 얽히고 싶은 생각은 추호도 없어요. 이게 그냥 삶의 소소한 낙인 거지. 이렇게 팬질하다 보니까, 유승재 선수 여자 친구랑 재미있는 일도 생기고 말이야."

팬 2가 즐겁다는 듯이 웃으며 덧붙였다.

"그리고 우리는 이미 결혼도 했는데?"

"진짜요? 언니들 완전 동안이다. 나는 우리랑 같은 또랜 줄 알았어!"

신애가 특유의 능청스러움으로 두 사람을 향해 엄지를 척 들어 보였다.

"아무튼, 우리는 오늘 일 어디 말할 생각 없으니까 걱정하지 말고요."

팬 1이 그리 말하자, 승재가 웃으며 대꾸했다.

"그러실 것 같아서 말씀드린 거예요. 그리고 얘네들이 자꾸 겁도 없이 이렇게 사람을 놀라게 해서 제가 진짜 가슴이 조마조마하거든요."

승재가 엄살을 피우며 일러바치자, 팬 1, 2가 유승재 선수같이 완벽한 사람을 남자 친구로 뒀는데 불안할 만도 하다며 대꾸했다.

언제까지 이 손발이 오그라드는 상황 속에 서 있어야 하는 건지, 도연이 식은땀을 뻘뻘 흘리며 마른침만 삼키고 있을 때였다.

"촬영 벌써 끝났어?"

에이전트 한지윤의 목소리가 등 뒤에서 들려왔다. 엎친 데 덮친 격이라는 말은 이럴 때 쓰는 건가 보다. 다들 한지윤을 알아보는 눈치였다. 그리고 한지윤은 콕 집어서 도연에게 알은척했다.

"오랜만이네요, 도연 씨. 인도네시아 가기 전에 얼굴 보기 힘들어서 보러 왔구나?"

도연이 고개를 끄덕이자, 그의 시선이 팬 1, 2를 향해 갔다.

"미연 씨랑 혜진 씨도 오랜만이네요. 잘 지내죠? 미연 씨 아들은 강산 FC 에스코트 키드 오디션 본다며, 됐어요? 혜진 씨는 인도네시아도 올 거라더니, 경기 티켓은 구했어요? 못 구했으면 내가 알아봐 주고."

에이전트 한지윤이 특별 관리하는 범주에 속하는 팬들이었나 보다. 각각 강산 FC 에스코트 키드가 되었다는 대답과 경기 티켓은 진작 구했다는 대답이 이어졌다.

"식사 괜찮으시죠? 승재는 도연 씨 바래다주고."

그가 팬들은 자기가 알아서 상대할 테니 어서 도연을 데리고 들어가라며 눈짓했다. 그러면서 신애에게 '신애 씨도 같이 저녁 먹어요.' 하고 챙기는 것도 잊지 않았다. 그의 깔끔한 상황 처리 능력에 도연은 하마터면 혀를 내두를 뻔했다. 이 상황에 신애는 또 어떻게 아는 건지도 혼란스러웠다.

팬 1, 2는 이런 일이 익숙하다는 듯이 에이전트 한지윤을 따르기로 했고, 신애는 '한지윤 대표 졸라 멋있어!' 라고 도연의 귀에 속삭이고는 함께 저녁 식사를 하겠다며 그를 향해 고개를 끄덕거렸다.

쟤는 대체 세상에 안 멋있는 남자가 누구야?

공익 광고 촬영 현장을 취재하러 온 기자들이 남아 있을지도 모른다며, 한지윤은 자신의 차로 모두를 이끄는 척하면서 승재와 도연이 에이전시 소속의 다른 차에 오를 수 있도록 도와주었다.

나란히 차에 오른 두 사람 사이에 침묵이 흘렀다. 도연은 오늘 겪은 일련의 상황들이 너무 당황스러워서 입이 열 개라도 할 말이 없었다. 아무리 에이전시 직원이라지만 운전대를 잡은 직원을 의식한 탓인지 승재도 입을 꾹 다물고만 있었다.

에이전시 직원이 따라붙은 기자는 없다며 안심하라는 말을 하고는 도연과 승재를 오피스텔 지하 주차장에 내려 주었다.

마침내 두 사람만 남게 되었다.

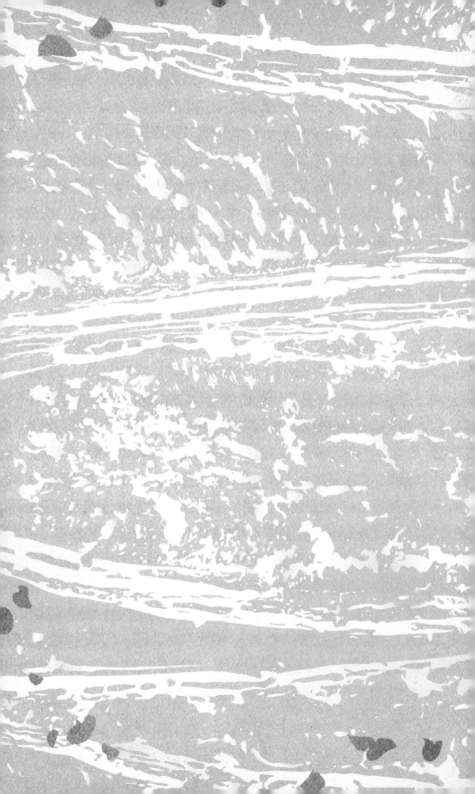

Round. 11

사무치도록
아름다운

승재가 깊은 한숨을 내쉬는 바람에 도연은 어깨를 움찔 떨었다. 거기까지 왜 왔느냐고 나무라면 어쩌나 싶어서 도연은 먼저 사과의 말을 꺼냈다.

"미안해. 신애가 걱정된다고 가 보자고 해서. 나도 신경 쓰이고 그랬어. 너 알은체할 마음은 없었는데, 그 여자가 네 옷을 막 잡아당기니까 내가 막 짜증이 나서."

"잘했어."

승재가 도연의 머리를 부드럽게 쓰다듬으며 대꾸했다.

"어?"

도연이 다소 당황스럽다는 얼굴로 승재를 올려다보았다.

"잘했다고. 나도 오늘 짜증 나서 죽는 줄 알았어."

"연휘민이 그런 걸로 좀 유명하다 하더라고. 신애가 그러더라."

"연, 뭐?"

승재는 무슨 말을 하는 거냐는 표정으로 도연을 내려다보았다.

"연휘민."

"그게 뭐야?"

"아까 그 여자 이름."

"이름이 뭐 그래?"

"아니, 너는 아무리 그래도 사람 이름 갖고 뭐라 그러냐?"

"아니, 웃기잖아. 어떻게 사람 성이 년이야? 그런 성이 진짜 있기는
해?"

승재가 너무 무구한 얼굴로 물어서 도연은 차마 웃음을 터뜨릴 수조차
없었다. 누구와 촬영하는지도 모른다고 했던 말은 사실이었나 보다.

"년이 아니고 연! 너 진짜 그 여자 이름 몰랐어?"

"나 그 여자 얼굴도 오늘 처음 봤어."

"어제 나랑 TV에 나오는 거 같이 봤잖아."

"내가?"

이번에는 승재가 정색하며 되물었다.

"어제 나한테 삼계탕 끓여 준 건 귀신이야?"

"어제 우리가 만났어?"

승재가 눈을 가늘게 뜨고는 애먼 표정을 지으며 되물었다.

"아, 장난 그만해!"

급기야 도연이 짜증을 내자, 승재가 웃음을 터뜨리며 대꾸했다.

"어제 네가 TV 속에 나오는 여자가 더 말랐다고 해서 보기는 봤는데,
그게 저 여자인 줄 몰랐네. 관심 있게 안 봐서."

다른 여자 관심 있게 안 봤다는데, 기분 나쁠 여자가 있을까?

도연이 빰을 타고 오르려는 입꼬리를 잡아 내리며 말했다. 두 사람은 어느새 현관문을 열고 도연의 집 안으로 들어서고 있었다.

"어쨌든 오늘 미안했어."

심심한 사과의 말을 꺼내자 승재가 도연을 와락 품에 안으며 대꾸했다.

"차도연."

"응?"

"너 오늘 대체 뭘 잘못했어?"

"……."

"말 안 하고 촬영장에 와서 나 기다려 준 거? 안 그래도 보고 싶어 죽는 줄 알았는데, 내 앞에 짠 하고 나타난 거? 내 팬들 배려하고 조용히 있어 준 거? 대체 뭐가 미안해?"

도연이 하는 일이라면 승재는 뭐든 긍정적인 반응을 보여 주었다. 어떻게 거기까지 올 수 있느냐며 화를 낼 수도 있는 상황인데, 오히려 승재는 달가워했다.

"고마워. 종일 나 기다려 줘서. 아무 말도 없이 거기 서 있어 줘서. 힘들 때 얼굴 보여 줘서. 사과해야 할 사람은 네가 아니라 나야. 네가 지켜보는 앞에서 다른 여자랑 붙어 서 있었는데, 내가 사과를 해야지."

승재가 품 안으로 도연을 더욱 꼭 끌어안으며 말했다.

"근데 너 그건 알아야 한다? 내가 아까 그 여자 피해 다니느라고 얼마나 고생했는지 알아? 진짜 완전 찰거머리가 따로 없더라니까? 완전 무서웠어."

도연을 안은 승재의 몸이 부르르 떨렸다.

"잘했어. 유승재. 고생했어."

도연이 승재의 등을 쓸어내리며 웃었다. 그러자 승재가 도연의 목덜미에 입술을 묻으며 속삭였다.

"나 오늘 여기서 또 자고 가도 돼?"

"언제는 물어보고 자고 갔어?"

도연의 말이 끝나기가 무섭게 승재의 입술이 도연의 입술을 진득하게 머금었다.

아시안게임은 조 추첨부터 혼란스러웠다. 조 추첨 과정에서 아랍에미리트와 팔레스타인이 누락되었고, 그 결과 재추첨을 하기에 이르렀다. 재추첨 결과 한국은 3경기를 치르는 다른 팀보다 1경기를 더 치러야 하는 E조에 배정되었다. 선수들은 9일 동안 4경기를 치러야 하는 지옥의 일정을 소화해야 할 판이었다.

다행히도 이라크의 불참 소식이 전해지면서 4경기는 다시 3경기로 줄어들게 되었다.

이번 아시안게임에서는 월드컵의 열기가 이어지며 축구 경기에 관한 국민들의 관심이 더욱 뜨거웠다. 경기 결과뿐만 아니라, 활약을 보인 선수들이 금메달을 거머쥐고 병역 면제 혜택을 받을 수 있을지가 초미의 관심사가 되었다.

물론 그 가운데에는 승재도 자리하고 있었다. 이번 아시안게임에서 병역 면제 혜택을 받는다면, EPL 진출이 가시화되는 데 속도가 붙을 터였다. 이미 유럽의 여러 강호 팀들이 승재에게 접촉한 상태였고, 한지윤 대표는 최선을 선택하기 위해 대화 중이라고 했다.

E조에 속해 있던 대한민국은 바레인, 말레이시아, 키르기스스탄을 차례로 꺾고, 조 1위로 토너먼트전에 진출했다. 골을 넣으면 세리머니를 하겠다고 했는데, 아직 승재의 발끝에서 골이 터지지는 않았다.

승재는 목소리를 들으면 마음이 약해질 수도 있고, 혹여 어렵게 전화를 걸었는데 연결되지 않으면 괜히 속을 끓일 수도 있다며 전화 통화는 어려울 것 같다고 했다. 도연과 함께하는 첫 국제 대회였다.

지난 월드컵 때는 둘이 잠시 헤어져 있었던 상태였기에 서로 이런 규칙을 정할 필요가 없었다. 하지만 이번에는 마음가짐이 조금 다르다며 승재가 양해를 구해 왔다. 도연은 당연히 이해할 수 있다며 승재를 응원해 주었다.

인도네시아로 떠나던 날 짧은 전화 통화가 마지막이었다. 열흘이 넘는 시간 동안 도연은 그저 마음속 깊이 승재를 응원하며 지냈다. 승재의 누나와 에이전트 한지윤이 인도네시아로 가 있었기에 그들을 통해 승재의 소식을 간간이 전해 들을 수 있었다.

— 금메달을 따야 너랑 떨어지지 않고 계속 같이 있을 수 있으니까, 그래서 더 간절한가 봐.

그의 누나가 도연을 달래듯 건넨 말에 도연은 눈물을 왈칵 쏟을 뻔했다.

"소식 전해 주셔서 감사합니다."

— 승재가 너무 보고 싶어 하더라. 다음에는 경기 보러 같이 오자, 도

연아.

그의 누나는 승재와 꼭 닮은 다정한 목소리로 말했다.

"네, 그럴게요."

도연은 짧은 대꾸를 하는 것 말고는 할 수 있는 게 없었다. 애초에 도연에게 경기를 같이 보러 가자고 한 대표와 그의 누나가 설득했지만, 도연은 승재가 노력하는 만큼 자신도 한국에 남아서 제 일에 충실하고 싶었다.

이르면 겨울 이적 시장에서 EPL 진출이 가능할지도 모른다고 한 대표가 이야기했었다. 그때에 맞춰 도연도 함께 영국으로 향하려면 준비할 시간이 빠듯했다. 그의 누나와 통화를 마치고 도서관으로 향하기 위해 도연은 가방을 챙기는 데 여념이 없었다.

마지막으로 책상 위에 놓인 휴대전화를 집어 들려고 하는데, 집을 나온 이후로 자신에게 단 한 번도 연락을 해 온 적이 없었던 차 교수의 번호가 휴대전화 화면에 나타났다. 심장이 덜컹거리기 시작했다.

전화를 받아야 하나 말아야 하나 고민되었다. 마치 휴대전화에 몹쓸 바이러스라도 묻어 있는 것처럼 도연은 휴대전화를 집어 들지 못하고 망설였다. 받을까, 말까 망설이는 사이 진동이 멈췄다.

또다시 연락해 올 수도 있을 텐데, 그저 신호가 멎었다는 이유만으로 도연은 안도의 한숨을 내쉬었다. 그러나 도연이 휴대전화를 집어 드는 순간, 짧은 진동과 함께 문자가 들어왔다.

[전화 좀 받아 줬으면 좋겠구나. 네 엄마 일로 급히 할 이야기가 있다.]

안심했던 것도 잠시, 심장이 다시 제 박자를 잃고 덜컹거리기 시작했다. 불길한 예감은 언제나 들어맞는 법이어서 도연은 가슴을 좋였다. 눈을 꼭 감고 심호흡을 한 번 한 도연은 다시는 대면할 일이 없을 줄 알았던 차 교수에게 전화를 걸었다.

— 연락 줘서 고맙다.

몇 개월 만에 듣는 차 교수의 목소리는 사뭇 달랐다. 고압적이었던 자세는 온데간데없이 풀이 잔뜩 죽은 목소리가 흘러나왔다. 그도 그럴 것이 몇 개월 사이 차 교수는 교수라고 불리는 게 이제는 어색할 정도로 나락으로 떨어졌다.

여러 비리가 들통나 학교에서 징계를 받으며 더 이상 교수라는 직함을 사용할 수 없는 위치에 이르렀다.

"무슨 일이세요?"

도연이 최대한 담대하기 위해 애쓰며 물었다.

— 혹시 네 엄마가 너한테 연락 안 했니?

모친인 이 여사는 정신착란증세가 심해지면서 병원에 입원했다고 들었다. 치료 경과가 좋은 편이라며 가끔 조부가 이 여사의 소식을 전해 주곤 했었다.

"아뇨. 엄마 병원에 계시잖아요. 근데 저한테 어떻게 연락을 하시겠어요."

확언하듯 말했지만, 도연은 알고 있었다. 부친이 저렇게 묻는 거로 봐서, 이 여사가 자신에게 연락을 할 수 있는 곳에 있다는 것을 말이다.

— 엄마가 어젯밤에 병원에서 사라졌다는구나.

8월도 벌써 20일을 넘긴 날짜였다. 때늦은 납량 특집 영화를 보는 것처럼 현실성 없는 이야기에 도연은 저도 모르게 비소를 머금었다.

"병원에서 사라졌다고요?"

다분히 부친을 의심하는 투였다. 그간 부친이 자행했던 비리를 되짚어 보건대, 자신이 유리한 위치에 서기 위해 아픈 모친을 이용하고도 남을 사람이었다. 예감이 좋지 않았다. 그리고 동시에 두려워졌다. 부친이 어떤 방법으로 재기를 꿈꾸는 것인지 손에 잡힐 듯이 그려지는 듯했다.

— 그래, 어젯밤에 감쪽같이 사라졌다는 연락을 받았다.

안타깝게도 도연이 도움을 청할 수 있는 사람은 모두 곁에 없었다. 조부인 차 회장은 아시안게임이 열리는 인도네시아를 시작으로 동남아 국가를 탐방하는 일정 중에 있었고, 승재는 인도네시아에 있었다. 승재에게 연락이 닿지 않으면, 대신 연락하라고 했던 한 대표 역시도 인도네시아에 나가 있었다.

마치 그런 상황을 훤히 들여다본 것처럼 부친이 말했다.

— 네 엄마를 찾아야 하는데, 좀 도와주겠니?

심장이 쿵쾅거리기 시작했다.

"제가 뭘 어떻게 도와야 하는데요?"

— 오피스텔 건물 밑에 와 있다. 얼굴 보고 이야기할까?

심장에 있던 피가 다 빠져나가면서 바짝 오그라드는 듯했다.

"알겠어요. 내려갈게요. 외출 준비하는 데 시간이 좀 걸릴 것 같아요. 기다려 주세요."

— 그래, 기다리마.

도연은 최대한 시간을 끌기 위해 그리 말하고는 통화를 마쳤다. 불안한 박자로 덜컹거리는 가슴은 여러 번 한숨을 몰아쉬어도 진정이 되질 않았다. 어디에 도움을 요청해야 하는지 딱히 떠오르는 대상이 없었다.

잠깐 신애의 얼굴이 떠올랐지만, 부친과 관련한 일에 신애를 끌어들일 수는 없어서 이내 고개를 내저었다. 부친을 맞설 수 있는 상대가 주변에 아무도 없었다. 갑자기 한없이 무력해진 기분이 들었다.

그동안에는 곁에 있는 사람들을 믿고 버텨 왔었다. 누구든 자신을 지켜 줄 거라는 믿음을 지니고 하루하루를 살아왔었다. 그런데 그게 이토록 무력해질 수 있는 순간이 왔다는 사실이 믿기지 않았다.

결국, 누군가의 보살핌을 받는 것이 아니라 스스로 강해졌어야 했다는 생각이 들었다. 도연이 가진 무기도 무력화되기는 마찬가지였다. 이미 온갖 비리가 밝혀지며 평판이 바닥난 부친이 도연이 가지고 있는 외도 영상을 겁낼 리가 없었다.

도연은 일단 한국을 떠나 있는 조부를 대신하여 그룹 일을 맡은 큰아버지에게 연락을 취했다. 큰아버지의 비서는 그가 회의에 참석 중이라, 2시간은 지나야 연락을 취할 수 있다고 했다.

"아버지가 절 찾아왔어요. 도와주세요."

도연의 말에 자신을 비서실장이라고 소개한 사람이 당황한 목소리로 되물었다.

— 지금 도연 양 부친이 찾아왔다고 했습니까?

"네."

손끝이 파르르 떨렸다.

— 바로 연락드리겠습니다.

비서실장은 따로 지시받은 내용이 있었는지, 황급히 전화를 끊었다. 비서실장이 전화를 끊은 지 채 5분도 지나지 않아서 큰아버지에게서 전화가 걸려 왔다.

— 도연아, 지금 어디니?

"오피스텔에 있어요."

— 네 아버지는 어디 있다고 하더냐?

"오피스텔 아래에서 기다린다고 했어요."

누군가에게 도움을 청하는 것 외에는 아무것도 할 수 있는 일이 없는 자신이 원망스러웠다. 그런 도연의 자괴감이 목소리에 고스란히 묻어났는지, 큰아버지가 도연을 안심시키며 말했다.

— 도연아, 어른이 되고 높은 위치에 올라도 대하기 까다로운 사람이 있는 법이다. 네 아버지는 나에게도 그런 사람 중 하나다. 너보다 세상을 곱절로 더 산 사람도 이렇게 어려운데, 너는 오죽하겠니?

이제껏 가족 모임에서 만날 때마다 데면데면했던 큰아버지였다. 그런데 오늘은 그 어느 때보다 큰아버지가 가깝게 느껴졌다.

— 오피스텔 밖으로 한 발자국도 나오지 말거라. 네 아버지는 내가 만나 보마.

"그래도 될까요?"

— 네 아버지이기 전에 내 동생이기도 해. 일단 연락 기다리고 있거라.

큰아버지는 아버지에게 전화가 와도 받지 말라는 말과 함께 전화를 끊었다. 숨이 제대로 쉬어지지 않을 만큼 가슴이 꽉 막혀 있는 기분이었다. 어쩐지 집을 나온 이후로 일이 잘 풀린다 싶었다.

평생에 없었던 가슴 뛰는 삶을 살고 있다고 생각했었다. 그런데 그 설렘이 모래 위에 쌓아 올린 누각처럼 언제든 무너질 수 있었다는 생각이 들자 신물이 올라오는 듯했다.

일어나서 제대로 먹은 것도 없는데, 도연은 화장실로 달려가 속을 게

워 냈다. 목구멍에서 쓴물이 솟구쳐 올라왔다. 마치 그동안 애써 숨기고, 감추고, 잊고 살았던 천륜을 저버린 업보가 목구멍을 타고 역류하는 듯했다.

차라리 지옥 같더라도 집 안에서 버텼어야 했나 하는 생각이 들었다. 나약한 생각이 자꾸만 고개를 들었다. 승재에게도 미안했고, 늘 자신을 위해 조건 없이 애를 써 주는 신애에게도 미안했다. 잊지 않고 도연에게 꼬박꼬박 전화를 걸어서 승재의 소식을 전해 주는 승재의 누나에게도 미안한 마음이 들었다.

승재는 앞으로 승승장구할 게 뻔했다. 승재가 유명해질수록 덩달아 승재 곁을 지키는 이들에게도 이목이 쏠릴 게 당연했다. 그중 사람들이 가장 궁금해하는 것은 조건 좋은 승재가 어떤 여자를 만나느냐 하는 것일지도 모른다.

모친은 미쳐서 정신 병원에 입원했다가 사라졌고, 부친은 온갖 비리를 저질러서 학계에서 불명예스럽게 물러났다. 그런 부모를 가진 탓일까, 이제는 승재의 곁에 서는 게 두려웠다. 사람들이 자신을 손가락질하는 것으로도 모자라, 승재에게까지 손가락질하게 될까 봐 무서웠다.

그간에 꾹꾹 참고 눌러 왔던 감정이 한꺼번에 터져 나왔다. 어쩌면 어설픈 영상으로 부친을 협박하고 집을 나온 것 자체가 난막 같은 얇은 꼼수였을지도 몰랐다.

오피스텔 안을 이리저리 왔다 갔다 하는 것 외에는 할 수 있는 게 없었다.

큰아버지와 전화 통화를 마친 뒤, 두 시간여가 지났을 무렵 다시 전화가 걸려 왔다.

— 도연아, 큰아비다.

"네, 큰아버지."

— 아무래도 오피스텔에서 네가 혼자 지내는 일은 그만두는 게 좋을 것 같구나. 큰아비랑 같이 가자.

큰아버지의 설득에 아버지는 쉽게 물러났다고 했다. 하지만 아버지의 성격을 모르는 바가 아니라며 큰아버지는 도연을 조부와 사촌들이 사는 본가로 데리고 갔다.

"도연이 왔구나. 고생 많았지? 진작 데려오고 싶었는데, 네가 혼자 지내고 싶어 한다고 들었어."

큰어머니가 자애로운 미소를 지으며 도연을 토닥여 주었다. 그 어떤 감흥조차 가진 적 없는 사이였다. 모친인 이 여사는 동서 중에서도 특히 큰어머니를 못마땅해했다. 큰어머니는 차씨 집안 며느리 중 유일하게 대학 문턱을 넘어 보지 못한 이였다. 무지한 주제에 교양 있는 척 군다며 이 여사는 뒤에서 큰어머니의 흉을 자주 보곤 했었다.

"감사합니다."

도연은 고개 숙여 큰어머니에게 인사했다. 큰어머니의 인자한 성정은 재벌가 사이에서도 정평이 나 있었다. 차 회장이 큰며느리의 뜻에 따라 재단을 설립하고 어려운 이들을 돕고 있다는 것은 유명한 이야기였다.

그런 큰어머니의 흉을 가만히 듣고만 있었다는 사실이 죄송해서 도연은 사과의 말이라도 전하고 싶었다.

"그렇게 미안한 얼굴 하지 않아도 돼, 도연아."

큰어머니는 곧 눈물을 쏟을 것 같은 얼굴로 도연을 꼭 안아 주었다. 예전 같았으면 자신을 위해 눈물 흘리는 이들은 원하는 게 있을 거라고 여겼을 것이다. 무언가 바라는 것이 있어서 그런 태도를 보이는 거라며 뒤틀어 보려 노력했을 것이다.

하지만 자신에게 조건 없는 사랑을 보여 준 승재 덕분에 도연은 큰어머니의 마음을 아주 조금은 이해할 수 있었다.

"일단 상황이 정리될 때까지 아무 걱정 하지 말고 여기서 지내렴. 알겠지?"

도연은 고개를 끄덕이는 것으로 대답을 대신했다. 불안해서 미쳐 버릴 것 같았지만, 도연은 침착해지려 애썼다. 혼자서 오피스텔에서 지내는 것보다는 차라리 이 편이 백번 나을 거라 여겼다. 또 문제가 많았던 부모의 허울을 덮고도 남을 만큼 훌륭한 조부가 뒤에 든든히 버티고 있었다.

한번 승재를 잃어 본 경험이 있는 도연이었다. 살아도 사는 것 같지 않았던 날들이었다. 어떤 이유에서건 승재를 또다시 잃고 싶지 않았다.

시간은 느리면서도 빠르게 흘러갔다. 실종된 이 여사와 관련해서는 수사가 진행 중이었고, 아시안게임 토너먼트도 순조롭게 진행되었다. 그리고 그토록 기다리던 승재의 골이 토너먼트 1차전에서 터져 나오기도 했다.

'아시안게임에서 골 넣으면 네 생각 하면서 세리머니 할게, 꼭.'
'어떻게 할 건데?'
'어떻게 할 거냐면.'

공익 광고 촬영장에서 승재와 숨죽여 통화하던 때가 떠올랐다. 승재는 그때 한 약속을 잊지 않았다는 듯이 긴 포물선을 그리는 중거리 슛을 성공시킨 이후에 멋진 세리머니를 선보였다. 옥상 난간에 올라서 뛰어내리려고 했던 날, 도연이 제 다리를 붙들었던 순간을 떠올리며 어디선가 뛰어내리는 시늉을 하겠다고 했었다.

그 얘기를 들은 뒤로 그런 우스꽝스러운 세리머니는 하지 말라며 도연은 승재를 나무랐다. 그런데 동료 선수들과 미리 연습도 했는지, 승재의 곁으로 제일 먼저 다가온 선수가 엎드리며 승재의 앞에 등을 내주었고, 승재는 그 선수의 등에 올라갔다가 뛰어내리는 세리머니를 했다.

다들 저게 무슨 퍼포먼스냐며 난리를 치는 가운데, 연휘민의 SNS가 기사화되었다.

토너먼트 1차전 킥오프 직전에 남긴 글이었다.

[자신의 고백을 받아 주지 않으면 몸을 던지겠다며⋯⋯. 그는 세리머니를 약속했다.]

그날 대기실에서 도연과의 전화 통화를 엿듣고 있던 연휘민이었다. 어떻게 해도 승재와 엮일 일이 없자, 말도 안 되는 수를 쓴 듯했다. 그런데 하필 연휘민이 글을 남기자마자 승재가 골을 넣었고, 뛰어내리는 퍼포먼스를 해 버린 것이다.

두 사람 사이를 넘겨짚는 기사가 삽시간에 퍼져 나갔다. 두 사람의 인연이 공익 광고 때부터 시작되었다는 기사뿐만 아니라, 그 이전부터 유승재가 연휘민을 마음에 두고 있었고 공익 광고 상대역으로 연휘민을 지목

했다는 억측도 흘러나왔다.

그리고 월드컵이 끝난 이후로 유승재 선수가 이상형이라고 입버릇처럼 말하고 다녔던 연휘민의 인터뷰 영상이 연일 보도되었다. 잘 어울리는 한 쌍이라며 두 사람을 축복하는 기사들도 넘쳐 났다.

연휘민의 소속사에서는 어떤 입장도 내놓지 않았다. 당연히 경기에 매진하고 있는 승재 쪽에서도 이를 부정하는 기사는 나오지 않았다.

가슴이 갑갑했다. 큰아버지를 비롯하여 본가에 있는 사람들은 도연이 승재와 만나고 있다는 사실을 알지 못했다. 안다고 한들 지금 도연이 나서서 사실 내가 유승재의 여자 친구라며 언론에 밝힐 상황도 되지 못했다.

소문은 원래 쉽게 사그라지는 법이다. 아시안게임이 끝나고 승재가 한국으로 돌아오면 해결될 문제들이었다. 그런데 힘든 상황에 놓여 있는 탓에 생각은 여러 갈래로 흩어져 부정적인 방향으로만 흘렀다.

불길한 생각에 방점을 찍듯 비극이 도래했다.

이 여사의 부고였다.

이 여사가 감쪽같이 사라졌다는 부친의 말은 사실이었다. 끈질긴 설득으로 간호사를 매수한 이 여사는 그녀의 도움으로 병원을 빠져나왔다고 했다. 간호사에게는 차에 숨겨 두었던 패물을 넘겨주었다고도 했다.

간호사가 이 여사의 패물을 팔아 치우는 과정에서 덜미가 잡혔고, 이 여사가 병원을 빠져나올 수 있도록 도왔다는 자백을 받았다고 했다. 이 여사가 어디로 향했는지 아느냐는 물음에 간호사는 고개를 가로저었다.

간호사가 붙잡히고 난 후 사흘째 되던 날, 이 여사는 싸늘한 주검이 되어 한강 하구에서 발견되었다. 같은 날, 김포 대교 위에서 이 여사의 것으로 보이는 소지품을 경찰이 찾아냈다.

이 여사의 소식을 전해 들은 조부는 모든 일정을 취소하고 귀국했다. 이 여사의 자살 소식이 매스컴을 휩쓴 것은 당연했다. 부친의 비행과 이 여사의 불행이 한꺼번에 조명되었고, 도연에 관해서는 최대한 보도되지 않도록 그룹 차원에서 손을 쓴 덕에 슬하에 딸이 하나 있다는 식으로만 보도되었다.

타살 여부를 확인하고자, 이 여사의 주검은 부검에 들어갔다. 부검 하루 만에 자살로 인한 익사로 판명이 났다. 장례 장소와 절차가 정해지고 도연은 자식 된 마지막 도리를 지키기 위해 공허한 장례식장을 지켰다.

여름 내내 오지 않던 비가 이 여사의 장례가 진행되는 동안에는 억수같이 퍼부었다. 가족장으로 진행되었지만, 소식을 듣고 달려온 인사들이 꽤 있었다. 하나같이 따뜻한 위로의 말을 건넸지만, 그 누구의 위로도 받지 않은 것처럼 공허했다.

"이거 어머니 유품에서 발견했습니다."

도연에게 경찰이 건넨 것은 이 여사가 작성한 것으로 보이는 유서였다. 도연은 곱게 접힌 노란색 종이를 물끄러미 내려다보았다. 죽는 순간까지도 어떤 악독한 말을 늘어놓았을까 싶어서 차마 종이를 열어 볼 수가 없었다.

장례를 모두 마친 뒤, 본가로 돌아온 도연은 마치 미뤄 둔 숙제를 하는 것처럼 이 여사의 유서를 펼쳐 들었다.

[사랑하는 내 딸, 도연아.

너를 처음 품에 안았던 순간을 엄마는 이제야 떠올리게 되었단다.

쪼글쪼글한 얼굴에 검게 빛나는 눈을 간신히 뜨고 나를 올려다보던 너를 품에 안고, 엄마는 생각했었어.

너에게 절대 내가 겪었던 험한 세상을 보여 주지는 않을 거라고.

언제나 엄마 품 안에서 행복하게 살도록 해 줄 거라고.

그렇게 다짐했었단다.

그 다짐이 언제 무너졌는지 정확히 알 수가 없단다.

엄마가 언제부터 너에게 손찌검을 하고, 엄마로서 차마 입에 담아서는 안 되는 독설들을 퍼부었는지 알 수가 없단다.

마치 그 시간이 짙은 안개 속에 둘러싸인 것처럼 먹먹해서 기억을 더듬는 시간이 괴롭게만 느껴지는구나.

안갯속에 둘러싸인 시간을 그대로 접어서 버릴 수만 있다면.

그 이전의 시간으로 세월을 되돌릴 수만 있다면.

엄마가 이런 선택을 하지 않아도 될 텐데 말이다.

너를 보기가 두려웠다.

언제나 맑은 눈으로 내 말에 거역한 적이 없었던 너의 얼굴을 다시 보기가 너무도 두려웠다.

정신이 또렷해질수록 네가 아프다며 울부짖었던 모습이 점차 생생해지기 시작했단다.

비단 네가 스무 살이 되던 해의 초에 있었던 일만을 말하는 것이 아니란다.

묵묵히 입을 다물고 내 독설에 고개를 끄덕이고, 억지스러운 나와의 약속을 지키기 위해 부단히도 노력하던 네가 숨죽여서 눈물 없이 울부짖고 있었다는 것을 지금에서야 깨닫게 되었다.

그때는 왜 너의 그런 모습들을 보지 못했는지,

왜 너에게서 네 아버지와 닮은 점만을 찾아내려고 애를 썼는지 모르겠다.

아마도 나는 네 아버지의 사랑이 절실했나 보다.

사랑, 그까짓 것 돌이켜 보면 아무것도 아닌 것을……

어리석었던 어미에게는 그 사랑이 인생의 전부라고 여겨졌었나 보다.

그 누구보다 귀한 보물인 너를 바로 앞에 두고 눈이 멀었던 어리석은 어미를 용서해 달란 말을 할 면목이 없다.

너의 얼굴을 마주하고 미안하단 말조차 전할 수 없는 어미가 어떻게 용서해 달란 말을 할 수 있겠니.

부모로서 마땅히 주어야 할 사랑을 주지 못해서 미안하다.

부모로서 응당 안아 주어야 할 순간에 너를 매몰차게 내몰아서 미안하다.

부모로서 너를 혼자 두고 어리석은 선택을 하게 되어 미안하다.

도연아, 미안하단 말을 하고 있지만, 엄마를 용서해 달라는 말은 하지 않을게.

행복하길 빈다.]

노란색 종이를 찢어발기고 싶었다. 어리석다 못해 비겁한 사람이었다. 딸의 얼굴을 보고 미안하단 말 한마디조차 하지 않은 채로 세상을 등진 이 여사가 원망스러웠다. 왜 관계의 회복을 위해 힘쓰지 않았는지 묻고 싶었다.

하지만 이미 세상을 떠난 이에게 물을 수 있는 것은 아무것도 없었다.

그날 저녁, 부친이 도연을 만나고 싶다며 본가에 방문했다. 장례식 기간 내내 같이 있었지만, 다른 이들의 이목이 있었기에 데면데면했던 두 사람이었다.

"도연아."

"왜 엄마를 붙들 생각 안 하셨어요? 엄마가 치료를 받으면서 그렇게 각성하는 동안 아버지는 어디서 뭐 했어요? 왜!"

왜 나한테 연락 한 번 할 생각조차 하지 않았느냐며 소리를 치려다 입을 꾹 다물었다. 자신이 부친에게 했던 그 협박 때문이라는 생각이 들었다.

"아니야, 도연아. 네가 잘못한 거 하나도 없다."

부친은 그리 말하며 고개를 내저었다. 부친과 이 여사 사이에는 도연이 알고 있는 것보다 훨씬 더 깊은 골이 자리했다. 이 여사가 부친을 경멸하기 시작한 건 도연의 동생을 유산하고 나서부터였다. 도연이 아주 어렸을 때 있었던 일이었고, 굳이 그런 일을 이야기할 필요는 없다고 판단했기에 이제서야 말하게 되었다고 했다.

"이제 와서 숨길 게 뭐가 있겠니."

그리 말한 부친이 들려준 이 여사의 유산 이유는 경악스러웠다. 그 시절 부친은 문란한 생활을 즐기다 성병을 얻었다고 했다. 치료 가능한 병이었지만 문제는 임신부인 이 여사에게 병이 옮았고, 산부인과 검진 과정에서 병명을 알게 된 이 여사는 충격으로 유산까지 했다고.

그 이후 이 여사는 영영 아이를 갖지 못하게 되었다.

"그래서 너한테 그렇게 집착을 하는 것 같았다. 이제 더는 아이를 낳을 수 없다는 생각에 너는 절대로 자신이 정한 기준에서 벗어나지 말아야 한 다고 생각했던 것 같아. 그걸 내가 옆에서 말렸어야 했는데. 용서해 다오."

부친의 행동은 끝까지 이해할 수 없는 점투성이였다. 차라리 자식을 버려두고 비겁한 죽음을 선택했을지언정, 미안하다는 말은 하지만 용서는 빌 수 없다고 했던 이 여사가 나았다.

"저한테 아버지를 미워할 수 있는 빌미를 주시는 거죠?"

마주한 부친의 눈동자가 흔들렸다.

"구속 수사 받으실 예정이라고 들었어요."

부친은 끝내 마주하고 있던 시선을 내려 버렸다.

"죗값 달게 받으세요."

도연은 그 말을 끝으로 부친과 돌아섰다.

집을 나오면서 완전히 끝났다고 생각했던 가족 관계였다. 그런데 이제야 온전히 끝이 난 것 같다는 생각이 들었다. 참고 있던 눈물이 왈칵 솟구쳤다.

미워할 수도 없게 비겁한 길을 택한 모친도.

미워하는 감정만 남도록 위선적인 부친도.

모두가 가슴에 사무쳐서 눈물이 하염없이 흘러내렸다.

승재를 그리워할 틈도 없었다. 슬픔이 자신을 오롯이 관통하고 지나갔으면 했다. 그 어떤 찌꺼기도 남아 있지 않기를 바랐다. 그래서 승재가 귀국하는 날에는 웃으면서 반길 수 있으면 좋겠다고 생각했다.

울다 지쳐서 벽에 기댄 채로 멍하니 앉아 있는데, 내내 조용하던 휴대전화가 울렸다. 늘 승재의 소식을 전해 주던 승재의 누나였다. 도연은 눈물을 삼키느라 쉬어 버린 목소리를 가다듬으며 전화를 받았다.

"여보세요?"

애써 밝은 척하기 위해 노력했지만, 슬픔이 서린 목소리는 여전했다.

— 울었나 보네.

휴대전화 너머에서 들려온 목소리는 그의 누나였다. 마치 모든 일을 알고 있는 듯한 목소리였다.

"조금요."

반박할 수 없을 정도로 가라앉은 목소리여서 도연은 그저 조그맣게 대꾸할 뿐이었다.

— 한국 뉴스는 봤는데, 그게 도연이 이야긴 줄은 몰랐어. 나도 한 대표가 이야기해 줘서 알았어.

"네."

도연이 짧게 대꾸했다.

— 승재 요즘 나하고도 통화 안 해. 그래서 이야기를 전할 기회가 없었어. 한국 소식도 안 찾아보는 것 같고……. 꼭 금메달 따서 돌아가고 싶나봐. 승재가 왜 그렇게 금메달 따고 싶어 하는지 알지?

휴대전화 너머에서 들려오는 목소리에도 울음기가 배어 있었다. 자신과 함께 울어 줄 수 있는 사람이 있다는 게 이토록 가슴 뭉클한 일인 줄은 몰랐다. 마음속 깊은 감정을 오래도록 나누었던 사람도 아니었고, 딱 한 번 얼굴을 본 사이였다. 그런데도 이런 깊은 위로를 받을 수 있다는 사실이 놀라웠다.

"승재랑 통화하게 되더라도 말씀하지 마세요."

도연이 깊게 잠긴 목소리로 말했다.

— 도연아. 내 동생이 소중한 만큼, 나는 내 동생이 사랑하는 사람도 소중해. 그리고 승재가 나중에 이런 일이 있었던 걸 알게 되면, 더 가슴 아파할 거야. 그리고 우리 승재, 도연이가 생각하는 것보다 훨씬 강해.

휴대전화 너머에서 들려오는 목소리에 더욱 귀를 기울이고 싶어서 도연은 눈을 꼭 감았다.

— 내가 어떻게든 승재한테 연락해 볼게. 조금만 기다리고 있어. 목소리라도 들으면 나을 거야. 알겠지?

그러지 않았으면 좋겠다는 말에도 불구하고, 그녀는 승재에게 꼭 전하겠다는 말을 하고는 전화를 끊었다. 내심 알리지 않았으면 싶으면서도 승재의 목소리를 한 번만 들었으면 싶어서 마음이 갈팡질팡했다.

전화를 끊고 나서 30분이나 지났을까? 휴대전화가 울리기 시작했다. 낯선 번호였다.

떨리는 손으로 휴대전화를 집어 드는데, 살짝 현기증이 일었다. 도연은 호흡을 가다듬으며 전화를 받았다. 휴대전화 너머에서 들려올 목소리의 주인이 너무도 분명했기에 울음기 섞인 목소리를 내고 싶지 않았다.

"여보세요?"

대답 대신 짙은 한숨 소리가 들려왔다. 도연은 다시 한번 목소리를 가다듬고는 입을 열었다.

"여보세요?"

휴대전화 너머에 승재가 있다고 생각하니, 마음이 편안해졌고 비교적 안정적인 목소리가 흘러나왔다.

— 도연아.

다정한 부름에 도연은 두 눈을 질끈 감았다. 충분히 많이 울었다고 생각했는데도 불구하고, 눈물은 어김없이 솟구쳤다.

"응, 승재야."

승재의 이름을 부르는 것만으로도 힘이 나는 것 같았다. 누군가의 이름을 이토록 애틋하게 부를 수 있다는 사실 하나만으로 세상은 충분히 살 만했다.

— 미안해. 네 옆에 못 있어 줘서.

괜찮다는 말을 해야 하는데, 너무 괜찮지가 않아서 대답이 나오질 않았다.

— 나 한국 들어갈 때, 공항으로 나올 수 있어?

승재가 다정한 목소리로 속삭였다. 마치 그날만 생각하며 버티라는 듯이 도연에게 목적의식을 만들어 주려는 듯했다. 승재는 언제나 도연의 애환을 다른 곳으로 돌려 주었다.

"응, 나갈게."

— 그래, 꼭 나와. 시간 맞춰서 나와. 알았지?

"응."

— 끼니 거르지 말고 잘 챙겨 먹고, 알겠지?

승재가 보고 있는 것도 아닌데, 도연은 고개만 끄덕거렸다.

— 나 꼭 다 이기고 갈게. 괜한 걱정 하지 말고. 너무 깊이 생각하지 말고.

"응, 꼭 다 이기고 와."

긴 통화도 아니었는데, 가슴속에 응어리져 있던 복잡다단했던 감정들이 단번에 풀어지는 기분이었다. 승재가 귀국하면 알게 될 어마어마한 사실들이 기다리고 있다는 게 두려웠었다. 그간에 있었던 일들을 충분히 알고 있었지만, 그것보다 더 괴물 같은 사람들 사이에서 도연이 자라났다는 사실을 승재가 받아들이지 못하면 어쩌나 걱정도 되었다.

괜한 걱정도 하지 말고, 너무 깊이 생각하지도 말라는 승재의 말에 거짓말처럼 마음이 진정되었다.

오직 승재가 돌아올 날에 공항으로 나갈 생각만이 머릿속에 가득해졌다.

당연히 승재는 금메달을 목에 걸고 귀국했다. 도연은 대표 선수단이 귀국하는 시간에 맞추어 공항으로 나갔다. 공항은 예상했던 대로 인산인해를 이루고 있었다. 국내 유수의 언론사부터 시작해서 선수단의 팬들로 공항은 복잡했다.

승재는 꼭 자신을 찾아야 한다며 도연에게 신신당부했다. 도연은 꼭 찾아가겠다며 약속했지만, 공항에 몰린 인파를 마주하자 엄두가 나지 않았다.

"너 진짜 너무한다. 전화도 안 받고, 전화도 안 하고."

근거리에서 익숙한 목소리가 들려왔다. 도연은 목소리가 들려온 쪽으로 천천히 고개를 돌렸다. 눈물이 그렁그렁한 채로 도연을 바라보고 있는 신애가 눈에 들어왔다. 장례식장에서 잠깐 얼굴을 본 뒤로 신애의 연락을 받지 않았던 도연이었다.

어쩐지 누군가와 연락을 주고받고 감정을 공유하는 게 두려웠다. 애써 다잡은 애수가 뜻하지 않은 순간에 튀어나올까 봐 두려웠는지도 모른다.

도연은 그저 승재가 돌아오는 날만을 손꼽아 기다리며 칩거하고 있었다.

"신애야."

그 두려움이 기우였다는 것을 도연은 신애의 얼굴을 보고 깨달았다.

"알아. 네 마음 어땠을지."

신애는 도연의 곁으로 성큼 다가와서 등허리를 부드럽게 쓸어내려 주었다.

"잘 참았어, 차도연. 이제 승재 오면 붙들고 엉엉 울어 버려."

눈물을 집어삼키며 신애가 생긋 웃었다.

"나였으면, 너처럼 못 버텼을 거야. 너 진짜 대단해. 알지?"

신애가 도연의 손을 꼭 잡으며 위로의 말을 건넸다.

"고마워, 신애야. 이해해 줘서."

긴말은 할 필요가 없는 사이라는 게 이래서 편한 거구나 싶었다.

"이런 것도 이해 못 하면 그게 사람이냐?"

신애가 당연한 게 아니냐는 듯이 눈을 가늘게 뜨며 도연을 밉지 않게 흘겨보았다.

"자, 이제 내가 나설 차롄가?"

그러고는 빙그레 미소를 머금으며 도연의 손을 잡고 어디론가 빠르게 걸음을 옮기기 시작했다.

"승재 이쪽 게이트로 들어와서 기자 회견 한댔어."

"어떻게 알아? 안 고독한 유승재 방?"

신애는 뻔한 거 아니겠냐며 싱긋 웃었다. 대표 선수단이 탑승한 비행기가 착륙했다는 사인이 깜빡이자 공항에 모인 사람들이 수런거리기 시작했다.

"이제 왔나 보다, 차도연 좋겠다!"

신애는 저가 더 신나서 떠들어 댔다. 도연은 착륙 사인이 들어온 순간부터 심호흡하며 떨리는 가슴을 진정시키기 위해 애썼다.

이윽고 선수들이 한둘씩 모습을 드러냈다. 관계자들에게 짐을 위탁한 그들은 게이트 옆쪽으로 마련된 간이 기자 회견장에서 환영의 꽃다발을 건네받은 뒤 간단한 질문을 받았다.

"유승재 선수, 첫 골을 넣은 뒤에 한 세리머니가 화제가 되었는데요. 특별한 의미가 있었던 겁니까?"

"제 첫사랑과의 에피소드를 재연한 겁니다."

"그럼, 혹시 첫사랑이 연휘민 씨입니까?"

순간 플래시가 눈이 부실 정도로 터져 댔다.

"아닙니다."

승재는 단호하게 대꾸했다. 이후 몇몇 선수들과 감독에게 질문이 이어졌고, 기자 회견은 끝이 났다. 회견을 마친 선수들은 공항에 마중 나온 가족들과 부둥켜안으며 기쁨을 나눴다. 그리고 승재의 눈이 군중 속을 빠르게 훑는가 싶더니 도연을 발견하고는 빙그레 웃었다.

승재는 여느 때보다 깊은 시선으로 도연을 바라보며, 그녀가 서 있는 곳으로 성큼성큼 다가왔다. 승재가 움직이는 방향을 따라 카메라 플래시가 연신 터져 댔다. 마침내 도연의 앞에 다다랐을 때, 승재는 두 팔을 활짝 벌려 품 안 가득 도연을 끌어안았다.

도연 역시 두 팔을 벌려 승재의 허리를 와락 감싸 안았다. 품 안 가득 차오르는 감각에 머릿속이 아득해졌다. 지금 이곳이 많은 인파가 모여 있는 공항이라는 것도 싹 잊을 정도였다.

승재의 입술이 대담하게 도연의 입술을 찾았다. 도연은 승재의 품에 안긴 채로 긴 입맞춤을 받아 냈다.

길고 긴 입맞춤 끝에 승재가 울음기 섞인 목소리로 속삭였다.

"이제 너 절대 혼자 안 둘게. 차도연, 내가 데리고 살 거야."

프러포즈 현장이 전국에 생중계되는 줄도 모르고 도연은 울음을 터뜨리고 말았다. 승재는 젖은 도연의 뺨에 입을 맞추며 빙그레 웃었다.

사무치도록 아름다운 순간의 포착이기는 했으나, 도연은 여기저기 보도되는 사진들이 여간 마음에 들지 않았다. 승재는 기가 막히게 멋지게 나왔는데, 도연은 눈물범벅이 된 얼굴로 감정을 주체하지 못한 채 울고 있었다.

"다들 예쁘대."

승재는 그렇게 말하여 도연을 위로했다.

"이것 봐. 기사마다 그런다니까? 댓글도 다 그래."

순진한 승재는 모른다. 이게 다 차 회장이 신경을 곤두세우고 언론을 통제하고 있기 때문이라는 것을 말이다. 암암리에 도연이 차 회장이 아끼는 손녀딸이라는 사실이 알려지면서 모든 언론사의 데스크들이 기사를 내보내기 전, 그룹에 연락을 해 왔다고 한다.

그들 언론사의 수익 상당 부분을 차지하고 있는 광고주가 차 회장이었기에 함부로 차 회장의 손녀에 관한 기사를 내보내지 못하는 거였다.

문득 그런 생각이 들었다. 갖지 못한 것을 아파할 게 아니라, 가진 것을 이용해서 자신과 같은 아픔을 겪고 있는 이들을 도울 수 있으면 좋겠다는 막연한 바람 같은 것이었다.

도연은 차 회장에게 그 뜻을 조심스레 전했다. 가정 폭력을 겪고 있는 아이들을 돕는 재단을 세우고 싶다는 말에 차 회장은 도연의 뜻을 적극적으로 수용하겠다는 의견을 밝혔다. 그리고 재단 운영 경험이 있는 큰어머니가 도연을 돕겠다고 나서 주었다.

"기특해."

승재는 도연의 뺨에 부드럽게 입을 맞추었다. 도연이 영영 슬픔에서 벗어나지 못하면 어쩌나 걱정이 되었었다. 부모로 인한 근원적인 아픔은 치유하는 데 오랜 시간이 걸린다는 것을 승재는 잘 알고 있었다.

그렇기에 도연의 곁에서 묵묵히 지켜보는 것 말고는 할 수 있는 게 없어 보였다. 그런데 도연은 자신의 슬픔을 딛고 일어나는 데 더해, 다른 이의 슬픔까지도 어루만지는 일을 하겠다고 했다.

"나도 도울게."

승재 역시도 도연의 일을 돕기로 했다. 도연이 가정 폭력의 아픔이 있는 아이들을 위해서 움직인다면, 승재는 자신처럼 어린 나이에 부모를 여의고 다른 이들보다 일찍 어른이 되어 세상을 살아가고 있는 아이들을 돕겠다고 마음먹었다.

"참 바람직해."

도연은 승재의 뺨에 똑같이 부드럽게 입을 맞추며 말했다.

"그럼, 누구 남잔데."

승재는 도연의 입술을 쭉 한 번 빨아들이고는 잽싸게 가르고 들어갔다. 데리고 살겠다는 말로 만인의 앞에서 프러포즈를 하기는 했지만, 차 회장은 맨체스터에 가기 전까지는 어림도 없다며 승재의 애간장을 태웠다.

예전에는 도연의 오피스텔로 찾아가 도연을 마음껏 품에 안을 수 있었는데, 도연이 본가로 들어가서 생활하는 바람에 그것마저 여의치 않아졌다. 그래서 승재는 과감하게 독립을 선택했다. 돌아가신 부모님의 숨결이 배어 있는 공간을 벗어나기가 쉽지 않았지만, 그곳은 누나인 승현이 지키겠다고 했다.

누나가 사는 집에서 멀지 않은 곳에 승재는 아파트를 한 채 얻었다. 시간이 날 때마다 도연은 그곳에 들러 승재를 만나곤 했다.

승재의 손이 도연의 허리를 바짝 끌어당겨 안았다.

"나 일찍 들어가야 해. 할아버지랑 같이 저녁 먹기로 했어."

"일찍 들여보내 줄게."

"한번 시작하면 일찍 끝나는 법이 없잖아."

도연이 눈을 흘기며 승재를 나무랐다.

"오늘은 일찍 들여보내 줄게."

승재는 도연이 더는 조잘거리지 못하도록 얼른 입술을 머금었다. 일찍 들여보내야 한다고 머리로는 생각했지만, 몸은 그렇게 할 수 있을지 장담할 수가 없었다.

— *fin*

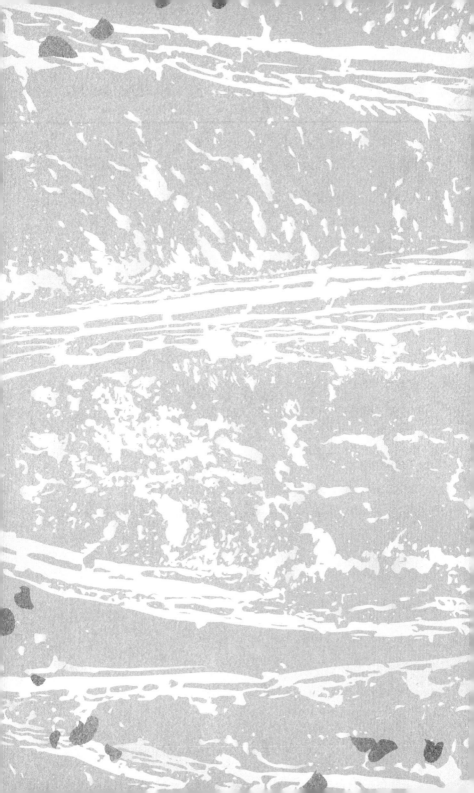

외전

정말 괜찮은
사람

내리쬐는 햇볕에 눈이 부셔서 도연은 손차양을 만들어 이마에 댔다. 포도밭은 완만한 경사면을 따라서 끝도 없이 펼쳐져 있었다. 지평선과 푸른 하늘이 맞닿은 지점까지 시선이 이끌려 갔을 때, 등 뒤에서 누군가 도연의 허리를 살포시 끌어안았다.

보드랍고 화창한 바람결이 곁을 스치고 지나자 익숙한 내음이 포근히 감싸 왔다. 도연이 고개를 돌리려 하자 목덜미에 부드러운 입술이 파묻히는 게 느껴졌다. 승재가 음미하듯 깊이 숨을 들이마셨다가 내쉬며 읊조렸다.

"잠깐만 이렇게 있자."

승재의 목소리는 느른하게 쉬어 있었고, 허리를 감싸 쥔 커다란 손은 도연의 옆구리를 부드럽게 만지작거렸다. 가만히 서 있기만 해도 땀이 주르륵 흐르는 날씨였다. 그런데도 등 뒤에 딱 달라붙어 있는 느낌이 싫지 않았다. 익숙한 체취가 오히려 기분을 상쾌하게 만들어 주는 것만 같았다.

"여기 진짜 조용하네."

승재는 단단한 품에 도연을 꼭 끌어안으며 속삭이듯 말했다. 가만히 내뱉는 승재의 나지막한 목소리를 듣자 아랫배에 진득한 열기가 고이는 게 느껴졌다. 목덜미에 닿아 있는 승재의 뜨거운 입술과 허리께를 어루만지는 손길이 열기를 모으는 데 한몫하고 있었다.

"그럼."

도연이 낮게 쉰 목소리가 흘러나오는 목청을 한 번 가다듬고는 말을 이었다.

"우리가 좀 시끄럽게 만들어 볼까?"

그러자 목덜미에 닿아 있는 승재의 입가가 움찔거리는 게 느껴졌다. 도연은 승재의 품 안에서 돌아섰다. 옆구리를 부드럽게 어루만지고 있던 승재의 손이 자연스럽게 도연의 등허리에 닿았다.

승재는 의아한 표정이었지만, 도연을 내려다보는 눈빛은 한없이 부드럽고 다정했다.

"차도연, 뭘 하려고?"

눈썹을 추켜올리며 묻는 목소리엔 웃음기가 배어 있었다. 찬란한 햇살 속에서도 눈살을 찌푸리지 않고 서 있는 승재의 모습은 눈이 부실 정도로 멋있었다. 입고 있는 새하얀 면 티셔츠 위로 승재의 단단한 가슴이 도드라졌고, 짙은 올리브색 반바지 안을 상상하자 도연의 얼굴이 화끈 달아올랐다.

뭐, 이런 상상 좀 해도 되지 않나? 우리 이미 결혼한 부분데.

도연은 그리 생각하며 승재의 목 뒤로 손깍지를 걸었다. 그러자 승재가 고개를 모로 기울이고는 가느다랗게 뜬 눈으로 내려다보며 물었다.

"무슨 꿍꿍이야?"

그걸 꼭 대답해 줘야 아나?

결혼하고 한창 신혼을 즐길 시기에 두 사람은 떨어져 지내야만 했다. 도연은 런던에서 학업을 이어 가는 중이었고, 승재는 맨체스터에서 선수 생활을 했기에 주말부부조차도 여의치 않았다.

그런 부부가 모처럼 만에 휴가를 내 만났으니, 붙었다 하면 하는 게 그 거 말고 뭐가 있겠는가?

도연은 발꿈치를 들어 올리며 승재의 입술을 슬쩍 머금었다. 가볍게 몇 번 입을 맞추자 승재가 다리를 넓게 벌리며 도연의 등허리를 바짝 당겨 안았다. 자연스레 몸이 밀착되었고 말랑한 아랫배에 한껏 부풀어 오른 딱딱한 물건이 맞닿았다.

도연은 목덜미를 감싸 안고 있던 손을 내려 면 티셔츠 자락을 들춰 올렸다. 손끝에 단단한 복근이 스치자 목울대에서 저절로 신음이 울렸다.

"흐음."

여린 신음성이 울리자마자 승재의 몸이 바짝 긴장하는 게 느껴졌다. 그러자 뱃속에 고여 있던 열기가 꽉 조여 왔다. 자신으로 인해 반응하는 승재의 모습이 미치도록 좋았다. 도연은 복근을 더듬던 손을 내려 승재가 입고 있는 반바지 허리선을 어루만졌다.

"누가 보면 어쩌려고 이래."

뜨겁게 맞닿아 있던 입술을 떼어 낸 승재가 나무라듯 말했다.

"여기 우리밖에 없는데, 누가 본다고 그래? 일부러 아무도 없는 데 찾아서 여행 온 거면서."

틀린 말은 아니었다. 승재의 유명세 탓에 어딜 가나 알아보는 이가 있었다. 시즌 사이에 주어진 휴식기, 둘만 있을 수 있는 곳으로 가자며 찾은 여행지는 파리에서 남동쪽으로 400km 떨어진 곳에 있는 와이너리였다.

구단 동료 선수의 사촌이 운영한다는 이곳에서 두 사람은 철저히 프라이버시를 보장받으며 휴가를 즐길 수 있었다. 영국 프리미어리그 소속 선수인 승재에게 프랑스 시골 사람들이 관심을 둘 리는 절대 없다며 동료 선수가 이곳을 적극적으로 추천해 주었다. 관광객 투어도 받지 않는 와이너리였기에 일하는 사람 외에 드나드는 사람도 없었다.

승재의 커다란 손이 도연의 뺨을 부드럽게 감쌌다. 엄지손가락이 도연의 붉게 달아오른 입술을 애틋하게 어루만졌다. 그 손길만으로도 신음이 흘러나올 것만 같아서 도연은 눈을 한 번 지그시 감았다가 뜨고는 더운 숨을 살짝 내뱉었다.

"프라이버시 완벽하게 보호해 준다고 했잖아."

"그렇다고 포도밭에서 이러는 건 좀 그래."

프라이버시를 보호받으며 와이너리에서 조용히 휴가를 보내는 것과 포도밭 한가운데서 정사를 벌이는 것은 다른 문제라고 승재는 말하고 있었다.

"숲속에 차 세워 놓고, 그 안에서 하는 건 되고?"

도연이 승재의 왼손을 잡아 올리며 속삭였다. 청명한 바람결을 따라 흩어지는 도연의 목소리에는 진득한 열기가 고여 있었다. 연애 시절 강산 FC 구장으로 무작정 찾아갔을 때의 일을 떠올리며 묻자, 승재가 어이없다는 듯이 대꾸했다.

"그건 선팅된 차 안이었고."

"거기나, 여기나 사람 없는 건 마찬가진데?"

도연은 허리를 살랑살랑 흔들며 아랫배와 맞닿아 있는 물건을 슬쩍 자극했다. 그러자 승재가 눈을 지그시 감으며 어금니를 사리물었다. 도연은 승재의 손을 끌어다 제 가슴 위에 얹었다. 패드가 없는 얇은 레이스 브래지어를 한 덕분에 승재의 손바닥에 꼿꼿이 선 유두가 닿았다.

"하아, 차도연."

한숨을 훅 내뱉은 승재가 참을 수 없다는 듯이 도연의 입술을 집어삼켰다. 은밀한 자극을 버티려고 안간힘 쓰던 승재가 이렇게 훅 넘어올 때면 정수리가 쭈뼛 설 만큼 쾌감이 일었다.

말랑말랑한 입술을 단번에 가르고 들어온 승재는 도연의 입술을 진득하게 빨아들였다. 두 사람의 몸이 빈틈없이 밀착되었다. 딱 벌어진 승재의 가슴팍이 도연의 몸을 집어삼키는 듯했다.

"흐음."

입천장 안쪽 예민한 살결에 승재의 혀끝이 닿자 지금까지와는 톤이 다른 신음이 흘러나왔다. 승재의 품 안에 갇혀 있던 도연의 손이 본능적으로 아래로 향했다. 허리선 근처까지 단단하게 차오른 물건을 움켜잡으려는 순간 몸이 붕 떠올랐다.

"엄마야!"

땀에 젖은 단단한 등이 시야에 들어왔다. 팔이 땅을 향해 축 늘어졌고, 긴 머리카락이 뺨을 간질이며 제멋대로 찰랑거렸다. 승재가 도연을 어깨에 들쳐 메고는 빠르게 걸음을 옮기고 있었다. 허벅지를 감싸 안은 승재의 손아귀에 힘이 들어가 있는 게 느껴졌다.

"이렇게 급하면서 뭐 하러 안에 들어가?"

도연이 승재의 등에 대고 장난기 가득한 목소리로 물었다.

"차도연, 적당히 해. 너 안에 들어가서 어떻게 감당하려고 그래?"

뙤약볕 아래서 도연을 들쳐 메고 포도밭을 뛰다시피 걷고 있는데도 불구하고 승재의 호흡은 흔들림이 없었다. 사리문 잇새로 흘러나오는 목소리에 열기가 배어 있을 뿐이었다.

승재는 왜 이렇게 멀리까지 걸어 나왔느냐며 투덜거렸다.

"그냥 했으면 됐잖아."

도연의 말에 승재는 대꾸조차 하지 않았다. 더 대꾸할 가치를 느끼지 못하겠다는 분위기였다.

"너 왜 대답 안 해?"

시큰둥하게 묻자 승재가 한숨을 몰아쉬며 날 선 목소리로 물었다.

"너 내가 포도밭에 사람 하나 묻고 축구 그만두는 꼴 보고 싶어서 이래?"

"포도밭에 사람을 왜 묻어?"

그리 묻는 순간 짙은 그림자가 드리우는가 싶더니 눈앞이 핑그르르 돌았다. 등 뒤로 푹신한 카우치 쿠션이 느껴졌다. 간신히 초점을 잡자, 유백색 천장이 눈에 들어왔다. 하지만 천장은 금세 승재의 커다란 덩치에 가려졌다.

"흐웃."

예고도 없이 승재의 입술이 도연의 가슴께를 베어 물었다. 티셔츠 위를 어찌나 세게 빨아들였는지 저절로 신음이 흘러나올 정도였다. 승재의 손이 다급하게 도연의 티셔츠를 밀어 올린 뒤 입술과 혀로 레이스 브래지어를 걷어 내고는 단단하게 솟아오른 유실을 입에 물었다.

"하아."

도연은 밭은 숨을 내쉬며 승재의 부드러운 머리카락을 손가락으로 휘감았다.

"너 이러는 소릴 누가 듣기라도 해 봐."

승재가 가슴 끝을 입에 문 채 사나운 목소리로 읊조렸다.

"그럼 묻어 버려야지. 살려 둬?"

몸속에선 열기가 치솟는데도, 웃음이 터질 것만 같아서 도연은 얼른 아랫입술을 깨물었다. 커다란 손이 오른쪽 가슴을 세게 주물러 댔고, 왼쪽 가슴은 여전히 승재의 입 속에 물려 있었다.

도연은 목까지 올라온 티셔츠를 벗어 던졌다. 그러고는 등 뒤로 손을 넣어 브래지어 호크를 풀었다. 그러자 승재가 상체를 일으키며 한숨을 내쉬고는 땀에 흥건히 젖은 티셔츠를 훌렁 벗었다. 꽉 맞게 들어찬 근육이 눈에 들어오자 숨이 턱 막혀 왔다.

"너 이러고 있는 거 누가 보기라도 해 봐."

승재의 시선이 자연스럽게 흘러내린 도연의 젖가슴으로 향했다.

"눈알을 뽑아 버려야지."

성적 긴장감이 가득한 상황인데도 불구하고 결국 웃음이 터지고 말았다. 도연이 손등으로 입을 가린 채 키득거리자 승재가 한쪽 눈썹을 추켜세우며 눈을 가늘게 뜨고는 물었다.

"웃겨?"

"어."

도연은 웃음기 섞인 목소리로 대꾸하고는 스커트와 팬티에 엄지손가락을 걸어서 단번에 내려 버렸다. 그러자 승재의 눈이 커다랗게 뜨였다.

"근데 이제 안 웃을래."

대담하게 무릎을 세우고 슬쩍 다리를 벌리자, 이번에는 승재의 입이 벌어졌다. 승재는 마치 대단한 예술 작품을 감상하듯이 창문을 통해 새어 들어온 햇살을 오롯이 받고 있는 여체를 바라보았다.

"계속 보기만 할 거야?"

도연이 새침하게 묻자, 승재의 목울대가 급히 올라붙었다.

"너 진짜······."

말끝을 흐린 승재가 곧장 상체를 숙이며 도연에게 몸을 겹쳤다. 단단한 가슴팍에 여체가 부드럽게 휘감겼다. 입술이 맞닿았고, 누구의 소리가 먼저인지도 모르게 신음이 터졌다. 도연이 승재의 바지춤을 밀어 내리자, 승재가 다리를 움직여 속옷과 함께 바지를 털어 냈다.

"으음."

단단하게 부풀어 오른 물건의 선단이 흥건히 젖은 살점을 가르고 들어왔다.

"하아."

익숙하지만 여전히 생경했고, 데일 듯 뜨겁지만 다정한 몸짓이었다.

"배 안 고파?"

잠결에 조용한 음성이 들려왔다. 도연은 몸을 뒤채며 천천히 눈꺼풀을 들어 올렸다.

"고파."

"일어나서 뭐 좀 먹을까?"

도연이 요란한 소리를 내며 기지개를 켜고는 대꾸했다.

"오늘 저녁은 내가 할래."

낮에 포도밭에서부터 그렇게 도발할 때는 언제고 훤하게 드러나는 맨몸이 부끄러워서 도연은 얼른 이불을 가슴께로 끌어당겨 안았다. 그러자 승재가 이불을 제 쪽으로 잡아당겼고, 도연은 이불을 따라가다가 다시 자연스레 침대에 몸을 눕히게 되었다.

"누가 감히 손에 물을 묻히랬지?"

승재가 눈을 부릅뜨며 으름장을 놓았다. 여행 온 이후로 승재는 줄곧 식사 준비를 도맡아 했다. 도연이 음식을 만드는 데 서투르기도 했지만, 이곳에서 차도연은 무조건 쉬기만 하라는 게 승재의 뜻이었다.

승재가 몸을 일으키고는 여기저기 흩어져 있는 옷을 주워 입었다.

"그럼, 왜 깨웠어? 자게 두지. 저녁 하라고 깨운 거 아냐?"

"자다 깨서 바로 밥상 받으면 입맛 없으니까 미리 깨운 거야. 잘 먹어야지. 너 살 또 빠진 것 같더라?"

살 좀 빠지면 안 되냐고 따지는 일은 이제 그만두었다. 승재는 도연의 몸무게에 조금이라도 변화가 생기는 듯하면 예민하게 반응했다. 연애 때도 그러기는 했지만, 결혼하고 나서부터는 더 민감하게 굴었다.

'축구 선수랑 결혼해서 뒷바라지하느라 고생해서 야위었단 소리 듣기 싫어.'

말도 안 되는 핑계였다. 고생은 훈련이 없는 날마다 런던으로 찾아와 도연의 얼굴을 보고 가는 승재가 하고 있었다. 그런데도 승재는 도연에게 아무것도 하지 말라며 으름장을 놓았다.

"살이 빠질 만도 하지."

도연이 한숨 섞인 목소리로 대꾸했다. 그러자 침대에 걸터앉아 있던 승재가 고개를 모로 기울였다. 왜 그러냐고 묻는 얼굴이었다.

"아무것도 못 하게 하는 대신에 다른 건 빡세게 하잖아."

한번 시작된 정사는 한 번으로 끝나는 법이 없었고, 밤을 하얗게 지새우는 날이 허다했다.

"그러니까 잘 먹고, 다른 건 아무것도 하지 말라는 거잖아."

"적당히 하면 되잖아."

"그럼 도발을 하지 말든지."

그건 또 어렵다. 세상에서 가장 섹시한 축구 선수 탑 11에도 이름을 올린 적 있는 유승재를 옆에 두고 정숙한 여인이 될 필요는 없지 않은가? 게다가 결혼까지 했는데?

"좀 더 누워 있어. 잠들지는 말고."

승재는 그리 말하며 상체를 숙여 도연의 이마에 쪽 소리가 나도록 입을 맞추고는 침실을 나섰다.

다리에 이불을 휘감고 뒹굴뒹굴하던 도연은 협탁 위에 올려 두었던 휴대전화를 집어 들었다. 휴가였기에 달리 연락할 곳이 있는 것은 아니었지만, 날마다 구단 SNS에 올라오는 소식은 확인했다.

오늘은 또 뭐가 올라왔으려나?

도연은 피드가 업데이트되기를 기다리며 콧노래를 흥얼거렸다. 숙소의 인터넷 상황은 그악했기에 흐릿했던 화면이 선명해지는 데는 수 분이 걸렸다.

마침내 나타난 화면에서 환하게 웃고 있는 승재와 도연의 얼굴이 보였다. 시즌 사이의 휴식기 동안 선수들은 구단 공식 SNS를 통해 휴가지 소식을 전하곤 했다. 하지만 승재와 도연은 구단 SNS 관리자에게 사진을 보낸 적이 없었다.

화면에 나타난 사진은 작년 이맘때, 두 사람의 결혼식 날 찍은 사진이었다.

어차피 부를 가족이 많지 않은 결혼식이었다. 그렇다고 넉넉히 부를 친구가 있는 것도 아니었다. 텅 빈 결혼식장을 보며 사회성을 논하는 고리타분한 사고방식에 갇히고 싶지도 않았다.

두 사람의 결혼식에 참석한 하객은 딱 다섯 명이었다. 도연의 할아버지 차 회장과 신애, 승재의 누나이자 에이전트이자 매형인 지윤, 그리고 그들의 첫째 딸이 전부였다. 둘째는 너무 어려서 데리고 올 수 없었다며, 시댁에 맡기고 와야 했다고 아쉬워하기도 했다.

손녀딸이 소규모 결혼식을 한다고 하자 차 회장은 처음에는 반대했지만, 나중에는 도연의 뜻에 따라 조용한 곳에서 결혼할 수 있도록 힘써 주었다.

두 사람의 결혼식은 팔라우 프라이빗 비치에서 조용히 진행되었다. 많은 사람의 축복 속에서 이루어지는 결혼식은 아니었지만, 인생에 있어서 진짜 소중한 사람들만을 모아 놓고 한 결혼식은 무척이나 뜻깊은 순간이었다.

아름답지만 인위적인 사진을 찍으려 노력하는 동안 소중한 시간에 집중하지 못할까 봐 염려되어서 일부러 전문 사진사도 부르지 않았다. 참석한 이들이 서로의 기념사진을 찍어 주며 왁자지껄하게 웃었던 기억을 떠올리자, 도연의 얼굴에 어느새 미소가 드리웠다.

구단 SNS에 올라와 있는 사진은 도연과 승재가 거울 앞에 서서 그 안에 비친 모습을 찍은 사진이었다. 승재는 흰색 반팔 드레스셔츠에 앙증맞은 보타이를 매고 있었고, 도연은 민소매 실크 원피스를 입고 시폰으로 만든 장미 모양 코르사주 머리핀을 오른쪽 귀 위에 꽂고 있었다.

[Happy wedding anniversary!] — 결혼기념일 축하해!

지난 휴식기에 결혼식을 올린 두 사람을 축하하는 게시물이었다. 둘은 유럽 어느 시골 마을에 숨어서 휴가를 보내고 있다며, 길을 가다가 두 사람을 만나면 꼭 축하 인사를 건네라는 메시지도 함께 게시되어 있었다.

흐뭇하게 휴대전화 화면을 바라보고 있는데, 문가에 선 승재가 도연을 부르는 소리가 들려왔다.

"저녁 먹자. 준비 다 됐어."

도연은 화면을 시선에 고정한 채로 승재를 불렀다.

"잠깐 이리 와 봐."

"왜? 배고프다며."

승재는 그리 말하며 도연의 곁에 몸을 붙여 앉았다.

"이것 봐라?"

화면을 확인한 승재의 얼굴에도 슬며시 미소가 떠올랐다. 그 모습을 지켜보던 도연이 심각한 질문을 던지겠다는 투로 물었다.

"우리 결혼식에 왔던 사람이 몇 명이었는지 기억나?"

"그걸 어떻게 잊어. 다섯 명."

승재가 짐짓 심각한 투로 대꾸했다. 무언가 함정이 있는 건 아닌지 의

심하는 눈초리였다.

"그런데 이거 봐 봐. 우리 결혼 1주년 축하 게시글의 좋아요 수가 몇 갠지."

무려 50만 개였다. 승재가 도연의 어깨를 감싸 안았다.

"그래서 좋아?"

"좋기도 하고, 신기하기도 하고."

살면서 이렇게 큰 사랑과 긍정적 관심을 받게 되리라고는 상상조차 하지 못했다. 언제나 자신은 부정적 시선에 노출되어 있었고, 사람들의 관심에는 시기와 경멸이 동반되었었다. 그래서 제발 시선과 관심이 끊기기를 바랐던 날들도 있었다.

그런데 마치 못된 마녀의 마법에서 벗어난 것처럼 도연을 바라보는 사람들의 시선에 애정과 축복과 사랑이 담기기 시작했다.

"고마워."

조용히 내뱉는 도연의 목소리에 울음기가 배어났다. 승재는 도연의 이마에 입술을 갖다 붙이고는 읊조렸다.

"누가 할 소릴."

눈이 저절로 감겼다. 가만히 승재의 어깨에 머리를 기대고 있는데, 학창 시절 자신을 향해 '괜찮은 애'라고 말해 주었던 승재의 얼굴이 눈앞을 스치고 지났다.

"그때부터였나 봐."

"뭐가?"

"네가 날 괜찮은 애라고 말해 줬던 날부터 나는 정말 괜찮은 사람이 된 것 같아."

승재가 제 품 안으로 도연을 바짝 끌어당겨 안았다.

"내가 운이 좋았네."

나직한 목소리가 듣기 좋았다.

"차도연이 괜찮은 사람이란 걸 제일 먼저 알아본 거잖아. 내가 운이 좋았어."

승재는 늘 이런 식이었다. 교수의 딸, 피아니스트의 딸로 살아온 날들보다 유승재의 여자로 살아온 날들을 훨씬 드높아 보이게 했다. 주저앉아 있던 자존감을 오롯이 세워 주는 승재 덕분에 도연은 이제 사람들의 시선이 두렵지 않았고, 피하지 않을 수 있었다.

"아니야. 네가 괜찮은 애라고 해 줘서……."

"몇 번을 말해 줘야 알까? 그거 아니라고. 너는 원래 너 자체로 굉장한 사람인데."

승재가 눈을 마주하며 말했다.

"나는 평생 유승재 덕분에 그런 거라고 생각하면서 살 테니까, 너는 평생 나한테 굉장한 사람이라고 말해 줘."

그리 말하는 도연의 눈가에 말간 눈물이 가득 고여 있었다.

위악적인 가면을 쓰고 있는 도연을 '괜찮은 애'라고 말하는 정말 괜찮은 남자 승재와 핍박 속에서도 곧게 자란 '괜찮은 애' 도연의 모습을 그리기 위해 노력했습니다.

누군가 저에게 '괜찮은 작가'라고만 해 주신다면 저는 행복할 것 같습니다.

그리고 마지막으로.

2018/19 잉글리시 프리미어 리그에서 맨체스터 유나이티드의 선전을 기원합니다.

너를, 갖고 싶어

1판 1쇄 찍음 2018년 11월 09일
1판 1쇄 펴냄 2018년 11월 16일

지은이 | 요안나
펴낸이 | 정 필
펴낸곳 | **(주)뿔미디어**

기획 · 편집 | 심은지, 이영은, 박지희, 권지영
표지 디자인 | 우 물

출판등록 | 2002년 9월 11일 (제1081-1-132호)
주소 | 경기도 부천시 원미구 소향로 17, 303(두성프라자)
전화 | 032)651-6513 / 팩스 032)651-6094
E-mail | dahyangs@naver.com
블로그 | http://blog.naver.com/dahyangs
비북스 | http://b-books.co.kr

값 12,000원

ISBN 979-11-315-9376-9 03810

※파본은 구입하신 서점에서 교환하여 드립니다.